AF279783

Über das Buch:

Als ein Gestählter von Dasgar hält Rhaz sein Wort. Immer.
Er begleicht seine Schuld. Jede.

Die Mission um einen Gegenstand von unerklärtem Wert
kostet ihn um ein Haar das Leben. Um den Dienst zu
beenden, schließt er wider besseres Wissen einen Pakt mit
einer Hexe. Ohne den Preis dafür zu kennen. Bald ahnt
Rhaz, dass die Hexe nichts Geringeres fordert als seine Seele.
Und dass ihm keine Wahl bleibt. Denn eine Schuld muss
beglichen werden, gleich zu welchem Preis.

Über die Autorin:

Dystopien. High Fantasy. Dark Fantasy.

In diesen Genres ist Constanze Hoffmeyer daheim,
sowohl als Leserin wie auch als Autorin. Spannung muss
sein. Facettenreiche Charaktere, Handlung abseits des
Mainstreams. In ihren Büchern dürfen Leser*innen
mitfiebern und ganze Welten erkunden, die sie in ihren Bann
ziehen.

CONSTANZE HOFFMEYER

DER
GESTÄHLTE

VON
DASGAR

Bibliografische Informationen der Deutschen Nationalbibliothek: Die Deutsche Nationalbibliothek verzeichnet diese Publikation in der Deutschen Nationalbibliografie; detaillierte bibliografische Daten sind im Internet über http://dnb.dnb.de abrufbar.

Verlag: BoD · Books on Demand GmbH, In de Tarpen 42, 22848 Norderstedt, bod@bod.de
Druck: Libri Plureos GmbH, Friedensallee 273, 22763 Hamburg

Cover-Bilder:
Darkmoon_Art & OpenClipart-Vectors by Pixabay

Ein Gestählter von Dasgar flieht nicht.
Niemals.
Ein Gestählter von Dasgar hält sein Wort.
Immer.
Ein Gestählter von Dasgar begleicht seine Schuld.
Jede.

Der Pfad von Dasgar ist ein Pfad der Ehre.

EINE LEHRE
MACHT NOCH KEINEN MEISTER.

Die Pfeilspitze steckte noch drin, im Fleisch seines Schenkels. Abgebrochen, der Schaft, vergiftete das Eisen seinen Organismus. Zugleich bewahrte es seine Arterie vor dem Ausbluten. Nichts spürte er mehr, nur die stumpfe Qual der Spitze in seinem Fleisch und der Stichwunden am Oberleib. Und die Hände der Heilhexe auf seiner Haut.

Diese beäugte ihn. Forschend, aber sie verriet nicht ihre Gedanken. „Bist du wach?"

Er lag schon länger wach, doch erst allmählich bekam die Welt ihre Konturen zurück und das Geschehen einen Zusammenhang. Er belebte die Stimme. Endlich gehorchte sie wieder, wenn auch Blut ihm die Zunge beschwerte. „Ja."

„Banditen?"

Über die Müdigkeit schöpfte er Atem. Der Schlaf lockte, die Erschöpfung abzustreifen. Zu genesen. Oder zu sterben. Er wehrte beides ab, traute dem Gefühl von Sicherheit durch die Finger der Fremden nicht. „Ja."

„Du hattest Glück."

„Ja."

„Sind sie entkommen?" Es klang nicht, als interessiere sie die Antwort, oder vielleicht kannte sie diese bereits.

Er verbiss ein Seufzen. „Ja."

„Und du weißt nicht, wer sie waren?"

„Nein."

Sie stockte in der Bewegung. Tarnte es, indem sie das Begutachten der Pfeilwunde beendete, sich aufrichtete und tastete. Erstaunlich versiert befühlte sie die Schnitte und die Stiche, auch die Bisse, und störte sich nicht an seiner Blöße. Er selbst tat es wohl. Nackt auf ihrem Behandlungstisch, der Tafel einer fragwürdigen Fremden. Er entsann sich nicht, sich entkleidet zu haben, oder dass sie ihn seiner Sachen entledigt hätte. Auch nicht, wie er hergekommen war.

Er schob die Bedenken beiseite, fürs Erste. Ließ es geschehen und ließ sie gewähren. Lag still und atmete tief. Gleichmäßig. Ungerührt. Nur keinen Schmerz genehmigen. Kein Misstrauen zeigen. Keine Scheu. Er brauchte sie, brauchte ihre Gabe. Das Blut auf seiner Haut, jetzt an ihren Fingern, verriet es schon, ihr neuerliches Erstarren, die sinkenden Augenbrauen bestätigten es. Es stand nicht gut. Die Wunden schwärten. Sie stanken. Brannten. Nässten.

Derer zu viele.

Mit leichten Fingern fuhr die Heilhexe darüber. Mehr Falten bildeten sich auf ihrer Stirn als ohnehin schon, noch tiefere Furchen kerbten ihre Mundwinkel. Die Lippen, blättrig vom Alter, kräuselten sich. „Wie lange hast du da gelegen?"

Ich weiß es nicht. Dergleichen war ihm noch nie widerfahren, dass ein Bann ihn überwältigte, und dass er ihn selbst nicht brechen konnte. Dazu verdammt, an Ort und Stelle zu verrecken. Zu verbluten. Am Fieber zu sterben. Zu verdursten. Von Wildvieh zerfleischt zu werden.

„Du hattest Glück", wiederholte die Hexe und beugte sich dichter an die Wunden heran. Ihre Frage stellte sie nicht noch einmal, aber er sah ihr an, dass sie wusste, keine Schar belangloser Banditen vermochte einen Bann von solcher Macht und Dauer zu legen. Dagegen blieb ihm rätselhaft, ob sie auch durchschaute, dass er wusste, keine herkömmliche Heilhexe konnte einen solchen Bann wieder lösen. *Wer bist du? Was bist du?* Ein Blick, fast als vernehme sie die

Gedanken, und ein kaum merkliches Schütteln des Kopfes. Vielleicht nur seines Zustands wegen.

Er schluckte die trockenen Reste seiner Starre in der Kehle, und eine Menge Blut. „Ich bin durstig."

Die Heilhexe gab einem Lakaien einen Wink. „Bring den Tee."

„Ja, Herrin", säuselte dieser. Die Stimme ein Wind, weder weiblich noch männlich, das Gesicht verschleiert, die Gestalt verhüllt, huschte das Wesen davon. Nichts als eine Wolke rotblühender Seide.

Die bewegte Luft streichelte ihm die Wangen, den bloßen Oberleib, und sie beschwerte die Erschöpfung, die wie ein Senklot über ihm schwebte. Er schloss die Augen und hörte ein Stöhnen über die eigenen Lippen entfleuchen. *Schwächling.* Obgleich vermutlich die wenigsten an seiner Stelle noch lebten. Ein Schauer schüttelte ihm das Blut, einer von Fieber und Kälte, beides zugleich.

Seine Zeit lief ab.

Die Heilhexe schien es ebenso zu denken. Sie wartete nicht auf den Tee des Lakaien. Stattdessen richtete sie sich auf, bog den Rücken durch und schob die Ärmel rauf. Dann überlegte sie es sich anders, streifte das Gewand gänzlich ab und legte, bloß noch im Mieder, die Hände auf seine Brust. Die ihrige dehnte sich derart unter ihrem Atemzug, dass es die Falten ihres Leibes glättete, für einen Augenblick. Dann senkte sie die Lider.

Ein Stich der Bangnis traf ihn, weil sie sich ohne jede Form der Betäubung anschickte, seine Wunden zu behandeln. Der Gedanke von vorher kam ihm, diesmal mit mehr Macht. *Schwächling. Zähne zusammenbeißen, Augen zu und durch.* Das tat er. Bereit für die Angst, gewappnet vor der Qual. Gefasst auf den Tod. Sie wirkte fähig, aber nicht viele wussten eine solche Infektion wie seine zu kurieren. Zumal, weil wegen des Banns fast jede Lebenskraft ihm fehlte. Und er zu viel Blut verloren hatte. Somit, gefasst auf den Tod. Nicht auf die Wolke, in die er plötzlich schwebte. Sie dampfte ihm förmlich aus dem Hirn, beschworen von den Händen der Heilhexe. Glaubte er. Oder seiner Erschöpfung.

Oder dem Tod.

Auf einmal lag er wieder auf der Erde, inmitten vertrockneten Laubes, und Klingen stachen auf ihn ein, schnitten in sein Fleisch, Hunde bissen sich in seinen Gliedmaßen fest. Er lag wehrlos, lag auf der Erde in seinem eigenen Blut, mit der Aussicht durch die Schleiergefilde ins Jenseits. Jeder Atemzug, als stemme er eine Eisenbank. Jeder Muskel, als handele es sich um Maden in seinem Fleisch, die er nicht gebieten konnte. Kampfunfähig. Schlimmer noch, bewegungsunfähig. Taub. Blind. Verdammt und überrascht von jenem Bann, genauso wie von der Macht der Heilhexe. Die Wirren des Dampfes und der Erschöpfung schläferten ihn ein, aber er fand die Kraft, irgendwo in seiner gestählten Seele, dem standzuhalten. Er sammelte seine Sinne ein und blinzelte gegen die Wolke der Schonung, die die Heilhexe ihm aufzwang. Er wollte nicht die Sinne einbüßen, sich nicht ergeben. Vor allem sich ihr nicht ausliefern, unwissend, wer sie war und was sie plante. Ob sie tatsächlich helfen wollte.

Solche Dienste kosteten. Solche beachtlichen nicht wenig.

Er überwand ihren einschläfernden Geistesbann. Ein Reigen explodierte in seiner Stirn. Was auch immer die Hexe ihm antat, es sandte ein Feuer der Qual durch jede seiner Adern. Die Pfeilspitze in seinem Fleisch glühte. Die Wunden seines Oberleibes, die Schnitte, Stiche und Bisse rissen auf. Fieber schüttelte seinen Leib, er begehrte auf. Die Heilhexe zwang ihn nieder, allein kraft ihres Geistes, der sich gegen seinen stemmte. Er ließ sie nicht ein. Er hielt die Barrikaden seines Geistes und stählte die Seele. Er hielt an sich selbst fest, und er hielt ihr stand. Es kostete alles an Anstrengung, zu der er sich noch imstande befand. Unmöglich zu ergründen, ob sie ihm half oder ob sie zu Ende brachte, was jene Angreifer begonnen hatten. Er glaubte Letzteres. *Aber ich bin noch nicht fertig. Ich brauche mehr Zeit.* Zeit, seine Kräfte zurückzuerlangen. Zeit, die Fehler zu korrigieren. Zeit, seinen Auftrag abzuschließen.

Die Schuld zu begleichen.

„Wehr dich nicht", verlangte die Heilhexe. Heiser, beschwörend und auch ein bisschen angestrengt. „Lass mich helfen. Hab Vertrauen."

Zu spät. Er traute niemandem mehr. Fremden nicht, erst recht keinen Vertrauten. Er raffte die Reserven seiner Seele zusammen, härtete den Panzer seines Geistes und sperrte sie aus. Nicht gänzlich, sie wehrte sich gründlich. Fäden ihrer Beschwörung blieben in seinem Verstand kleben wie Haare in einer Suppe. Er tastete sie an und hangelte sich daran aufwärts, aus ihrer Wolke hinaus und zurück in die Realität.

„Willst du sterben?", keuchte sie. „Lass mich helfen."

Die Fragen auf seiner Zunge wollten seine Lippen nicht passieren. Verdammt zu schweigen. In die Enge gedrängt. Er musste eine Entscheidung treffen. Ihr vertrauen oder sterben. Die Fäden ihrer Seele führten ihn aufwärts, an die Pforte ihres Innern heran. Diese ein mächtiges Portal. Einhaltgebietend, kaum zu überwinden. Jedoch, vor seinem Drängen schwangen die Flügel auf. Gemächlich. Stet. Leid strömte ihm entgegen. Geheimnisse, versunken in einem Sumpf der Ruchlosigkeit. Es verlangte ihn, einzutauchen. Zu forschen. Zu kosten. Zu zehren.

Er wollte es zu gierig.

Ein Moment der Unachtsamkeit, ein Zögern vor der durstigen Größe ihres Geistes, und sie schlug ihn mit der Macht ihres Zornes ob seines Eindringens zurück. Eine

Urgewalt pflügte durch seinen Schädel. Diese riss ihn in einen Strudel der Schwärze.

Besinnungslosigkeit.

Verderben.

Tod.

Mehr Zeit. Nicht sterben. Er klammerte sich an die Glut seinerselbst. Wollte sich festhalten, wollte kämpfen. Merkte sogleich, dass es nicht Not tat. Sie ließ ihn nicht sterben. Im Gegenteil, sie holte ihn zurück. Ein Licht flammte vor seinen Augen. Sein Empfinden kehrte wieder, er fühlte ihre Finger auf der Stirn. Ihre Stimme drängte fast so mächtig wie ihr Geist ihn zurückgeschlagen hatte. „Wach auf."

Er wachte auf. Hob die Lider, blinzelte. Atmete ein, befeuchtete die Lippen. Suchte die Schmerzen und fand keine. Es fiel leicht, sich aufzurichten, wenigstens halbwegs. Die Ellenbogen hinter dem Rücken aufgestützt, fand er sich auf ihrem Behandlungstisch. Dieser glich einem Altar, er ähnelte jedenfalls einer Opferstätte. Nach wie vor nackt, erfasste er das ihn beherbergende Gewölbe. Niedrig, steinern, etwas feucht. Wie eine Grotte, wie ein Grab. Fresken umgaben ihn, Laternen und Lakaien, verhüllte Wesen allesamt. Es mochten Menschen sein, Dryaden oder Faune. Oder anderes. Sie umstanden ihn im Pentagramm, jenem angeblich zauberkräftigen Symbol, welchem nicht mehr Macht anhing als die der Mythologie und des Glaubens. Die Kraft des Glaubens jedoch konnte einiges bewirken, er wusste es aus Erfahrung.

Er schaute weiter. Das Hauptportal verschloss die Sicht nach draußen. Unergründlich, ob Tag herrschte oder Nacht. Auch kein Geräusch verriet es. Im Innern dieser Weihestätte herrschte Totenstille.

Etwas fühlte sich merkwürdig an. Die Grotte zu fadenscheinig, die Gestalten zu inszeniert. Eine Bedrohung entdeckte er jedoch nicht, daher betrachtete er als Nächstes sich selbst. Seinen Leib, seine Haut und seine Wunden. Diese nichts weiter mehr als Narben. Noch frisch, noch roh, noch zart und juckend, aber verheilt. Nicht länger schwärend, nicht mehr gefährlich. Allein Schwindel beherrschte seinen Schädel, wegen des Blutverlustes, nahm er an. Diesen glich keine Gabe aus, selbst nicht die einer Heilhexe, wie er sie mächtiger nicht kannte. Er hatte mit vielem gerechnet, erst recht mit einem langen Heilungsweg. Mit vielem, vor allem mit dem Tod. Vor allem nicht hiermit. Er hob den Blick der Hexe zu, unschlüssig, ob Dank oder Furcht in seinem Innern vorherrschte. „Magie?“

Ihre Miene verriet nichts. Nichts über ihr Empfinden, ihr Können oder ihr Duell im Geiste. Nichts über den Ursprung ihrer Macht. „Du hättest nicht kämpfen müssen. Sieh meine Hilfe, ich habe es dir gesagt.“

„Magie?“

„Du gebietest über eine Seelengabe. Keine unbedeutende. Welche?“

„Impulskraft.“

Sie wirkte darüber keineswegs überrascht. Mehr, als wisse sie es bereits. „Du hast sie gut verborgen.“

Er vernahm das Unausgesprochene. *Trotz meines Zustands, trotz meiner Schwäche.* Es musste sie wurmen, dass sie es nicht vorher bemerkt hatte. Oder sie spielte ein Spiel mit ihm. Hatte es sehr wohl bemerkt und ihn eigens dazu hergeholt. *Womöglich eine Schwarzhexe.* Ihn wurmte es, dass er es offenbart hatte, und dass er in ihrer Schuld stand. Das am meisten. Er schob es von sich, vorerst, und verlieh der Stimme mehr Nachdruck. „Magie?“

Diesmal wich sie nicht aus. Etwas Finsteres umwölkte ihre Augen. „Ein Narr, wer an Magie glaubt.“

„Ein Narr bin ich wahrhaftig, wenn du es so sagst. Ich

hätte daran sterben können. Wochenlang darniederliegen müssen. Ich …“ Es verschlug ihm die Stimme. Ein Husten, mehr ein Keuchen, entwich ihm, bis er sie löste. „Wie lange bin ich schon hier?“

Sie schmunzelte zum ersten Mal und wirkte eher zugänglich denn geheimnisvoll dadurch. „Nur diese eine Nacht, nachdem ich dich im Dunkeln fand.“

Etwas in ihren Worten warf Ungereimtes auf. Etwas in ihrer Stimme. Er kam nicht dahinter, was genau. Konnte es nicht ausmachen, sie danach nicht befragen. Eine Last senkte sich in sein Herz, zugleich hob sich eine andere heraus. „Wie erklärst du es dann, wenn nicht mit Magie?“

„Mit den Kräften der Natur. Den Gaben des Lebens. Den Fähigkeiten meiner Hände. Mit dem rechten Fokus im Geist.“

„Erkläre das.“ Ob seines harschen Tons verzog sie keine Miene. Ihm kam der Verdacht, dass sie es später sühnen wollte.

„Kräfte finden sich vielerorts. In deinem Herzen. In deinen Muskeln. Jeder deiner Atemzüge setzt Kräfte frei. Jeder hier Anwesende. Die Tropfen, die an den Mauern abwärts perlen. Die Wurzeln der Bäume in der Tiefe. Ich schöpfe davon. Verteile sie, lenke Energien in ihre Bahnen, schicke Impulse auf den Weg. Weise ihnen einen anderen Zweck zu als ihren ursprünglichen. Keine Magie, bloß Distribution.“

„Landläufig nennt sich eben dieses Phänomen Magie.“

„Landläufig finden sich Narren und Ahnungslose. Magie wäre etwas, das die Natur nicht hervorbringen könnte. Etwas, das die Alte Mutter nicht gebar. Solche Dinge gibt es nicht.“

„Begriffsklauberei. Gleich, wie du dein Werk bezeichnest. Danke.“

Sie neigte den Kopf. Wie sie den Blick wieder hob, besaßen ihre Augen die Farbe und die Härte von Stahl. „Du gebietest Impulskraft, aber fragst nach Magie. Hast du überhaupt eine Ahnung, über was für eine Gabe du verfügst? Ist dir deine Macht bewusst?" Sie neigte sich dicht heran, ihre Stimme tat einen Abgrund auf. „Kannst du sie beherrschen?"

Er unterdrückte ein Schaudern und spürte dennoch Gänsehaut die Arme hinab rieseln. Sie musste es sehen. Es kostete Mühe, ihr Starren zu erwidern, mehr als ihm gefiel, aber er hielt stand. Wich nicht aus. Legte so viel Kraft in seine Aura, wie er aufbrachte. „Ich wurde ausgebildet. Ich kenne das Wissen, von dem du sprichst. Ich verfüge über die Fähigkeiten, nach denen du fragst."

Sie sah aus, als zweifele sie daran. „Und du hältst mein Werk dennoch für Magie?"

„Ich halte dein Werk für eine Kunst." Ihm fiel die Höhle ihres Innern ein. Das Leid darin, die Geheimnisse. Der Durst. Ein Sumpf, der ihr Wesen verbarg. Es mochte gütig oder grausam sein, dieses Werk ein Wunder oder Schwarzmacht. Mit einem Mal spürte er die Kälte auf der Blöße seines Leibes und die Erschöpfung, die nach wie vor ihm anhaftete. Seine Ellenbogen trugen die Last seines Körpers nicht länger. Er sank auf den Rücken, legte den Schädel zurück und schaute an die Decke. Der Schlaf rief. *Nicht hier.* Er hielt die Augen offen und suchte Kraft in seinem Willen, den Pfad fortzusetzen. *Fehler korrigieren. Auftrag abschließen. Schuld begleichen.* Er musste einen Weg finden, so wie immer. „Wo sind meine Sachen?"

Auf seine Frage, womöglich auf ein unmerkliches Zeichen der Heilhexe hin, trug ein Lakai ein Bündel heran und legte es neben dem Altar zu Boden. Eine Verneigung und er huschte davon.

Die Heilhexe gab einen Wink. Die Lakaien lösten das Pentagramm auf. „Du hast deinen Namen nicht genannt, Vagabund."

Vagabund. Ja, so mochte er aussehen. Schmutzig, verausgabt, stinkend nach Schweiß, Krankheit und Blut. Jetzt vermutlich weniger als zuvor. Gleichwohl schien sie zu wissen, dass niemand die Kraft für einen so mächtigen Bann an einen Vagabunden verschwendete. Jemand mit solchen Fähigkeiten besaß andere Mittel, um einen Streuner auszurauben. Weniger zehrende. Nicht halb so gefährliche wie einen Bann dieser Webart. Er betrachtete das Bündel. Der Gedanke gewann an Schärfe. Und an Schmach. *Ausgeraubt.* Denn das, offensichtlich, hatten sie getan, die Scheusale. In jenem Bündel entdeckte er nur Kleidung und Rüstzeug. Keine seiner Waffen. Nicht seine Seelenklinge. Auch nicht seine Bagage. Neue Gänsehaut sauste ihm den Leib hinab.

„Nun?"

„Auch du hast keinen Namen genannt."

„Du stehst in meiner Schuld, nicht umgekehrt. Nenn deinen Namen."

Er glaubte nicht, dass sie damit seine Schuld als beglichen ansah. Jedoch, sie sprach mit Recht. „Rhaz."

„Und weiter?"

„Rhaz Iksha Zar." Die wenigsten sprachen es richtig aus. Die meisten scheiterten am Rollen der Laute, an den abgehackten Vokalen und zugleich weichgedehnten Silben.

„Rhaz Iksha Zar", wiederholte die Heilhexe einwandfrei, zu seinem Schrecken. Kaum jemand kannte noch die Alte Sprache.

Ich hätte lügen sollen. Er suchte seine Stimme, aber er fand sie deutlich zu spät.

Sie kam ihm zuvor und nickte. „Ich kenne die Sprache.

Ich weiß, was dein Name bedeutet.“

„So?“ Er verbiss den Drang, mit den Zähnen zu knirschen. Unergründlich, ob sie es tatsächlich wusste, ob sie ihn bloß testete oder beschämen wollte.

Sie gab es nicht preis, trat stattdessen heran und legte die Finger auf seine Haut. Schamlos fuhr sie die Stränge seiner Muskeln entlang, ertastete alte Wunden, streichelte vergessene Narben. Forschte, wonach auch immer, wog das Haupt und kräuselte die Lippen. „Du trägst zahlreiche Narben. Wenige für einen Gestählten von Dasgar.“

„Woher weißt du das?“ Er führte nichts bei sich, was ihn als solchen auszeichnete, nur seine Seelengabe und die Spuren des Drills an seinem Leib. Nicht viele erkannten sie als welche von Dasgar, noch weniger schauten überhaupt erst hin. Den allerwenigsten genehmigte er es. Ihren alten Augen konnte er es nicht versagen. Sie blickten scharf. Und wissend. Womöglich blendete sie ihn, damit er sie gewähren ließ, was bedeutete, dass sie über mehr Gaben verfügte als eine. Wie kaum jemand. Er kannte nur einen sonst.

Es machte sie zur Feindin. Potenziell, zumindest.

„Rhaz. Halte mich nicht für blind. Auch nicht für dumm. Stattdessen sag, denn wie ein Gestählter siehst du nicht aus. Hast du deinen Drill nicht beendet? Bist du gescheitert?“

Die Dreistigkeit der Frage weckte seinen Zorn. Allein, ihm fehlte die Kraft, diesen zu fokussieren. Er knirschte nun doch, mit den Zähnen. Unter Mühe löste er die Kiefer. „Ich habe ihn beendet. Ich war der Beste. Ist man der Beste, bleibt den Meistern nicht so viel Gelegenheit, einen zuzurichten.“

„Ich glaube, ich höre Seelenleid in deiner Stimme.“

„Ich glaube, du hörst falsch.“ Er glaubte auch, dass sie es ihm nicht abkaufte. Noch immer liegend auf dem Altar, hilflos ihr dargeboten, fand er kaum mehr die Beherrschung, ihrem Forschen standzuhalten. Ihm kam der Eindruck, erneut, dass etwas nicht stimmte. Sie verschwamm vor seinen Augen, als liege ein Schleier davor. Es mochte auch sein Zustand bewirken, daher schob er es von sich. „Ich bin durstig. Ich bin müde. Nenn deinen Namen, Hexe, damit ich dir angemessen danken kann. Danach breche ich auf und suche einen Ort der Ruhe."

„Danken musst du mir nicht, und Ruhe findest du hier." Sie winkte einen jener verschleierten Lakaien heran. „Hilf ihm. Verpflege ihn. Weise ihm eine Kemenate." Auf dem Absatz machte sie kehrt und schwirrte hinaus.

Der Lakai verneigte sich. Dann trat er heran, langte ihn beim Arm und bot Stütze. Die Geste fühlte sich sacht an. Respektvoll. Nichts Demütigendes fand sich daran, dennoch überspülte ihn das Empfinden von vorher. Die Schmach. Diesmal so mächtig, dass er den Lakaien fortschlug, gröber als angemessen. Das Wesen wich nicht, und es schreckte nicht. Es verneigte sich nochmals und probierte es erneut. Solche beharrliche Ruhe strahlte es aus, dass er es nicht über sich brachte, es neuerlich zu schlagen. Mit einem Impuls, einem unhörbaren, mentalen, stieß er die Rage von sich und richtete sich auf, ohne die Hilfe anzunehmen. Wohl aber akzeptierte er das vom Lakaien gereichte Gewand, einen scharlachroten Mantel aus Seide mit Schnürung vor der Brust. Es bewahrte nicht vor der Klammnis der Grotte, bedeckte aber immerhin seine Blöße. Endlich. Er fand ein Nicken zum Dank an das Wesen gewandt. „Hast du einen Namen?"

Er rechnete nicht mit einer Antwort, aber es überraschte ihn mit einem Säuseln. Dieses geschlechtlos und ohne Ton, dabei trocken wie Wind, der Herbstlaub über ein Pflaster scheuchte. „Nein, Meister."

Ein Stich.

Ein Funken.

Ein Flackern wie von einer Flamme, die daraus entsprang. Geschwind löschte er sie. „Sag das nicht. Nenn mich Rhaz.“

Als Absolvent des Drills von Dasgar stand ihm der Meistertitel zu. Jedoch, er schätzte ihn nicht. Eine Lehre machte noch keinen Meister. Das Leben schuf welche, und von allen Anwärtern erreichten die wenigsten wahre Meisterhaftigkeit. Die Heilhexe vielleicht, jedenfalls in ihrem Handwerk. Und der Bannsprecher mit seiner Fähigkeit, ihn, einen Gestählten von Dasgar, an den Boden zu ketten und zur Reglosigkeit zu verdammen. Zum Leiden. Zum Sterben.

Er verbot den Nachhall. Er erlitt kein Trauma. Durfte es nicht. *Ich habe so etwas weggesteckt. Solches und Schlimmeres.* Gleichwohl, das galt für früher, für den Drill. Danach hatte er angenommen, gegen derlei gewappnet zu sein, dass ihn nichts mehr überraschen, ihn kaum etwas bezwingen konnte. Oder jemand. Schon gar nicht ein Bandit, und mochte er von sonstwelchem Machthaber entsandt worden sein. Jetzt keimte der Verdacht, dass es nicht stimmte. Dass damals, im Drill, das Wissen um die Prüfungen ihn behütet hatte, und die Sicherheit, dass er leben oder sterben musste. Er, ein Niemand. Sein Tod hätte keine Bedeutung besessen, sein Leben noch viel weniger. Heute folgte er einem Pfad, und er musste ihn beenden. Ihn überkam die Ahnung, dass es scheußlichere Dinge gab als jene im Drill. Er unterzog sich keiner Abrichtung mehr. Er kämpfte.

Und versagte.

„Herr?“, fragte der Lakai und schaute ihn an. Jedenfalls wirkte es ganz danach, wie er den Schleier vor dem Antlitz ihm entgegen reckte.

Rhaz gewahrte, dass er dem Wesen aufgestützt stand. Zitternd. Schwitzend. Im Schwindel vor Verausgabung und Blutverlust. Ihm fiel der Blick auf das Bündel seines Zeugs, der Gedanke auf den Entschluss, aufzubrechen. *Unmöglich.*

Er konnte nicht los, noch nicht einmal für die verlorene Bagage. Er musste ruhen. Kraft schöpfen. Die Erinnerung besiegen, welche sich schon wieder ihren Weg auf seine Netzhaut brach. Er, liegend auf der Erde in seinem eigenen Blut. Klingen. Hunde. Schwäche. Schmerz.

Er schüttelte es ab. Restlos, vorerst. Stieß den Lakaien von sich und gab ihm ein Zeichen auf sein Bündel. „Trag das für mich. Geh voraus."

Das Wesen verneigte sich und tat wie geheißen.

Entgegen seiner Erwartung trat er durch das Ausgangsportal nicht ins Freie, sondern in einen Stollen. Dieser schmal, die Wände gemauert und bemoost. Muffig. Alt. Uralt, vermutlich. Wurzelwerk behing die Wölbung, alle paar Schritt brannten Fackeln in ehernen Haltern. Der Tunnel wand sich, Abzweigungen führten in Finsternis, Türen verrieten Kammern. Er prüfte die Luft. Atmete tief, und atmete in den Bauch. Kein Hauch von draußen, nur der Geruch von Rauch, Fäulnis und Erde. Er sandte einen Impuls, ein mentales Tasten, von dem er annahm, der Lakai bemerke es nicht, auf der Suche nach einem Ausgang. Er stieß in Leere, fand keinen Weg nach draußen. Eine leichte Übung, der Impuls, dennoch übermannte ihn Schwindel. Um ein Haar strauchelte er. Die Folgen des Banns wogen schwerer als erwartet. Er tastete nach der Wand, stützte sich ab und tarnte die Schwäche, indem er zugleich den Schädel zurückneigte und die Aufmerksamkeit seines Begleiters ablenkte. „Wo geht es hinaus?"

„Wünscht Ihr, an die frische Luft zu treten, Meister?"

„Nenn mich nicht so." Ob der unbedachten Anrede überkam es ihn, das Wesen zu packen und seiner Frage mehr Nachdruck zu verleihen. Allein der Schwindel hielt ihn zurück. Der Tunnel verschwamm, wie zuvor die Grotte.

„Verzeiht, Herr." Eine Verneigung. „Wünscht Ihr, an die

frische Luft …“

„Ich wünsche, dass du meine Frage beantwortest.“ Keineswegs hielt er den Verschleierten mehr für einen Menschen. Womöglich ein Faun, denen sagte man Begriffsstutzigkeit nach. Er löste sich von der Mauer, folgte dem Gang und gab dem Wesen ein Zeichen, die Führung wieder aufzunehmen.

Das tat es. „Die Weihestätte liegt abseits der Wohnstätten. Dort gibt es einen Ausgang.“

„Warum die Trennung?“

„Weniger Ablenkung. Das Treiben würde die Herrin stören.“

„Verstehe.“

Eine Weile ging es vorwärts, für sein Gefühl zu lang. Dann nahm das Licht zu. Es brannten Laternen mit farbigem Glas anstelle von Fackeln, und die Erde des Grundes wich gepflasterten Tunneln. Diese gewannen an Höhe und Breite. Teppiche mit kunstfertiger, wenn auch altmodischer Webart verhüllten die Mauern und verliehen den Stollen Wärme. Die Decke befand sich intakt, es drangen keine Wurzeln hindurch. Gestalten huschten über Kreuzwege, manchmal ihnen entgegen. Allesamt verhüllt. Sie verneigten sich, wenn er passierte, und eilten weiter. *Ich stecke in einem Ameisenhaufen.* Jedoch einem bedrückenden, mit dem etwas nicht stimmte. Er kam nicht dahinter, noch immer nicht. Flügeltüren, schnörkelreich und hoch, verrieten Räumlichkeiten, vielleicht Lehrkammern, Speisesäle oder Gemeinschaftshallen. Noch ein Stück weiter wähnte er hinter Türen von unscheinbarer Machart die Wohnstätten.

Gleichwohl, seine Ahnung gewann an Gewicht. „Was ist das für ein Ort?“

„Ein Ort der Rast. Ein Ort des Geistes. Ein Ort der

Macht.“

„Verstehe.“ Er verstand nicht. Nicht vollends. Er ahnte jedoch, dass er Genaueres nicht erfahren würde. Nicht von dem Lakaien. Und dass viel mehr dahintersteckte als selbiger preisgab.

Dieser vollführte eine Verneigung. „Hier herein, Mei… Herr.“

Er trat durch die ihm offengehaltene Tür in eine Kemenate. Rustikal. Einfach. Ein Bett, eine Kommode, ein Waschtisch. Kein Feuer, nur Öllampen. Teppiche verliehen der Kammer Wärme. Von irgendwo wehte ein Lüftchen, welches das Innere frisch hielt, ohne die Behaglichkeit zu rauben. Gescheit gebaut. Er betrachtete, wie der Lakai sein Rüstzeug auf der Kommode platzierte und Licht machte, und rang sich ein Neigen des Kopfes ab. „Danke.“

„Zu Diensten, Herr.“ Eine Verneigung, und er wandte sich zum Gehen.

„Der Ausgang. Wo?“

Noch eine Verneigung. „Dem Stollen folgen. Zweiter Gang rechts. Sogleich links in die Große Grotte. Dort führt eine Treppe hinaus.“

„Danke.“

Verneigung. Dann machte das Wesen den Abgang und zog die Tür hinter sich ins Schloss.

Die Stille schlug Rhaz entgegen wie ein Fausthieb, und ebenso betäubend. Er schaffte noch, die Tür zu verriegeln, fiel auf das Bett und scheiterte daran, sich die Decken über den Leib zu ziehen. Halb so wild. Er fror nicht.

Albträume schwappten ihm ins Hirn, die ihn seiner Erholung berauben wollten. Er wehrte sie ab. Stück für Stück baute er die Barrikade wieder auf, die um seine Seele, die nach dem Bann in Trümmern lag. Und nach dem Eingreifen der Heilhexe. Auch die um sein Herz, das im erfahrenen Leid zerfließen wollte wie Schnee auf einem Scheiterhaufen. Statt der Zuversicht in sich selbst und der Gewissheit seines Pfades, warf er die Schmerzen ins Feuer, die Erschöpfung und die Erinnerung. Ein Trick aus dem Drill, der die Mentalität stärkte. Fadenscheinig, weil ein solcher Scheiterhaufen noch gloste, wenn die Flammen starben. Und weil Asche zurückblieb, selbst wenn er erlosch.

Aber es spielte keine Rolle, solange er die Barrikade hielt und den Fokus nicht verlor.

Also stählte er die Seele neu, so wie erlernt. Es fiel leicht. Endlosen Prüfungen verdankte er diese Fähigkeit, einige scheußlicher als das Erlebte, und jede mit dem Ziel, dass er sich in der Lage befand, sie zu nutzen. Sie zu perfektionieren. Sie zu beschleunigen. Jenen Zustand zu erreichen, in dem Geist und Leib eine Symbiose bildeten, keine Einheit mehr, damit die Wunden des Körpers den Fokus nicht beeinträchtigten. Erst recht nicht die Seelengabe. Es fiel leicht, aber er brauchte länger als gewöhnlich.

Letztlich erreichte er das Ziel. Er fand die Ruhe, die er so dringend brauchte, losgelöst von Albträumen und Echos. Schlief und lauschte zugleich mit dem befreiten Teil seines Geistes nach dem Geschehen. Er sandte Impulse aus. Tastete. Horchte. Kostete. Er gewahrte Schritte im Stollen. Stimmen, die Gespräche belanglos. Den Klang von Feuer, das energetische Singen der Flammen, die sich im Luftzug wiegten. Einmal ein Klopfen an der Tür, ein vergebliches Antasten des Knaufes, ein Scheitern ob des Riegels. Bestimmt die von der Heilhexe zugesagte Verpflegung.

Er wähnte sich nicht in Gefahr, wohl aber seine Bagage im Besitz des Bannsprechers. Also schöpfte er aus der Sicherheit, so viel Kraft er in möglichst kurzer Zeit nur schöpfen konnte, und schlug die Augen auf.

Neben seinem Lager saß die Heilhexe auf einem Stuhl und

betrachtete ihn.

Das Verblüffen begrub er in seinem Innern, ehe es zur Schau trat. Hoffte er jedenfalls. Er regte sich nicht, noch nicht, sah sie an und barg die Rage in seinem Herzen. Rage auf sich selbst. Sie musste den Riegel geschoben haben mittels ihrer Kräfte, und er bemerkte es erst jetzt. Mit den Augen. Selbst jetzt nahm er sie nicht wahr, nicht mit den Impulsen seines Geistes. Sie beherrschte ihre Gabe. Sie machte sich unsichtbar für die immaterielle Ebene. Nicht bloß Tarnung, nicht bloß ein Verschleiern der Aura, sondern Blendung. Das Verzerren, das Täuschen der Wahrnehmung. So effizient, er merkte es noch nicht einmal, wie sie es vollbrachte. Er spürte es in der Energie der Umwelt nicht. Ein Ding der Unmöglichkeit, hätte er im Vorfeld angenommen. *Wie macht sie das nur?* Er fragte sie nicht.

Dafür fragte sie ihn. „Du wurdest also ausgebildet in Hinblick auf deine Gabe?"

„Ja."

„Was lehrt man darüber in Dasgar? Wie man sie begräbt?"

„Wie man sie nutzt."

„Du nutzt sie nicht, du fürchtest sie."

„Du täuschst dich."

„Ich täusche mich nie." So ruhig ihre Haltung, so hart ihre Stimme. „In Dasgar lehrt man Furcht. Furcht durch Gewalt. In Dasgar lehrt man Kampf. Kampf mit der Klinge. In Dasgar erschafft man Streiter, Krieger und Schlächter. Die besten, und solche ohne Gewissen."

„So ist es. Deswegen schulde ich dir keine Rechenschaft."

„Nicht Rechenschaft, aber dein Leben. Weil in Dasgar Gaben wie deine als Zweckmittel betrachtet werden und nicht als Seelen, die es zu hüten gilt."

„Du sprichst in Rätseln, Hexe. Dafür habe ich keine Zeit." Er richtete sich auf. Schwungvoll, denn nach der Ruhe hielt er die Schwäche seines Körpers im Griff und glich sie durch die Kraft seines Geistes aus.

„Die Zeit solltest du dir nehmen, wenn du leben willst. Ich weiß nicht, welchen Pfad du beschreitest, aber er sieht dunkel aus. Ich kenne dein Ziel nicht, aber es muss bedeutsam sein, sonst würden solche Häscher nicht Jagd auf dich machen. Sonst würde man dich nicht zum Sterben im Wald zurücklassen. Wer hat dir das angetan, und warum?"

„Das geht dich nichts an."

„Du täuschst dich."

„Ich täusche mich nie." Er verengte die Lider. Jetzt stehend, nahm er sie ins Visier, so scharf er es gelernt hatte. Er verstärkte seine Aura mit einem Impuls. Für gewöhnlich brachte es die Leute ins Schaudern. Als jedoch seine Augen die ihrigen trafen, raste ein Zittern ihm selbst durch den Leib.

Sie dagegen saß ungerührt. „In Dasgar hat man dir beigebracht, deine Seelengabe zu kontrollieren. Nicht aber, sie zu perfektionieren. Oder zu befreien. Du liegst in Ketten und merkst es nicht. Leugne es nicht, deine Worte und Taten verraten es."

Womöglich auch eine Seherin. Was sie noch schauriger machte. Oder eine gewöhnliche Prophetin, die von Spuk und Grusel sprach und wusste, wovor einfache Leute sich ängstigten. Aber er zählte nicht zu den einfachen Leuten, und er ängstigte sich nicht.

„Ich kann es dich lehren", bot sie an.

„Warum solltest du das tun?"

„Weil ich glaube, dass du deine Gabe missverstehst."

„Das kann dir gleich sein."

„Weil ich glaube, dass du auf einem Pfad der Niedertracht wandelst. Und dass du Unheil verrichtest, wenn du deine Gabe nicht beherrschst."

Er dehnte die Schultern und nahm sicheren Stand ein. „Was verleitet dich zu der Annahme?“

„Du sagst, du warst der Beste. In welcher Disziplin? Nahkampf? Fährtenlese, Tarnkunst? Bannspruch, Bannlösung? Oder in etwas anderem?“

Nicht durchschauend, worauf sie hinauswollte, sann er nach, die Antwort zu verweigern.

„Nun?“

„In allen.“ Er gab sie doch, die Antwort. Sie kam ihm über die Lippen, ohne, dass er es wollte, als dränge allein ihr Starren sie hervor. Womöglich tat es das. Wenn sie tatsächlich nicht nur Heilerin, sondern auch Blenderin war. Eine seltene Gabe. Noch seltener in Kombination mit einer anderen.

„Dachte ich mir“, schnaubte sie, erhob sich, wandte sich zur Tür und dann noch einmal ihm zu. „Komm mit. Ich will dir etwas zeigen.“

„Ich habe dafür keine Zeit.“

„Dir wurde etwas gestohlen. Du willst aufbrechen und es zurückerlangen. Was ich dir zeige, wird dir dabei helfen. Komm mit.“

Sie las mich wie ein Buch, wie ein Spürer es vermochte. Niemand sollte über eine solche Vielzahl an Gaben verfügen. Es gefiel ihm nicht. Noch weniger, dass er sie nicht durchschaute. Sie sah Niedertracht in ihm, einen dunklen Pfad, und bot dennoch ihre Hilfe an. Eine Hexe, vielleicht eine Schwarze. Wenn es stimmte, sollte er schleunigst die Beine in die Hand nehmen, zumal jeder Augenblick an diesem Ort mehr Abstand zwischen ihn und die Diebe brachte. Allein, ihre Worte schürten seine Neugier.

Wie sie voranging, folgte er.

Sich in seine Sachen zu kleiden, hielt er sich nicht auf, sondern zog die Schnürung des Seidengewands zusammen und trat aus der Kemenate.

Die Heilhexe schritt durch den Stollen, zurück in Richtung der Weihestätte. Das Pflaster am Boden wich Erde. Wurzeln behingen die Decke und wogten, wenn die Hexe unter ihnen passierte. Es mochte der Luftzug sein oder ein Tasten ihrerseits nach den Kräften, von denen sie sprach. Er sandte selbst einen Impuls aus und suchte danach. Das Echo brachte ihm die Präsenz über die Lakaien und die Erkenntnis über das Leben, das in der Erde pulsierte, nicht aber jene Energie. Erst recht kein Empfinden davon, diese nutzbar zu machen.

„Du bist grob", schalt die Hexe und warf ihm über die Schulter einen Blick zu. „Schau nicht so, ich habe dein Tasten gespürt. Wie ein Hammerschlag gegen eine Mücke. Ein Schwertstreich für eine Fliege." Sie kicherte. „Kein Wunder, dass die Natur sich dir verschließt. Und dass du der Alten Mutter nicht vertraust."

Er folgte ihr um eine Biegung, fort vom bekannten Pfad. Die Wände rückten zusammen, die Decke herab. Ein schmuckloser Gang, der nicht einlud, ihn zu beschreiten. „Du hast ein feines Gespür. Woher? Wer hat dich ausgebildet?"

„Ich selbst."

„Wenn du es konntest, kann ich es auch. Ich brauche deine Hilfe nicht."

„Du vermagst nicht, was mir gelang. Dasgar hat dich verdorben. Dich, dein Gespür und deine Gabe."

„Du hast keine hohe Meinung von Dasgar."

Abrupt blieb sie stehen, drehte sich zu ihm um und stieß den Finger gegen seine Brust. „Rhaz. Du hast keine Ahnung."

„Und deine, woher stammt sie, und woher dein Wissen über Dasgar?"

„Rhaz." Wie sie seinen Namen sagte, schon wieder, klang es nach einer Beschwörung. „Ich weiß von Dasgar länger als du lebst. Ich kenne die Methoden der Meister. Ich sehe die Kadetten unter ihren Händen sterben, Burschen und Mädchen wie du. Wer überlebt, der blutet. Ich spüre, wie sie die Seelen verderben von denen, die sich Gestählte nennen. Wie er sie in Ketten legt, wie Hunde an eine Leine."

Ein Stich.

Diesmal hielt er ihn unter Kontrolle. „Sie verderben nicht, sie stählen."

„Deine Worte belegen die meinen. Eine Schande, denn in dir steckt mehr als in jedem sonst, der aus Dasgar hierher kam."

„Wer außer mir kam noch hierher, und wann?" Es hatte niemand je erwähnt, obgleich allein schon ihrer Macht wegen ganz Dasgar von ihr erfahren sollte.

Sie tat, als habe sie die Frage nicht vernommen. „Du hättest der Beste werden können."

„Ich war der Beste. Ich bin es noch." Es klang starrsinnig, selbst in den eigenen Ohren, wie von einem Kind. *Jener Bannsprecher war besser als ich. Diese Hexe ist besser als ich.* Er biss sich auf die Zunge.

„Das denkst du." Ein Anflug von Bedauern zog in ihre Augen. „Komm."

Nicht mehr weit, und sie lotste ihn in eine Kammer. Im Innern herrschte Dunkelheit. Zu seinem Erstaunen schloss sie die Tür und sperrte den Fackelschein des Stollens aus. Jeder Sicht beraubt, tastete er mittels eines Impulses, sog den Atem ein und schmeckte die muffige Feuchtigkeit von Erde auf der Zunge. Nichts sonst nahm er wahr. Nur, dass die Kammer ihn einschloss und ihre Decke so schwer wog, als wolle sie ihn lebendig begraben. Dann flirrte ein Leuchten vor seinen Augen, ein silbriges, wackeliges, welches die

Wurzelgeflechte einhüllte. Darin machte er die Silhouette der Heilhexe aus. Und eine Ahnung. „Du bewirkst das?"

„Ich habe dir gesagt, Rhaz, Kräfte fließen überall."

„Du machst sie sichtbar." Eine nützliche Fähigkeit. „Wie?"

„Seelengabe. Gespür. Impuls. Stets auf diese Weise, nie anders. Gleich, was du tust. Merk dir das."

„Das werde ich." Er nahm sich vor, daran zu arbeiten. Über derlei Möglichkeiten hatte er keine Kenntnisse besessen und nie darüber nachgedacht, das in Dasgar vermittelte Wissen könne unvollständig sein, die Fähigkeiten nicht perfekt. Jetzt, da ihm der Gegenbeweis vor Augen stand, änderte es die Lage. *Ich kann es lernen, egal, was sie behauptet. Konnte sie es, kann ich es auch.* „Ist es das, was du mir zeigen wolltest?"

Sie lächelte. Statt zu antworten, kehrte sie ihm den Rücken zu, fingerte zwischen die Wurzeln und brachte das Flirren in Bewegung dadurch. Ein Klopfen. Ein Scharren. Sie zog einen Ziegelstein aus seiner Fassung, langte in die Öffnung, tastete eine Weile und holte ein Bündel heraus. Schmutzig, der Stoff, die Schnürung so spröde, dass sie brach, als sie sie löste. Sie warf die Reste auf den Boden und schlug den Stoff auseinander. Auf der Handfläche präsentierte sie ihm ein Amulett. Ein unscheinbares. Eines aus Horn. Ein kreisrundes. Eines ohne Zeichen. Eines, beschrieben mit Runen, deren Bedeutung sich ihm verschloss.

Er betrachtete es eine Weile und wartete auf eine Erklärung. Es kam keine. „Was ist das?"

„Es ist für dich."

„Was ist es?"

„Ein Artefakt. Es spürt Energien und bündelt Kräfte."

„Woher stammt es? Wie stellt man so etwas her?"

„Es ist ein Erbstück. Es existieren nicht mehr viele seiner

Art. Nimm es."

Das tat er nicht. „Warum gibst du es mir?"

„Es kann dir helfen. Mit deiner Seelengabe und deinem Gespür."

„Dann hilft es auch dir. Trotzdem gibst du es her?"

„Mir nützt es nichts. Es kann nichts verrichten, was ich nicht selbst vermag. An meine Lakaien wäre es verschwendet, niemand hier besitzt eine Gabe wie ich. Oder wie du. Hier gerät es eines Tages in Vergessenheit. Dazu ist es zu wertvoll."

Es kam ihm nicht recht vor. Etwas stimmte nicht. Er wollte es nehmen. Eine Ahnung hielt ihn zurück. Keine deutliche, nicht mehr als ein vages Gefühl. Er fasste sie ins Auge und durchforschte ihre Miene. Darin fand er nichts, nur Geheimnisse. „Was ist mit dem dunklen Pfad? Der Niedertracht, von der du sprachst? Fürchtest du nicht, ich könne damit ein Unheil verrichten?"

Darauf gab sie keine Antwort.

Er wartete. Eine Weile, ehe ihm aufging, dass sie ihr Schweigen wahrte. Er senkte den Blick auf das Amulett und hob ihn dann neuerlich in ihr Gesicht. „Ich schulde dir schon mein Leben."

„Ein Leben ist eine Ehrensache. Ich verlange keinen Gegenwert dafür. Nimm es."

„Wenn ich es annehme, was schulde ich dir dann?"

„Einen Dienst."

„Welchen?"

„Es wird sich zeigen, wenn es so weit ist."

Also ein Pakt. Er wollte keinen Pakt mit einer Hexe schließen. Nicht einen solchen, zumal nicht mit ihr. Jede Schuld musste beglichen werden. Ein Leben mochte sie als eine Ehrensache betrachten, als ein Geschenk ohne Gegenwert, wie sie es sagte. Etwas Materielles jedoch, ein

Artefakt, dessen Wert sich nicht bemessen ließ, konnte ihm nur Unheil bringen. Er betrachtete sie, danach das Amulett. Und schluckte. „Welche Art von Dienst?"

Schweigen. Sie mochte sinnieren. Vielleicht in ihrem Pfuhl der Geheimnisse forschen oder in ihren Ränken der Täuschung einen Plan schmieden. Die freie Hand hebend, strich sie mit den Fingern über das Amulett. Zärtlich fast, und besitzergreifend.

Er schluckte. „Und wem schulde ich einen Dienst?"

„Ura."

„Ura, und weiter?"

„Nur Ura, Rhaz Iksha Zar."

Es wirkte betörend, wie sie die Hornscheibe streichelte. Er spürte ein Pulsieren und nahm die Kraft wahr, die es so unscheinbar in sich barg. Ihm kam der Verdacht, dass sie es auflud, gerade eben. Dass sie etwas von ihrer Blutwärme, ein wenig vom Flimmern der Wurzeln und sehr viel von seiner Atemkraft in das Artefakt steuerte.

Eine Menge von ihm.

Er musste es nehmen. Tat es nicht. Noch nicht. „Und ich würde dich finden, hier?"

„Hier, dort, anderswo. Manches Schicksal ist gewiss. Besteht eine Schuld, dann wirst du mich finden. Nimm es."

Er nahm es. Wissend, dass er dafür zahlen musste, eines Tages. Aber wenn es stimmte, was Ura sagte, mochte die Kraft des Artefaktes ihm helfen, seine Bagage zurückzuerlangen. Für den Augenblick zählte allein das. Er legte es sich auf die Handfläche, befühlte es mit den Fingern und betrachtete es mit Impulsen seiner Seelengabe. Diese kehrten verstärkt zu ihm zurück und weiteten seinen Geist. Er spürte nicht länger nur die dumpfe Leere der Stollen und den Widerhall der Lakaien, sondern bis in die Erde hinein. Fühlte Wurzeln und Gewürm. Er drang sogar bis in die

Freiheit vor. Gewahrte den Ausgang aus diesen Tunneln genau dort, wo er ihn aufgrund der Beschreibung des Lakaien wähnte. Allein die Hexe blieb unsichtbar für seinen Geist, nach wie vor.

Er hob die Augen ihr zu. „Wie machst du das?“

Sie musste wissen, wovon er sprach. Ein Mundwinkel hob sich. Es sah nicht wie ein Lächeln aus. „Seelengabe. Gespür. Impuls.“ Mit einem Mal erlosch das Flirren der Wurzeln. Dunkelheit hüllte sie ein. Dann öffnete die Heilhexe die Tür und trat in den Fackelschein der Stollen. „Du willst aufbrechen, Rhaz. Was brauchst du?“

„Nichts.“ Er wusste, wie man in der Wildnis überlebte. Zwar mochte es ihn aufhalten, sich darum zu kümmern, aber die Schuld bei Ura wollte er nicht weiter steigern. Obschon ihm der Verdacht kam, dass ein wenig Verpflegung und vielleicht ein paar Waffen keinen Einfluss auf den Preis für das Amulett nahmen. „Sag mir nur, waren meine Hunde bei mir?“

„Waren sie. Sie lagen wie du unter dem Bann.“

„Und leben sie?“

„Zwei von ihnen. Dem dritten war nicht zu helfen.“

„Gut.“ Eine Menge an Zeit und Mühe der Abrichtung steckte in den Viechern. Wenigstens zwei am Leben zu wissen, machte die Arbeit nicht vergeblich. „Wo sind sie?“

„Das sind wilde Kreaturen, Rhaz.“

„So soll es sein. Wo sind sie?“

„Ich konnte sie nicht einlassen. Es lüstet sie nach Blut. Sie sind draußen.“

„Und meine Stute?“

„Da war keine Stute.“

„Dann haben die Banditen sie gestohlen.“ Das erschwerte die Verfolgung. Andererseits, falls sich die Diebe im Wald hielten, könnte er abseits der Pfade abkürzen und käme durch das Dickicht zu Fuß sogar besser voran.

Sie langten an seiner Kammer an. Er legte eine Hand an den Knauf, die linke. Die gekrümmten Finger der rechten führte er an die Lippen und küsste sie, berührte die eigene Stirn und danach die der Heilhexe. Ein tiefer Atemzug, und er besiegelte den Pakt. „Danke, Ura, für deine Hilfe, dein Obdach und deine Gaben. Ich, Rhaz Iksha Zar, bekenne meine Schuld und gelobe, sie zu begleichen. Möge die Alte Mutter meinen Eid bezeugen. Möge sie deinen Pfad behüten, und mögest du ihr treu bleiben."

In ihren Augen lag ein Funken. Sie verbarg diesen, indem sie den Kopf neigte und die Geste wiederholte. Sie küsste die Finger, berührte die eigene Stirn und dann seine. „Danke, Rhaz Iksha Zar, für dein Gelöbnis und für die Aufrichtigkeit deiner Seele. Ich, Ura, akzeptiere die Schuld und gelobe, deinen Eid anzuerkennen. Möge die Alte Mutter diesen Pakt besiegeln. Möge sie deinen Pfad mit meinem eines Tages wieder kreuzen, und mögest du ihr treu bleiben."

Ihm erzitterte das Herz. Wie ein Paukenschlag schoss der Pakt durch seinen Leib, vom Scheitel bis in die Zehenspitzen und wieder zurück.

Selbst Ura erbebte.

„Die Alte Mutter erkennt dein Gelöbnis an", schloss sie, dann machte sie auf dem Absatz kehrt und marschierte von dannen.

Geschwind trat Rhaz in die Kemenate und schloss die Tür. Für einen Moment lehnte er sich mit dem Rücken daran an. Er senkte die Lider, schöpfte Atem. Erforschte das flaue Gefühl in seinem Innern und das Pulsieren des Amuletts in seiner Hand.

Ein Pakt mit einer Hexe.

Was für eine Tragödie.

Er konnte nicht einmal ausmachen, was ihn dazu

bewogen hatte, den Handel zu akzeptieren. *Ich konnte den Bann nicht lösen. Ich brauche diese Kraft, um es mit dem Bannsprecher aufzunehmen.* Ein paar plausible Gründe. Auch die Schuld seines Auftrags musste er begleichen, diese vor allen anderen. Gleich zu welchem Preis. *Ich hatte keine Wahl.* Noch ein Grund. *Ich muss wieder der Beste sein, und das Amulett hilft mir dabei.* Und einer mehr. Er fand noch welche, überzeugende und fadenscheinige. Es begrub die vage Furcht, dass die Heilhexe kraft ihrer Gabe ihn zu diesem Handel beeinflusst, dass sie ihn geblendet hatte. Was keine Rolle spielte, weil diese Schuld nun bestand, gleich auf welche Weise sie geschlossen war.

Mittels beherrschter Atemzüge fand er zurück zu seinem Gleichmut. Darin gewann seine Lage an Klarheit. Zustand richten und weitermachen. Einen Weg finden, so wie immer. *Fehler korrigieren. Auftrag abschließen. Schuld begleichen.* Er legte das Gewand ab und begann damit, am Waschtisch sich zu erfrischen. Derweil warf er einen Blick auf seine Wunden. Auf die neuen Narben, besser gesagt. Uras Werk grenzte an ein Wunder. Auch Dasgar beherbergte eine Heilhexe, und diese vollbrachte Erstaunliches. Manche Blutung vermochte sie zu stillen, die Heilung anzuregen, eine Infektion zu verhindern. Je nach Schwere sogar einer Verletzung den Charakter zu verleihen, sie liege schon Tage zurück. Jedoch, von vollständiger Heilung konnte keine Rede sein. Er kannte niemanden und hatte von niemandem je gehört, der derlei vollbrachte. Fragen formten sich in seinem Schädel, sein wachsendes Empfinden von Unheil nahm Gestalt an.

Er kämpfte es nieder.

Danach zehrte er die von einem Lakaien bereitgestellte Verpflegung. Neue Kraft strömte ihm ins Blut, die Muskeln fühlten sich fähiger an. Er dehnte sie. Alle. Lockerte sich und dehnte sie erneut. Dann besah er sich das lächerliche Bündel seines verbliebenen Rüstzeugs. Nur die Sachen, die er am Leib getragen hatte. Diese, schon gewaschen, zeigten Spuren seiner Erlebnisse, vor allem des jüngsten. Er schob das Vergangene in den Abgrund seines Verstandes und fokussierte das Gegenwärtige. Flickte die Löcher im Wams. Nähte das Leder seiner Hosen. Erneuerte die Schnürung der Stiefel. Kittete die Risse in der Kettenweste. Legte all das an, die Rüstung zuletzt, und fühlte sich endlich wieder wie er sollte. Wie ein Gestählter von Dasgar. Ausgeruht. Stark. Konzentriert.

Bereit.

Er löste einen Riemen von einer Tasche seines Wamses, womit er das Amulett einfasste, und hängte es sich um den Hals. Dann sandte er einen Impuls und erhielt so viele Echos, dass es ihn beschwingte. Er musste lernen, diese zahlreichen Eindrücke zu erfassen, zu filtern und zu ordnen. Vielleicht, sie zu nutzen. Eine leichte Übung, seine größte Stärke. Neues lernen. Unbekanntes adaptieren und umsetzen. *Recht so.*

Er verließ die Kemenate, leichten Schrittes ob der fehlenden Waffen und Bagage. So kam er zügig voran. Er durchmaß die Stollen nach der Weisung des Lakaien in Richtung Ausgang, passierte die Große Grotte, welche wie eine Empfangshalle wirkte, stieg Stufen hinauf und trat durch ein winziges Portal nach draußen.

Es dämmerte erst.

Noch spannte sich der Himmel wie Tinte über ihm, durch die Lücken des Laubdachs funkelten Sterne. Nebel schwebte durch das Dickicht. Darin klang die Wildnis gedämpft, das Singen der Vögel zaghaft. Ein Rundblick, ein Impuls. Gut verborgen, das unterirdische Reich der Hexe. Mit bloßem Auge bemerkte er es nicht, wie sich der Eingang an einem Felsen unter Weißdorn verbarg, zumal im Halbdunkel des frühen Morgens. Die Luft, schon lau, belebte ihm die Sinne und versprach einen Tag von drückender Hitze.

Er stieß eine Folge von Pfiffen aus. Es glich dem Bodenalarm einer Amsel, aber das Gehör seiner Hunde täuschte es nicht. Ein Augenblick des Wartens, und die beiden verbliebenen schnürten aus dem Dickicht heran, beinahe ohne Laute zu verursachen. Beides Hündinnen. Er richtete grundsätzlich keine Rüden ab. Einem solchen verkehrte eine läufige Hündin zu leicht den Schädel. *Treulose, verräterische Nichtsnutze.* Aber eine Kastration schmälerte die Seele, auch bei Viechern. Hündinnen benahmen sich zurückhaltender. Verlässlicher. Sie ließen sich strenger kontrollieren. Und sie kämpften blutiger.

Er sah den beiden entgegen. Eska, seine stärkste Kämpferin. Kay, seine fähigste Spürerin. Es fehlte Uka, die schnellste Läuferin seines Rudels. *Schade.*

Eska und Kay tappten heran. Die dreieckigen Ohren zurückgelegt, die Schädel gesenkt, schwangen sie die Ruten zur Beschwichtigung. Rhaz ging auf die Knie, winkte sie heran und genehmigte beiden, ihm Kehle und Kinn zu schnäuzeln. Im Gegenzug zauste er ihr grauschwarzes Stockhaar und hielt nach Wunden Ausschau. Er fand keine. An Glück konnte er kaum glauben und schrieb auch dies Ura zu, was ihre Fähigkeiten noch bedeutsamer machte. Die Heilhexe in Dasgar sagte, für die Genesung eines Viehs brauche es weniger Kraft, aber mehr Energie. Er verstand es nicht. Nicht vollends. Es zu wissen genügte jedoch, um darin einen weiteren Beweis für Uras Kunstfertigkeit zu finden. Und für ihre Macht.

Er richtete sich wieder auf und schnippte mit den Fingern, woraufhin die Hunde sich ihm zur Seite einordneten. Eska links, weil seine rechte die starke Kampfseite war, und Kay rechts, weil er sie als Nächstes voranschickte. „Kay, vor.“

Die Hündin gehorchte, schaute über die Schulter zu ihm auf und stellte ihm die Ohren entgegen.

„Hassel." Zu Beginn seines Auftrags hatte er nicht versäumt, die Hündinnen, und zwar zur Sicherheit alle drei, auf den Inhalt desselben zu schärfen. Sie kannten den Begriff und den damit verknüpften Geruch, und so zuckten beide mit den Nasen. Kay scharrte schon mit der Tatze die Erde. „Such."

Der Ort des Überfalls musste sich ganz in der Nähe befinden, so rasch, wie Kay Witterung fand. Er warf einen Blick rundum. Gewahrte Blut den Waldboden besudeln, getrocknet und im dürren Laub kaum sichtbar. Eine Menge Blut, womöglich sein eigenes. Sehr wahrscheinlich sein eigenes. Ein Wunder fast, wenn nicht gänzlich, dass er gleich vor der Heimstatt der mächtigsten Heilhexe gefallen war. Ein Wunder, zu bedeutsam, um es als Zufall abzustempeln.

Jedoch, darüber zu sinnieren, blieb ihm keine Zeit, also tat er genau das. Er stempelte es als Zufall ab. Ein Zeichen, ein Schnaufen, und Kay preschte voran.

DAS SCHICKSAL
IST EIN VERRÄTER.

Kay fand ihr Tempo. Geschwind wie ein Pfeil und wendig wie ein Wiesel flitzte sie im Gestrüpp voran. Nasenspitze, Schultern, Rücken und Rute bildeten eine Linie, sie lief so leicht wie eine Feder fiel. Rhaz jagte ihr nach, Eskas Schulter an seinem Knie. Seinen Rhythmus fand er schnell. Die Kraft seines Leibes mochte gelitten haben, nicht aber seine Ausdauer, und auch nicht sein Wille. Die Muskeln fühlten sich etwas zäher an, das Herz pumpte ein wenig schneller als gewöhnlich. Er glich es aus, indem er die Kraft seines Geistes in den Körper lenkte, statt damit die Umgebung auszuloten. Für den Augenblick genügte ihm das Gespür der Hunde. Ungewohnt, aber taktvoll klopfte das Amulett im Lauf gegen seine Brust. Vielleicht konnte es helfen, Energie aus dem Wald zu laden und zu verwenden.

Für Versuche dahingehend nahm er sich keine Zeit, vorerst, sondern hielt es sich für eine Rast vor. Zunächst galt es, den Abstand zu den Dieben zu verringern.

Das Spurten fiel ihm leicht. Niemand lief wie ein Gestählter von Dasgar. Er kannte die Sage, welche gebot, dass selbst der Reiter eines iverischen Reinbluts sich fürchten musste, wenn ein Gestählter von Dasgar die Verfolgung aufnahm. Er kannte auch jene Pferderasse für seine Ausdauer, diese gleichfalls berühmt für ihre Schnelligkeit. Er besaß selbst eine solche Stute, die sich aller Wahrscheinlichkeit nach unter dem Diebesgut befand. Eine verfolgt hatte er noch nie, aber für sein Empfinden haftete der Sage die Wahrheit an. Ein Pferd, gleich wie tüchtig, brauchte seine Pausen. Er nicht. Auch nicht seine Hunde. Solche, die sein Tempo nicht schafften, richtete er nicht ab. Also hetzte Kay voran. Beschwingt zuerst. Später gefasst, aber nicht weniger konzentriert. Danach mit hängender Zunge. Er trabte ihr nach, gewandt mit leichten Schritten durch das Dickicht, bis Kay auf einen Pfad bog. Ein Wanderweg, der staubig zu dieser Jahreszeit mitten durch den Eskelforst führte und Ivera von Dargosh trennte. Ivera, wo er seine Mission verrichtet hatte. Dargosh, wo in den rauen Gipfeln von Dargalash sich Dasgar verbarg.

Sein Ziel.

Auf dem Pfad wandte Kay sich ostwärts, zurück in Richtung Ivera. Es legte nahe, dass seine Angreifer von dort stammten, wenigstens dort zu Diensten standen. Auch, dass deren Fürst Utrek ebenso viel Verlangen nach der Hassel spürte wie der Gebieter von Dasgar. Sein Auftraggeber. Und Gläubiger. Keine Überraschung also, denn was Letzterer begehrte, war selten ohne Wert.

Rhaz kniete nieder auf dem Pfad. Frische Furchen einzelner Reiter und Wanderer, auch von Fuhrwerken, verdeckten die älteren Spuren, zumal der Sand, so trocken von der Dürre des Sommers, Tritte rasch verrieselte. Er sandte einen Impuls. Dieser brachte Echos zurück. Spuren vergehender, hier freigesetzter Energie. Manche vertraut. Kein Zweifel, Kay täuschte sich nicht in der Fährte, auch wenn es ihn erstaunte, den Nachhall seiner Angreifer noch zu spüren. Dem Amulett geschuldet, vermutlich. Er berührte es. Flüchtig, richtete sich auf und schickte die Hündin wieder voran. Kay preschte vorwärts, schnurgerade auf dem ebenso geraden Pfad, die Pfoten im Sand so fedrig, dass sie die Erde kaum berührte. Er hinterher, mit Eska, so lange, bis der Weg sich krümmte. Noch einmal hielt er inne. „Kay. Hassel.

Such.“

Die Hündin steckte die Zunge ein, witterte mit bebenden Flanken und reckte die Nase nordostwärts, der Krümmung des Pfades nach.

Ganz wie erwartet.

Die Straße zog sich über viele Wegruten und einige Biegungen hin zur Hauptstraße durch Ivera. Von seiner Hinreise wusste er, dass noch andere Pfade den Eskelforst querten. Er nahm jedoch an, dass die Diebe nach dem Anwesen des Fürsten strebten, und dann bildete die Hauptstraße das logische Ziel. Er beschloss, auf gerader Linie durch das Dickicht die Biegung abzukürzen. Ein Schnippen mit den Fingern. Kay trat rückwärts und ordnete sich, ganz wie Eska, mit Höhe der Schulter an seinem Knie zu seiner rechten Seite ein.

Einige konzentrierte Atemzüge. Er atmete tief und atmete in den Bauch. Brachte das Zittern seiner Muskeln, das Hetzen seines Herzens und den Schwindel im Hirn unter Kontrolle. Unverkennbar, er hatte zu viel Blut verloren. Wasser täte gut. Aber dafür wollte er keinen Umweg einlegen. Also suchte er die Orientierung am Stand der Sonne, fixierte eine Richtung und stürzte sich ins Gestrüpp. Schweiß flutete ihm das Rüstzeug, immer mehr, je weiter der Tag voranschritt. Die Sonne feuerte Hitze auf die Erde, als wolle sie diese mit einem Brandzeichen versehen. Das Getier im Wald verstummte, zog sich für den stickigen Abschnitt des Tages zurück und harrte in kühlenden Schlupfwinkeln aus. Nicht er. Er trabte voran, im steten Dauerlauf. Die Füße hob er hoch, damit die Ränke der Dornen ihn nicht hinderten, hielt die Richtung fest und sperrte mit Hilfe seiner Seelengabe die Hitze aus seinem Bewusstsein aus. Auch die Erschöpfung. Und den Durst.

Das Leder seines Rüstzeugs bewahrte ihn vor Kratzern

durch die Sträucher, seine gestählte Ausdauer ihn davor, ob des Sengens in die Knie zu gehen. Er legte die Distanz der Krümmung zurück, fand wieder auf den Pfad und befragte Kay, ob die Richtung noch stimmte. Die Hündin bestätigte es. Er spurtete durch den Sand bis zur nächsten Biegung, welche in entgegengesetzter Weise verlief, und überbrückte sie auf dieselbe Art wie die andere zuvor.

Wie er zurück auf den Weg gelangte, zeigte sich dieser verbreitert, sodass ohne Schwierigkeiten zwei Fuhrwerke aneinander vorbei gelangten. Eines kam ihm entgegen. Ein Kaufmannskarren, dem Anschein nach, gezogen von einem Kaltblüter. Rhaz schickte Kay rüber an die linke Seite, sodass die rechte frei war, und ging mit dieser zugewandt dem Fuhrwerk entgegen. Langsamer, um durch seine Eile nicht mehr Misstrauen zu erwecken als nötig. Die Hündinnen, groß und kräftig und furchterregend, sollten seine Absicht nicht schmälern, also schnippte er mit den Fingern und bedeutete ihnen, sich niederzulegen. Beide gehorchten. Die Schädel auf die Tatzen gebettet, wirkten sie kleiner. Und täuschend friedlich.

Er selbst trat an den Karren heran. Zu beiden Seiten zeigte er die geöffneten Handflächen. „Der Alten Mutter zum Gruße, Herr."

Der Kaufmann hielt das Ross an. Sein Blick huschte an ihm auf und nieder, dann hinüber zu den Wächtern links und rechts auf seinem Bock. Beide nickten. Der Händler neigte den Kopf. „Gruß auch, Meister."

Ein Stich.

Ganz wie erwartet. Er hielt ihn im Zaum und gab ihn nicht preis. Die Nadel auf der Lederplatte seiner rechten Brust verriet ihn als solchen. Nicht als einen von Dasgar, es handelte sich um das allgemein gültige Symbol für den Meister einer Kriegskunst. Auch, wenn die Gemeinen nichts mit den Fähigkeiten eines Gestählten teilten. „Bitte um Auskunft, guter Herr. Kam Euch ein Kriegertrupp entgegen, auf dieser Straße? Sechs Mann, sieben Pferde?“

„Und zwei Hunde, größer als deine. Ja, die haben wir gesehen. Kameraden?“ Ein Zwinkern.

Seine Lage musste sich allzu deutlich kundtun, das reiterlose Ross des Kriegertrupps den Rest sprechen. „Ja, Herr. Wie lange ist das her, dass Ihr sie getroffen habt?“

Ein Augenblick des Schweigens. Sichtlich rang der Kaufmann mit seiner Neugier. Mit der Absicht, die Fragen zu stellen, die ihm auf der Zunge brannten. Ein Wind setzte das Laubdach in Regung, wenn dieser auch nichts Kühlendes besaß, und warf einen Schattentanz auf die Plane des Händlerkarrens. Rhaz betrachtete diesen für eine Weile und betrachtete danach den Händler auf dem Bock. Irgendetwas bewog den Kerl, die Fragen zu schlucken und die Neugier zu begraben, stattdessen Antwort zu geben. „Das war am frühen Morgen, bei Sonnenaufgang.“

Dann haben sie nicht viel Vorsprung. In der Annahme, dass er nicht mehr lebte, bestand schließlich kein Grund zur Eile. Sein Glück. „Danke, Herr. Habt Ihr Wasser?“

„Bezahlt Ihr dafür?“

„Nein.“ Seine Geldkatze befand sich in den Satteltaschen. „Dann nein.“

Er spielte mit der Idee, mittels eines Impulses den Händler, dessen Wächter gleich mit, zu überwältigen. Auf dem Karren fand sich Wasser, ganz gewiss. Jedoch, nach seinen Verletzungen, dem Blutverlust und der Anstrengung des Tages sah er nicht ab, ob seine Kraft dazu genügte, und er setzte noch nicht ausreichend Vertrauen in das Amulett, weniger noch in sein Verständnis für dessen Funktionsweise. Also gab er nach, senkte den Blick und verneigte sich. „In Ordnung, Herr. Gleichwohl danke für die Auskunft. Fahrt wohl.“

„Gleichfalls, Meister.“ Ein Schwenk mit der Peitsche, und der Kaltblüter zog an.

Rhaz spähte vorwärts über die schnurgerade Straße und sann über die Worte des Kaufmanns nach. Heute noch ein gutes Wegstück, eine kurze Nacht und ein Spurt in der Frühe, dann holte er die Diebe morgen womöglich schon ein. Mit etwas Glück noch im Wald, auf neutralem Boden statt in den Ländereien von Ivera, wo sein Vorhaben als Verbrechen geahndet werden könnte. Besser, er erledigte das im Forst, dann durfte niemand Rechenschaft fordern. Auf wildem Terrain haftete niemand für wildes Geschehen. Ein Wagnis, das nicht wenige solcher Kaufleute wie derjenige eben mit dem Leben büßten. Dem entgegen stand der Handel. Güter aus Ivera erzielten in Dargosh einen umso höheren Preis und umgekehrt.

Er verschwendete keinen Blick nach dem Karren. Der Kerl fuhr mit seinen beiden Wächtern besser immerhin als die meisten sonst.

Er pfiff die Hündinnen auf die Pfoten und trabte weiter. Hielt Ausschau derweil nach Reflexen zwischen dem Strauchwerk, solchen von Licht auf einem Teich. Schaute nach den Nasen der Hunde, ob diese über die hängenden Zungen hinweg die Witterung von Wasser anzeigten. Prüfte selbst die Luft und sandte einen Impuls aus. Er fand nichts. Für etwas zu trinken müsste er den Pfad verlassen, suchen und forschen nach den richtigen Anzeichen, Fährten folgen.

Einen Umweg machen.

Kommt nicht in Frage. Eine Weile konnte er noch aushalten, die Hündinnen vielleicht auch. Also weiter. Er wischte sich den Schweiß aus den Augen und lief vorwärts. Geschwind, nicht zu schnell, es glich dem Tempo seiner Stute im Trab.

Irgendwann sank die Sonne. Die Luft kühlte sich nicht ab,

aber sie brannte weniger. Im Wald regte sich das Getier. Er hielt an. Augenblicklich fielen die Hündinnen in den Sand, bis auf den Brustpelz hingen ihnen die Zungen heraus. Ein Wunder, dass sie sich noch hielten. Ihn selbst überkam der Schwindel schlagartig. Ohne Vorwarnung. Er fiel vornüber. Würgte. In seinem Magen befand sich nichts, es zu erbrechen. Ein trockener Husten, mehr nicht. Ihm schlotterten die Muskeln. Jeder Einzelne. Um ein Haar sank er nieder, um zu ruhen. *Standhalten.* Er richtete den Rücken auf. Blieb auf den Knien. Fuhr sich mit den Fingern durch den Bart und wischte den Schweiß aus dem Gesicht. Dann legte er die Hände auf die Oberschenkel und schloss die Augen. Er atmete. Atmete tief und atmete in den Bauch. Verlangsamte den Herzschlag und reicherte das Blut mit Sauerstoff an, bis die Übelkeit verflog und er wieder klar sehen konnte. Danach stand er auf.

Ehe das Licht des Tages vollends schwand, verließ er den Weg und stromerte ins Dickicht. Ein Wildpfad fand sich rasch. Die erschöpften Hunde auf den Fersen, folgte er diesem. Indes suchte er mit allen Sinnen nach Wasser. Und fand welches. Wie erwartet führte ihn der Pfad hin, und er musste nicht so weit vom Weg abweichen wie befürchtet. Das Flussbett, steinig, breit und trocken, führte bloß noch in der Mitte ein Rinnsal. Dieses dafür quellrein, deutlich besser als ein in der Hitze abgestandener Tümpel.

Eska und Kay schleckten sich die Lefzen, letztere winselte gar. Beide schielten zu ihm auf und baten glasigen Auges um Genehmigung.

Er erteilte das Zeichen. „Frei."

Die Hündinnen taten einen Satz ins Bächlein, fielen darin auf die Bäuche und soffen im Liegen.

Er selbst übte seine Disziplin. Innehaltend, schloss er die Augen und prüfte die Gegend mit einem Impuls. Die Echos, klar und stark durch das Amulett, trugen ihm keine Gefahr zu. Er fühlte Leben in der Nähe, Kleintiere und manches Großvieh. Keines davon gefährlich, und wenn, dann in der Ferne. Er schnürte die Stiefel auf und entledigte sich derer, zog die Lederrüstung aus und streifte die Kettenweste ab, auch die Lederhosen. Sein Untergewand, ohnehin triefnass von Schweiß, nahm er mit in den Bach und wusch es durch. Er trank, schöpfte Wasser in die Handflächen, sprenkelte Bart, Haar und Leib und erfrischte sich. Der Schwindel wich. Er fokussierte sich. Schaute das Flussbett auf und nieder, von Nord nach Südost. Es tat Windungen und verschwand im Strauchwerk der Sicht. Er nahm an, dass es aus den Gipfeln von Dargalash heranströmte, wie die meisten solcher Gewässer. Es erklärte das unverhältnismäßig breite Bett, denn dann führte es im Frühjahr das Schmelzwasser der Berge. Gen Südost. Das bedeutete, es verlief mehr oder weniger parallel seines Weges.

Hilfreich.

Das Tageslicht schwand. Immer dunkler der Wald, immer reger das Getier. Jedes davon drängte nach der Hitzeruhe an den Bach, manches forsch, anderes behutsam. Die Jäger der Nacht erwachten, von fernher drang Wolfsgeheul heran. Ein Rudel beanspruchte den Rest des Tages für sich. Die Hündinnen spitzten die Ohren. Beide erhoben sich, tappten heran und ließen sich in seiner Nähe nieder. Er wähnte keine Gefahr in den gewöhnlichen Jägern. Nicht in den Wölfen. Nicht in vereinzelt streifenden Bären. Erst recht nicht in Füchsen, Luchsen und Vielfraßen. Mehr schon in seelenbegabten Viechern, aber solche streiften meist allein. In guter Verfassung konnte er es mit den meisten davon aufnehmen. *Gute Verfassung.* Er lachte über den eigenen irrwitzigen Gedanken. Davon war er weit entfernt.

Er tastete nach dem Amulett an seinem Hals und spürte

dadurch seine mentale Energie und die Kraft seiner Seelengabe schärfer als sein körperlicher Zustand es genehmigte. Zumindest hatte die Hexe also die Wahrheit gesagt, und sein Pakt besaß einen Wert. Dem sei Dank konnte er trotz seiner Schwäche gewiss mit Blutseglern und Irrwichten zurechtkommen. Vielleicht auch mit schwererem Kaliber, mit Greifern. Sogleich kam ihm der Gedanke, ob nicht nach etwas Erholung, im Vollbesitz seiner Kräfte mithilfe des Amuletts, sogar das Fällen eines Flugwurms denkbar wäre. Das Bezwingen eines solchen galt als unmöglich. Die Idee besaß einen gewissen Reiz, wenn er auch kein Bedürfnis verspürte, sie auf die Probe zu stellen. Er lebte gern, obschon ihn als ein Gestählter von Dasgar der Tod nicht ängstigte.

Den Gedanken schlug er sich aus dem Schädel. *Niemand und nichts bezwingt einen Flugwurm.*

Noch ein Impuls, und noch ein sorgenfreies Echo. Er hängte sein Gewand zum Trocknen ins Geäst, legte sich im Sand jenseits des Flussbetts nieder und senkte die Lider. Von oben drückte Hitze herab, trotz der Nacht, und trieb ihm Schweiß aus dem Leib. Fast unerträglich, die Schwüle. Er löste den Geist vom Leib, ein stückweit, glitt in den Schlaf mit dem Körper und hielt Wache auf mentaler Ebene.

Eine Weile nach Mitternacht erreichte die Nacht ihren kühlsten Abschnitt. Er zwang sich zu erwachen und richtete sich auf. Von Erfrischung konnte keine Rede sein. Die Luft fühlte sich noch immer blutwarm an, aber durch die fehlende Sonne, im Dunkeln dazu, ließ es sich aushalten. Wie er sich regte, hoben die Hündinnen die Schädel. Kay winselte, Eska klopfte mit der Rute in den Sand. Rhaz nahm sich Zeit. Er dehnte sich, wärmte die Muskeln und dehnte sich erneut. Kleidete sich an. Konzentrierte sich und prüfte die Umgebung mittels mehrfacher Impulse.

Alles ruhig.

Das Flussbett bildete eine Schneise zwischen den Baumkronen. Mondlicht beschien die Kiesel, ausreichend für einen flotten Marsch. Ein Zeichen, und die Hunde nahmen ihre Plätze links und rechts an seinen Knien ein. Dann lief er los. Gelegentlich befragte er Kays Gespür nach der Hassel. Wie erwartet, passte die Richtung, sodass er sich am Wasser hielt und regelmäßig davon schöpfte. In der Dämmerung stimmten die Vögel ihren Gesang an, aber sowie die Sonne sich erhob und den Wald mit Hitze überrollte, verstummten die Viecher von Neuem.

Der Bach verschmälerte sich, später versiegte er ganz. Am letzten Rinnsal ging er auf die Knie, trank und ließ die Hündinnen saufen, erfrischte sich den Schädel und trabte durch das Dickicht zurück auf den Weg. Die Sonne strahlte senkrecht auf den Sand, dieser verlassen. Weit und breit schonten sich Wanderer zu dieser Tageszeit, auch die Viecher. Als hielte die Alte Mutter den Atem an. Kein Geschäft besaß so viel Bedeutung, dass es die Reise in dieser Hitze rechtfertigte. Keines außer seins. Am Rand des Weges hielt er sich beschattet, so gut es ging, gleichwohl kam er im Sand besser voran als im Strauchwerk.

Zum Nachmittag, in der größten Hitze, schafften die Hunde sein Tempo nicht mehr. Er legte eine Rast ein. Derweil die beiden im Schatten unter Sträuchern lagen, querte er den Weg von einer Seite zur andern und wieder zurück. Immer aufs Neue. Er suchte nach Spuren im Sand, horchte auf die Echos seiner Impulse und erlangte die Gewissheit, dass die Diebe sich nicht weit voraus befanden. Womöglich hinter der nächsten Biegung. Ihm erzitterte das Herz, aber das Beben seiner Muskeln brachte er unter Kontrolle. Für einen Moment sah er sich selbst, niedergeworfen in den Sand. Gebannt, und diesmal überließen die Halunken das Sterben nicht der Schwere seiner Wunden, um sich seines Leides zu ergötzen, sondern rammten ihm eine Klinge ins Herz. Brachten es zu Ende.

Selbst das, rief er sich in Erinnerung, wäre besser als zu scheitern. Ein Gestählter von Dasgar scheiterte nicht. *Ich schließe diesen Auftrag ab. Ich halte mein Wort. Ich begleiche meine Schuld.* Durch Gelingen oder durch seinen Tod, der als Einziger ihn davon entband.

Ich finde einen Weg. So wie immer.

Er rief die Hunde auf die Pfoten. Die kurze Rast musste genügen. Quer durch den Wald kürzte er die Biegung ab, diesmal langsam, dafür lautlos. Die im Amulett gebündelten Kräfte zu schöpfen, fiel leicht. Leichter als erwartet. Als strömten sie von seiner Brust durch die Haut direkt ins Herz und reicherten sein Blut an. Es stärkte seine Seele. Damit legte er einen Mantel der Deckung um sich und verschmolz mit den Bäumen durch die aus dem Wald gebündelte Energie. Tarnung meisterte er mit der rechten Konzentration vorbildlich. Auch in dieser Disziplin hielt er den Meistertitel, auch unter denen war er der Beste. Zwar konnte er keine Sinne täuschen, das vermochte nur ein Blender, aber er schwächte seine eigene Aura ab und passte sie der Umwelt an, auf dass diese weniger ins Merk fiel. Durch das Amulett brauchte er seine mentale Kraft darauf nicht bündeln, sondern konnte sich diese für anderes vorhalten. Die perfekte Tarnung, nicht anstrengender als ein Fingerschnippen. Nützlich. Er ahnte allmählich den Wert des Artefaktes.

Und seine Schuld bei der Hexe.

Nicht weit voraus spürte er die Straße, die Echos von Reisenden früher am Tag verrieten es. Bekannte Echos. Wie jedes Wesen seinen Geruch besaß, besaß es auch ein Echo. Das seiner Angreifer vergaß er nicht, erst recht nicht das des

Bannsprechers. Ein Schnippen der Finger, ein Zeichen, und die Hündinnen legten sich unter Sträuchern ab. Er ging allein weiter. Niedrig, schleichend. Manchmal auf allen Vieren. Spinnengleich.

Über die Böschung spähte er auf die Straße. Er spürte die Diebe nicht bloß, jetzt sah er sie auch. Am jenseitigen Straßenrand hockten sie am Weg, manche lagen auf dem Rücken mit ihren Hüten auf den Gesichtern und harrten die Hitze aus. Zwei Hunde, solche wie man sie zum Herdenschutz abrichtete, lungerten im Schatten und wachten kaum. Träge hängten die Pferde ihre Schädel gen Boden. Schweiß glänzte auf den Fellen, allein schon vom Stehen. Er entdeckte seine eigene Stute unter ihnen, augenscheinlich wohlauf.

Die Diebe zählten sechs. Fünf von ihnen gewöhnliche, sie sahen wie Streiter aus. Drei mochten sogar als Krieger ausgebildet sein, der Art nach, wie sie ihre Waffen trugen. Eher pragmatisch denn schaustellerisch. Die zwei anderen wirkten kampfmutig mit ihren Klingen, die sie derweil der Ruhe nicht ablegten, und ihren Rüstungen. Deren Muskulatur verriet jedoch mehr Schein als Sein. Der sechste, offensichtlich älteste, eindeutig impulskräftig. Rhaz spürte es. Dieser mächtig, und das Echo verriet ihn.

Der Bannsprecher.

Eine Gänsehaut fuhr ihm den Rücken hinab, wider seinen Willen, trotz der Hitze. Der Kerl hatte ihn überwältigt, auch am übelsten mit der Klinge malträtiert. Und daran Gefallen gefunden. Auch wog die Aura des Bannsprechers schwer, sie zeugte von außergewöhnlicher Macht in dieser Disziplin. Zuletzt überrascht, hatte er dem nichts entgegenzusetzen gehabt. Jetzt hielt er die Berechnung auf seiner Seite. Und das Amulett. Dass der Bannsprecher ihn nicht bemerkte, in so unmittelbarer Nähe, bewies, dass es funktionierte. *Ich kann das schaffen. Ich schaffe das.*

Gleich an Ort und Stelle fiel er auf den Bauch und schmolz in die Erde. Er wartete und observierte. Schöpfte Kraft und ruhte aus. Ersann ein Vorgehen und gewann Zuversicht. Auf die Dunkelheit warten. Sie würde ihn tarnen, und in der dadurch geminderten Hitze konnte er flinker agieren. Den Bannsprecher kraft des Amuletts außer Gefecht setzen. Eska und Kay auf die Hunde hetzen. Eine Waffe erlangen, bestenfalls seine eigene, seine Seelenklinge. Die Streiter ausschalten, zuletzt sich um den Bannsprecher kümmern. Auf welche Weise, hielt er sich offen.

Der Abend dämmerte. Sowie die Sonne nicht mehr brannte, brach die Gruppe auf. Gemächlich. Wie geprügelte Esel, stöhnend ob der Schwüle, durch den Sand mit schleppenden Beinen ostwärts. Rhaz wartete, bis etwas Abstand zwischen ihnen lag. Dann stieß er jene Pfifffolge aus. Von den Dieben und ihren Viechern reagierte niemand darauf, seine Hunde aber kamen heran. Er schlich los und gab ihnen das Zeichen zu kriechen. Beide gehorchten. Er hielt die Deckung, auch die Tarnung, achtete auf den Wind und verringerte mit zunehmender Dunkelheit den Abstand. Die Diebe entzündeten Fackeln, sodass sie sich wie Glühkäfer auf einem sandigen Tablett präsentierten.

Das Amulett antastend, spürte er nach dessen Energie. Erstaunlich. Überwältigend. Er wusste, wie er auf die Kraft seiner Seelengabe zugreifen konnte. Impulskraft. Die Kraft seines Körpers, geschöpft in mentale Energie, gewandelt in physische Effekte. Er wusste auch, wie man die Kräfte der Natur las. Das Artefakt bündelte diese, trug sie ihm zu und machte sie nutzbar. Eine Ahnung dessen, was die Heilhexe ihm dargeboten hatte. Er spürte die Bäume. Ihre Macht, träge und brüchig, die Dürre setzte ihnen zu. Spürte den Wind, gemächlich, er gab fast nichts her. Die drückende

Luft, brodelnd noch von der Hitze des Tages, dafür hohl, ihrem Ursprung schon zu fern. Von allem nahm er ein wenig und rang ihnen Kraft ab. Nichtsdestotrotz schöpfte er am meisten aus der Glut seiner eigenen Rachlust. Das Amulett verstärkte diese noch.

In Gedanken bereitete er einen Bann vor. Er sponn ein Netz und knüpfte es genauso fein wie fest. Prüfte es auf Schwachstellen, steckte seinen Rahmen ab. Verstärkte es und prüfte es erneut. Er wiederholte das Ganze, bis er einen Bann bereithielt, den er selbst kaum lösen könnte, sogar unverletzt bei Sinnen nicht. Dann verbesserte er diesen, sodass seine innere Kraft nicht genügte, ihn wieder aufzuheben. Das Amulett lieferte die zusätzlich dafür benötigte Energie.

Schweiß rann ihm über den Leib, diesmal nicht vor Hitze. Schatten flirrten vor seinen Augen, diesmal nicht wegen der Anstrengung des Marsches. Er richtete das Netz aus. Er warf den Bann. Und traf. Der Reiter sackte auf seinem Pferd zusammen, der impulskräftige. Der Bannsprecher schwankte einen Augenblick wie eine Puppe, rutschte aus dem Sattel und fiel mit schlackernden Gliedmaßen in den Sand. Sodann gelähmt, lag er reglos. Nicht aber seine Streiter. Diese nahmen Stellung ein. Rufe schallen durch den Wald. Blätter rasselten, Zweige knackten. Stahl sirrte.

Rhaz pfiff, kurz und schrill. „Attacke.“

Die Hündinnen stürzten vor, Schemen mit blitzenden Zähnen. Die Pferde scheuten. Eines warf den Reiter ab. Dieser sprang auf die Beine, richtete die Klinge nach den Hunden aus und sah ihn nicht kommen. Schon heran, von hinten, umfasste Rhaz den Brustkorb, packte das Kinn und brach das Genick. Im selben Zug entwendete er das Schwert. Ein Pferdeleib preschte heran. Nein, gleich zwei. Eine Drehung, noch eine halbe, seitwärts, ein Satz zurück. Wieder frei. Durch die Wendungen erhielt er ein Gefühl für die Waffe. Nicht ausgewogen, das Heft zu schwer. Mit Muskelkraft den Nachteil ausgleichen. Seine Seelenklinge entdeckte er auf Anhieb nicht.

Dem nächsten Angreifer wich er nicht aus. Er setzte vor und schwang die Klinge an die Kehle hoch zu Rosse. Er traf. Eine Fackel fiel in den Sand, der Reiter hinterher. Die übrigen drei sprangen von den Pferden. Deren Scheu gereichte zum Nachteil, jetzt bildeten sie ein V und gingen ihn an. Zwei hielten je eine Fackel und eine Klinge, der Dritte sein Schwert mit beiden Händen.

Rhaz trat rückwärts. Geheul drang ihm an die Ohren, dieses fremd. Eska und Kay, abgerichtete Kampfhunde, brauchten keine Hilfe gegen die behäbigen Köter.

Er fokussierte sich. Sein Bann hielt noch. Gleichwohl spürte er, wie der Impulskräftige am Netz zerrte. Er musste sich sputen, doch nichts überstürzen. Er trat eine Spirale. Langsam. Noch langsamer. Es brachte die Drei aus der Konzentration. Machte sie unruhig. Ängstlich. Als es genügte, schnellte er vor. Die anderen zuckten wie Schafe auf der Schlachtbank. Ehe sie die Waffen richteten, führte er das Schwert. Gewichtig das Heft, leicht die Klinge. Jetzt ein Vorteil, sie ließ sich flinker wenden. Kehle links, Kehle rechts, ausgerichtet gerade vor, ins Herz. Drei Tote brachen im Sand zusammen.

Rhaz warf das Schwert fort, das unausgewogene. Er verschwendete ob des Kampfes des Bannsprechers gegen sein Netz keine Zeit auf die Suche nach seiner eigenen Klinge, sondern nahm stattdessen einer Leiche ein Stilett ab. Dann erstickte er die Fackeln im Sand. Alle. Das Licht der Gestirne genügte zum Sehen, und es vertiefte die Schatten, mit denen er verschmolz. Ein Blick in die dunklen Winkel, ein Impuls. Eska und Kay hatten einen Köter geschafft und bearbeiteten den anderen. Er pfiff die Hündinnen heran. Das verdroschene Vieh ergriff die Flucht. Eska links, Kay rechts, ein Fingerzeig links und einer rechts, indes er auf den Bannsprecher zuschritt. „Fasst."

Eska schnappte sich den linken Arm des Gelähmten, Kay den rechten.

Der Kerl konnte sich nicht regen, auch keinen Laut geben, aber seine Augen verrieten es. Diese blitzten unter dem Mond, blitzten von Tränen und Panik. Und Schmerz.

Rhaz legte eine Hand an dessen Kehle. Die linke, mit der rechten führte er das Stilett. Die Spitze steuerte er an die Rippen. Er brachte sie in Position zwischen den Platten der Rüstung, stach aber nicht zu. Noch nicht. Er prüfte den Bann. Funktionierte. Hielt. Das Amulett pulsierte. Er nahm sich zurück, ein wenig, und lockerte die Knoten seines Netzes. Bloß einen Hauch. Dann noch einen. Und noch einen. Bis dem Widersacher ein gequältes Stöhnen gelang, welches genügte, damit diesem die Stimme dienen dürfte. Mit der Spitze des Stiletts verdeutlichte er seine Drohung. „Name. Auftraggeber. Auftrag."

Ein Röcheln, mehr nicht.

„Rede."

„… kann … nicht."

„Du kannst, aber du willst nicht." Er schob das Stilett in die Haut. Nicht tief, aber entlang des Rippenknochens schmerzte es gehörig. „Rede."

Der Bannsprecher verzog das Gesicht. Es sah grotesk aus. Die Muskeln gehorchten ihm nicht vollends, sodass es wirkte, als bewege ein Laie eine Marionette.

Rhaz schob die Klinge ein Stück tiefer. Er drehte sie ein wenig, damit sie an zwei Rippen schabte. Es brachte den gewünschten Effekt. Der Kerl ächzte und weinte. Rhaz hielt inne. „Rede, und du stirbst. Schweig, und ich füge dir zu, was du mir angetan hast. Schlimmeres noch. Name. Auftraggeber. Auftrag. Rede."

„Du bist tot."

Ihm gelang ein Grinsen. „Du hältst mich für eine Erscheinung?"

Ein Röcheln. Es klang nach Verzweiflung. „Es war dein Schicksal, dort zu sterben. Wir haben es so geweissagt."

„Das Schicksal ist ein Verräter." Noch eine Korrektur der Klinge. „Rede."

Das tat er nicht.

„Hast du eine Ahnung, wer ich bin?"

Bloß ein Blick, ein verständnisloser.

„Mein Name ist Rhaz. Ich habe den Drill von Dasgar überlebt."

Mehr Tränen.

„Ich bin ein Gestählter. Du hast dich mit dem Falschen angelegt."

Dem Dieb gelang sogar ein Zucken ob des gelockerten Banns, aber Eska und Kay hielten ihn fest.

„In Dasgar lernen wir das. Folter. Eine Disziplin, eine von vielen. Ich bin ein Meister derselben. Willst du erfahren, was das bedeutet?"

Furcht. Echte, herzensreine Furcht.

„Dachte ich mir. Name. Auftraggeber. Auftr…" Ein Schlag traf ihn frontal. Er stürzte rücklings. Den Schwung nutzend, warf er sich herum und kam auf die Füße. Gebeugt die Knie, in der Hand den Dolch, trat er im Kreis. Ein Zeichen an die Hunde, den Feind gefasst zu halten. Ein Rundumblick. Ein Impuls.

Jemand, besser gesagt etwas, erwiderte sein Tasten.

Er richtete sich danach aus, nach schräger Höhe, und spähte ins Astwerk der Bäume. Dort lauerte ein Schatten. Es konnte sich nur um einen Blutsegler handeln, angelockt vermutlich vom Geruch des Todes. Rhaz ging tiefer in die Knie. Er langte nach einem Schwert, wenn auch einem fremden, und hob es auf. Prüfte den Bann auf dem Dieb und festigte dessen Knoten. Dann widmete er sich dem Blutsegler. Gleich einem Flughund kauerte dieser im Geäst, die Flugmembranen zur Attacke geweitet. Von der Größe eines Hirschkalbs, wirkte es zu behäbig für diese Art der Fortbewegung und ein Leben in den Baumkronen, aber die Viecher wogen erstaunlich leicht. Sie regten sich überraschend gewandt, und die impulskräftigen Sinne glichen die Größe des Körpers aus. Ein gefürchteter Jäger, ein blutdurstiger zudem. Im wahrsten Sinne des Wortes. Wie zur Bestätigung entblößte das Wesen die Fangzähne.

„Na komm schon, Mistvieh." Er tauschte die Waffen, nahm das Schwert in die rechte und das Stilett in die linke Hand und trat ein paar Schritte von seinem Schlachtfeld fort, in die Mitte des Weges. Mit den Augen, diese durch die gelöschten Fackeln schon an die Finsternis gewöhnt, behielt er den Segler im Blick. Seine Impulskraft nützte wenig außer zum besseren Gespür, weil er mithilfe des Amuletts jenen Bannsprecher gefangen hielt. Er wagte nicht, den Fokus seiner Seelengabe aufzuteilen und sie zur Attacke einzusetzen.

Als von ihm kein Angriff auf mentaler Ebene erfolgte, schien das Vieh ihn als geeignete Beute einzuordnen. Es schwebte aus dem Geäst herab, auf ihn zu. Er spürte den Impuls und wie es damit an der Zeit zerrte. Der Ansturm wirkte träge und fern. Eine Täuschung. Es langte schon bei ihm an. Darauf gefasst, wehrte er die Klauen mit der Klinge ab. Die Fangzähne erwischten ihn im Vorbeiflug an der Schulter. Ein scharfer Schmerz. Er wirbelte herum und stach zu mit dem Stilett.

Daneben.

Der nächste Impuls traf ihn. Diesmal eine Woge wie ein Fausthieb gegen die Brust. Es riss ihn von den Füßen, aber die Waffen hielt er fest. Ehe er diese und sich selbst wieder in Position brachte, stürzte das Untier auf ihn. Die Zähne schnappten nach seiner Kehle, lüstern nach der Ader, um ihm das Blut aus dem Leib zu saugen. Er ließ das Schwert fahren. Packte die Kiefer und hielt diese fern. Rammte den Dolch in den Leib. Das Wesen fauchte. Kay sprang es an und stürzte es seitwärts in den Sand. Allein, es übertrumpfte sie an Muskelkraft. Ehe ihre Zähne ein Ziel fanden, schleuderte es sie von sich.

Der Augenblick genügte Rhaz, um auf die Beine zu springen und das Schwert aufzunehmen. Das Amulett an seiner Brust pulsierte. Er wollte die Kraft nicht aus seinem Bann ziehen, selbst nicht, um das Vieh zu attackieren. Allein um dessen neuerlichen Impuls abzuwehren, schöpfte er davon. Schlag auf Schlag, als pralle Feuer gegen Eis. Er warf sich hindurch, vorwärts auf das Untier. Die Schwertklinge fuhr in dessen Leib und nagelte es am Boden fest. Es kreischte. Der Laut ging ihm durch Mark und Bein, ein Impuls zwang ihn auf die Knie. Er gelangte zu dicht an die Krallen. Die Daumenklaue glitt am Leder seines Rüstzeugs ab, doch die Zehen drangen unter die Brustplatte. So spitz, sie zerfetzten die Glieder seiner Kettenweste.

Und ihm die Haut.

Er schlug die Kiefer aufeinander und konterte mit dem Stilett. Stach zu. Noch einmal. Das Vieh zappelte. Die Krallen, verfangen in den Ringen, furchten seinen Leib. Dann kamen sie frei. Ruckartig, umwickelt von dem Riemen des Amuletts. Dieser riss. Das Artefakt segelte durch die Luft und landete im Sand, außer Reichweite.

Die Kraft daraus verpuffte.

Augenblicklich brach sein Bann.

Nun frei von den Klauen, gelang ihm der endgültige Stoß. Gestützt auf das Heft des Schwertes, warf er sich vor und steckte den Dolch in die Kehle des Blutseglers. Die Mordlust erlosch. Schlaff deckten die Membranen den Sand zu.

Eska heulte, Kay schlug Warnung. Den Schwertstreich spürte er mehr, als dass er ihn kommen sah, hinterrücks nach seinem Nacken. Er ließ sich fallen und rollte auf den Rücken. Das Stilett noch am Heft gepackt, zerrte er es mit. Der Hieb des Bannsprechers traf ihn nicht, dessen Impuls aber sehr wohl. Eine Lähmung, unter der ihm die Luft wegblieb. Ihm fehlte die Kraft für einen Konter. Der Feind sammelte seine noch, fühlbar erschöpft nach dem Kampf gegen den Bann. Rhaz ergriff die Gelegenheit, auch, wenn es ihm verwehrte, seine Fragen beantwortet zu bekommen. Er warf das Stilett in die Höhe, packte die Klinge und schickte es auf den Weg. Flott wie ein Falke im Sturzflug glitt es durch die Luft, Spitze voran dem Kerl ins Herz. Zugleich sprang Eska ihn an und fetzte ihm die Kehle, obschon es kaum mehr Not tat.

Alle Kräfte ebbten ab.

Rhaz sank rücklings in den Sand. Er genehmigte sich einen Atemzug. Sogar ein Stöhnen. Und dann, als es nicht half, schloss er die Augen. Er blieb liegen für eine Weile, bis er seinen Herzschlag wieder kontrollierte.

Dann hob er die Lider. Auf Distanz lagen die Hündinnen, beide sprungbereit, Eska links von ihm, Kay rechts, und hielten Wache. Durst dörrte ihm die Kehle aus. Er hob die Hand und tastete nach der aufgefetzten Brust. Blut besudelte seine Finger. Der Schmerz, als ziehe ihm jemand ein glühendes Eisen über den Leib. Noch ein Stöhnen. *Schwächling.* Sterne flirrten vor seinen Augen. Solche, die nicht am Himmel standen, sondern ihm auf der Netzhaut klebten. Die Finger in den Sand gebettet, blieb er noch ein wenig länger liegen. Er wähnte sich nicht in Gefahr.

Blutsegler teilten ihr Revier nicht, also rechnete er nicht mit einer weiteren Attacke. Nicht so rasch, jedenfalls. Früher oder später würde der Todesgestank andere Jäger anlocken, auch Aasfresser. *Ich bin kein Aas.*

Mit einem Schwung rollte er sich auf die Seite und stemmte sich von dort auf die Knie. Er richtete den Rücken auf, schälte sich aus Rüstzeug, Kettenweste und Gewand und warf die Sachen in den Sand. Eskas Nase bebte, sie robbte an die blutigen Fetzen heran. Er zeigte ihr die Zähne. Die Ohren zurückgelegt, senkte sie den Schädel und schleckte sich die Lefzen. Daraufhin probierte sie es nicht noch einmal.

Er erhob sich, kämpfte das Glühen der Wunden kraft seines Geistes nieder und schritt auf die Pferde zu. Diese standen zerstreut, aber jetzt trotteten sie wie selbstverständlich heran, als glaubten sie, dass er ihnen Sicherheit bot. Die fremden Viecher scheuchte er fort, und er grüßte auch die eigene Stute nicht, sondern löste die Schnallen des Gepäcks. Dann öffnete er die Taschen. Ein Glück, hatten die Diebe diese wenig angerührt, sodass er sich auch im Dunkeln darin zurechtfand. Eines seiner wichtigsten Besitztümer, die Notfallkassette. Er nahm eine Phiole heraus. Mit der enthaltenen Essenz tränkte er Leinen und tupfte die Furchen ab, danach den Biss an der Schulter. Es brannte, als pflanze er sich Glut in die Brust, aber es stillte die Blutung. Hoffentlich verhinderte es auch eine Infektion. Er nahm Verbandszeug, beträufelte dieses mit der Essenz und wand es sich um den Leib. Alsbald gewöhnte er sich an das Brennen, sodass er es aus dem Bewusstsein ausblendete.

Danach packte er die Sachen zurück in die Kassette. In der Phiole blieb nicht mehr als eine Pfütze übrig. Bedenklich, er musste Nachschub besorgen. Die Heilhexe in Dasgar konnte ihn neu ausstatten. Bis dahin musste er mit dem Rest auskommen. Gegen Infektionen hatte sein Körper stets verlässlich gekämpft, aber er hatte selten eine solche Folge von Unwägbarkeiten in so kurzer Zeit eingesteckt. Bann, Beinahetod, Blutverlust, Hitze und Verausgabung, neue Wunden. Zuletzt derweil des Drills. Es lag Jahre zurück, und Dasgars Heilhexe war stets zugegen gewesen.

Jäh gewahrte er, dass er sich sorgte. Sorge zu scheitern. Sorge vor Schmerzen. Sorge zu sterben. *Schwachsinn, ich fürchte den Tod nicht.* Kay winselte und tappte mit Signalen der Beschwichtigung heran. Er verpasste ihr einen Schlag gegen die Schnauze. „Ich brauche keine Hilfe. Zieh Leine."

Die Hündin schurrte ab, hin zur Gefährtin.

Er fuhr damit fort, das Gepäck der Diebe zu durchsuchen. Darin fand er mehrere Feldflaschen, die meisten leer, die anderen fast. Er goss die Reste in eine Schale und bot diese gemäß der Sorgepflicht zuerst den Hündinnen dar. Die beiden soffen gierig und ließen so gut wie nichts übrig. Er trank den Rest in einem Zug, danach durstiger als vorher. Für die Pferde genügte es nicht. Ohnehin musste er sich, sobald aufbruchfähig, um Wasser bemühen. So lange hielten sie gewiss noch aus. Es handelte sich um iverische Reinblüter, und denen lagen Strapazen regelrecht im Blut. Fuchsrot, für gewöhnlich das Fell dieser Rasse, so feurig wie ihr Gemüt. Im Augenblick wirkten sie weniger verschreckt als vielmehr empört. Er sammelte sie am Zügel ein und band sie am Wegrand fest, seine eigene Stute zuletzt. Diese, auch eine iverische, eine der seltenen Vertreter. Ein Rappe.

„Hallo Iv. Ein Glück, dass dir nichts zugestoßen ist." Er tätschelte ihren Schädel und begutachtete sie, soweit er es im Halbdunkeln vermochte. Sie hatte ihn ein Vermögen gekostet, beinahe einen ganzen Jahresverdienst. Da er sich oftmals im Schatten bewegte oder in der Nacht, hielt er es jedoch für eine lohnende Investition. Er band sie bei den anderen an, nachdem er keine Verletzungen feststellte.

Inzwischen dämmerte der Morgen. Im fahlen Licht schaute er den Weg auf und nieder, dieser verlassen. Schon jetzt drückte die Hitze aus dem Himmel auf den Wald herab, aber solange die Sonne noch niedrig stand, nutzten gewiss Reisende die Tageszeit für einen Marsch. Er musste von hier verschwinden. Bei all den Leichen wollte er nicht gesehen werden, neutraler Boden des Eskelforstes hin oder her. Er spielte mit dem Gedanken, die Toten ins Gebüsch zu schaffen. Jedoch, falls sie dort jemand entdeckte, verriete es, dass der Täter etwas verbergen wollte. Sie liegen zu lassen, sprach mehr für sittlose Banditen. Er sandte einen Impuls. Die Echos fühlten sich hohl an, bis ihm einfiel, dass das Amulett an seiner Brust fehlte. Er spähte danach und fand es im Sand. Blutbesudelt. Klebrig. Er hängte es sich um den Hals. Sodann sandte er einen weiteren Impuls.

Verlassen, der Weg. Noch.

Das Amulett pulsierte vor Energie, aber er fühlte sich so ausgehöhlt, dass er sich nicht imstande sah, sie im Fall des Falles zu befehligen. Also steuerte er all seine Kraft in die Muskeln, langte in die Taschen der Leichen, nahm jedwede Wertsache an sich und verstaute sie in den Satteltaschen. Er hob sein besudeltes und zerfetztes Rüstzeug auf und legte es sich um den Leib. Die minderwertigen Waffen der Diebe ließ er zurück und sammelte nur die eigenen auf, die sie allem Anschein nach untereinander aufgeteilt hatten. Klingen aus Dasgar, geschmiedet in den Feuergruben von Dargalash. Nichts härtete den Stahl wie das Feuer der Berge, ohne diesen dabei spröde zu machen. Keine Klinge ließ sich schärfen wie eine aus Dasgar, und niemandem sonst händigten die Schmiedemeister welche aus als einem Gestählten.

Beim Bannsprecher, vermutlich dem Anführer der

Gruppe, fand er seine Seelenklinge. In dessen Gepäck, eingewickelt in Stoff. Er tastete nach ihr mit einem Impuls. Gestimmt auf seine eigene Spur, schall ihm das Echo des Stahls entgegen und fand Anklang in seiner Seele. Es fühlte sich erbost an. Womöglich, weil die Klinge am Kampf nicht teilgenommen hatte. Blutdurstig, wie stets. Er kniete nieder, hob sie auf und wickelte sie aus dem Stoff frei, ohne sie oder die Fassung anzutasten. Vor den Knien legte er sie ab, küsste die Finger und berührte die eigene Stirn. Erst dann schloss er sie um das Heft. Mit der gebührenden Ehrerbietung nahm er die Waffe an sich und zog das Blatt. Lautlos wie eine Eule im Flug. Funkelnd wie ein Diamant im Licht der Sterne. Gekrümmt wie die Woge eines Ozeans. Zweischneidig. Makellos. Er hauchte einen Kuss auf die Klinge und murmelte ihren Namen. „Gruß Izhir. *Dämmerung.*"

Die Klinge blitzte, als nehme sie die Worte in Empfang. Ein Strom von Energie schoss ihm wie ein Peitschenhieb aus dem Leib in die Hand und versiegte im Stahl. *Recht so.* Nun besänftigt, steckte er Izhir zurück in die Fassung. Er fand seinen Waffengürtel. Diesen wand er sich um und hängte Schwert und Stilett sowie ein Jagdmesser daran. Dann steckte er all seine Dolche und Wurfmesser in den Klingengurt und schnallte ihn sich um den Oberleib. Als Letztes suchte er die Hassel, den Gegenstand seines Auftrags.

Die Ursache seines Scheiterns.

Er biss sich auf die Zunge, die Kehle zu ausgetrocknet, um die Enge zu schlucken. *Ich bin nicht gescheitert. Ich bin noch nicht fertig, aber ich bringe das zu Ende.* Ein Gestählter von Dasgar scheiterte nicht. Er brauchte bloß noch etwas Zeit.

Wie erwartet, fand er auch die Schatulle beim Bannsprecher. Diese flach und schmucklos, nicht größer als seine Handfläche. Gearbeitet aus honigfarbenem Holz mit vergoldeter Schließe, verriet sie einen wertigen Inhalt. Nicht aber das Begehr um denselben. Für einen Moment spielte er mit dem Gedanken, sie zu öffnen, die Schatulle. Es gab kein Schloss. Er müsste bloß die Schnalle aufschnappen. Aber die Worte seines Auftrags droschen ihm ins Hirn, so scharf, als stehe der Gebieter gleich neben ihm.

Du erlangst die Hassel. Du bringst sie mir. Du öffnest sie nicht.
Unmissverständlich.

Sein Daumen machte sich selbstständig. Er berührte die Schließe. Legte an. Übte Kraft darauf aus. Ganz wenig, es genügte nicht. Die Schnalle erbebte. Er müsste sie nur heben. Eine Gänsehaut fuhr ihm den Rücken hinab. Er sandte einen Impuls. Selbst verstärkt durch das Amulett gab die Schatulle nichts preis. Nichts über ihren Ursprung, nichts über den Inhalt. Vielleicht war sie leer, und das alles ein makabres Machtspiel zwischen Dargosh und Ivera. Es wäre nicht das erste Mal.

Das Echo verriet ihm, dass er sich nicht länger allein auf der Straße befand.

Es rüttelte ihm die Sinne wach. Er hob den Blick und schaute den Weg auf und nieder. Niemand in Sicht. Noch nicht. Erneut betrachtete er die Schatulle, diesmal flüchtig. Gleich, ob der Inhalt Wert besaß oder nicht. Egal, was sein Gebieter damit bezwecken wollte. Er musste liefern. Nichts sonst war von Bedeutung, wenn ein Gestählter sein Wort vergab, und er hatte seins noch nie gebrochen. Also steckte er die Hassel ein, gleich unter die Lederschuppen seines Rüstzeugs, und erhob sich. Allein schon davon rann ihm Schweiß den Leib hinab. Ihm kam der Verdacht, dass er diesen nicht bloß der Hitze schuldete. Die Sonne stand noch nicht einmal über den Bäumen und raubte der Luft schon sämtlichen Sauerstoff.

Mit einem Blick vergewisserte er sich, dass er nichts

zurückließ. Nichts von Wert jedenfalls, und nichts, was auf seine Identität schließen ließ. Dann steckte er die Feldflaschen der Diebe ein und befreite die Pferde vom Gepäck ihrer Reiter. Alle außer Iv, denn sie trug seine eigene Bagage. Bei den anderen löste er die Zügel jeweils einseitig, raffte die somit entstandenen Leinen und band sie zusammen, zuletzt an Ivs Gepäckgurt fest. Reinblüter aus Ivera erzielten einen hohen Preis in Dargosh. Mit sechs Iveriern konnte er ein halbes Vermögen einheimsen und in der Gunst seines Gebieters steigen.

Er schwang sich in den Sattel und gab seiner Stute die Fersen. Ein Schnippen der Finger, und die Hunde sprangen auf die Pfoten und folgten. Er warf einen letzten Blick zurück auf sein Schlachtfeld. *Fehler korrigiert.* Zeit, den Auftrag abzuschließen, die Schuld zu begleichen und den Zwischenfall zu vergessen. Er gab sich Mühe. Die Erschöpfung und die Schmerzen sperrte er aus seinem Bewusstsein aus, mit dem Nachhall gelang es ihm nicht. Dem Nachhall der Worte des Bannsprechers. *Es war dein Schicksal, dort zu sterben. Wir haben es so geweissagt.* Er zweifelte nicht daran, dass ein Seher es genauso prophezeit hatte. Es wäre schließlich eingetreten.

Wenn nicht Ura ihn gefunden hätte.

Nach ihrem Werk an seinen Verletzungen traute er ihr zu, dass sie die Macht besaß, sich gegen das Schicksal aufzulehnen. *Aber was war nun mein Schicksal? Dass ich dort sterbe oder dass sie mich rettet?* An Ersteres wollte er nicht denken, denn wenn es wahr wäre, und wenn er nach der Weisung des Schicksals hätte tot sein sollen, dann machte ihn das zu einem Phantom. Ein Wesen wider die Natur. Einem Seelenlosen. Einer, von der Alten Mutter geschmäht. Ein Zerrbild seinerselbst aus dem Jenseits. Die Gänsehaut an seinem Rücken wuchs zu einem Schauer heran, dann zu einem Zittern, das sein Blut erfasste. *Nein, das hat sie mir nicht angetan.* Gleichwohl blieb ihm der Atem in der Kehle stecken.

„Diese Macht besitzt sie nicht. Selbst sie nicht." Er sprach es aus. Sagte es laut, damit es die Kraft der Überzeugung gewann. Die Stimme aber zitterte, und die Worte bebten. Er fasste nach der Brust und legte sich die Handfläche ans Herz. Es schlug. Zu schnell, zu heftig für einen Gestählten von Dasgar. Jedoch, es schlug. Er glaubte nicht, dass im Leib eines Phantoms noch ein Herz pochte, welches sich wie das eigene anfühlte, oder dass es Angst verspürte. *Auch ein Gestählter fürchtet sich nicht.* Dann sagte er es zu sich selbst, ganz so, wie er es Ura entgegenschleudern würde. Harsch, sodass es klang, als ob er daran nicht zweifelte. „Ich fürchte mich nicht."

Von seitwärts schielten die Hündinnen auf, ganz wie in Skepsis. Iv schlug mit dem Schweif nach seinen Stiefeln.

Etwas hatte sie mit ihm gemacht. Ura. Ihn an etwas gebunden. Und an sie. Wenn es stimmte, was der Bannsprecher behauptet hatte. Wenn er hätte er sterben sollen. Wenn er über sein Schicksal hinweggegangen war. Wenn Ura erst das Begleichen seiner Schuld einforderte. *Ist das der Preis für das Amulett? Meine Seele?* Er wollte darüber nicht nachdenken. *Ich bin kein Phantom. Ich werde nicht als ein Seelenloser enden.*

Jäh schlugen die Viecher an, alle gemeinsam, und holten ihn zurück aus dem Abgrund. Ein Blick, ein Impuls, der Griff nach Izhir. Sogleich las er im Alarm der Tiere keine Warnung, sondern eine Botschaft. Eine erlösende. Eindeutig eine Witterung. Der Reaktion nach konnte es sich nur um Wasser handeln. *Endlich.* Er gab Kay ein Zeichen. Die Hündin stob voran ins Unterholz, so geschwind, dass er sie bremsen musste. Auf den Wildpfaden kamen die Pferde hinderlich voran, zumal so eng aneinander gebunden, aber ob des Verlangens nach Wasser trampelten sie sämtliches Gestrüpp nieder, Dornen hin oder her.

Entgegen seiner düsteren Gedanken von eben meinte die Alte Mutter es gnädig mit ihm. Nicht fern der Straße stieß er auf einen Fluss, einen richtigen diesmal. Quellreines Bergwasser schnellte durch ein steiniges Bett, der Klang so heiter und belebend, als stamme er aus einer anderen Welt.

Mit heiserem Gefiepe bettelten die Hunde um Freigabe.

Er erteilte diese. Geschwind sprang er aus dem Sattel, löste die Leinen der Pferde und sicherte sie. Dann ließ er die Viecher streifen und trat selbst in die Strömung, mit allem, was er am Leib trug. In der Mitte beschatteten die Baumkronen den Fluss. Dort reichte dieser ihm fast bis an die Knie. Er hockte sich hinein. Trank. Stemmte die Stiefel im Felsgrund fest und legte sich rücklings in die Flut. Vollständig untergetaucht, wartete er. Darauf, dass die Ängste sich aus seinem Innern lösten. Darauf, dass das Wasser ihm das Blut kühlte. Darauf, dass ihm die Luft ausging. Es dauerte, er wusste nicht, wie lang. Als er schließlich auftauchte, standen die Pferde verstreut zwischen den Stämmen, ruhten die Hündinnen im Schatten der Bäume.

Er richtete sich auf. Einen Augenblick nahm er sich, seinen Fokus zu suchen und das Bewusstsein unter Kontrolle zu bringen. Danach auch die Muskeln, die Atmung und den Herzschlag.

Wieder er selbst, erlöste er Iv von der Bagage und nahm ein Seifenstück aus dem Gepäck. Mittels eines Impulses prüfte er die Gegend. Alles ruhig. Er entkleidete sich und machte sich daran, das Rüstzeug zu waschen und im Anschluss sich selbst. Da außer seiner Fähigkeiten seine Habe ihn als Gestählten auszeichnete, auch wenn die meisten Leute es daran nicht ersahen, brachte er sie zurück in den Zustand makelloser Qualität, derer Dasgar sich rühmte. In allem. Im Gepäck führte er das Nötigste stets mit sich, und so setzte er sich in den Schatten, säuberte die hartnäckigen Flecken aus, flickte die Risse, kittete die Ringe, korrigierte und polierte. Zuletzt hängte er alles zum Trocknen aus und tupfte die Wunden mit den Resten aus der Phiole ab.

Ein dumpfes Gefühl von Hunger meldete sich. Jedoch, ihm fehlte die Muße, sich um etwas Essbares zu bemühen. Stattdessen suchte er sich einen Liegeplatz, prüfte noch einmal die Umgebung und gönnte sich, wie er nichts Bedrohliches gewahrte, etwas Schlaf.

EINE SCHULD MUSS BEGLICHEN WERDEN, GLEICH ZU WELCHEM PREIS.

Er zwang sich auf, als die Sonne hinter die Baumwipfel sank, und sammelte die Pferde ein, die zwischen den Bäumen dürre Halme rupften. Dann pfiff er die Hündinnen auf die Tatzen. Beide näherten sich ihm mit Signalen der Beschwichtigung. Derweil Eska zugleich Zähne zeigte und seinem Blick auswich, schielte Kay zu ihm auf, schleckte sich die Lefzen und winselte. Er verstand die Botschaft. Statt sie neuerlich dafür zu schlagen, legte er seine Hand zwischen ihre Ohren. „Ich brauche keine Hilfe, Kay."

Ihre Rute wackelte, aber sie wirkte nicht überzeugt.

Er sattelte Iv, stieg auf und ritt zurück auf den Weg. Im Licht der Abenddämmerung sah der Sand aus wie mit Glut übergossen, und die Luft flirrte wie Öl auf der Oberfläche von Wasser. Verlassen die Straße, bewies sie, dass es an Irrsinn grenzte, in dieser Wetterlage eine Reise zu unternehmen.

Er trieb die Pferde westwärts in Richtung Dargosh, zügig trotz der Hitze. Mit der Dunkelheit ebbte zumindest das Lodern ab. Unter regelmäßigen Impulsen hielt er seine Aufmerksamkeit in den Wald gerichtet, horchte nach Wildvieh und spähte nach Gefahr. In Bewegung, ohne Blut und Leichen ringsum, blieben ihm die Räuber der Nacht fern.

Er kam gut voran. Bis in den Morgen machte er Strecke, suchte im ersten Licht des Tages den Strom vom Vortag und fand ihn wie erwartet unweit des Weges. Als die Sonne auf den Sand brannte, begab er sich zur Rast ans Wasser. In seinem Gepäck fand er noch etwas Reisenahrung und teilte diese mit den Hunden. Dann wusch er sein Rüstzeug und sich selbst erneut, obschon er gleich darauf sogar im Ruhen in Schweiß ausbrach, und besah sich die Wunden. In der Notfallkassette fand sich Salbe für die Heilung, jedoch nichts mehr von dem Mittel gegen Blutungen und Infektionen. Die Salbe musste genügen. Er strich sie auf, mit leichten Fingern auf die geröteten Wundränder und in die Furchen. Danach erlaubte er sich Schlaf. Er fiel tiefer hinein als üblich. Es wollte ihm nicht gelingen, den Geist zu lösen und Wache zu halten auf mentaler Ebene. Da er aufgrund der Glut des Tages keine Raubtiere fürchtete, gab er sich für heute damit zufrieden. Er stürzte in die Dunkelheit und kam erst zur Dämmerung wieder zu sich, geweckt von Kay, die äußerst behutsam ihre Nase gegen seine Wange drückte. Er zauste ihr den Pelz, kleidete sich an, packte und zäumte und brach auf.

Im Herzen des Eskelforstes verschmälerte sich die Straße. Als benehme sich die Wildnis wilder hier. Als erobere sie das Terrain rascher zurück denn an den Außengrenzen. Als wolle sie die Passage sperren. Sie, die Wildnis, oder jemand, der sie beanspruchte. Es hielt ihn nicht auf, aber wie sich zugleich die Nacht vertiefte, bekam das Dickicht etwas Schauriges. Er sandte mehr Impulse aus. Die Echos knisterten von Energie. An seiner Brust pulsierte das Amulett, es triefte von himmlischer Spannung.

Ein Unwetter zog auf.

Er warf einen Blick in den Himmel. Wolken fetzten das Licht der Gestirne in Stücke, aber sie brachten weder Regen noch Abkühlung. Stattdessen beschwerten sie die Luft. So arg, dass der Atem ihm die Lunge verklebte. Er strich durch das Fell seiner Stute. Triefnass von Schweiß, genau wie er. „Da braut sich was zusammen, Iv. Das gibt keinen Schauer, sondern eine Sturzflut."

Die Stute schnaubte gesenkten Schädels und beschleunigte auf sein Drängen hin die Schritte.

Der Morgen überrollte ihn mit unerträglicher Hitze. Er hielt nicht an. Kaum gewann der Tag an Licht, die Wolken türmten sich gleich einem Bollwerk bläulicher Schatten und erstickten die Erde. Es schien, dass allein die Bäume den Himmel noch stützten und vor dem Herabstürzen bewahrten. Die Kronen beugten sich mit jeder Wegrute, die er zurücklegte, tiefer unter dem zunehmenden Wind.

Er verließ die Straße und bog auf Fußpfade ab. Die meisten davon hatte Wildvieh getreten. Nicht alle. Das Herz des Forstes lag hinter ihm, und er kannte diesen Teil des Waldes. Er wusste, wer ihn bewohnte. Erneut schien es, dass die Alte Mutter es ihm wohl meinte, denn er glaubte, Zuflucht zu erreichen, ehe das Unwetter losbrach. Eine alte Bekannte hauste nicht weit von hier. Vielleicht wollte sie ihn in Anbetracht des Wetters einlassen.

Der Wind wuchs zum Sturm heran. Es knackte, ächzte und stöhnte. Er hielt das Laubdach im Auge und spähte nach stürzenden Ästen, stattdessen gleißte zwischen dem Gezweig ein Blitz. Die Energie fuhr ihm durch Mark und Bein. So widerwillig, diese Form der Kraft, niemand konnte sie beherrschen. Das Amulett griff sie auf, bündelte sie für einen Augenblick und konnte sie nicht halten. Es jagte ihm die Ladung direkt ins Herz.

Ein Stich.

Die Welt hüllte sich in Licht. Ihm versagten die Muskeln den Dienst, auch die Lunge. Er fiel aus dem Sattel, wollte sich fangen, aber schaffte es nicht. Gelähmt wie von einem Bann, landete er auf dem Grund. Der Aufschlag weckte sein

Herz. Es flatterte und stolperte, aber es genügte, dass er Atem schöpfte. Abgehackt. Es schmerzte. Als stülpten sich die Wunden seiner Brust nach innen. Fahrig die Finger, bekam er das Amulett zu greifen und zerrte es sich vom Hals. Gerade recht. Am Himmel gleißte der nächste Blitz. Rasch warf er es in den Sand. Die Runen darin erstrahlten. Sandkörner sprangen in die Luft, implodierten und fielen als Ascheflocken wieder herab.

Ein Regentropfen netzte ihm die Stirn. Ein einzelner, schwerer, als wolle dieser eine letzte Warnung sprechen. Keinesfalls Herr seiner Sinne, erst recht nicht seiner Seelengabe, rappelte er sich auf die Knie und von dort auf die Füße. Er griff eine Feldflasche, schüttete das Wasser aus und füllte Sand bis zur Hälfte hinein. Dann warf er das Amulett rein und begrub es mit noch mehr Sand. Zuletzt steckte er den Stopfen, hängte die Flasche an den Waffengürtel und packte Iv am Zügel. Die Hündinnen drängten sich an ihre Läufe, als könne die Stute sie beschützen. *Niemand kann das.* Das Unwetter strotzte von dämonischer Macht. Er musste Zuflucht finden. Hoffentlich ließ sie ihn ein, seine alte Freundin. Ihre Herkunft, überdies ihr Wissen, reichten weit zurück, bis in die Urzeit dieses Forstes. Womöglich wusste sie etwas über Ura. Und über das Amulett. Oder über die Hassel.

Zuerst jedoch musste er sie finden, rechtzeitig vor dem Höhepunkt des Sturms.

Er hetzte über die Pfade, blindlings. Ihn schwindelte, die Bäume umkreisten ihn so unstet wie sein Herz schlug. Ob er richtig abbog, wusste er bald nicht mehr. Im Dunkel des mörderischen Himmels sah alles gleich aus. Oder in den Wirren seines Hirns wegen des im Blitzschlag fast erstarrten Herzens.

Als er einen Pfad verließ und einen anderen betrat, heulte

Kay. Er wandte sich ihr zu. Sehr aufgebracht und äußerst respektlos kläffte sie ihn an. Eska tat es ihr nach. Iv wieherte. Die Tiere spürten die Gefahr, und sie kannten die Zuflucht genau wie er. Besser sogar. Sie fanden den Weg. Er schickte Kay voran und eilte ihr nach, die wilden Iverier im Schlepptau. Zu reiten wagte er nicht mehr. Unberechenbar, wie die Äste herabschnellten. Sie konnten ihn leicht erschlagen.

Er sah kaum, wohin er die Schritte setzte, und spürte nichts von der Umgebung. Womöglich wäre er vorbeigelaufen, wenn sich nicht die Hündinnen an der Zuflucht niedergelegt hätten. Das Haus, moosbewachsen, verschmolz mit dem Urwald. Es senkte sich in die Erde, bildete ein niedriges Dach und wirkte wie eine natürliche Erhebung, von Strauchwerk in Beschlag genommen.

Die Pferde mussten draußen bleiben, es ging nicht anders. Er schlang die Leinen an einer Baumgruppe fest, von der er meinte, sie müsse dem Sturm standhalten, trat an die Tür und klopfte. Es tat nicht Not, sie schwang schon auf. Ihm gegenüber stand ein Wesen, schmächtig und grazil und völlig nackt. Er wusste längst, dass Dryaden Kleidung für überflüssig hielten, so der Winter sie nicht nötig machte, aber es faszinierte ihn nach wie vor, wie die Haut nach Baumrinde anmutete und das Haar ihr vom Haupt herabhing wie Moosbärte von Ästen. Er kannte sie. Kannte auch ihre Scheu und ihre seltsamen Bräuche. Und achtete diese.

Er neigte den Schädel. „Der Alten Mutter zum Heile, Freundin. Wen grüße ich?"

Auch sie neigte den Kopf. Ihre Stimme klang wie ein Bergfluss. Ebenso murmelnd, rollte sie über die harten Laute und sparte das R beinahe vollständig aus. „Der Alten Mutter zum Danke, Freund. Du grüßt Vlah. Wen bitte ich ein?"

In der Alten Sprache bedeutete Vlah *Wind*. Es war nur ein

Teil ihres Namens, aber den Rest enthielt sie ihm noch immer vor. Ihre Gestalt flackerte im Licht eines Blitzes. Sein Herz stotterte. Die Bäume neigten sich nicht allein des Windes wegen. Er schluckte die Benommenheit. „So du darum bittest, nehme ich, Rhaz, deine Einladung an.“

Sie gab die Tür frei.

Er trat an ihr vorbei ins Innere und bückte sich unter trocknenden Kräutern und Blumen an der Decke hindurch in eine Stube, worin er aufrecht stehen konnte. Die Hunde ließ Vlah mit ein. Beide warfen sich in einer Ecke zu Boden und steckten die Nasen unter die Ruten. Die Dryade schloss die Tür. Augenblicklich verstummte das Wüten des Sturms, jedenfalls klang es im Innern der Hütte wie der zwecklose Aufstand eines Kleinkindes. Unbedeutend und harmlos. Er wusste es besser und mühte sich, die Sorge um die Pferde zu vergessen.

Derweil die Dryade Wasser aus einem Krug in Becher schenkte, kniete er sich an den Tisch. Dieser so niedrig, dass er ohne Stühle auskam. Respektlos, sich ungebeten niederzulassen, aber er hielt sich nicht länger aufrecht. Vlah stellte den Becher vor ihm auf die Tafel, trat zurück und umschlang ihn von hinten mit den Armen. Sie legte eine Hand auf die Lederschuppen seines Rüstzeugs, gleich über dem Herzen, sodann auch die zweite. Das Kinn lehnte sie an seiner Halsbeuge an. Ihr Raunen drang bis ins Innere seiner Seele. „Dein Herz klagt, Rhaz. Was ist geschehen?“

„Ein Blitz fuhr hinein.“

Sie gab einen Laut. Von einem Menschen hätte er es für ein zärtliches Seufzen gehalten, bei Vlah konnte es alles bedeuten. Sorge oder Missgunst. Unglauben oder Verstehen. „Ich höre noch eine andere Klage.“

„Du hörst falsch.“

„Du täuschst dich, Rhaz.“

„Ich täusche mich nie, Vlah." Er löste sich ihre Hände vom Herzen, dann die Arme vom Hals und schob sie auf Abstand. „Wie geht es dir?"

„Ich dachte nicht, dich wiederzusehen."

„Ich hatte stets vor, wieder herzukommen."

„Du hast mich eine Weile nicht besucht."

„Ich hatte eine Weile keinen Grund dazu."

„Jetzt hast du einen."

„Das ist kein gewöhnliches Unwetter."

Ein dünnes Lächeln zierte ihre Lippen. „Ich denke, jemand wollte Regen beschwören. Etwas ging schief."

„Verdammte Hohlköpfe." Jeder Seelenbegabte lernte, dass derlei nicht möglich war. Jeder in Dasgar, und hoffentlich jeder sonst. Mancher Banause fand sich dennoch stets, der anderes weismachen wollte. Für den Überheblichen endete es meist tödlich, für alle anderen entsetzlich, wenn ein Wetter wie dieses die Felder niedermachte und die Früchte noch vor der Ernte an den Bäumen zerquetschte. „Eine Ahnung, wie lange das anhält?"

„Zur Nacht flaut es ab."

„Wie kannst du sicher sein?"

„Rhaz." Sie schob den Becher Wasser näher an ihn heran. Durch ihre rollende Art des Sprechens wirkten ihre Worte mehr besorgt denn harsch, und sein Name klang aus ihrem Mund wie eine Frage. „Heute Nacht ist Vollmond."

„Natürlich." Er biss sich auf die Zunge. Es hätte ihm nicht entgehen dürfen. Er trank, was den Schwindel verschärfte, und trank noch mehr, sowie sie nachschenkte. Es hieß, das Licht des Vollmonds löse Flüche auf, und dass es jeden Bann entfesselte. Er hatte es einst für Aberglauben gehalten, doch durch die Dryade wusste er es besser.

„Du weißt, was es bedeutet."

„Ja, Vlah."

„Du musst fort sein, ehe der Mond am Himmel steht."

„Gewiss, Vlah." Der Gedanke, hier für einen weiteren Tag oder auch zwei auszuruhen, verpuffte, noch ehe er ihn sich eingestand. Unerwartet niederschmetternd, die Erkenntnis. Jedoch unumgänglich. Das Licht des Vollmonds würde dem dämonischen Sturm ein Ende setzen, sodass er gefahrlos aufbrechen konnte, derweil es zugleich den Bann auf Vlahs im Innern gefangener Bestie aufhob. Er durfte dann nicht bei ihr sein. Niemand durfte das. Ein Grund von vielen, warum sie die Abgeschiedenheit im Herzen des Eskelforstes bewohnte, entlegen ihres Stammes.

„Rhaz. Was hat dich so zugerichtet?"

Durch sein Rüstzeug konnte sie die Wunden unmöglich sehen, aber sie musste es wohl ahnen. Ahnen, weil er sich geistig nicht hier befand, jedenfalls nicht vollends. Ahnen auch deshalb, weil es ihm ins Gesicht geschrieben stehen musste. Vor allem ahnte sie es vermutlich, weil sie über die Gabe des Sehens verfügte. „Ein Blutsegler."

„Ich meinte es anders." Ihre Iriden in der Farbe von Bernstein sausten an ihm auf und nieder, als ob er ihr nackt gegenüber säße. „Ich frage erneut. Was ist geschehen, dass es einem Blutsegler gelingt, dich so zuzurichten?"

„Das siehst du nicht?"

Ob des Spotts in seiner Stimme zuckte sie nicht. Vielleicht bemerkte sie es gar nicht. „Ich sehe es nicht."

„Ich führe einen Auftrag aus und wurde bestohlen. Auf die üble Weise. Ich holte mir mein Zeug zurück. Auch auf die üble Weise. Es lockte einen Blutsegler an. Das war's."

„Wer war das, der dich bestohlen hat?" Sie wartete und sah ihn an. Blinzelte von Zeit zu Zeit und nippte am Becher. Schenkte aus dem Krug nach und wartete weiter. Letztlich rückte sie näher heran. „Rhaz. Wer war das?"

„Ich weiß nicht, Vlah. Häscher aus Ivera." Im Innern der

Behausung herrschte erholsame Kühle. Sie bewirkte, dass er aufatmete, und dass darüber die Strapazen sich als Erschöpfung in seinem Körper breitmachten. Ein wenig beruhigte sich dadurch auch sein Herz. Es gelang ihm, die Bindung an seine Seele neu zu knüpfen und über die mentale Energie die Schwäche seines Leibes auszugleichen.

Sie legte ihre Finger auf seine. Sanft, wie Morgennebel über Wiesen schwebte. „Soll ich helfen?“

„Kannst du?“ Ihr Blick sagte genug, also hob er die Schultern und löste die Schnallen. Dann legte er den Klingengurt ab, schälte sich aus dem Rüstzeug und allem darunter. Schicht für Schicht. Es versetzte sein Herz in Raserei.

Sie hockte sich zu ihm und berührte seine Wunden mit der Zärtlichkeit einer Liebhaberin. Allein damit senkte sie seinen Puls und kühlte das Blut. „Das ist entzündet.“

„Ich weiß.“

Bedächtig pflückte sie Bündel von Kräutern und getrockneten Blumen von der Decke. Manche zerrieb sie und gab sie in einen Mörser, andere zerkaute sie und spuckte sie hinein.

„Was ist das?“ Die meisten der Pflanzen kannte er nicht, obgleich er auch in Erdenkunde, einer Disziplin in Dasgar, als ein Meister hervorgegangen war.

Sie warf ihm einen Blick zu. Eine Antwort gab sie nicht.

Sie weiß, was sie tut. Er dachte an Ura. *Heilhexe.* Vlah besaß nicht die Seelengabe des Heilens. Sie nutzte allein ihr Wissen um Pflanzenkräfte. Und womöglich konnte sie als Seherin die rechte Behandlung ausmachen, besser als jede Heilerin sonst. *Vlah ist eine gute Hexe. Keine schwarze, so wie Ura.* Auch, wenn er an der Dryade mehr Anzeichen einer Hexe ausmachte als an Ura. Hexe, wessen Augen die Farbe von Bernstein besaßen. Hexe, wer mittels Kräuterkunde zu heilen wusste. Hexe, wer Zwillinge gebar. Hexe, wer bei Vollmond eine Bestie entfesselte. Ein sonderbares Merkmal machte noch keine Hexe, aber alle zusammen sehr wohl. So wie bei Vlah. Er erinnerte sich an ihre Zwillinge. Auch, wie sie diese einst begraben hatte. Ein Grund mehr für ihr Leben in der Einsamkeit.

Er mühte sich, an etwas anderes zu denken, und betrachtete ihre Finger, grün und gelb von Kräutern und Blumen. „Was tust du dann, im Licht des Vollmonds?"

Ein Blecken der Zähne. Diese spitz wie bei einer Katze. „Ist die Alte Mutter mit dir, erfährst du es nie."

„Die Alte Mutter. Womöglich schmäht sie mich. Womöglich bin ich vom Pfad abgekommen." Er erwartete, dass sie ihn befragte. Oder dass sie die Dinge von selbst in ihm sah. Vielleicht tat sie das, aber wenn, dann gab sie es nicht preis. Ihr Schweigen drückte ihm aufs Gemüt. Er füllte es aus. „Das war nicht alles. Was ich dir erzählt habe. Ich lag im Sterben. Jemand hat mich gerettet."

Sie nahm etwas von der Paste mit den Fingern auf und rieb sie in die Furchen. „Wer?"

„Sie nannte sich Ura."

Ihre Finger erbebten. Sie hielt inne für einen Moment. Schöpfte Atem. Vernehmlich. Und fuhr fort.

„Vlah. Kennst du sie?"

„Vielleicht."

„Wer ist sie?"

„Niemand, mit dem du dich einlassen solltest."

„Zu spät."

Sie schwieg.

„Vlah?"

Sie rückte von den Wunden ab. Auf der Tafel legte sie die Hände auf seine, die ihrigen so filigran und gepflegt, dass seine vernarbten, schmutzigen darunter wirkten wie die eines

Schlächters. Es schien sie nicht zu stören. „Du musst mir sagen, was geschehen ist. Lass nichts aus."

Er gehorchte. Weder entzog er ihr die Finger noch wich er ihrem Blick aus. Er wollte, aber sie hielt ihn auf einer Ebene fest, auf der ihm seine überlegene Körperkraft nichts nützte.

Als er endete, verunstalteten Furchen ihre sonst ebenmäßige Stirn. „Zeig mir das Amulett."

Er langte an den Waffengürtel und zog den Stopfen jener Feldflasche. Dann kippte er den Sand auf dem Tisch aus. Das Artefakt glitt mit heraus, in einer Wolke aus Asche, weil mehr von dem es berührenden Sand nicht übrig war. Er stellte die Flasche auf den Boden. Betrachtete das Amulett, aber gab es ihr nicht. Sie nahm es nicht. Schaute es an, genau wie er.

Die Hündinnen hoben ihre Schädel und starrten herüber. Ihre aufgestellten Ohren bildeten Dreiecke wie Warnsignale.

„Rhaaaaaz", seufzte Vlah, so gedehnt, dass sein Name wie ein Stöhnen klang. Oder wie eine Klage. „Was hast du getan."

Es hörte sich nicht nach einer Frage an. Jedoch, die folgende Stille lastete ihm zu schwer auf der Seele, also gab er eine Antwort. „Das sagte ich dir, Vlah. Ich habe einen Pakt mit Ura geschlossen."

Sie sah aus, als litte sie Qualen. „Wie konntest du nur, Rhaz?"

„Ich muss einen Auftrag abschließen. Ohne das Amulett wäre es nicht gegangen."

„Du hättest einen anderen Weg finden müssen."

„Es gab keinen." Eine leise Stimme aus dem Nichts meldete sich, die ihn fragte, ob er es sich nicht bloß einredete, um eine Rechtfertigung für seine Torheit zu finden.

„Der Preis ist zu hoch.“

„Der Preis spielt keine Rolle, Vlah. Mein Auftrag, das ist ein Versprechen. Eine Schuld. Ein Pakt. Nenn es, wie du willst. Eine Schuld muss beglichen werden, gleich zu welchem Preis.“

„Ja, Rhaz. Jetzt hast du eine Schuld bei Ura. Sie hat dich betrogen. Dieses Amulett ist das nicht wert.“

Er löste eine Hand von ihrer, nahm das Artefakt beim Riemen und hielt es hoch. Unscheinbar. Unansehnlich, eigentlich, von den Runen einmal abgesehen. „Was ist das, Vlah? Und wer ist sie, Ura?“

„Sie ist eine Hexe.“

„Ja, aber sie rettete mein Leben. Ich hatte keinen Grund, ihr zu misstrauen.“

Sie schwieg.

„Komm schon, Vlah. Sag mir, was du weißt. Bitte.“

Sie sah ihm in die Augen, die Iriden wie fließender Bernstein. Als blute das Herz des Eskelforstes sein Leben aus. „Dieser Wald hatte eine Seele, vor langer Zeit. Eine grausame, durstige Seele. Meine Vorfahren besänftigten sie mit Blut. Es genügte nicht. Wir rissen der Erde des Forstes die Seele aus dem Leib.“

„Wie soll das gehen? Derlei ist unmöglich. Das wäre Magie. Echte Magie.“

„Für dich Magie, Rhaz. Für uns ein Pakt. Ein Mensch begreift das Herz eines Waldes nicht.“

„Verstehe.“ Er verstand nicht den Hergang, aber die Tatsache, und das genügte.

Die Dryade berührte das Amulett mit einer Fingerspitze. Flüchtig. „Wir konnten die Seele nicht töten. Wir brachten ein Opfer und pflanzten sie in eine von uns. Wir bannten das Grab, und wir schwiegen darüber, damit niemand nach ihr sucht.“

„Ich begreife das nicht, Vlah. Du sagst, ihr habt sie in eine von euch gepflanzt. Sie sah nicht aus wie eine Dryade, sondern wie ein Mensch. Wie eine Greisin. Ihr habt sie eingesperrt und begraben. Aber ich war in ihrer Grotte. Sie stand vor mir. Ich spürte ihre Finger auf meiner Haut.“

Ihre Lippen zitterten. Wie ein sterbender Wind, ihre Stimme, als bereite jedes Wort ihr Schmerzen. „Du lagst im Sterben, Rhaz. Sie fing deinen Geist ein. Auf der Schwelle zwischen Hier und Dort.“

„In den Schleiergefilden. Dann war alles eine Illusion.“ *Nicht echt.* Aber täuschend echt. „Ein Blender mit solcher Macht … Vlah, das ist nicht möglich.“ Derlei Fähigkeiten kannte er von keinem, solche Illusionskraft noch nicht einmal vom Gebieter Dasgars.

„Der Waldesseele könnte es möglich sein, Rhaz.“

„Es könnte eine andere Erklärung geben.“

Sie hob die Mundwinkel. Beide. Es formte kein Lächeln, sondern einen Ausdruck von Skepsis.

Kälte machte sich in seinem Innern breit. Eiskristalle spickten seine Lunge, das Herz, dann wanderten sie vor bis in die Spitzen seiner Finger, selbst der Zehen. „Dann ist es wahr. Es war mein Schicksal, dort zu sterben.“

„Ja. Auch ich habe es gesehen.“

Er wusste nicht, wie das Sehen funktionierte. Es brauchte einen Bund zwischen dem Seher und dem Gesehenen, aber er konnte nicht sagen, wie tief seiner zu ihr reichte oder welche Macht er besaß. Er wusste es nicht. Trotzdem glaubte er ihr. „Was siehst du jetzt?“

„Ich sehe nichts.“

„Du bist Seherin. Du musst etwas sehen.“

Sie schüttelte den Kopf und wich seinem Blick aus. „Sie hält dein Schicksal fest. Ich kann es nicht sehen.“

„Vlah. Schau mich an.“

Das tat sie.

„Was siehst du?“

Es quälte sie. Unverkennbar, selbst für eine Dryade. „Deinen Tod.“

Er schluckte. Die Frage nach dem Wie lag ihm auf der Zunge. Er brachte sie nicht hervor. *Was habe ich nur angerichtet.* Sein Herz raste schon wieder und stotterte zugleich. Sie schien es zu merken, denn sie hob eine Hand und legte sie darauf, auf die bloße Haut. Nach der Hitze der vergangenen Tage tat die Kühle ihrer Finger wohl. Und die Behutsamkeit ihrer Berührung. Diese rüttelte an den Mauern seines Innern, an der Barrikade, die seine Seele einfasste. Er gab Acht, dass sie ob des Bebens nicht einstürzte. „Ich verstehe es nicht. Bitte, Vlah. Erkläre es mir.“

„Ura wandte deinen Tod ab. Du schuldest ihr dein Leben. Aber ein Leben ist eine Ehrensache. Sie bindet dich nicht.“ Sie gab einen Laut von sich. Einen undefinierbaren, und neigte sich näher heran. „Sie gewann dein Vertrauen dadurch. Dann gab sie dir das Amulett. Eine Schuld, die bindet. Du hättest es nicht annehmen dürfen.“

„Das sagtest du schon. Aber nicht, was es ist. Welchen Wert besitzt es?“

„Für dich keinen.“

„Es half mir. Es verstärkt meine Impulskraft.“

Sie zuckte zurück. Ließ ihn los und riss die Hände fort, als ob seine Haut sie plötzlich verbrannte. „Du darfst es nicht benutzen, Rhaz. Solchen Dingen wohnt Schwarzmacht inne. Wenn du es benutzt, reißt es deine Seele in Stücke. Jedes Mal ein bisschen mehr, und jeder Splitter gehört ihr. Besitzt sie alle, besitzt sie dich.“

„Sie macht mich zu ihrem Phantom?“

Die Dryade nickte. „Wenn sie deine Seele tötet, und wenn sie ihre eigene in deinen Körper pflanzt, kann sie ihr Grab verlassen.“

Er entließ sie nicht aus seinem Blick. „Täuschst du dich nicht, Vlah? Sie könnte jemand anders sein.“

„Ja.“ Aber sie wiegte den Kopf dabei, als ob sie an ihrer Ahnung nicht zweifelte.

Er verbiss sich ein Seufzen. „Ich habe es schon benutzt. Das Amulett.“

Aufrichtige Furcht zeichnete ihre Züge.

„Ich werde es nicht wieder tun. Ich verbrenne es.“ In ihrer Behausung gab es keine Feuerstätte, sonst hätte er nicht an sich halten können, auf der Stelle eines zu entfachen und das Amulett hineinzuwerfen. „Dann wird dieser Pakt ruhen. Bis zu meinem Tod, der ihn löscht. Nicht wahr, Vlah? So kann ich diese Schuld nichtig halten.“

Sie senkte die Lider. Eine Antwort gab sie nicht.

„Nicht wahr, Vlah?“

Und schloss die Lider ganz. Für eine Weile. Dann hob sie sie und sah ihn an. Ein Moment des Zögerns, und sie legte auch ihre Hände wieder auf seine. „Ich weiß nicht, Rhaz. Ich hoffe es. Ich werde für dich die Alte Mutter darum bitten.“

Er hatte keine Ahnung, auf welche Weise sie das tun wollte. Auch nicht, ob eine Dryade damit etwas bewirken konnte. „Danke.“

„Du solltest fortgehen. Bald bricht die Nacht herein.“

Er wollte nicht gehen. Wie er sich erhob, erhoben sich auch die Hunde. „Sag mir noch eines, Vlah. Wenn sie meinen Geist einfing, auf der Schwelle zum Jenseits in den Schleiergefilden. Wenn das eine Illusion war. Wenn das alles nur in meinem Kopf stattfand. Wie konnte sie meine Wunden heilen? Wenn sie nicht da war, wie konnte sie mir das Amulett übergeben?“

„Der Tod öffnet eine Pforte. Ura durchschreitet sie, ohne zu sterben. Ich weiß nicht, wie. Es ist ein dunkler Pfad.“

„Seltsam. Sie sagte, ich sei es, der einen dunklen Pfad beschreitet.“

„Das tust du, Rhaz.“

„Ich beschreite den Pfad von Dasgar.“

„Der Pfad von Dasgar ist ein dunkler Pfad.“

„Nein, Vlah. Der Pfad von Dasgar ist ein Pfad der Ehre.“ Gleichwohl sandte es eine Gänsehaut seinen Rücken hinab. Er schüttelte sie ab. Stück für Stück legte er sein Rüstzeug an. Seine Finger stießen auf die Hassel, die unter den Lederschuppen steckte. Er zog sie hervor und hielt sie ihr hin. „Weißt du, was das ist?“

„Nein.“ Sie wirkte aufrichtig und dabei bekümmert, als nehme vor ihrem sehenden Auge eine Ahnung Gestalt an.

„Wenn es mein Schicksal war, dort zu sterben, und wenn es eingetreten wäre, dann hätte Ivera es zurückbekommen. Mein Gebieter würde nicht in dessen Besitz gelangen. Jetzt muss ich es ihm aushändigen. Welches Schicksal fordere ich dadurch heraus? Und wessen?“

Ihre schmächtige Statur, sonst grazil, wirkte kraftlos. Niedergeschmettert. Verzagt. „Ich weiß nicht, Rhaz. Wenn diese Nacht vorüber ist, suche ich meinen Stamm auf und befrage die Weisen.“

„Vlah.“ Diesmal wollte er ihre Hände ergreifen, aber sie zog sie vor ihm zurück. „Das verlange ich nicht von dir.“

„Das musst du nicht. Ich gehe aus freiem Willen.“

„Werden sie dir etwas antun?“

Ein Lächeln. Ein dünnes, zittriges. Eines voller Trauer. „Sorge dich nicht um mich, Rhaz. Sorge dich um dich.“

Er kannte ihre Vergangenheit nicht, nur Bruchstücke, und auch nicht die Riten ihres Stammes. Er wusste jedoch, dass sich die Dryaden in Aberglauben von den Menschen kaum verschieden, und dass Vlah auch in den Augen ihresgleichen eine Hexe war. Vielleicht eine schwarze. „In Ordnung, Vlah.

Leb wohl."

Sie erwiderte nichts.

Ein Atemzug, ein tiefer. Er füllte den Sand zurück in die Flasche und warf das Amulett hinein, steckte den Stopfen und hakte sie am Waffengürtel fest. Dann trat er aus der Hütte. Sturm und peitschender Regen fingen ihn in nachtgleicher Finsternis. Womöglich ging der Tag in die Dämmerung über, ob der Wolken ließ es sich nicht sagen. Immerhin löschte der Regen den Brand der Luft, sodass es sich, gleichwohl schwül, leichter atmen ließ. Zwischen die Stämme gedrängt standen die Pferde. Die Mähnen trieften wie Wasserfälle ihre Hälse hinab. Die Kronen der Bäume neigten sich im Wind, der Wald ächzte wie ein Untier vor dem Tod. Gleichwohl hielt der Sturm immer wieder den Atem an, ganz als befinde er sich im Abklingen. Bis Vollmond konnte es nicht mehr lange dauern.

Nichts wie fort.

Er raffte die Leinen der Pferde, pfiff die Hunde bei Fuß und stapfte auf einen Pfad. Eine Ahnung über die Richtung besaß er wohl. Er kannte diesen Teil des Waldes, aber sowie der Sturm abflaute und das Licht es zuließ, musste er sich nach dem kürzesten Weg orientieren. Fürs Erste, nordwestwärts und fort von Vlah. Er verbannte das Gesprochene aus dem Schädel. Absichtlich sann er nicht über die Bedeutung ihrer Worte nach, und auch nicht über das über ihm dräuende Unheil. Über seine Seele. Sein Schicksal. Und Ura.

Er ertappte sich, dass er es doch tat, und zählte stattdessen die Herzschläge zwischen den Pausen des Sturms. Es half, den Puls zu beruhigen. Gleichmäßiger zu atmen. Der Regen ließ nach, wie von seinem Gemüt beschwichtigt. Nass bis auf die Haut marschierte er weiter. Schwüle drückte noch immer, aber nach dem Unwetter, ohne die Sonne, machte sie den Wald dampfig und förderte die urigen Gerüche aus den Tiefen der Erde an die Oberfläche. Der Forst roch nach Alter. Nach Ewigkeit. Nach Leben. Und Tod. Nach Geheimnissen, nach Antworten. Er forschte darin mit Impulsen. Ohne das Amulett kamen die Echos ihm hohl vor, sie trugen nicht weit. *Weit genug. Es hat vorher genügt, es genügt auch jetzt.* Womöglich konnte er es lernen, ohne das Artefakt in die Kraft der Natur zu spüren und diese seine eigene weiter tragen zu lassen. Die Energie war da, ob mit oder ohne Amulett. Er musste sie lesen und nutzen lernen.

Wie Ura.

Obschon dem Anschein nach ihre Seelengaben sich mit keiner menschlichen vergleichen ließen.

Die Bäume richteten sich auf, es hoben sich die Wolken. Durch Lücken funkelten Sterne. Später verdrängte der Vollmond die Fetzen und versilberte mit seinem Licht den Dunst am Grund des Forstes. Friedlich, der Wald. Er lud ein, zu rasten. Zu Verweilen. Rhaz setzte seinen Weg fort. Er tastete nach der Hassel, von Zeit zu Zeit. Öfter nach der Feldflasche mit dem Amulett.

Kay stieß die Schnauze gegen seine Hand. Ihr fragender Blick und die bebende Nase verrieten genug. Das Wetter hatte die Starre aus der Welt gespült, das Leben im Wald erwachte.

Er gab ihr das erbetene Zeichen. „Frei.“

Eska voran, Kay hinterher, hinein ins Dickicht und verschwunden.

Wolfsgeheul schall ihm entgegen, aus der Ferne. Keine Gefahr. Es raschelte im Unterholz. Keine Gefahr. In den Baumkronen kreischte es, schrill und abgehackt, dann herrschte wieder Ruhe. Keine Gefahr. Die Pferde trotteten wachsam, nicht erregt. Der Wald erwachte aus seinem Schlummer, aber es drohte keine Gefahr.

Nicht aus der gewöhnlichen Tierwelt.

Dennoch hielt er Ausschau, mit all seinen menschlichen Sinnen und seiner Impulskraft. Vor allem nach Spuren von Blutseglern. Der Geruch von Blut lockte solche an, und ein kräftiger Herzschlag. Die Vielzahl der Iverier sorgte für Aufmerksamkeit. Mithilfe von Impulsen prüfte er die Gegend auf Netze. Solche unsichtbaren, die einen Bann verrieten, und solche von Trugbildern, welche die Sinne täuschten. Solche Netze, wie Greifer sie für die Jagd auswarfen. Er glaubte nicht, dass er einen solchen bezwingen konnte. Nicht in seinem Zustand. Zu viele Wunden. Zu viel, was ihn aus dem Fokus riss. Zu viele Gedanken. Sorgen.

Und Ängste.

Unrühmlich. Andererseits, unrühmlicher wäre es, sich selbst zu überschätzen. Einen Greifer bezwingen konnte er nicht, wollte es jedenfalls nicht darauf ankommen lassen, also musste er solchen aus dem Weg gehen.

Ein Glück, fand er keine Netze, dafür eine Spur. Eine noch heiße, deutliche. Das Echo eines Lebewesens. Es fiel ihm deshalb auf, weil es die Lücke zwischen den Echos von vor und nach dem Sturm füllte. Eines, gelegt während des Unwetters. Kein Tier verhielt sich so dämlich, in seinem Habitat bei solchen Verhältnissen keinen Schutz zu suchen. Es musste sich um einen Menschen handeln. Ein Wanderer, ein einzelner. In Panik geraten. Verirrt, wahrscheinlich.

Er bog ab auf die Fährte des Echos und folgte ihr, derweil die Nacht fortschritt. Der Nachhall vom Sturm, ein Wind von angenehmer Temperatur, fegte die Reste der Wolken weg. Mehr Silberlicht drang durch die Kronen, er konnte besser sehen. Seine Impulse gewannen an Reichweite. Der Fokus auf die Fährte verdrängte die düsteren Gedanken und konzentrierte seine mentalen Kräfte. Das Echo gewann an Präsenz. Die Quelle konnte nicht fern sein. Er hob die Arme, legte die Handflächen um den Mund und rief in Richtung der Fährte. „Heda!"

Es dauerte keinen Augenblick, bis er Antwort vernahm. „Heho!"

In Panik geraten. Verirrt. Ganz wie erwartet. Die Stimmlage verriet es. Dennoch schloss er die Finger um Izhirs Heft. „Rühr dich nicht, Fremder. Ich komme zu dir." Nicht, dass der andere sich im Dunkeln vor Übermut die Beine brach, falls nicht längst geschehen.

„Wo bist du?"

„Rühr dich nicht. Ich bin gleich da." Echo und Trampelpfad führten ihn auf eine Blöße, welche fast schon märchenhaft im Licht der Gestirne lag. Silbrig. Rein. Friedlich. Wenn sie nicht so verregnet wäre. Hier hatte augenscheinlich den Wanderer der Mut verlassen. Oder die Kraft. Womöglich beides. Dieser kniete dort, zwar aufrecht, die Schultern aber kraftlos, triefnass und davon schimmernd im Silberlicht des Vollmonds. Noch zwischen dem Strauchwerk blieb Rhaz stehen. Er hielt den Fremden im Auge und sandte Impulse zugleich. Suchte einen Hinterhalt. Eine Falle. Ein Netz. Um das Zögern zu tarnen, band er die Leinen der Pferde um Gezweig, sorgfältiger als nötig.

Der Wanderer gab ein Keuchen von sich. Es klang nach einem misslungenen Lachen. „Die Alte Mutter ist gnädig. Wem danke ich?"

Unerwartet klangvoll, die Stimme des Fremden. Kräftig und ungerührt, nicht verzweifelt. Rhaz schaute genauer hin. Der Kerl sah nicht aus wie jemand, der in Panik verfiel. Selbst nicht im Eskelforst allein. Selbst nicht bei Nacht. Selbst nicht bei Sturm. Er trug Waffen. Ein Kurzschwert und mindestens ein Messer am Gürtel. Nicht dessen Lage wähnte er als Ursache für die Panik. Es musste etwas anderes sein. Er gemahnte sich, auf der Hut zu bleiben. „Du willst mir danken? Wofür?"

„Dass du mich gefunden hast." Die Antwort kam prompt. Zu prompt, als gehe dem Kerl auf, dass er womöglich keinem Retter gegenüberstand. „Wie hast du mich gefunden?"

Er deutete auf die durchweichte Erde und die Spuren darin. Es stimmte nicht, aber das inzwischen grelle Mondlicht machte es möglich. Sogar glaubhaft.

„Verstehe." Ein Lächeln teilte den Bart. Der Kerl kam auf die Füße und legte eine Hand ans Heft seines Schwertes. „Und nun, wen grüße ich?"

„Du grüßt Rhaz. Du brauchst Hilfe?"

„Gruß, Rhaz." Dessen Zunge stolperte über den Namen, die Stimme aber blieb tief und gefasst. Bittend, aber ohne Demut. Der Blick huschte hin zu den Pferden. „Ich brauche Hilfe, in der Tat. Doch dich kostet es Zeit, und du siehst beschäftigt aus."

„Das zeigt sich noch. Wem soll ich helfen, und wie?"

„Dich bittet Yorick, aber Hilfe benötige ich für meine Frau. Alys."

Ein Stich.

Ein Funken. Aus irgendwelchen Schattenwinkeln seines Innern stob er auf, wie ein Echo, das ein Impuls einfing. Er langte danach, aber er konnte es nicht haschen. Es entglitt. Dann versank es, ebenso spurlos, wie es sich zuvor verborgen hatte.

Ein Schauer rann ihm den Rücken hinab. Er schob es auf all die unheiligen Dinge der letzten Tage und auf die dadurch wackelige Barrikade seiner Seele. „Gut, Yorick. Was ist mit Alys?"

Der Name schmolz auf seiner Zunge. Im Gegensatz zu Yorick stammte Alys aus der Alten Sprache. So wie sein eigener, so wie Vlahs, doch ihm wollte die Bedeutung genauso wenig einfallen, wie er den Funken von vorher greifen konnte. Obgleich er die Sprache recht gut beherrschte.

Eigentlich.

„Ein Leiden hat sie befallen." Yoricks Stimme wackelte. Daher also die Panik. „Die Heilerin unserer Heimat kann ihr nicht helfen."

„Was für ein Leiden?"

„Eines, das man ohne …" Er kräuselte die Lippen und suchte eine treffliche Formulierung. Vermutlich eine, die einem Fremden nicht zu viel verriet. „… ohne Gabe nicht heilen kann."

„Welches Dorf?"

„Keval."

„Das liegt im Schatten von Dargalash."

„Du kennst die Gegend?"

„Ich kenne sie." Bloß hielt er sich selten in den Dörfern auf, sondern reiste meist hindurch, wenn er zu einem Auftrag aufbrach oder von einem zurückkehrte. Im Dunkeln, für gewöhnlich. Ohne zu rasten. Ein Gestählter gehörte nicht in die Gesellschaft von Menschen. Von gewöhnlichen Menschen. Zu viele Fähigkeiten, die ihn von solchen trennten. Zu viele Pflichten. Auch Schulden.

Und zu viel Leid.

„Das ist ein gutes Wegstück von hier. Ein gefährliches zudem. In Dasgar haust eine Heilhexe. Der Weg von Keval aus ist kürzer. Und sicherer. Warum nicht dort bittstellen?"

Im Mondlicht wirkte Yoricks Gesicht bleicher als vorher. Seine Stimme verkantete sich. „Alys wünscht keine Hilfe aus Dasgar."

„Verstehe. Also suchst du welche im Herzen des Eskelforstes. Vermutlich hast du von den sagenumwobenen Heilkräften der Dryaden gehört. Wissend, dass einzelne

Reisende kaum je zurückkehren. In Kenntnis darüber, dass es mehr braucht als das", er deutete nach dem Kurzschwert, „um es mit dem aufzunehmen, was sich hier umtreibt. Ahnend, dass eine Dryade die Hilfe verweigern würde, selbst wenn du eine fändest."

Ob seines Spotts verzerrte sich die Miene des Fremden. Sie bekam etwas Eisernes, beinahe Eindrucksvolles. „Du kennst dich aus im Herzen des Eskelforstes."

„Yorick. Das sollte man, wenn man es passieren will."

Obschon er den Kerl reizte, wahrte dieser die Fassung. Er gab nichts preis, aus dem Rhaz schloss, dass er log. Vermutlich sprach er die Wahrheit, wenigstens in Teilen. *Das muss Liebe sein. Oder Alys ist das Wagnis wert.* Oder es steckte mehr dahinter. Kaum jemand sprach sie noch, die Alte Sprache, höchstens die Dryaden und der ein oder andere Gestählte von Dasgar. Der Brauch jedoch bestand bis heute, Alte Namen an Seelenbegabte zu vergeben. An Impulskräftige, an Seher, Blender und Spürer. An Heilhexen. *Also was bist du, Alys?*

An Yorick gewandt, hob er die Schultern und wiederholte seine Frage von vorher. „Was ist das für ein Leiden?"

Yorick wiederholte seine Antwort. „Eines, das man ohne …"

„Du hörst nicht zu. Was für ein Leiden, frage ich, nicht welche Art." Er legte Macht in seine Stimme, auch in den Blick, und beschwerte seine Aura, ganz wie erlernt. Es brachte die gewünschte Wirkung, Yorick erbebte. „Dryaden helfen keinen Menschen. Sprich. Vielleicht kann ich etwas tun."

Auch das wäre Hilfe aus Dasgar, aber das musste Yorick nicht wissen. Und nie erfahren. Er besaß keine Heilgabe, vermochte gegen eine Krankheit nichts auszurichten. Jedoch, es gab andere Leiden, welche Impulskraft kurieren konnte. Zudem haftete dem Kerl etwas an, das seine Neugier weckte. Ein Echo. Eine Spur. Seine Impulse trugen es ihm zu. Vage vertraut, dabei verschwommen. Zu verschwommen, um es zu definieren. Er musste die Ursache erforschen. Ausschließen, dass es für Dasgar eine Bedrohung darstellte. Spione und Attentäter wagten sich nicht selten in den Schatten von Dargalash vor.

Yoricks Mundwinkel zuckte. Er deutete nach der Nadel auf seiner Brustplatte. „Du bist Meister einer Kriegskunst. Was für einer, dass du glaubst, du könntest helfen, wo eine Heilerin es nicht vermag?"

„Feldscher."

„Welche Gabe?"

„Impulskraft."

So, wie Yorick aussah, wie er fragte und überlegte und wie er zögerte, verstärkte sich sein Empfinden, dass mehr dahintersteckte als ein krankhaftes Leiden. Auf einmal fragte er sich, was für Schicksalsfäden er gerade sponn. Dass Yorick noch lebte, schrieb er allein der Hitze zu. In der Glut der vergangenen Tage hatte sich der Forst mehr tot denn lebendig angefühlt, die Raubtiere zu träge selbst für leichte Beute. Nach dem Regen galt dieser Schutz nicht mehr. Jetzt waren sie hungrig. Yorick würde sterben. Mit Gewissheit, wenn er sich ihm nicht anschloss. Bloß, dass nach seinem eigenen, eigentlichen Schicksal er nicht zugegen wäre, um ihn davor zu bewahren.

Er wies den Gedanken von sich. „Sag schon, Yorick. Was für ein Leiden?"

Vieles, was ihm über die Züge huschte. Zuletzt Einsehen. „Die Heilerin glaubt, eine Erscheinung befällt sie."

„So?"

„Ja. Sie sieht … Dinge."

„Ist sie Seherin?"

„Nein. Und was sie sieht, ist nicht real. Nur Spuk. Von der üblen Sorte. Schrecken und Blut. Tod. Sie schreit in der Nacht. Sie weint am Tag. Wenn sie schläft, spricht sie mit jemandem.“

Jedes Haar in seinem Nacken stellte sich auf. Er sandte einen Impuls, aber das Echo blieb leer. „Sie spricht? Mit wem?“

„Sie erinnert sich nicht.“

„Und was spricht sie?“

„Komm zurück. Geh nicht.“

„Hat sie jemanden begraben, kürzlich? Ist jemand verstorben? Jemand, der ihr nahe stand?“

„Nein.“

„Viele Menschen schlafen schlecht. Viele Menschen träumen übel. Warum vermutet eure Heilerin eine Erscheinung?“

Ein Schatten der Angst huschte Yorick über die Miene. Ein sichtlicher Schauer rieselte ihm den Körper hinab. „Weil sie, wenn sie träumt, mit offenen Augen liegt. Sie sind dann weiß. Ohne Iriden. Ohne Leben.“

„Wie lange hat sie das schon?“

„Einige Tage. Es raubt ihr die Kraft. Zehrt sie aus. Geschwind, und jeden Tag ein wenig mehr. Als die Heilerin eine Erscheinung wähnte, brach ich auf, um Hilfe zu finden.“

Es klang tatsächlich nach einer Erscheinung. Schauerliche Erinnerungen fluteten seine Netzhaut, aus dem Drill, wo er gelernt hatte, derlei zu bekämpfen. Eine heikle Sache, wenn man noch keine Erfahrung besaß. Ein Geist konnte einen leicht in die Schleiergefilde reißen.

„Was sagst du? Kannst du helfen?“

„Womöglich.“ Er hielt den Meistertitel in jeder Disziplin Dasgars, darunter Bannlösung. Wozu eine zwischen den

Spähren festgesetzte Erscheinung zählte. Ein körperloser Geist, nicht tot und nicht lebendig. Ein solcher Bann ließ sich lösen. Auch, wenn er daran gescheitert war.

Kläglich.

Kürzlich.

Das Band jedoch, welches eine Erscheinung an ein lebendes Wesen kettete, trennte sich leichter als das von einem Impulskräftigen gesponnene Netz. Für einen Gestählten seines Ranges, jedenfalls. Ihm fuhren die Kälteschauer ins Blut, der Nachhall seines Drills. Die Bannsprüche seines Gebieters. Derer zahlreiche, und zahlreiche verschiedene. Auch Geisterbund. Jede in ihn gesetzte Erscheinung hatte er bannen können, nichtsdestotrotz maß er sich nicht gern mit derlei Geschöpfen. Eine schauerliche Erfahrung, jedes Mal aufs Neue. „Deine Frau. Ist sie begabt?“

„Nein.“

Lügner. Obschon die Antwort aufrichtig wirkte. Eine Erscheinung band sich nicht an Seelen ohne Gabe, weil sie allein aus solchen zehrte. Entweder log Yorick, oder er kannte die Wahrheit über seine Frau nicht. Was diese zu einer Gefahr machte. Eine Seelenbegabte, unerkannt, mit fraglichen Kräften in solcher Nähe zu Dasgar. Nicht nur seine Neugier wuchs, auch sein Pflichtgefühl. Er musste wissen, ob es sich um einen Feind handelte. Sie wäre nicht der erste Spion, der sich in die Nähe von Dasgar wagte, aber der erste, dem eine Erscheinung die Seele infiltrierte. Ein Spion mit feindlicher Gesinnung, verzerrt von einem Geist mit nicht minder üblem Charakter, stellte eine Gefahr dar. Eine unberechenbare.

Er gab Acht, dass von seinem Sinnieren nichts nach außen strahlte. „Eine Erscheinung könnte ich austreiben.“ *Oder den Wirt töten.* Falls nötig.

Yorick zögerte. Schon wieder. „Wenn du ihn austreibst, diesen Geist, was schulden wir dir dann?“

Irgendetwas schien der Fremde wahrgenommen zu haben, von seinen Bedenken. Er mühte sich um Überzeugung in der Stimme, auch um einen festen Blick, und verstärkte diese Aura mit einem Impuls. „Yorick. Ein Leben ist eine Ehrensache. Sie bindet nicht, und ich verlange keinen Gegenwert dafür.“

„Die Heilhexe in Dasgar täte es, wenn wir um ihre Kräfte bittstellen würden.“

„Die Heilhexe in Dasgar ist ein ehrloses Weib.“ *Gleichwohl ein fähiges.* Ohne sie würde wohl kaum einer den Drill überleben, aber sie raubte Leben ebenso, wie sie welche rettete. „Keine Schuld. Ich gebe mein Wort.“

Yorick verzog die Mundwinkel. Ausgenommen skeptisch, der Kerl. Er schüttelte den Kopf, aber nickte gleich darauf. Zuletzt schürzte er die Lippen, gab sich einen Ruck und richtete sich auf. „Ich höre dein Wort, und die Alte Mutter bezeugt es. So sei es, Meister.“

Noch ein Stich.

Es bewirkte, dass nach dem Gesprochenen und den Erinnerungen an die Lehre die Methodik der Meister von Dasgar in seinem Innern nachklang. Geschwind schottete er das Empfinden von seinem Bewusstsein ab. „Dann wollen wir aufbrechen. Auf nach Keval.“

„Im Dunkeln?“

„Wir kommen jetzt besser voran als in der Hitze des Tages. Das Mondlicht genügt.“ Er glaubte, dass Yorick daran zweifelte, aber er wartete keinen Einwand ab, wandte sich um und löste die Leinen der Pferde. Er richtete Ivs Zaumzeug und vernahm, wie hinter seinem Rücken Yorick durch den Matsch herantrat.

Dieser musterte die Pferde, eingehend trotz der

Dunkelheit. „Iverische Reinblüter. Alles deine?“

„Ja.“

„Was macht ein Feldschermeister von Dargosh mit sieben Iveriern im Herzen des Eskelforstes?“

„Das geht dich nichts an, Yorick.“ Dennoch sann er nach, ehe der andere Misstrauen schöpfte. Davon hegte er schon genug. „Fürst Utrek von Ivera hatte eine Schuld bei unserem Herzog offen. Die hier sind der Preis.“

Wie es aussah, schöpfte Yorick das neue Misstrauen trotzdem. „Und er schickte einen Feldscher?“

„Er schickte, wen er entbehren konnte. Und wer es durch den Forst schafft, ohne dass die Reinblüter als Viehfraß enden.“ Die Worte fielen ihm leicht, und sie entsprachen zum Großteil der Wahrheit. Bloß, dass es nicht um Pferde ging, sondern um die Hassel. Und nicht um den Herzog, sondern um den Gebieter von Dasgar. Aber das brauchte Yorick nicht zu wissen.

„Verstehe“, lenkte dieser ein. „Und darf man die reiten?“

„Wenn der Weg es zulässt und wenn ihr Fell trocken ist, darfst du einen der Füchse reiten. Von der Rappstute lass die Finger. Die gehört mir.“

„Gewiss, Meister.“

Ein Stich, schon wieder. „Lass den Titel und nenn mich bei meinem Namen.“

„Wie du wünschst. Rhaz.“ Es klang, als müsse er sich damit noch anfreunden.

Seltsam für jemanden, der eine mit Altem Namen zur Frau hat. Für gewöhnlich fiel es solchen leichter, die mit dem Klang der Sprache bereits vertraut waren.

Er begab sich auf den Weg und sah nicht hinter sich, ob Yorick folgte. Das tat der Kerl. Vernehmlich. Gar lärmend. *Trägt ein Schwert und ist kein Krieger.* Wie es aussah, noch nicht einmal ein Jäger. Keiner von beiden, weder Krieger noch

Jäger, bewegte sich so unbedacht. Rhaz tat es doch. Einen Blick hinter sich werfen. Er tastete zusätzlich mit einem Impuls. Dennoch erfasste er nicht, was an dem Kerl, was an der ganzen Geschichte ihm missfiel. Etwas passte nicht zusammen.

Und durch sein Inneres geisterte das Echo, jenes vage vertraute, das er nicht haschen konnte.

Es dauerte nicht lang bis zum Morgengrauen. Im ersten Licht des Tages vergewisserte er sich der Richtung. Die Pfade, im Dunkeln recht eintönig, bekamen ihre Eigenheiten zurück. Er wählte die kürzesten in Richtung Keval, mitunter die gefährlichsten. Solche, die durch Jagdrevier von seelenbegabten Viechern führten. Allerdings, die wenigsten attackierten eine Gruppe, und die meisten hatten gelernt, dass auch Pferde in der Anzahl sich zu wehren wussten.

Die Sonne stieg rasch und sandte Strahlen durch das Laubdach herab. Die Feuchtigkeit nach dem Unwetter stieg auf. Die Erde dampfte, die Sträucher qualmten, die Bäume rauchten. Nebel füllte den Wald aus und machte die Hitze des Tages schwer wie Blei. Ganze Rinnsale von Schweiß strömten unter dem Rüstzeug seinen Leib hinab. Haar und Bart klebten ihm an der Haut, in den Furchen seiner Wunden brannte es. Die Glut scheuchte die Wohltat von Vlahs Hilfe fort.

Der Pfad, so schmal, dass er die Pferde eines hinter das andere band, führte an einem Bach entlang. In diesem Teil des Waldes lagen fortwährend Schatten darauf und bewahrten ihn vor dem Austrocknen. Sogar Moos wuchs noch, dieses in saftigen Polstern anstelle der andernorts igelgleichen Überbleibsel.

Wo der Bach sich in einem Tümpel sammelte, hielt er inne. Die Hitze des Tages spitzte sich auf den Höhepunkt zu. Schwindel raubte ihm einiges seiner Impulskraft, ihm stotterte das Herz. Schmerzhaft, als zittere der Blitz noch darin nach. Er gab Yorick ein Zeichen. „Wir rasten hier. Wenn die Hitze nachlässt, gehen wir weiter. Marschieren wir zügig, langen wir morgen in Keval an."

Yorick nickte und half ihm, die Leinen der Pferde zu lösen, sodass diese saufen und rupfen konnten, was sich Spärliches zwischen den Bäumen fand.

Wie auf ein Stichwort brach Gezweig in der Nähe. Yorick langte nach dem Schwert. Die Klinge fuhr aus der Fassung, bis zur Hälfte, ehe Rhaz seine Hand zu fassen bekam und ihn daran hinderte. Im selben Moment tappten Eska und Kay auf die Lichtung, beide mit blutiger Nase. Dem Blut von Beute. Eska trug im Fang einen Frischling.

Yorick verzog das Gesicht. „Deine?"

„Meine." Er deutete auf beide, nacheinander. „Eska. Kay. Besser, du hältst dich fern. Das sind Kampfhunde. Sie mögen keine Fremden."

„Glaub ich dir aufs Wort."

Er raufte Kay die Ohren zum Gruß und näherte sich Eska mit mehr Entschlossenheit. Diese ließ die Beute fallen. Breitbeinig bezog sie Stellung, zeigte die Zähne und knurrte. Er knurrte zurück. Eska gab nach, senkte den Schädel und wackelte mit der Rutenspitze. Dann trat sie von dem Frischling zurück. Er kniete darüber und ließ zu, dass die Hündin ihn ein wenig schnäuzelte. Zuletzt reichte er die Beute weiter an Yorick. „Bereite den zu. Gib Acht mit dem Feuer, wir wollen keinen Brand riskieren."

Der Kerl sah aus, als wolle er ob der Anweisung protestieren. Die Lippen schon geöffnet, besann er sich, schluckte den offensichtlichen Groll und riss ihm den Frischling aus der Hand, ein Messer zückend im selben Zug.

Er selbst entledigte sich seines Rüstzeugs. Am Ufer kniete er nieder, wusch sich und tupfte die Furchen des Blutseglers ab. Er vernahm Yorick werkeln und spürte dessen Blick auf sich ruhen. So eindringlich, als ob dieser ihn befühlte. Dann hörte er ihn Atem schöpfen. Atem für solche Worte, die er nicht besprechen wollte. Geschwind nahm er es ihm vorweg. „Yorick. Frag nicht."

Er fragte nicht. Stattdessen warf er Balg und Eingeweide ins Gestrüpp, wo die Hunde sich darüber hermachten, wusch die Hände im Bach vom Blut sauber und legte Zunder zurecht. „Wie du meinst, Rhaz. Ich werde dich nicht fragen, woher die Wunden stammen und all deine Narben. Auch nicht, was du vor mir geheim hältst und warum du mich anlügst. Leugne es nicht, ich spüre sowas. Nur vergiss nicht, dass ich dir ein Leben anvertraue, welches mir am Herzen liegt. Wenn du mich betrügst, dann vergelte ich diese Schuld."

Versuch's nur. Er schluckte es, stand auf stattdessen und baute sich vor Yorick auf. Dieser erschauerte unter seinem Blick. Mehr noch, als er die Stimme hob. „Tu, was du für richtig hältst. Nur vergiss nicht, dass ich dir keine Rechenschaft schulde. Willst du meine Hilfe, gleich ob für Alys oder um aus diesem Forst herauszufinden, lebend, dann verdien' sie dir." Ehe der Kerl etwas erwiderte, und ehe sich die Spannung auflud, klaubte er diese aus der Luft und verlieh seiner Aura Frieden. „Nun lass uns die Mahlzeit bereiten und ein wenig ruhen."

AUCH EINE HALBE WAHRHEIT IST DIE WAHRHEIT.

Derweil sie speisten, betrachtete Rhaz sein Gegenüber. Bedächtig, damit dieser das Forschen nicht gewahrte. Yoricks Waffen zeugten von Qualität, die Ziersteine am Heft seines Schwertes von Wohlhaben. So auch sein Lederharnisch, jedoch eine Kettenweste bemerkte er darunter nicht. Gewiss wusste der Kerl mit seinen Klingen umzugehen, wenn er auch nicht sehr kampferprobt wirkte. Dazu sah das Gesicht zu unbefangen aus, die bloßen Hautstellen zu wenig vernarbt.

„Waffenschmied“, warf Yorick ihm entgegen, als vernehme er sein Sinnieren.

„So? In Keval gibt es keine Waffenschmiede.“

„Ich helfe jetzt im Zimmern aus. Früher habe ich in Jost gelebt. Das liegt …“

„… weit im Westen. Ich weiß.“

„Du scheinst dich auszukennen in der Welt. Den Eskelforst, aber die jenseitigen Gegenden auch.“

„Ich bin viel rumgekommen.“ Er kaute einen Knochen ab, warf diesen Eska hin und sann nach, was an all dem hier ihm missfiel.

Der Fremde musterte ihn nicht minder kritisch aus waldgrünen Augen, umschattet von Haar und Bart in der Farbe von Eicheln. „Dir liegt nicht an Konversation, oder?“

„Nein.“

„Mir schon. Ich lernte mein Handwerk in Jost, da …“

Jäh ging es ihm auf. Das Gefühl, dass der andere ihn las.

Dass er zu merken schien, was von dem Gesagten der Wahrheit entsprach und was nicht. Dass er auf ungestellte Fragen antwortete. Sein Misstrauen. „Du bist Spürer."

Yorick verstummte. Wie er dreinschaute, wirkte er überrascht.

Untypisch für einen Spürer. Andererseits, seines Drills von Dasgar wegen hielt er intuitiv die Seele verbarrikadiert, das Bewusstsein verschlossen und das Herz ummauert, also konnte Yorick nur Bruchstücke wahrnehmen von allem, was in ihm vorging. „Hab ich Recht?"

Der Kerl schluckte, wich seinem Blick jedoch nicht aus. „Ja. Und?"

„Nichts und." Die Fähigkeit eines Spürers, das Empfinden von anderen zu lesen und zu deuten, machte einen solchen nicht zum Feind. Nicht für ihn, jedenfalls. „Was treibt einen Spürer aus Jost nach Keval?"

„Das geht dich nichts an."

Er selbst besaß nicht die Gabe des Spürens, aber er schaute auf eine Menge Erfahrung zurück. Diese ließ ihn wissen, dass Yorick etwas verbarg. Etwas Bedeutsames. „Du hast meine Hilfe erbeten. Es geht mich etwas an."

„Deine Hilfe für meine Frau. Ich lernte sie in Jost kennen und ehelichte sie dort. Eines Tages zog es sie nach Keval. Wenn du wissen willst, warum, dann frag sie selbst. Bislang fand sie hier nichts als ihre Erscheinung."

Sie suchte also etwas. Oder jemanden. „Wer ist sie?"

Yorick starrte ihn an und schwieg.

„Was ist sie?"

Starrte und schwieg.

„Yorick. Ich kann ihr nicht helfen, wenn ich nicht weiß, wer und was sie ist."

„Lern sie kennen. Frag sie selbst. Dann sehen wir, ob deine Hilfe ausreicht. Und ob sie erwünscht ist."

Eines stand fest, der Kerl fürchtete sich nicht leicht. Oder wusste seine Furcht gut zu bewältigen. Es gefiel ihm, obschon ihm das wiederum missfiel. Er erübrigte ein Lächeln, ein mit Absicht gefährliches. „Abgemacht. Ruhen wir."

„Sollten wir Wache halten?"

Rhaz löste einen Teil des Bewusstseins von seinem Körper, aber an den Spürer gab er diese Fähigkeit nicht preis. „Die Hitze scheucht die Viecher in schattige Winkel zur Rast. Die Hunde halten Wache."

Zäh wie das flüssige Gestein in den Eingeweiden von Dargalash floss der Nachmittag dahin. Die Feuchtigkeit nach dem Regen machte die Hitze beinahe unerträglich. Sie kroch ihm in den Schlaf nach, sodass dieser weniger Erholung als vielmehr Benommenheit bescherte. Wie er sich aufzuwachen zwang, deckte die Dämmerung die Baumwipfel zu. Das Rascheln, Maunzen und Grollen aus dem Gestrüpp verrieten, dass die Geschöpfe der Nacht erwachten. Und alle die, die des Wetters wegen auch am Tag entgegen ihrer Gewohnheit ausharrten.

Er prüfte die Gegend mit Impulsen. Mit wiederholten, zahlreichen. Obschon hohl, trugen diese ihm Echos von Viechern entgegen, mit denen er sich nicht anlegen wollte. Aufgrund der Vielzahl seiner Reisegruppe wähnte er sich jedoch außer Gefahr. Jedenfalls, solange er leichtere Beute in der Nähe wahrnahm, so wie derzeit. Gleichwohl suchte er nach jenen Energien, die das Amulett ihn spüren machte. Er fand sie. Ringsum, in Erde, Pflanzen und Leben. Sie wollten ihm nicht gehorchen und sich mit seiner mentalen Kraft nicht einen, mit seiner Impulskraft konnte er sie nicht bündeln. Wie von selbst wanderten seine Finger an die Feldflasche. An jene mit dem Amulett. Er entsann sich Vlahs Warnung. *Du darfst es nicht benutzen.*

Und das tat er nicht.

Stattdessen richtete er Wams und Kettenweste und schnallte das Rüstzeug zurecht, schnürte die Stiefel und weckte Yorick. Derweil dieser sich fertigmachte, zäumte Rhaz seine Stute und ordnete die Leinen der übrigen Pferde. Die Stricke drückte er als Bündel seinem Kameraden in die Hand und ging mit Iv am Zügel, die Hündinnen im Schlepptau, voran.

Die Pfade, gleichwohl vertraut, wirkten im Dunkeln eintönig. Es bewirkte, dass der Marsch zügig gelang, und dass das Empfinden für die Zeit abflaute. Sie schritten ohne Rast unter den ziehenden Gestirnen. Wo die Wege sich verbreiterten und das Astwerk sich hob, stieg er Iv in den Sattel. Yorick musste mit bloßem Pferderücken vorliebnehmen, aber es schien den Kerl genauso wenig zu stören, wie er selbst sich darum gekümmert hätte.

Bis ins Morgengrauen schafften sie ein ordentliches Wegstück ohne Zwischenfälle. Schließlich, unter der dem Zenit zustrebenden Sonne, spuckte der Eskelforst sie aus.

Rhaz schaute über eine Weide, die wie ein gelbes Stachelbett aussah. Apfelbäume bestanden sie. Nach dem Unwetter lag eine Vielzahl der Früchte am Boden, obschon noch unreif. In der Ferne, wo die Weide in Getreidefelder überging, lagen die Ähren niedergemacht. Hier, auf offenem Feld, herrschte trotz des Regens Dürre. Und Totenstille. Kein Mensch in Sicht, kein Vieh auf der Weide, selbst kein Kleingetier regte sich zwischen den Halmen. Er sandte einen Impuls und spürte dieselbe benommene Schläfrigkeit im Echo, die auch ihm in den Knochen saß. Die Luft flirrte wie Öl auf der Oberfläche von Wasser. Es ging eine Brise, doch weder erfrischte diese die Luft noch kühlte sie die Haut, und sie genügte nicht, um den Schweiß auf seinem Leib zu trocknen. Außer des kläglichen Raschelns, welche sie den

Stängeln entlockte, vernahm er einzig die Zikaden.

Yorick schirmte die Augen vor der Sonne ab. „Das sind bloß noch ein paar Wegruten bis Keval. Zur Dämmerung können wir dort ankommen."

„Du bist des Wanderns nicht erprobt, Yorick. Ein todesmutiger Narr marschiert bei dieser Hitze einen halben Tag lang unter der Sonne. Ich nicht." Er nahm Iv den Sattel ab, warf diesen auf die Erde und setzte sich in die schattigen Ausläufer des Eskelforstes. Die Hündinnen legten sich an seine Seite, hechelnd, und machten sich über die Schale Wasser her, die er ihnen aus einer Feldflasche eingoss. Er klopfte auf die Erde und bedeutete Yorick, sich neben ihn zu setzen. „Die Sonne brennt dir das Hirn aus dem Schädel. Oder kocht dir das Blut. So entsetzlich kann keine Erscheinung sein, dass sie dieses Wagnis rechtfertigt."

In Wahrheit hatte er gelernt, auch unter den widrigsten Umständen zu marschieren. Zu kämpfen. Zu funktionieren. Der Drill von Dasgar führte in die selbst bei diesem Wetter eisgekrönten Gipfel, genauso wie durch die Feuergruben der Berge. Die Hitze dort brannte sehr viel grausamer. Allein, nach den Tagen der Anstrengung traute er seinem Körper nicht. Nicht vollends, aller geistigen Konzentration zum Trotz. Der Blutverlust jenes Banns wirkte ihm noch nach, und die Infektion in den Furchen des Blutseglers füllte schon ohne einen Marsch durch die Sonne seinen Schädel mit Schwindel. *Womöglich sollte ich es nicht mit einer Erscheinung aufnehmen, derzeit.*

Ob seines Interesses an Alys schob er die Bedenken beiseite.

Yorick sah ihn von der Seite an. Forschend. Wissend. Als nehme er zu viel von dem wahr, was in ihm vorging. Gedanken zu lesen vermochte der fähigste Spürer nicht, aber das Erfassen von Empfinden, gepaart mit Erfahrung und

Menschenkenntnis, kam dem sehr nahe. Inwieweit er ihn durchschaute, gab der Kerl nicht preis.

Sie machten sich auf den Weg, sowie die Sonne sank. Im Sattel, mit Yorick auf einer Fuchsstute sich zur Seite, im Schlepptau die übrigen Pferde und die Hündinnen, fiel der Ritt leicht. Zumal sie sich nicht länger durch Gehölz und Strauchwerk schlagen mussten. Mücken und Pferdefliegen fielen in Schwärmen über sie her, sodass er das gut deckende Rüstzeug schätzte, obschon ihm darunter der Schweiß über den Leib strömte. In der Dämmerung brachten Hirten ihr Vieh auf die Weiden. Bauern mit nackten Oberleibern und Sensen mähten das Getreide und banden es zu Garben, sichtlich in Unmut über die vom Unwetter mitgenommene Ernte. Mit der Dunkelheit verzogen sich die Leute, und in der fortschreitenden Nacht die Fliegen. Die Mücken aber blieben, auch die Viehherden in Begleitung von Wachhunden. Eska und Kay spähten hinüber, gehorchten jedoch auf sein Zeichen und hielten sich in der Nähe von Ivs Läufen.

Mitternacht zog vorüber, ehe Keval in Sichtweite gelangte. Die Siedlung hüllte sich in Dunkelheit. Allein am Tor der die Häuser umgebenden Palisade brannte eine Laterne. Dort angelangt, sprang Yorick vom Pferderücken und hämmerte mit geballter Faust. „Heda! Wer hält Wache heute Nacht? Ich bin's, Yorick."

Es dauerte nicht lang, bis vernehmlich ein Riegel von innen über das Holz scharrte. Das Portal schwang auf. In den Scheinkreis der Laterne trat ein ältlicher, gleichwohl kräftiger Kerl mit Überraschung im Gesicht. „Die Alte Mutter segnet dich, Yorick. Wir dachten, die Viecher hätten dich geholt." Sein Blick schweifte über die Pferde. „Aber wie's aussieht, ist's genau umgekehrt. Wer ist dein Kamerad? Keine Dryade, so viel steht fest."

„Wahrlich, Torre. Das ist Rhaz. Er ist Feldscher und glaubt, er könne Alys helfen. Lässt du uns ein?“

Etwas daran schien Torre zu missfallen. *Vermutlich mein Erscheinen.* Ein Fremder bei Nacht, zumal gerüstet wie er, traf in keiner Gesellschaft auf Anklang. Er verdachte es nicht. Einen schwarz Gewandeten auf schwarzem Rosse mit grauen Kötern, und das bei Nacht. Er würde sich selbst nicht einlassen, an Torres Stelle.

Dieser aber gab die Passage frei. Nicht, ohne ihn ins Auge zu fassen. „Dass du ihr ja hilfst, mit diesem Was-Auch-Immer. Ist ein feines Mädchen, unsere Alys.“

Er stieg aus dem Sattel und neigte den Kopf. „Gewiss, Herr. Ich sehe, was ich tun kann.“

„Herr“, echote Torre und spuckte in die Erde. „Statt blutdurstiger Bestien bringt der Forst jetzt Edelmänner hervor, wie? Halt ihn mir im Auge, Yorick. Der gefällt mir nicht.“

Gleichfalls. Er brachte den Kerl mit einem Blick aus der Fassung.

Yorick dagegen lachte, schlug dem Torhüter auf die Schulter und marschierte ihm voraus nach Keval hinein. Sowie außer Hörweite, verschwand das Lächeln aus seinem Gesicht. Er neigte sich ihm zu. „Ich dachte, Rhaz, du kennst die Gegend. Die Gegend, aber die Leute nicht, was? Mann, von welcher Schule du auch kommst, euch lehrt man da wohl nicht, wie es im Dorfvolk zugeht.“

„Eben doch. Mann.“ Er äffte es nach, spuckte es aus und parierte den Vorwurf in den Augen Yoricks mit Schärfe. „Und dass man jedem Menschen mit Anstand begegnet, gleich von welchem Rang. Erteil mir noch einmal eine Rüge und ich zeige dir, was man uns da noch lehrt. An meiner Schule.“

„Was versetzt dich so in Rage? Die Bemerkung eines

Bauerntrampels wie mir kann es nicht sein." Verschmitzt, wie er grinste, als ahne er zu viel. „Einerlei, hier ist es. Mach keinen Lärm. Wir wollen niemanden wecken."

„Der Störenfried von uns beiden bist du. Ich mache keinen Lärm." Er musterte das Haus. Das Gemeindehaus, dem Anschein nach. Eine Kaschemme, jetzt geschlossen, welche gewiss über Gasträume verfügte. Wann und warum auch immer es die beiden hierher verschlagen hatte, so weit eingebürgert waren sie also nicht, dass sie über ein Eigenheim verfügten. Was ihm recht kam, weil vor der Schenke für das Vieh der Reisenden ein Wassertrog an einer Heukrippe bereitstand. Dort band er die Pferde an. Zwei Esel leisteten diesen Gesellschaft. Zu seinem Erstaunen behing kein Schild den Eingang, und der Blumenkranz an der Tür welkte vor sich hin.

Yorick bemerkte sein Suchen. Oder er spürte das Empfinden. Er hob die Schultern, die Miene gleichmütig. „Sie nennen es *Das Haus*. Trefflich, scheint mir. Komm, wir nehmen den Hintereingang zu den Gemächern. Bestimmt hat Gunna noch ein Zimmer für dich." Er strebte um das Gebäude, vorbei an einem Stall, auf einen Anbau an der Rückseite zu, welcher drei Stockwerke hoch reichte. „Bloß halt dich zurück. Gunna mag nicht, in der Nacht gestört zu werden. Überlass das Reden mir."

Rhaz ging ihm nach und suchte mit Impulsen nach Auffälligkeiten. Nichts trugen ihm die Echos zu. Nichts Ungewöhnliches, also forschte er mit den Augen. Die Silhouetten von Dargalash fingen als einzige seinen Blick ein, die, nun nicht länger vom Forst verhüllt, in beängstigender Nähe nach den Sternen strebten. In der Nacht wirkten die Bergspitzen wie Stümpfe im Fang eines Raubtiers. Er vernahm Eska knurren, verpasste ihr einen Klaps und riss die Augen vom Gebirge los, Yorick zu. „Kein Grund, Gunna zu wecken. Ich brauche kein Gemach. Ich sehe nach Alys, dann reite ich weiter."

„Sie schläft zu dieser Zeit. Wir werden sie nicht …"

„Umso besser. Wie soll ich mir sonst von ihrem Leiden ein Bild machen, wenn nicht, derweil sie schläft?"

Yorick verzog einen Mundwinkel und legte die Stirn in Falten. Dann hob er die Schultern. „Meinetwegen. Hier entlang."

Rhaz bedeutete den Hündinnen, draußen zu bleiben. Es ging durch den Hintereingang in einen Korridor, in welchem zu beiden Seiten Türen lagen, aber Yorick führte ihn um eine Ecke eine Treppe hinauf. Sie mündete auf einen Flur und setzte sich, erneut um die Ecke, in entgegengesetzter Richtung fort. Im zweiten Stockwerk bog Yorick auf den Korridor. An der dritten Tür zur Linken blieb er stehen, legte den Finger an die Lippen und klopfte, zaghaft mit den Knöcheln. Auf eine Weise, die man unmöglich vernahm, im Schlaf. Wie erwartet kam keine Antwort. Yorick öffnete, noch zaghafter als er geklopft hatte.

Rhaz trat nach ihm ein. Die Kemenate, spartanisch eingerichtet, erfüllte ihren Zweck. Eine Kommode. Eine Feuerstelle. Ein Waschtisch. Ein Bett. Auf selbigem lag eine Gestalt, das Laken von sich geschoben, auf dem Rücken und krampfte. Offensichtlich fiel ihr das Atmen schwer. An den Lippen klebte Speichel.

„Alys", raunte Yorick und tat einen Satz zu ihr hin.

„Nicht wecken." Rhaz hielt ihn bei der Schulter zurück. Mit dem Finger gab er ein Zeichen, leise zu bleiben. „Ist das immer so?"

Der Armselige sah für einen Moment so aus, als wolle er sich losreißen, seine Frau in die Arme schließen und sie mit Küssen aus dem Schrecken wecken. Ein Schlucken, ein tüchtiges, und er beherrschte sich, nickend stattdessen.

„Du weckst sie dann?“

„Ja.“

„Ich muss mir das erst ansehen.“ Er versenkte den Blick in den Augen des Spürers, bis dieser erneut nickte. Dann ließ er den Kerl stehen und trat an das Bett heran. Dort ging er auf ein Knie und betrachtete Alys. Es brannte keine Kerze mehr, aber das durch das Fenster fallende Licht der Gestirne genügte ihm. Schweiß tränkte ihr Nachtgewand, ihre Arme zuckten in unregelmäßigen Krämpfen. Sie warf den Kopf von einer Seite zur anderen. Die Augen weit aufgerissen, aber weiß. Ohne Iris, ohne Pupillen. Ohne Leben. Sie wirkte ausgezehrt, die Wangen hohl, die Haut verblichen. Umso mehr, da dunkles Haar, schwarz oder braun, die Blässe verstärkte. Gleichwohl, ihr erbärmlicher Zustand verhüllte nicht die schmale Kinnpartie mit den lieblichen Lippen und der langen Nase.

Ein Stich.

Gleich in sein Herz, wie von jenem Blitz. Ihm fehlte der Atem, der Raum kreiste. Im Zentrum Alys. Die Züge vertraut. Innig vertraut. Vage vertraut. Dann verschwommen. Und weg. Die Frau vor ihm, eine Fremde. Er stieß die Luft aus der Lunge und schaute eingehender hin. Eine Fremde. Er brachte sein Herz unter Kontrolle.

Zu spät.

Yorick spürte es. Die Stimme ein Flüstern und voller Furcht. „Was ist?“

Er gab es nicht preis. „Mund halten.“

Der Spürer öffnete die Lippen zu mehr Worten, aber Alys erstickte diese.

„Geh nicht“, flehte sie. Ihre weißen Augen und die verkrampften Muskeln verrieten, dass sie schlief. „Komm zurück. Geh nicht.“

Yorick ging auf die Knie an ihrer Seite und ergriff ihre

Hand. „Ich bin hier, Liebling. Hier, das ist …“

„Mund halten, hab ich gesagt. Lass sie los.“ Was auch immer von seinem Empfinden Yorick spürte, es genügte, dass er gehorchte. Sofort. Ohne Fragen. *Recht so.*

Alys wiederholte ihr Flehen wie ein Gebet, die Stimme erstaunlich klar. Verzweiflung lag darin, womöglich Schmerz, aber das erwartete kraftlose Gewimmer und die Tränen blieben aus. Nicht üblich für eine Erscheinung.

Er rieb den Schweiß in den Handflächen an seiner Hose trocken und fokussierte sich. „Yorick. Du bist Spürer. Was spürst du?“

„Furcht. Seelenleid. Liebe.“ Er zitterte wie Birkenlaub im Herbstwind. „Was hast du vor?“

„Eine Erscheinung, das ist ein seelenloses Geschöpf. Und körperlos. Nicht tot und nicht lebendig. Nur ein Geist. Setzt es sich in einem Körper fest, befällt es das Herz und spielt mit den Geheimnissen der Seele.“

„Die Heilerin hat also Recht? Es ist eine Erscheinung?“

„Das weiß ich noch nicht.“

„Was könnte es sonst sein?“

„Ein Fluch. Ein Blutband. Ein Dämon.“

Yorick erschauerte. Heftig. Gewahr, offenbar, dass ob eines Dämons kaum Hoffnung bestünde. Seine Stimme schwand zu einem Flüstern. „Und wenn es eine ist, eine Erscheinung?“

„Dann muss ich den Bann lösen, der sie in den Schleiergefilden zwischen Leben und Tod gefangen hält.“

„Ist es gefährlich?“

„Ja.“

„Könnte Alys …“

„Yorick. Es ist vor allem dann gefährlich, wenn der Bannlöser sich nicht konzentrieren kann.“

Yorick schluckte. „Verstehe.“

„Ich bin erprobt in so etwas." Es kam ihm über die Lippen, ehe er es verbiss. Es weckte diese Stimme aus dem Nichts, die ihn fragte, wem er das sagte. Sich selbst oder Yorick. *Einerlei. Ich bin ein Meister der Bannlösung.* Eine Erscheinung besaß lange nicht die Macht jenes Bannsprechers. Niemand besaß solche, seines Wissens nach. Niemand außer des Gebieters von Dasgar.

Und womöglich Ura.

Er schweifte ab. Fing die Gedanken ein, den Geist und das Bewusstsein, und drängte alles in die Schwebe, wo die Mentalität sich vom eigenen Leib löste. Er atmete. Atmete tief und atmete in den Bauch. Seine Existenz verwandelte sich in Schwerelosigkeit. Endlich, seit jenem Zwischenfall im Eskelforst, fand er den Gleichmut wieder, der alles ermöglichte. Es gab keine Grenzen. Er sandte einen Impuls. Dieser durchdrang das Zimmer. Er sandte einen weiteren. Diesmal gelangte er in die Nacht, überzog das Dorf und brachte Echos. Alles friedlich. Noch ein Impuls. Er spürte die Energien der Schlafenden ringsum, der Viecher, der Erde und des Windes. *Keine Magie, bloß Distribution.* Uras Worte hallten in seinem Schädel nach. Sie weckten keine Furcht, sondern Gelegenheiten. Aber er griff jene Kräfte nicht, vermochte es nicht ohne das Amulett.

Egal, derer bedarf es nicht. Er verfügte selbst über ausreichend Stärke. Hier, auf dieser Ebene mit dem Geist fern des Leibes, beeinträchtigten ihn seine Wunden nicht. Er hob die Hände. Beide. Legte sich die linke ans Herz und küsste die Finger der rechten. Mit diesen berührte er die Stirn. Die eigene, anschließend die von Alys.

Ihn traf der Schlag.

Keine Erscheinung, sondern eine andere Macht. Eine ureigene, unzähmbare. Eine unbezwingbare, niederschmetternde. Ihm wich der Atem aus der Lunge. Sein

Herz setzte aus. Er stürzte aus der Schwebe zurück in seinen Leib. Alle seine Muskeln versagten. Er fiel rücklings auf die Dielen. Der Raum verschwand. Die Zeit erstarrte. Wie lange, er wusste es nicht. Ehe er die Kontrolle zurückerlangte, packte Yorick ihn bei den Schultern. Bei beiden. Schüttelte ihn und redete auf ihn ein. Mit geweiteten Augen, mit Schrecken.

Endlich gelang ein Atemzug. Einer für sein Bewusstsein. Ein weiterer. Einer gegen den Schock. Und noch einer, mit dem er die Fassung zurückerlangte. Ein wenig, immerhin. Zumindest die über seine Muskeln. Er fuhr auf, stieß Yorick von sich. Gelangte auf die Füße, bekämpfte den Schwindel. Neigte sich herab, packte den Kerl beim Kragen und riss ihn auf die Füße. Dann schleuderte er ihn mit dem Rücken gegen die Wand. Es krachte, der Spürer wirkte benommen. Und unschlüssig, ob er in Raserei oder Ergeben verfallen sollte. Ehe der Kerl eine Entscheidung traf, packte Rhaz ihn von Neuem, mit einer Hand den Schwertarm, und presste ihm den freien Ellenbogen an die Kehle. „Was ist sie?“

„Rhaz …“

„Was?“

„Ich weiß nicht.“

„Sie ist deine Frau, du musst es wissen.“

Protest funkte in seinen Augen auf. „Sie ist meine Frau aus dem Grund, wer sie ist. Nicht, was sie ist.“

Er vergalt den Protest mit Zorn und verschärfte diesen mit einem Impuls. „Und wer ist sie?“

„Meine Frau.“

„Halte mich nicht zum Narren. Wer noch?“

„Nur Alys.“

„Alys, und weiter?“

„Alys vhen Sylas.“

Ein Stich, schon wieder.

Ein Funken.

Ein Echo. Ein Gesicht, innig vertraut. Vage sogleich, dann verschwommen. Und weg.

Furcht überdeckte seinen Zorn. Auf eine Weise, mit der er nicht umgehen konnte. Eine Furcht, nicht zu bewältigen. Furcht vor sich selbst und vor den Dingen, die seinen Schädel durchwühlten. Die das Herz in Aufruhr versetzten. Die seine gestählte Seele in Pergament verwandelten. Sie in Stücke rissen. Er ließ Yorick los und trat zurück. Warf noch einen Blick nach Alys, die blinzelte und sich auf die Ellenbogen stützte. Sie starrte, als wisse sie nicht, ob sie einen Traum anschaute oder die Realität. Er blieb nicht, um sie zu fragen. Er raffte seine Sachen, prüfte Rüstung und Waffen auf Vollständigkeit.

Und ging.

Auf halbem Weg den Flur hinab zur Treppe hielt Yorick ihn zurück. „Was ist da passiert? Rhaz! Was fehlt ihr?"

„Das ist keine Erscheinung." Er schüttelte sich frei. Er verspürte Lust, dem Kerl die Faust in die Magengrube zu rammen und ihm die Wahrheit aus den Eingeweiden zu prügeln.

Yorick musste es spüren, denn er hob die Handflächen. Die offenen, und alle beide. „Was ist es dann? Ein Dämon?"

Wenn ich es nur wüsste. „Kein Dämon. Aber es ist stärker als ein Geist. Unbezwingbar." Die Angst, die dem Kerl in den Augen wuchs, wirkte aufrichtig. Solcherart, dass Rhaz innehielt und mit seinem Blick den Worten Nachdruck verlieh. „Ich kann nichts tun. Wahrscheinlich ist es ein Blutband. Willst du ihr helfen, finde den Urheber und lass ihn den Schmerz sühnen, den er ihr einst antat."

„Ich verstehe nicht. Woher soll ich …"

Im selben Augenblick ertönte aus dem Zimmer Alys' Stimme und das Tappen ihrer nackten Füße auf den Dielen.

„Rhaz. Geh nicht.“

Er ging.

„Bruder!“

Und erstarrte. Jedes Haar in seinem Nacken stellte sich auf. Wie ein Regen aus Eis schauerte Gänsehaut seinen Rücken hinab, und die Furchen an seiner Brust zerrten sein Inneres nach außen. Er sah zurück. Im Türrahmen tauchte Alys auf, im Nachthemd und verstört, und streckte ihm die Finger entgegen. Wie ein Seelenloser. Wie ein Phantom. Allein, dass nicht sie das Phantom war, sondern er selbst. Ihm stotterte das Herz, schon wieder. Der Schwindel warf ihn um ein Haar auf die Knie.

Bruder.

Wie das Echo eines Impulses hallte das Wort durch seinen Schädel. Er presste die Kiefer aufeinander. Löste sie mit mehr Mühe, als es kosten durfte. Quetschte die Worte hervor. Die Wahrheit. „Ich habe keine Schwester.“

„Rhaz. Wir sind zusammen auf die Welt gekommen. Du und ich.“ Ihre Augen glänzten wie von Fieber. Oder Tränen.

„Nein.“ Hart klang sie auf einmal, seine Stimme. Eine tonlose in seinem Herzen behauptete etwas anderes.

Sie machte einen Schritt auf ihn zu. Bedächtig, als wolle sie ein verschrecktes Ross einfangen. „Geh nicht wieder nach Dasgar.“

Yorick schaute zwischen ihr und ihm hin und her. Dasselbe Unverständnis, das dieser im Blick trug, fühlte er im eigenen Herzen. „Ich bin ein Gestählter von Dasgar. Ich bin gebunden an Dasgar. Mein Leben gehört nach Dasgar.“

Der Spürer schnaubte. „Das also verbirgst du. Du hast mich betrogen. Du hast mich belogen.“

„Jedes meiner Worte war wahr.“ Mit Mühe behielt er die Fassung. „Auch eine halbe Wahrheit ist die Wahrheit. Aber eine Lüge, gleich wie gering, bleibt eine Lüge. Du hast gelogen, Yorick. Du wusstest, wer sie ist. Was sie zu sein glaubt."

„Ja." Der Kerl straffte sich. Er sparte sich die Mühe, es zu leugnen, und wirkte noch nicht einmal befangen dabei. „Wir kamen hierher, um nach ihrem Bruder zu suchen, doch ich hielt ihr Leiden für einen Zufall. Ich hatte keine Ahnung, dass ein Blutband … dass du … dass ausgerechnet du …"

„Yorick, bitte." Alys gemahnte Schweigen mit einem Blick. Dann trat sie noch einen Schritt näher. „Rhaz. Ich hielt dich für tot. Lange schon. Aber etwas hat unser Blutband belebt." Ihre Finger wanderten an die Brust. An das Herz. „Deswegen kam ich nach Keval, in den Schatten von Dargalash. Von Dasgar. Was mich bei Nacht heimsucht, ist eine Erscheinung. Deine Erscheinung."

„Alys. Ich stehe hier aus Fleisch und Blut. Ich bin kein Geist." *Doch vielleicht ein Phantom.* Wenn Ura seine Seele besaß, machte es ihn zu einem. Einem Phantom. Welches womöglich die Macht dazu besäße, Alys bei Nacht zu quälen. Sofern ein Blutband bestand und seine Seele über diese Verbindung um Hilfe riefe. Aber das konnte er ihr nicht gestehen. Er durfte nicht. Sein Bund an Dasgar verbot es. Und es spielte keine Rolle. *Ich habe keine Schwester.* „Ich habe keine Schwester."

„Nur ein Blutband vermag so etwas, Rhaz. Ich bin keine Seherin, dennoch sehe ich dich. Ich spüre dein Schicksal. Gehst du nach Dasgar, gehst du in den Tod." Ihre Augenwinkel funkelten, womöglich von Tränen. Oder von einer Drohung.

Es bescherte ihm ein Lachen. Bloß brachte es nicht die gewünschte Wirkung, sondern steigerte die Beklemmung. „Eine Fremde will mein Schicksal kennen." *Ginge es nach dem Schicksal, wäre ich längst tot.* Es lag ihm auf der Zunge. Er schluckte es im letzten Augenblick, bevor seine Lippen die

Worte formten.

„Ich bin keine Fremde, Rhaz. Bruder." Sie langte bei ihm an, legte eine Hand an sein Herz und zuckte, als spüre sie die Furchen durch die Schichten seines Rüstzeugs. „Du musst es fühlen. Das Blutband zwischen dir und mir."

„Es gibt keins."

„Du täuschst dich."

„Ich täusche mich nie."

Unter seinem Blick erschauerte sie. Sie nahm die Hand von ihm weg und hob sie stattdessen. Hob auch die andere und sah ihn an. Als betrachte sie eine Bestie. Ihre Stimme wankte, aber ihr Blick blieb fest. „Du hast mich einmal im Stich gelassen. Wiederhol das nicht."

Es stach und blitzte in seinem Herzen. Es stotterte und raste, beides zugleich. Ihre Stimme besaß Macht. Sie drängte. Er blockte es ab, aber ihre Worte malten ein Bild auf seine Netzhaut. Eines von Tränen und Blut. Es konnte unmöglich seiner Erinnerung entstammen. Er schüttelte es von sich. Alys streckte die Finger nach ihm aus, erneut. Er schlug sie fort, mit der Lederschiene seines Unterarms, und genehmigte nicht den Kontakt von ihrer Haut auf seiner. Ihr Blick wollte ihn fangen.

Ihr Blick. Innig vertraut.

Er floh. Floh vor ihr und vor sich selbst. Floh den Flur hinab, die Treppe hinunter, um die Ecke, die nächste Treppe runter und den Korridor entlang. Er vernahm Schritte hinter sich. Schwer, die von Yorick in den Stiefeln. Leicht, die von Alys auf ihren nackten Sohlen. Leicht wie eine Erinnerung. Fadenscheinig wie eine Vergangenheit. Eine vergessene. Überschattete. Vergrabene.

Nein. Ich habe keine Schwester. Ich habe keine.

„Geh nicht!" Ein Ruf von Herzen. Ein Flehen.

Er vernahm es nicht zum ersten Mal. Das Echo jagte ihn,

vielstimmig, und es besaß ihre Stimme, Alys' Stimme, und wer ihm nachlief in der Vergangenheit trug ihr Gesicht. Allein, er sah sie nicht. Erkannte sie nicht. Kannte sie nicht. Flüchtig bekam sie einen Namen, ihr Name eine Bedeutung, ihr Leben einen Bund zu seinem, und dann löste es sich auf. Er griff es nicht. Wie ein Traum, der mit dem Erwachen zersprang.

„Rhaz!"

Er hörte ihre Schritte auf der unteren Treppe. So nah. Er warf sich durch die Hintertür nach draußen in die Nacht. Hitze schlug ihm entgegen, aber in seinem Innern knisterte die gleiche Eiseskälte wie auf den Gipfeln von Dargalash. Er setzte um den Stall, hin zur Krippe, schnappte Iv beim Zügel und sprang in den Sattel. Mit aller Macht rammte er ihr die Fersen in den Leib. Sie riss den Schädel hoch und stürzte vorwärts. Den Schweif gereckt, preschte sie querfeldein durch Keval auf die Palisade zu. Der Aufruhr seines Innern genügte für einen Impuls. Keinen bedächtigen, tastenden. Keinen kontrollierten, sinnhaften. Er stieß es von sich. Alles. Die Furcht. Den Schmerz. Die Kälte. Die Energie fegte als Druckwelle gegen die Palisade. Es krachte. Die Pflöcke brachen und landeten der Länge nach im angrenzenden Getreidefeld. Er hämmerte Iv die Sporen in die Flanken. Die Stute kam seinem Drängen nach. Sie scheute, aber sie hielt nicht inne, setzte über den Bruch in der Barrikade und trug ihn durch die Ähren in die Freiheit.

Lügner.

Nicht in die Freiheit, sondern zurück in den Käfig seiner Seele. In die Knechtschaft, wo er Dinge wie Alys vergaß. Vergessen musste. Sich nicht erinnern, es noch nicht einmal versuchen durfte. Dennoch schall das Echo in seinem Schädel nach, und es berührte etwas in seinem Herzen, das nicht existierte.

„Komm zurück!“

Um ein Haar fing ihre Stimme ihn ein. Aber diesmal, wenigstens dieses eine Mal, ließ er den Stich nicht zu. Er legte einen Bann auf ihr Gesicht, auf ihre Stimme und auf den Nachhall ihres Geistes in seinem. Drängte sie aus seinem Bewusstsein. Fokussierte sich auf etwas anderes und entsann sich der Iverier, die noch in Keval angebunden standen. Er kehrte nicht um. *Das sind sie nicht wert.* Ein Tasten nach Izhir. Ein Vergewissern nach jener Feldflasche mit dem Amulett. Ein Griff nach der Hassel.

Alles da.

Ein Pfiff, ein scharfer, und kurz darauf nahmen Eska und Kay ihre Plätze ein. Wie Schatten huschten sie Iv zu Läufen über das Feld. Er fand die Straße, lenkte die Stute darauf und hetzte sie auf die Kronen von Dargalash im Norden zu. Noch immer in Dunkelheit gehüllt, wirkten diese massiv und undurchdringlich wie jene Barrikade, die seine Seele umgeben sollte. Auch sein Herz. Und seine Vergangenheit.

Ich habe keine Schwester.

Ein anderes Echo pflügte durch sein Inneres, gesetzt von Vlah. *Der Pfad von Dasgar ist ein dunkler Pfad.* Sogleich fragte er sich, woher sie stammten. All die Echos. Warum sie nicht schwiegen und er sie nicht ausblenden konnte. *Ich verliere die Kontrolle. Ich bin nicht ich selbst.* Er musste sie bezwingen, die Unruhe seines Geistes. Sich fokussieren. Sein Herz kontrollieren. Die Seele stählen. Es war ihm stets leicht gefallen, aber etwas hatte sich verändert. Er hatte sich verändert.

Ura hatte ihn verändert.

Er konnte es nicht festmachen, welche der Dinge sie ihm auferlegte und welche davon der Wahrheit entsprachen. Fast kam es ihm wie Schicksal vor, wie ein Pfad der Alten Mutter, dass er im Eskelforst auf Yorick getroffen war. Oder um eine

List von Ura, um ihn des Verstandes zu berauben. Und seiner Seele."

Er biss sich auf die Zunge. So fest, dass er Blut schmeckte. *Es war mein Schicksal, unter jenem Bann zu sterben. Ich habe keine Schwester. Ich bin ein Gestählter von Dasgar. Ich habe keine Vergangenheit. Ich habe kein Schicksal mehr.* Bloß seine Schuld, die er begleichen musste. Eine Schuld in Dasgar, und danach eine bei Ura. *Ura, Hexe, was hast du mir angetan?* Ein Teil seines Verstandes, der von der Hexe infiltrierte, formte eine Antwort aus ihren Worten. *Dasgar hat dich verdorben. Dich, dein Gespür und deine Gabe.* Alys stimmte dem zu. Als hätte sie ein Recht, durch sein Hirn zu wandern. Als besäße sie Zugang in sein Inneres, als bestünde ein Bund von ihr zu ihm. So eindringlich, als säße sie hinter ihm im Sattel. *Gehst du nach Dasgar, gehst du in den Tod.*

Auf einmal wünschte er sich, er hätte sein Schicksal erfüllt, dort im Eskelforst. Wäre gestorben und hätte all diese Dinge nicht ins Rollen gebracht. Nicht mit den Schicksalsfäden gespielt. Nicht den Pfad der Alten Mutter verlassen. *Ich beschreite noch denselben Pfad.* Jenen von Dasgar. Den seines Auftrags. Die Schuld, die er begleichen musste. Er tastete nach der Hassel, erneut. *Fehler korrigiert. Auftrag abschließen.* Das Gesicht im Gegenwind von Ivs Lauf, fokussierte er sich darauf. Er fing die Gedanken ein und sammelte die Scherben seines Bewusstseins auf. Fügte sie aneinander und brachte sein Herz zur Ruhe. Irgendwann genügte es, dass er gleichmäßig atmen konnte, und dass er es wagte, die schäumende Iv zu verlangsamen. Die Hündinnen entdeckte er nirgends mehr, aber der Fährte vermochten sie zu folgen. Er sandte einen Pfiff zurück, um sie anzuspornen, und tätschelte der Stute den Hals. „Die holen uns schon ein. Gut gelaufen, Iv."

Im Osten glühte der Himmel. Er befand sich schon auf

den Flanken von Dargalash. Von seiner erhöhten Lage sah er die Konturen des Eskelforstes in der Ferne das Weideland überragen. Dräuend bauten die Bäume sich dort auf, als markierten sie den Rand der Welt. Die Dämmerung überrollte erst die Wipfel, dann die Felder, Weiden und Wildwiesen mit der Farbe von Blut. Emsige Bauern nutzten die noch erträglichen Momente des Tages für ihr Werk, ehe sie mit steigender Sonne ihr Hab und Vieh rafften und die Flucht vor der Hitze ergriffen.

Ihm brannte diese ins Gesicht und brachte sein Blut zum Kochen. Die Luft flirrte, Insekten surrten. Die Flanken der Berge boten wenig Schutz, daher ritt er weiter. Nach einer Weile fand er einen Verschlag. Das Holz morsch, lange nicht mehr in Gebrauch, das Dach eingestürzt. Darunter vergessene Sensen, Pferdegeschirre, Eggen und andere Habseligkeiten, die niemand vermisste. Oder keiner sich zu holen wagte. Er entsann sich nicht, wann Dasgars Schatten so weit gewachsen war, dass schon das Betreten der Bergflanken als schwarzes Omen galt. Vielleicht schon vor seiner Zeit.

Dabei vermittelte das Panorama Frieden. Wie die begrünten Hänge himmelwärts strebten. Wie Wälder sie im Wechsel mit Wiesen bewuchsen, in dieser Dürre gelb und rot und wenig grün, sodass ein Flickenteppich von Farben sich seinem Auge darbot. Wie Seen in der Sonne blitzten, quellrein trotz der anhaltenden Hitze. Wie der Wind den Duft von Heu trug und im Laubwerk raschelte. Ein Klang von Gemach. Und Harmonie.

Am Ufer eines jener Seen stand der von ihm ins Auge gefasste Verschlag. Er begab sich in dessen Schatten und entledigte Iv ihres Zaums und all des Gepäcks. Die Stute reckte den Schädel zur Erde, schnaubte und blies Schaum aus den Nüstern. Dann trottete sie bis an den Bauch ins

Wasser. Er tat es ihr nach und legte jene Feldflasche, die Hassel und die Stiefel ab. Ansonsten bekleidet, begab er sich in den See, dieser überraschend kühl. Es tat ihm wohl. Das Wasser weckte seinen Verstand, belebte den Geist und beruhigte sein Herz. Tief genug zum Schwimmen, strebte er nach der Mitte. Von dort, treibend auf dem Rücken, betrachtete er die Gipfel von Dargalash. Jene Höhen, wo nichts mehr gedieh, die grau und schartig und schneegekrönt den Himmel berührten. Die Kronen verbargen Dasgar vor dem Blick, aber er spürte es. Die Nähe. Die Schwere. Die Energie. Die Mächte.

Den Nachhall seines Drills.

Er schloss die Augen, suchte seinen Gleichmut und öffnete sie erst wieder, als er Ivs Wiehern vernahm und kurz darauf das Plätschern der Hündinnen im Wasser. Er schwamm ans Ufer und grüßte beide. Dann entkleidete er sich und nahm Seife zur Hand. Er wusch sich selbst und all sein Zeug, legte dieses zum Trocknen aus und hockte sich in den Schatten des Verschlags. Mit Übungen zur Stärkung seiner mentalen Energie vertrieb er sich die Zeit. Er schärfte den Fokus seines Geistes. Sandte Impulse und analysierte diese. Erforschte die Kräfte der Natur. Langte nach diesen und konnte sie nicht fassen ohne das Amulett.

Er nahm die Feldflasche zur Hand und schüttelte sie. Es verlangte ihn, ein Feuer zu entfachen und das Artefakt diesem zum Fraß vorzuwerfen. Allein, ihm fehlte die Muße, Zunder zu sammeln, und er wagte im ausgedörrten Gras keine Flamme. Er legte die Flasche fort und konzentrierte sich erneut. Fragte sich, ob Alys ihm folgte, und gleich darauf, aus welchem Grund sie das tun sollte. Andererseits, eine Wahnsinnige brauchte keinen Grund für ihre Taten. Unter der Glut der Sonne kam ihm die Nacht und das Gesprochene nicht halb so beängstigend mehr vor.

Womöglich seines Bemühens wegen, sich davon zu distanzieren. Jedenfalls, Wahnsinn erklärte die Dinge, und das trefflich. Eine andere Möglichkeit sah er nicht. *Weil ich keine Schwester habe. Ich wüsste es, wenn dem so wäre.*

Mit dieser Gewissheit fand er Schlaf. Er erwachte so erholt, wie seine Lage es kaum rechtfertigte, brach in der Dämmerung auf und fühlte mit der neuen Nacht die alten Zweifel wieder wachsen. Er warf einen Blick über die Schulter und sandte einen Impuls hinterher. Nichts. Verlassen, der Pfad hinter ihm. Leer, der Weg vor ihm. Er lenkte Iv durch die Wildnis. Über die Wiesen ging es leicht, schwieriger durch die Wälder. Diese so dicht, dass kaum Mondlicht durch die Wipfel fiel. Und verlassen. Die Düsternis wog so schwer, dass sie ihm die Schultern niederdrückte. Selbst das Wildvieh mied die Gegend, aber die Bäume wuchsen umso kräftiger gegen die Stille an. Eine Brise entlockte den Kronen schaurigen Gesang.

Noch tiefer in den Klüften von Dargalash, noch höher an deren Flanken, wagten selbst die Pflanzen nicht mehr zu wachsen. Schartig das Gelände, stieg er aus dem Sattel und nahm Iv beim Zügel. Die Hündinnen hielten sich an seinen Knien, die Schädel gesenkt, die Ohren zurückgelegt mit verklemmten Ruten. Er führte sie vorwärts, im Licht der Gestirne durch Hohlwege, an Hängen entlang, durch eine Schlucht und wieder hinaus. Unter Ivs Hufen kullerte das Geröll. Er selbst wie auch die Hunde tappten lautlos. Unwirtlich das Gelände, führte kein Weg hindurch. Kein rechter, jedenfalls. Er beschritt die Pfade, die niemand markierte. Die niemand ergründete. Die niemand bewanderte. Niemand, außer ihm und seinesgleichen. Die Pfade, die ins hohle Herz von Dargalash führten. In die Seele der Berge.

Nach Dasgar.

Er blieb stehen. Wie ergeben in ihr Schicksal, hielten die Tiere an seiner Seite inne. Sie wirkten beinahe willenlos. Es gab keinen anderen Weg. Aus dem felsigen Tal schaute er auf nach den Gipfeln, diese so steil, dass sie sich seiner Sicht entzogen. Gleichwohl hatte er sie gesehen, sie einst erklommen. Um ein Haar zum Preis seines Lebens. Spitz, die Zacken, und gleichförmig wie eine Krone, bildeten sie einen Ring. In ihren Eingeweiden bargen sie die Feuergruben, und in ihrer Mitte Dasgar.

Vlahs Stimme holte ihn ein. Schon wieder. *Der Pfad von Dasgar ist ein dunkler Pfad.* Gewiss wie ein Schicksal. Mit derselben Gewissheit schob er sie von sich. *Es ist nicht wahr. Der Pfad von Dasgar ist ein Pfad der Ehre.*

Ein Gestählter von Dasgar floh nicht. Niemals.

Ein Gestählter von Dasgar hielt sein Wort. Immer.

Ein Gestählter von Dasgar beglich seine Schuld. Jede.

Er brachte es sich ins Gedächtnis. Tastete nach der Hassel unter den Schuppen seines Rüstzeugs. Schöpfte Atem. Und ging weiter.

Der Mond küsste die Flanken der Berge. Die Schritte fielen schwerer als sie sollten. Am Zügel zog er Iv mit sich, die feurige Stute seltsam taub. Kay winselte. Eska schlich wie nach einer Tracht Prügel. Ihm fiel ein, was einmal der Viehmeister von Dasgar ihm gesagt hatte. *Die Seele eines Tieres ist dein Spiegel.* Der alte Viehmeister, nicht der neue. Dieser behauptete etwas anderes. *Einem Tier muss man die Seele austreiben, damit es gehorcht. Man muss es brechen, damit es die Treue hält.*

Dann ging ihm auf, dass er schon wieder Ablenkung suchte von den Echos, die ihn eigentlich beschäftigen. *Gehst du nach Dasgar, gehst du in den Tod.* Es mochte stimmen. *Und wenn schon, es spielt keine Rolle.* Der Tod konnte seine Schuld begleichen, sie wenigstens löschen. Auch die bei Ura.

Er stieg hangaufwärts. Das Geröll lag weniger lose an dieser Stelle, weil Jahrhunderte von Stiefeln, die diesen Weg beschritten, ihre Spuren hinterließen. Eine Spur wie die Linie eines Aquarells. Verschwommen, aber vorhanden. Sie führte um die Flanke an eine Steilwand, in deren Schatten sich ein Spalt verbarg. Das Eisengitter davor stand offen, ganz wie in Erwartung seiner Ankunft. So eng, der Schacht dahinter, dass die Hunde hinter ihm gehen mussten. Am langen Zügel zerrte er die Stute mit.

In erstaunlicher Ebenmäßigkeit wand sich der Gang durch den Berg. Weit unter den Gipfeln, hoch über den Feuergruben. Fackeln steckten in ehernen Haltern. Sie zu entzünden, machte er sich keine Mühe. Zwar herrschte Finsternis, er sah die Hand vor Augen nicht, aber seine Schulter streifte die Wand, und er kannte den Pfad. Er brauchte kein Licht. Sein Gespür genügte. Er stolperte nicht. Wankte nicht. Ein Schritt vor den anderen, derweil er die Sinne fokussierte. Ein Schritt vor den anderen, indes er Bewusstsein und Körper trennte. Ein Schritt vor den anderen, während er den Geist in Gleichmut versetzte und die Regungen der letzten Tage im Abgrund seines Herzens versenkte. Ein Schritt vor den anderen, und er stählte seine Seele. Richtete die Schultern auf. Hob den Kopf. Legte eine Hand an Izhirs Heft und behielt die Zügel in der anderen.

Er erreichte das Eisengitter, welches den Weg in den Ring der Bergkrone sperrte. Dieses, anders als das äußere, verschlossen. Er hielt inne davor und sandte einen Impuls. Keinen tastenden. Keinen für ein Echo. Einen solchen, der seine Ankunft kundtat.

Jemand trat ihm entgegen, auf der anderen Seite. Ein Jüngling, er kannte ihn, der, früher einmal kernig, jetzt so schmächtig aussah, dass er gewiss den Drill nicht überstand. Gemustert, geprüft und gescheitert. Missbraucht für niedere

Tätigkeiten, bis sich der Nächste fand und man diesen hier zerbrach. Der Pfad durch Dasgar, und er endete stets auf dieselbe Weise. Mit dem Tod. Es gab keinen anderen Weg hinaus.

Der Kadett verneigte sich. Er kannte sein Schicksal, aber er trug es mit Fassung, immerhin, hielt die Stimme im Zaum und grüßte erhaben. „Rhaz Iksha Zar. Willkommen zurück in Dasgar, Meister.“

Ein Stich.

Darauf gefasst, hielt er die Regungen im Verborgenen. „Gruß, Erle aus Titz. Gib die Passage frei.“

Das tat er. Er öffnete das Gitter und ließ ihn mit einer weiteren Verneigung ein. „Wünscht Ihr, dass ich Eure Stute pflege?“

„Nein.“

„Wünscht Ihr, dass ich Euch in Euer Quartier begleite?“

„Nein.“

„Wünscht Ihr, dass …“

„Erle. Ich wünsche nichts.“ Harscher als beabsichtigt, sein Ton. Und erschöpft. Ungewollt.

Erle verneigte sich. „Wie Ihr befehlt, Meister.“

Er trat durch das Gitter. Auf einem Sims, ins Gestein der Flanke geschlagen, überblickte er Dasgar in all seiner düsteren Pracht. Eine Siedlung, in die Tiefen der Berge gezwängt, mit Pfaden an deren Hängen, ergänzt um Planken, Plateaus und Treppen. Nirgends Zierrat, keine Wappen, Flaggen oder Schilde. Nur an wenigen Eingängen glommen Laternen. An denen, die in die akademischen Säle führten, wo alsbald die Lehrstunden begannen. Mit Sonnenaufgang. Es lag schon Glut im Tintenblau der Nacht am Himmel. Die Drillstätten am Grund der Gebirgskrone gähnten vor Leere, umzäunte Flecken von blankem Stein. Kein Sand. Sand schonte. Stein stählte besser, das getrocknete Blut dort unten bewies es. Jetzt verlassen, die Plätze, weil solche Hitze wie zu Sonnenhoch den Drillmeistern für ihre Kadetten gefiel. Für die Drillkämpfe. Solche mit dem Schwert, der Axt, mit dem Bogen oder der Armbrust, mit Speer und Hellebarde. Oder nur mit Stöckern.

Manchmal mit bloßen Händen.

Der körperliche Drill trug sich dort unten zu, der seelische an anderen Orten, in den Kammern in den tiefsten Abgründen der Berge. Wo die Hitze der Feuergruben das Blut kochte. Wo die Last des Gesteins die Seele zermalmte. Wo niemand die Schreie vernahm. Die eigenen hallten in seinem Schädel nach. Unvergessen, unvergesslich. Für den Augenblick hörte er jedoch nur das Werken in den Stallungen, von den Jünglingen, die vor den Lehrstunden das Nutzvieh pflegten, das Schlachtvieh fütterten und die Reittiere auf den eigens dafür angelegten Sandplätzen bewegten.

Alles unverändert. Und still. Weil Stille half, den Geist zu fokussieren, und weil Stille lehrte, später bei Lärm die Ruhe im Innern zu finden. Er suchte seine. Glaubte, dass er sie fand. Er wandte sich dem Jüngling zu. „Erle. Geh ein Stück mit mir.“

„Zu Befehl, Meister.“ Auf lautlosen Sohlen stieg der Kerl ihm nach, die Serpentinen des Pfades hinab.

„Berichte, was sich zutrug in meiner Abwesenheit. Lass die Gescheiterten aus.“

Erle, selbst ein Gescheiterter, selbst ein dem Tode Geweihter, schluckte vernehmlich. Dann zählte er die Namen auf von denen, die im Auftrag des Gebieters ausgezogen waren, und umriss die Missionen. Hier eine Botschaft übermitteln. Dort ein Artefakt erlangen. Neue Kadetten ausfindig machen. Hilfe leisten, eine Revolte niederzuschlagen. Sogar von einem Attentat auf einen

Schwarzmagier berichtete Erle.

„Echte Schwarzmagier gibt es nicht. Seit wann vergeuden wir unsere Zeit mit derlei?"

Erle wich seinem Blick aus. „Eine ungebührliche Frage an einen Gesch… an einen Kadetten, Meister."

„Gewiss." Dennoch, der Gedanke ging ihm nicht aus dem Schädel. Über Boten konnte jeder, von Dorfnarr über Baron bis Herzog, dem Gebieter von Dasgar ein Anliegen antragen. Dieser wog ab und vergab die Aufträge an seine Gestählten. Gerüchte über angebliche Schwarzmagie, über echte Hexen und Dämonen ereilten Dasgar regelmäßig. Für gewöhnlich erklärte sich solches durch den Hass von einem Bürger auf einen anderen, durch Aberglauben oder Größenwahn. Und für gewöhnlich verschwendete der Gebieter keine Energie an so etwas. „Bestimmt hast du etwas vernommen. Sprich."

„Jawohl, Meister." Erle wirkte nicht glücklich darüber, schaute über die Schulter und senkte die Stimme. „In der Küche wissen die Kadetten vom Speisenmeister, dass dieser von der Heilhexe vernommen hat, man munkele, der Gebieter habe von der Seherin eine Weissagung empfangen."

„Die was prophezeit?"

Noch mehr Schulterblicke. Die Stimme, bloß noch ein Wispern. Seine Augen aber funkelten. Vielleicht vor Furcht. Vielleicht aus List. „Angeblich den Untergang Dasgars. Durch einen Schwarzmagier an …" Er sprach nicht zu Ende und biss sich auf die Lippe stattdessen.

„Erle. An was?"

Der Gescheiterte verneigte sich und schaute nicht auf. „… an Eurer Seite, Meister."

Ihm prasselte eine Gänsehaut den Rücken hinab, gleichwohl gelang ihm ein Lächeln. So, wie Erle erschauerte, sah es bedrohlich aus. Ihm fiel nichts ein, was er darauf erwidern sollte. „So?“

„Alle sprechen von Schicksal.“

„Das Schicksal ist ein Verräter, Erle.“ Er drückte dem Burschen die Zügel in die Hand. „Ich hab's mir anders überlegt. Pfleg' du sie für mich.“

„Zu Diensten, Meister.“ Ohne sichtliche Regung führte Erle die Stute ab.

Ihn selbst zog es ins Innere der Berge, nach seiner Kammer, dem friedlichsten Ort in Dasgar, um jenes Gerüchtes wegen zu sinnieren und Fassung zu wahren. Gleich ob wahr oder nicht, eine solche Weissagung, in der er in eigener Person vorkam, konnte ihm nur Unheil bringen. Oder Verruf vor dem Gebieter. Er machte kehrt, um die Treppen aufwärts zu streben. Da trat sie ihm entgegen, Dasgars älteste Meisterin. *Ausgerechnet.* Er neigte den Kopf zum Gruß. „Asha.“

Ihren echten Namen kannte er nicht, er kannte nur ihren Kriegernamen, gewählt in Alter Sprache. Es bedeutete *Herz.* Und Herz besaß sie. Ein Herz aus Stahl. In der Schlacht unterlag sie wegen ihr zarten Statur, sie hatte den Meistertitel im Nahkampf nie erlangt. Die mentalen Disziplinen aber beherrschte sie, ihre Seelengabe Impulskraft. Er wusste es, wusste es zu gut. Sie hatte schon in Dasgar gelehrt, lange vor seiner Zeit, und schließlich ihn ausgebildet. Auf die üble Weise. Eine Gestählte. Eine Meisterin. Und Lehrmeisterin in Impulskraft, Bannspruch und Bannlösung. Ihm gelang es als Einzigen, sie zu bezwingen, den Gebieter von Dasgar ausgenommen. Dieser bezwang Asha ebenfalls, bezwang auch ihn und jeden sonst. Sicher alle zugleich. Gewiss sogar Ura.

Eska knurrte.

Asha knurrte zurück, woraufhin die Hündin die Rute einklemmte. Dann zeigte die Meisterin ihm die Zähne. Ein

Lächeln, ein bedrohliches, aber letztlich lachte sie und nickte ihm zu. Sie küsste sich die Finger, berührte erst die eigene Stirn und danach seine. „Willkommen zuhause, Rhaz. Du hast gefehlt."

Er erwiderte die Geste. „Wem gefehlt?"

„Mir." Sie nahm ihn bei den Schultern, sah ihn an und forschte in seinem Gesicht. Wonach, sie gab es nicht preis. Keine Regung zeigte sie auf ihren Zügen, aber die Falten um die Mundwinkel wirkten auf einmal tiefer. „Und dem Gräber."

Ein Stich.

Er schluckte. „Du solltest den Gebieter so nicht nennen."

„Jeder tut es."

„Hinter vorgehaltener Hand. Im Verborgenen. Außerhalb von Dasgar. Nicht hier."

Es ängstigte sie nicht, wohingegen es ihn und jeden sonst in Schrecken versetzte, wenn sie es aussprach. *Gräber.* Hier, wo der Gebieter es möglicherweise vernahm. Dieser schätzte es nicht, wie er überhaupt nichts schätzte.

Asha hob die Schultern und strich sich Strähnen schütteren Haares aus dem Gesicht. „Er will dich sehen, Rhaz."

„Hab ich erwartet."

„Augenblicklich. In der Zitadelle."

Zitadelle. Das Wort jagte seine Gedanken. Wen der Gebieter in die Zitadelle berief, kehrte meist zerbrochen zurück. Manchmal gar nicht. Er warf einen Blick hinauf zu dem Gipfel, worin sie sich befand. Wahrte die Fassung. Hob die Schultern seinerseits. „Wollte sie schon immer mal von innen sehen." Bloß das Grinsen, mit welchem er das Gesagte auf den Weg schicken wollte, misslang.

„Du hast schon gehört?"

„Von der Weissagung, ja." Auf den Pfaden rings um den

Kessel von Dasgar machte er Bewegung aus. Gestalten, mehr oder weniger verhüllt, huschten an ihr Tagewerk oder zu ihren Drillstätten. Die meisten hielten inne und spähten herüber, zumindest so lange, bis er deren Blicke auffing und diese niederrang. Er kam sich vor wie eine Laus in einem Ameisenhaufen.

„Das meinte ich nicht", entgegnete Asha. Nach wie vor die Hände auf seinen Schultern, zog sie ihn heran. In ihre Arme, wie zum Gruße, und tarnte ihre Worte darin. „Die Seherin sprach die Weissagung, aber nach allem, was man hört, ließ sie Raum für Zweifel. Er forschte in ihrem Geist, grub sich in ihr Hirn und kehrte ihr Inneres nach außen. Frenna konnte ihr nicht helfen. Sie ist tot, die Seherin."

Wenn Frenna, die Heilhexe, nicht hatte helfen können, musste der Gebieter übel nach dem Kern des Gesehenen gegraben haben. Wie es aussah, ohne Erfolg. Ganz schien es, dass er der Seherin Glauben schenkte. Aber eine Weissagung offenbarte immer nur die halbe Wahrheit. Eine Weissagung verzerrte die Tatsachen. Halbe Wahrheiten bekamen das Antlitz einer Lüge, und Lügen das Gesicht der Wahrheit.

Er machte sich frei von der Meisterin. „Danke, Asha."

„Lass ihn nicht warten."

„Bin schon unterwegs. Fütterst du meine Hunde?"

„Hast sie hungern lassen, so wie sie aussehen", schalt sie, zauste den beiden die Ohren und zwinkerte ihm zu, im Gesicht ein verwegenes Grinsen. „Nicht sterben, Rhaz."

Ich geb' mir Mühe. Er brachte es nicht hervor. Nichts. Nickte ihr zu und machte sich auf den Weg.

NICHT KLAGEN. NICHT SCHREIEN.
NICHT ZERBRECHEN.

Er durchmaß die Eingeweide der Berge. Schritt durchs Dunkel, nahm keine Fackel zur Hand. Entfernte sich von den Ausgängen, ließ die Hitze draußen zurück. Hier, im Innern, herrschte erst Kühle, dann Kälte. Die Gesetze des Sommers galten für Dargalash nicht. Gänsehaut überzog seinen Leib, aber diese schuldete er nicht der Frische.

Die Korridore bohrten sich eintönig ins Gestein, und ebenso eintönig führten sie in Kammern, Hallen und Säle. Manch geschlossene Tür bezeugte, dass drinnen jemand Lehren erteilte. Geräusche drangen nicht heraus.

Wie auch draußen, ermangelte es drinnen jeder Zier. Eine gestählte Seele bedurfte keiner Augenweide zur Erholung. Nur Stille. Durch ebendiese nahm er Treppen hinauf, derer einige. Allein schon der Anstieg bewies die Kräfte des Gebieters, gleichwohl dieser im Äußeren wie ein Urvater wirkte. Die Stufen schraubten sich in den Gipfel eines jener Berge. Nicht bis in die Krone, aber auf solch erhabene Höhe, dass sie den höchsten Punkt Dasgars markierten. Dort endete die Treppe in einen Korridor, deren schmuckloses Ziel eine Tür bildete. Eine mit Eisenbeschlag. Eine mit einem Klopfer in Gestalt eines in sich selbst zusammengerollten Flugwurms. Welche Symbolkraft, galt ein solcher doch als unbezwingbar.

Wie der Gebieter.

Rhaz schöpfte Atem. Er nahm die Schultern zurück und ließ kein Schaudern zu, sondern kämpfte es nieder. Auch die

Beklemmung.

Er legte die Finger an den Leib des Wurms, die Schuppen so naturgetreu gearbeitet und so kalt, dass Eis das Innere seiner Adern auskleidete. Die Fratze des Flugwurms, die entblößten Fangzähne verhöhnten ihn. Einzig die Hassel an seiner Brust versprach ein wenig Zuversicht. *Ich habe den Auftrag erfüllt. Ich werde diese Schuld begleichen.*

Er musste nicht klopfen. Die Tür schwang auf, ohne sein Zutun. Nach innen, ohne einen Laut. Gehalten vom Gebieter Dasgars. Dieser gewandet in eine schwarze Robe, besetzt mit Rubinen, und gehüllt in einen Umhang von identischer Aufmachung. Mit erhabener Geste bat er ihn herein.

Rhaz warf einen Blick in die Zitadelle. Niemand sonst befand sich darin, das Innere glich dem Rumpf eines Schiffes. Es bot Raum für Bänke. Fünf Reihen, jeweils rechts und links, formten einen Mittelgang. An dessen Ende ein Altar. Teppiche behingen die Wände, verblichene, deren Muster nichts mehr zu erkennen gaben. Der Zweck der Zitadelle mochte früher ein geistlicher gewesen sein. Heute diente sie allein dem Gebieter. Wozu genau, er wusste es nicht, er war noch nie hier gewesen. In all den Jahren nicht. Selbst Asha nicht, er hatte sie einmal gefragt. Damals aus Neugier. Jetzt verspürte er keine mehr.

Er verneigte sich, küsste die Finger und berührte die Stirn. Nur die eigene, nicht die des Gebieters. Diese niemals. Dann trat er ein. Mit dumpfem Nachhall fiel die Tür ins Schloss.

„Rhaz Iksha Zar." Der Herr von Dasgar dehnte seinen Namen. Dann nahm er ihn beim Arm und führte ihn durch den Mittelgang, ganz wie ein Mann seine Geliebte führte. Auf den Altar zu. Dahinter zwei Feuerschalen, die als einzige Lichtquellen dienten, und alte Rüstungen neben Waffenständern. Diese fassten weniger Klingen als vielmehr

Riemen.

Eine Menge Riemen.

Rhaz kannte solche und deren Zweck aus dem Drill. Er mied den Blick dorthin und schaute stattdessen den Gebieter an.

Dieser gab seinen Arm frei, blieb stehen und baute sich vor ihm auf. Mitten auf dem Gang zwischen den Bänken. Nicht drohend, sondern erhaben, und er verschränkte die Finger vor dem Leib. Kahl der Schädel, bartlos das Gesicht, schaute er auf ihn herab aus Augen in der Farbe von Bernstein. Furchen durchzogen die Haut, diese wie von einer Flamme geschmolzenes Wachs. Ein Greis. Aber einer, in dessen Augen solches Lebensfeuer brannte, wie nur wenige Jünglinge es ausstrahlten.

„Rhaz Iksha Zar. Sklave der Sonne, Sklave der Schatten. Rhaz Iksha, ein Sklave der Sonne von Dasgar? Iksha Zar, ein Sklave jener Schatten, die uns dem Untergang weihen? Wem dienst du?"

Da nicht anders geheißen, blieb er stehen. Aufrecht, die Arme ließ er hängen. Er gab Acht, keine seiner Klingen anzutasten und die Hände offen zu halten. Er fühlte sich bloß und klein, hier inmitten des trostlosen Schiffes, aber er nahm an, dass eben das der Gebieter damit bezwecken wollte. Dessen Blick hielt er stand, hielt an seinem Gleichmut fest und hielt die Barrikade um seine Seele aufrecht. „Ich diene Euch, Gebieter. Ich stehe vor Euch, um meine Schuld zu begleichen."

„Deine Schuld. Eine von vielen. Du hast lange gebraucht, diesmal. Was hielt dich auf?"

„Das Ziel war fern, der Weg beschwerlich. Ein Auftrag, den es mit Bedacht anzugehen galt."

„Die Hassel. Du hast sie?"

„Ja, Gebieter." Er langte unter die Lederschuppen seines

Rüstzeugs und zog die Schatulle heraus.

Diese ihm abnehmend, strich der Gebieter über den Deckel. Er befühlte die Schließe, öffnete sie jedoch nicht. „Ausgezeichnet, Iksha."

Eine Woge von Übelkeit spülte durch sein Inneres. In seinem Herzen funkten Blitze. Er kämpfte die Regung nieder und behielt den Gleichmut in der Seele. „Gebieter. Der Pfad nach der Hassel war verstrickt und kreuzte sich mit anderen. Was hat es auf sich mit diesem Artefakt?"

Der Gebieter hob den Blick von der Schatulle. Er legte diese auf eine Bank, trat näher und versenkte den Blick in seinen Augen. „Du fragst nach dem Zweck deines Auftrags?"

Klingen von Bernstein durchbohrten sein Inneres, bis in den Grund seiner Seele. *Ein Fehler.* Jetzt konnte er nicht mehr zurück, die Frage war gestellt. „Vergebt, Gebieter."

Dieser grub tiefer. Er forschte in seinem Hirn und seiner Erinnerung. Ein Impulskräftiger, ein Spürer zudem und ein Blender. Niemanden sonst kannte Rhaz, der über eine solche Vielzahl an Gaben verfügte. Außer Ura. Die des Blendens bewirkte, dass er spürte, was der Gebieter ihn spüren lassen wollte. Dass dieser ihm seinen Willen aufzwang. Kaum jemand beherrschte es. Der Herr von Dasgar tat es in Perfektion. Ihm kehrte sich der Magen um, fast sprang das Herz aus seiner Brust. Seine Lunge leerte sich. Er konnte sie nicht wieder füllen. Einem Instinkt folgend, lehnte er sich dagegen auf, kraft seines Geistes. Er versuchte sich zu befreien. Startete einen Kampf. Der Gebieter hielt ihm mit Macht entgegen, diese ein Bollwerk, das ihn niedermachte. Die Barrikade um seine Seele stürzte ein. Ihm schoss Blut aus der Nase. Ein Hieb traf ihn ins Gesicht. Beringte Finger rissen seine Wange auf und schickten ihn zu Boden. Ein Stiefel mit Stahlkappe schlug in seiner Magengrube ein. Er wagte keinen Widerstand mehr und krümmte sich stattdessen, bereit für die Maßregelung.

Der Gebieter ließ schon ab. Er neigte sich herab, verlieh seiner Aura Güte und reichte ihm die Hand. „Steh auf.“

Die Hilfe ergreifend, gelangte Rhaz auf die Füße.

Der Herr von Dasgar hielt ihn bei der Schulter fest, die Finger wie die Klauen eines Blutseglers. „Stell noch einmal mein Begehr in Frage, Sklave, und du erfährst echtes Leid. Lehn dich erneut gegen mich auf, und ich töte dich.“

Nichts blieb ihm, als Kopf und Blick zu senken und die Barrikade seiner Seele wieder aufzurichten. Dürftig. Zu mehr befand er sich außerstande. „Ja, Gebieter.“

„Ich spüre, dass deiner Reise Widersprüchliches anhaftet. Ich spüre, dass Unruhe in deiner Seele herrscht. Berichte. Lass nichts aus.“ Seine Stimme glich Donnergrollen über den Gipfeln von Dargalash, und sie verlangte Gehorsam. Mehr noch die erstickende Last des Geistes.

Rhaz wischte sich mit dem Handrücken das Blut aus dem Gesicht. Er machte es vermutlich schlimmer dadurch, weil frisches aus dem Riss in seiner Wange nachlief. Dann gehorchte er dem Befehl. Er berichtete. Ließ nichts aus. Obschon ihn das Gefühl überkam, einen Fehler zu begehen. Schon wieder. Aber der Gebieter blendete seinen Willen. Er konnte nichts dagegen tun, diesen Bann vermochte er nicht zu brechen. Seine Lippen formten die Worte wie von selbst. Er sprach von seinem Aufbruch, der Mission, von dem Bannsprecher, dem Amulett und Ura, sprach von Vlah und Yorick und Alys, selbst von Erle und Asha und den bereits vernommenen Gerüchten über die Seherin von Dasgar.

Erst danach nahm der Gebieter den Zwang von ihm, sodass er schweigen konnte.

Rhaz biss sich auf die Zunge. Er kämpfte um die Fassung, um beherrschte Atemzüge. Er wusste von niemandem, der nicht die Kontrolle verlor, wenn der Gebieter sich ins Innere einer Seele grub. Er selbst behielt sie nicht. Die Ungewissheit brach sich bahn, geeint mit den Bedenken. Seine Lippen formten eine Frage, von der er wusste, dass er sie nicht stellen durfte. „Wer ist sie? Alys?"

Der Gebieter lachte. Ein seltener Anblick. „Der Schwarzmagier, denkst du das? Nein, Sklave. Sie ist nur ein Mädchen, dem ein Geist den Verstand raubt."

„Wie könnt Ihr sicher ein?"

Dis Aura des Gebieters mahnte zur Vorsicht, aber aus unerfindlichem Grund übte er Geduld. „Ich kenne dich, Rhaz. Besser als du dich selbst kennst. Stell die Fragen, die du nicht beherrschen kannst. Danach, erlange deine Fassung zurück."

„Ja, Gebieter."

„Nun?"

„Habe ich eine Schwester?"

„Nein. Du wüsstest es, wenn dem so wäre."

Er fragte sich, woher dann die Zweifel in seinem Herzen rührten, aber er äußerte diesen Gedanken nicht und versenkte ihn, ehe der Gebieter ihn erspürte. Stattdessen fokussierte er sich auf etwas anderes. „Was hat die Hexe mir angetan?"

„Nichts." Der Gebieter lachte, schon wieder. „Du bist, wer du immer warst. Ein Niemand." Er sprach es so abfällig, dabei so gleichgültig, dass es nach der Wahrheit klang. „Dein Vater hat dich mir verkauft. Dich, deine Blutschuld und alles, was dir gehörte. Alles, was dich ausmacht, sind deine Taten, und diese gelten Dasgar. Alles, was Dasgar gilt, gehört mir. Deine Taten gehören mir. Deine Verdienste gehören mir. Jeder deiner Atemzüge gehört mir. Du warst ein Niemand. Du bist ein Niemand. Du wirst als ein Niemand sterben."

Mit jedem Wort rückte der Gebieter näher, bis dessen

Wange an seiner lag, bis Rhaz dessen Atem am Hals spürte. Eine Hitzewelle schoss durch die Furchen an seiner Brust. Er bekam den Eindruck, dass der Herr ihn erniedrigen wollte, vielleicht um einen Verdacht im Keim zu ersticken. Geschwind begrub er auch dieses Empfinden.

„Und nun", schloss der Gebieter und brachte Distanz zwischen sich und ihn, „gib mir das Amulett."

Ein Beben erfasste sein Herz. Die Barrikade seiner Seele bröckelte erneut.

„Du zögerst. Wieso?" Die Frage barg eine Drohung. Eine Warnung, womöglich die letzte.

„Vergebt, Gebieter." Er langte an den Waffengürtel. Löste die Feldflasche. Zog den Stopfen. Seine Finger zitterten. Er sah es, spürte es jedoch nicht. Spürte nur die Aura des Gebieters wie ein Joch aus Blei auf seinen Schultern liegen, auf seinem Geist, auf seiner Seele. Widerstand zwecklos, selbst wenn er gewollt hätte. *Woher nimmt er diese Macht?* Er gewahrte die Parallele zu Ura, bloß dass der Nachhall von ihrer Macht ihm im Vergleich friedfertig vorkam. Die seinige glich eher einem Inferno.

„Das Amulett, Sklave."

Er kippte die Flasche. Kippte den Sand aus, auf die Fliesen der Zitadelle. Sand wie aus einer Sanduhr, als liefe die Zeit ab. Seine Zeit. Sie zerrann, wie die Bruchstücke seiner Seele schwanden. Die Körner fielen, eins aufs andere und schließlich das letzte. Nur nicht das Amulett. Die Erkenntnis traf ihn.

Alles eine Lüge.

Alys, die Erscheinung, das Gerede von Blutbanden und einer Schwester. Ein Schwindel. *Yorick. Du verlogener, niederträchtiger Dieb.*

Der Gebieter sah es. Spürte es. Sprach es aus. „Du hast dich bestehlen lassen."

Seine Stimme sagte mehr als das. Rhaz entglitt die Flasche. Mit Geschepper landete sie am Boden. Er vernahm es kaum. Er suchte die Stimme. Eine Rechtfertigung. Es gab keine.

„Rhaz Iksha Zar." Der Gebieter packte ihn mit Klauen beim Kinn. Zwang ihn, seinen Blick zu erwidern. Das Bernstein seiner Augen zerschmolz. Ein Strudel, der ihn verschlang. „Du hast versagt. Du hast deine Treue zu Dasgar verraten."

„Ich habe meine Treue nicht verraten. Alles, was ich tat, tat ich für Dasgar." Er wusste selbst nicht, was in ihn fuhr, womöglich die Furcht vor der Strafe. Oder Uras Irrsinn. Vielleicht Sehnsucht nach dem Tod. Er wich dem Blick des Gebieters nicht aus.

Dieser erwiderte ihn mit Interesse. „Für Dasgar hast du dich bestehlen lassen. Für Dasgar hast du ein Artefakt von unerklärter Macht einem Fremden ausgeliefert. Für Dasgar hast du einen Gegenstand meines Begehrs einem anderen zugespielt."

So vorgetragen, klang es tatsächlich nach Verrat. Für einen Gestählten verstand es sich von selbst, Dasgar keinem Risiko auszusetzen. Das Amulett in den Händen von Unbekannten war ein Risiko. Kein geringes. Diese Macht in fähigen Fingern, der Schwarzmagier, der Untergang Dasgars. Er sah den Zusammenhang, den der Gebieter darlegte. Sah auch die Berechtigung für dessen Zorn. Klingenweise stach dieser auf ihn ein, gleichwohl klang die eigene Stimme überraschend fest. „Das Amulett war nicht Teil meiner Schuld an Euch. Ich habe mein Wort gehalten. Ich habe nicht versagt."

„Du hast darin versagt, deiner ersten aller Pflichten nachzukommen. Dasgar zu dienen, mit Leib, Seele und Verstand. Wessen Verstand liefert ein fragwürdiges Artefakt einem möglichen Feind aus?"

„Es besitzt keinen Wert für Euch." Die Worte kamen ihm zu hastig von den Lippen, ohne darüber nachzudenken. Ohne deren Wahrheitsgehalt zu kennen. Ohne Gewissheit. Ohne Bedenken der Folgen.

Der Gebieter gab sein Kinn frei und trat einen Schritt zurück. Er legte die Finger vor dem Leib aneinander. Die Macht seines Geistes wuchs, Impulse droschen wie Schwertstreiche auf ihn ein. Solche, die seine eigenen begruben. Die Gegenwehr unmöglich machten. Die seine mentale Stärke einkesselten und seine Seele zerfetzten. Ihm brach der Schweiß aus, sein Herz zappelte wie von jenem Blitz durchbohrt.

Dem Gebieter genügte es nicht. Diesmal nicht. Er ließ es ihn spüren. Keine Güte mehr. „Ich habe dich gewarnt, mein Begehr nicht in Frage zu stellen. Du bist zu weit gegangen."

Er wollte weichen, aber er vermochte es nicht.

Die Stimme des Gebieters begrub ihn. „Sklave. Leg deine Klinge ab."

Ein Zittern schoss ihm durch den Leib, vom Scheitel bis in die Zehenspitzen und wieder zurück. Er wusste, was es bedeutete, wenn der Gebieter das verlangte. Wusste es von früher, aus der Bannschule während seines Drills. Er konnte den Blick aus den Augen des Herrn nicht befreien. Über dessen Schulter hinweg sah er sie dennoch, die Riemen. Welche aus Flachs, andere aus Leder. Welche aus Ringen, hauchfein zu einer Kette gegliedert. Manche mit eisengefassten Enden. Einige mit Widerhaken aus Stahl.

Der Gebieter verschärfte den Zwang seiner Impulse. „Leg deine Klinge ab."

Er löste Izhir vom Waffengürtel, ohne hinzusehen. Hob es in die Waagerechte. Legte es sich auf die Handflächen, auf beide, und brachte es dem Gebieter entgegen. Senkte den Kopf und sah keinen Ausweg. Er bot sein heiligstes

Besitztum dar.

Der Gebieter verneigte sich über der Klinge. Dann nahm er sie, wandte sich um und schritt den Mittelgang hinab. Er legte Izhir auf den Altar und verneigte sich erneut, machte kehrt und kam zurück. Die Züge wirkten weich. Auch die Stimme. Die mentale Folter dagegen hielt er aufrecht. „Knie nieder."

Rhaz kniete nieder.

„Entblöße dich."

Er entblößte sich. Öffnete die Schnallen seines Rüstzeugs und zog es aus. Entledigte sich der Kettenweste. Streifte die Oberbekleidung ab.

Der Gebieter neigte sich herab und befühlte die Furchen an seiner Brust. Grob, und er verursachte ihm Schmerzen. Gewiss mit Absicht. Oder um zu prüfen, wieviel er ihm antun musste, bis er zerbrach. Letztlich nickte er und richtete sich wieder auf. Die Worte fielen gleich einem Urteil über ihn. „Auf alle Viere."

Er ging auf alle Viere. Auf den Knien beugte er sich vor und stützte sich auf die Handflächen. Spreizte diese. Er sah dem Gebieter nach, der erneut den Gang entlangschritt, bis hinter den Altar, und am Waffenständer einen Riemen auswählte. Einen aus Leder. Einen ohne Eisenspitze, einen ohne Widerhaken. Immerhin. Dann kehrte er zurück, den Riemen sich in die Handfläche gelegt. Rhaz senkte den Blick. Auch die Lider. Er zog den Kopf zwischen die Schultern. Machte sich gefasst. Gefasst auf die Pein, gefasst auf die Demütigung.

Der Gebieter sog den Atem ein, scharf, als falle es ihm schwer. Als müsse er sich überwinden. Dann warf er den Riemen über die Schulter und schnellte diesen nieder. Die Luft zischte, ein Impuls verlieh dem Leder Schärfe. Auf seinem Rücken knallte es. Der Hieb ging bis ins Mark seiner

Knochen. Wie ein Feuereisen brannte sich das Leder in seine Haut. Ein Sprühregen von Blut stob auf die Fliesen. Mit aller Macht verbiss er eine Klage. Sowie der Gebieter den Riemen von Neuem hob, stieß er die gesamte Luft aus der Lunge und klemmte die Zunge zwischen die Zähne.

Der zweite Hieb füllte ihm die Mundhöhle mit Blut.

Der dritte fetzte seine Würde in Stücke.

Der vierte sandte Schwärze vor seine Augen.

Der fünfte verlangte ihm alles ab. Alles an Kraft, was ihm noch blieb, körperlich wie geistig. Alles an Beherrschung. Alles an Willen. *Nicht klagen. Nicht schreien. Nicht zerbrechen.* Einem sechsten Hieb konnte er nicht standhalten, nicht aufrecht aus eigener Kraft, und auch nicht stumm.

Es folgte kein sechster Hieb. Der Gebieter ließ den Riemen sinken, wandte sich um und schritt den Mittelgang hinab.

Rhaz sah ihm nicht nach. Er konnte nicht. Er kniete in Blut, seinem eigenen Blut. Sah nur dieses, fein wie dargeworfene Perlen in einem Rahmen aus Rauch. Auf seinem Rücken kochte es. Blut quoll aus den Rissen. Er fühlte es über die Bögen seiner Rippen rinnen, und wie es sich um seinen Bauchnabel zu Tropfen formierte. Er schaute absichtlich nicht hin. Keuchte stattdessen. Und zitterte. Nichts davon konnte er beherrschen, nichts verbergen. Das Blut seiner zerbissenen Zunge troff ihm von den Lippen.

Die stählernen Stiefelspitzen des Gebieters tauchten in seinem Sichtfeld auf. Sie zerquetschten die roten Perlen und verwandelten den Sprühregen in ein Schlachtfeld. „Erhebe dich.“

Er sah nicht ab, ob er es vermochte. Die Barrikade um seine Seele lag in Trümmern. Er konnte kaum atmen. Spürte seinen Körper nicht, nur Schmerz und ein Brennen, als ströme das flüssige Gestein der Feuergruben von Dargalash durch seine Adern. Allein, er wollte nicht versagen. Sein Wille blieb ihm als Einziger noch, um einen Rest von Würde zu wahren. Er zog ein Bein an. Stellte den Fuß auf. Stützte eine Hand auf das Knie. Richtete den Rücken auf. Es fühlte sich an, als rissen die Kluften tiefer auf. Mehr Blut floss. Dennoch. Diesen Punkt einmal erreicht, drängte er Fetzen seines Bewusstseins von den Schmerzen fort. Er konnte sie nicht aussperren, sie nicht verkennen, dazu wüteten sie zu quälend durch sein Inneres. Er konnte sie nicht ignorieren, aber er konnte sie ertragen. Vor den Augen des Gebieters gelangte er auf die Füße. Auf beide, aus eigener Kraft, und gab Acht, in seinem Blut nicht auszugleiten. Es belebte einen Funken seiner Würde, dass er glaubte, Erstaunen über seine Leistung im Blick des Herrn von Dasgar zu sehen.

Dieser legte eine Hand an seine Schulter, wie ein Vertrauter, wie ein Freund. Als hätte er ihm nicht eben die Haut von den Knochen geprügelt. „Verweile heute. Morgen, ziehe aus. Erlange das Amulett zurück und bring es mir. Versage, und es war das letzte Mal."

Die zerbissene, davon anschwellende Zunge fühlte sich wie ein Fremdkörper an. Er formte die Antwort mit Mühe. „Ja, Gebieter."

Der Herr nahm die Hand von seiner Schulter, hob das Kinn stattdessen und verlieh seinem Blick die Härte von Stahl. „Ich verbiete es dir, Frenna aufzusuchen. Nimm deine Klinge und geh mir aus den Augen."

Eine Antwort brachte er nicht hervor. Er neigte den Kopf und zwang die Füße zur Regung. Er schaffte es den Mittelgang hinab bis zum Altar. Der Anblick seiner makellosen Klinge verlieh ihm einen Hauch von Mut. Er hob die Rechte, seine Schwerthand, küsste die Finger und berührte seine Stirn. Erst danach schloss er sie um das Heft und legte die andere um die Fassung. Ein Stück zog er die

Klinge. Lautlos wie eine Eule im Flug glitt sie heraus, funkelnd wie ein Diamant im Licht der Sterne. Gekrümmt wie die Woge eines Ozeans. Er hauchte einen Kuss auf den Stahl und erwies der Seele der Klinge die gebührende Ehrerbietung. „Gruß Izhir. *Dämmerung.*"

Mit einem Blitzen nahm es die Worte in Empfang. Ein Strom von Energie schoss ihm wie ein weiterer Peitschenhieb aus dem Leib in die Hand und versiegte im Stahl. Um ein Haar entkam ihm ein Stöhnen. Er schluckte es und glich mit seinem Willen das Wanken der Zitadelle aus. Dann schob er Izhir zurück in die Fassung und hängte es sich an den Waffengürtel.

Er machte kehrt, legte so viel Entschlossenheit in seine Schritte, wie er aufbringen konnte, und marschierte an dem Gebieter vorbei, ohne ihn noch einmal anzusehen. Seine Stiefel rutschten im Blut auf den Fliesen. Er hielt inne und bückte sich nach seinen Sachen. Fast riss es ihn von den Beinen, aber er schaffte es. Irgendwie. Hob sein Rüstzeug auf, alles davon, und ging. Er kleidete sich nicht an. Die Zeit dafür wollte er hier nicht zubringen, keinen Herzschlag länger verweilen als nötig. Nur fort. Er wollte auch das Scheuern der Sachen auf den blanken Wunden nicht ertragen. Wollte Frenna um Linderung bitten. Wie er es ohne die Hilfe der Heilhexe aushalten sollte, zumal ob der Infektion in den Furchen des Blutseglers, blieb ihm ein Rätsel. *Ich finde einen Weg.* Er musste.

So wie immer.

Die Treppe verschlang ihn, sie glich einem Abgrund. Er taumelte abwärts und fiel mehrfach auf die Knie. Zweimal stürzte er ganze Absätze hinab. Gewiss zog er sich Prellungen zu, aber er spürte sie nicht. Er richtete sich auf und fand den Weg hinaus. Die Kälte aus dem Innern der Berge saß ihm in den Knochen, doch draußen empfing ihn die Hitze wie ein Hammerschlag. Und ebenso betäubend. Sie erstickte ihn beinahe. In seinem Innern fehlte der Raum, Schmerz und Erschöpfung für sich zu behalten. Er musste es abschütteln, brauchte ein Ventil.

Jedoch, er fühlte die Blicke. Von denen, die sich im Freien unterwegs befanden. Von anderen Gestählten, derer manche auf ähnliche Züchtigung zurücksahen. Von den Gescheiterten, die auf einmal ihrem Schicksal dankbar wirkten. Von den Kadetten, den übermütigen, die glaubten, sie könnten es besser machen. Ihn in die Schatten verweisen. Ihn bezwingen. *Aber ich bin der Beste.* Er vernahm ein Murmeln, als ob die Jünglinge ihm antworteten. *Der Gräber hat ihm das angetan. Der Gebieter hat ihm eine Lektion erteilt. Dasgar hat ihn zerbrochen.* Worte, vermutlich nur in seinem Kopf, aber sie genügten. Genügten, dass sein Schmerz in Wut überschäumte. Solchen blinden, den er nicht beherrschen konnte. *Ich bin nicht zerbrochen.* Er hielt an seiner Würde fest. *Ich klage nicht. Ich schreie nicht. Ich zerbreche nicht.*

Um nicht außer Fassung zu geraten und sich selbst zu blamieren, stieg er die Stufen hinab zum Drillplatz, hin zu den starrenden Kadetten. Der Lehrmeister dort zog sich bei seinem Anblick zurück. Erst da fiel ihm ein, dass er nichts am Oberleib trug. Nichts als Blut und die Spuren seiner Demütigung. *Recht so.* Es verlangte ihn, die Bedeutung eines Gestählten unter Beweis zu stellen. Nämlich, dass das Ende der körperlichen Kräfte ihn nicht bezwingbar machte. Dass Schmerz keine Rolle spielte. Dass er kämpfte, ohne Nachlassen seiner Fähigkeiten, wenn ein gewöhnlicher Krieger längst am Boden lag. *Dass ich der Beste bin. Und bleibe.* Er stellte sich den Schmähungen, fand sich selbst überraschend trittfest, die Stimme beherrscht, und richtete diese an die Gaffer. „Genug der Schaukämpfe. Schluss mit den Übungen. Wer von euch tritt gegen einen Meister von

Dasgar an?“

Niemand meldete sich. Niemand rührte sich. Manche wichen in die Schatten zurück.

Er lenkte mehr Zwang in seine Stimme und schleuderte sie ihnen entgegen. „Wer?“

Es brauchte noch einen Moment, ehe einer sich vorwagte. Ein stattlicher Bursche, schon recht erfahren. Jung, im Vollbesitz seiner Körperkräfte. Mit einem Ausdruck im Gesicht, der davon zeugte, dass er sich beweisen wollte, hob er das Kinn. „Persch aus Unseth wagt es.“

„Akzeptiert.“ Er legte sein gebündeltes Rüstzeug zur Seite. Legte auch Izhir ab, befand ein solch niederes Duell der edlen Klinge als unwürdig. Er nahm ein gewöhnliches Schwert stattdessen, ein Übungsschwert mit Makeln, gleichwohl mit scharfer Klinge. Ein solches, wie sein Gegner es führte. „Keine Impulse. Keine Gabe. Nur Muskelkraft.“

„Akzeptiert“, echote Persch, dann nahm er Stellung ein.

Rhaz eröffnete den Kampf ohne Kompromiss. Er schlug sich nicht der Kunst wegen. Schlug sich dreckig und schlug sich brutal. Der Schmerz musste raus, und das mit Wut. Mit Gewalt. Dies alles musste raus, wenn er seine Fassung wiederfinden wollte. Er entschied das Duell mit fünf Hieben. Blutend, bewusstlos blieb Persch auf dem Felsgrund liegen.

Unter den Schaulustigen ging ein Raunen um. Das Duell stachelte an. So schnell entschieden, der Schlagabtausch. So langweilig. Das konnte nicht alles sein. Er sah es ihnen an, was sie dachten. Las es aus dem Grinsen der Nebenbuhler Perschs. *Ich kann das besser.* Er fing deren Blicke auf. „Wagt es nur.“

Sie wagten es.

Der Nächste konnte es nicht besser. Der danach, der es besser können wollte, vermochte es auch nicht. Eifrig traten sie jetzt vor, einer nach dem anderen, und ihre Kameraden schlugen den Streitern auf die Schultern. Manche feilschten und schlossen Wetten. Die Herausforderung verwandelte sich in eine Mutprobe. Eine willkommene. Mit jedem Duell ließ das Zerren seiner Muskeln nach, bloß sein Blut kochte weiter. Es genügte nicht, aber es half.

Fünf Hiebe. Er machte es sich zum Mantra.

Fünf Hiebe. Wie der Gebieter von Dasgar.

Fünf Hiebe. Schickte sie zu Grunde, jeden Einzelnen, mit nicht mehr und nicht weniger als fünf Hieben.

Der Kreis der Schaulustigen wuchs. Rufe nahmen Gestalt an. Irgendjemand zählte mit, bemüht, der Geschwindigkeit seiner Klinge gleichzukommen. „… drei, vier, fünf! Wer schafft sechs?"

Viele glaubten, sechs zu schaffen. Keiner tat es, gleichwohl sie die Klingen immer brutaler schwangen. Er schlug umso heftiger zurück und schöpfte Kraft aus Schmerz.

„Genug!", donnerte es wie ein Befehl über den Drillplatz. Die Kadetten bildeten eine Gasse. Hindurch marschierte Asha. „Das reicht, Rhaz."

Oh nein. Es genügte nicht, um die Schmach zu betäuben. Oder den Schmerz. Auch nicht, um die Wut abzuschütteln. Er dehnte den Nacken und die Schultern. „Es reicht noch lange nicht."

Asha schnaubte wie ein Höhlenbär und baute sich ebenso bedrohlich vor ihm auf. „Dann miss dich mit jemandem, der dir ebenbürtig ist."

„Ich finde keinen."

„Probier es mit mir." Eine Klinge hielt sie schon, fasste das Heft mit beiden Händen und nahm Stellung ein. Der Eindruck eines Höhlenbären schwand. Zurück blieb ihre zierliche Gestalt, welche durch ihr Alter, durch die Falten ihrer Haut und das Weiß ihres Haares noch schmächtiger wirkte.

„Du bist mir nicht ebenbürtig, Asha.“

Ein Zischen. Eine Drohung. Jetzt bekam sie etwas von einem Wiesel. „Sag das nochmal.“

Er sagte es. Noch einmal. Verschärft. „Du bist kein Meister im Nahkampf. Asha. Du bist mir nicht ebenbürtig.“

„Beweise es.“

Nichts lieber als das. Er startete eine Attacke. Seinem ersten Hieb wich sie aus und parierte den zweiten, auch den dritten. Die Klingen schlugen Funken. Er machte eine Halbdrehung, sie eine ganze und entging seinem vierten Hieb. Wendig wie ein Wiesel. Er sammelte sich. Heiß strömte es ihm den Leib hinab, eine Mischung aus Schweiß und Blut. Der fünfte Hieb musste sitzen. Ein Ausfallschritt. Eine Finte. Eine Wendung. Ein Stich. Er verfehlte sie. Die Klinge glitt durch die Luft. Ob des ausbleibenden Widerstands fehlte ihm das Gleichgewicht, er taumelte vorwärts. Mit Mühe parierte er die Gegenattacke, erwiderte ihren nächsten Angriff, wich dem folgenden aus und schlug ihr mit einem Hieb der flachen Klinge das Schwert aus der Hand. Stahl schepperte auf Stein. Sie hob die Hände, alle beide, die Finger offen ihm entgegengehalten. Und erkannte seinen Sieg an.

Stille.

Dann ein Ruf, der aus der Gruppe der Schaulustigen emporstieg. „Sechs!“

Sechs Hiebe. Einer zu viel. Als breche dadurch ein Bann, verpuffte seine Wut. Auch seine Kraft. Er schöpfte Atem. Nickte ihr zu. Dann kehrte er ihr den Rücken, steckte das Übungsschwert zurück in den Waffenständer, nahm Izhir und seine Sachen an sich und verließ den Drillplatz. Die Geschlagenen, sofern bei Bewusstsein, krochen ihm aus dem Weg. Die Schaulustigen wichen, formten ein Spalier und ließen ihn passieren. Hinter ihm blieb eine Menge Arbeit für

Frenna liegen. Er wandte sich nicht danach um. Taub seine Seele, nicht aber der Körper, trotzte er dem Schmerz und schlug den Weg in seine Kammer ein.

Dass Asha ihm nachkam, bemerkte er erst, als sie ihre Finger an seinen Arm legte. Mit Bedacht, und diese kühl, obschon auch ihr der Schweiß auf der Stirn glänzte. „Frenna sollte sich das ansehen."

Er schüttelte sie ab. „Nein."

„Rhaz. Du blutest."

„Was du nicht sagst."

„Lass Frenna …"

„Er hat es verboten, Asha."

Sie schnaufte ein Lachen. Ein bitteres. „Verstehe."

Er durchschritt die steinernen Flure. Die Kälte im Innern bekam seinem brodelnden Blut. Wie er die Tür zu seiner Kammer aufstieß, nahm die vertraute Monotonie das Beben aus seinem Herzen. Ehe er eintrat, wandte er sich noch einmal Asha zu. „Was willst du noch?"

„Mir deine Wunden ansehen."

„Du hast sie gesehen."

Ein schiefer Blick, und die Aura ihres Geistes wuchs.

„Asha. Ich komme zurecht."

„Weiß ich, Rhaz."

Er trat in die Kammer und schlug ihr die Tür vor der Nase zu. Wie sie diese fing und ihm herein folgte, wehrte er sie nicht ab. Stattdessen legte er seine Sachen auf die Kommode, sprenkelte das Gesicht am Waschtisch mit Wasser und kniete sich vor den Kamin. Er entfachte Feuer. Ein leichtes Werk, zur Abwechslung. Es knisterte im Zunder, die ersten Flammen leckten empor. Er fütterte sie. Der Rauch zog in einen Schacht, der Geruch von Holz und Harz blieb und durchdrang das Zimmer mit Frieden. Er füllte die Lunge mit dem Duft und reicherte das Blut damit an. Erlangte die

Fassung zurück. Schloss die Augen und fokussierte den Geist. Richtete die Barrikaden seines Innern wieder auf. Stählte die Seele kraft seiner mentalen Energie.

Ohne ein Wort machte Asha sich an seinen Habseligkeiten zu schaffen. Er hörte sie werken. Hörte auch, wie sie die Kammer verließ und nach einer Weile zurückkehrte. Er schaute nicht auf, und sie sprach ihn nicht an. Stumm hockte sie sich neben ihn vor die Flammen und tupfte seinen Rücken ab. Flüssiges Feuer durchströmte die Risse dort. Sie gab es auch auf die Furchen an seiner Brust. Er behielt die Beherrschung. Ließ keine Schmerzen zu. Dann schraubte sie einen Tiegel auf, entnahm eine Paste und arbeitete diese in die Wunden ein. Zuletzt deckte sie sie mit Bandagen ab.

„Danke, Asha.“

Sie nickte. „Da oben in der Zitadelle sind schon sehr viel schrecklichere Dinge geschehen. Du kannst dich glücklich schätzen.“

„Ich schäume über.“

„Warum hat er das getan, Rhaz?“

Er hob die Schultern. Töricht, es zerrte an den Furchen. „Hab mich bestehlen lassen.“

„Und jetzt?“

„Fehler korrigieren.“

„Verstehe. Wann brichst du auf?“

„Mit der Dunkelheit.“ Heute durfte er verweilen, aber morgen musste er entsprechend der Anweisung des Gebieters ausziehen. Da er nicht in der Hitze des Tages marschieren wollte, blieb ihm nur die Nacht. Heute Nacht.

„Das ist zu früh.“

Er glaubte, Sorge in ihrer Stimme zu vernehmen, schaute auf und fing ihren Blick. „Spielt keine Rolle, Asha.“

„Ich weiß.“

„Was denkst du darüber? Über die Weissagung. Den Schwarzmagier. Über mich.“

Jetzt hob sie die Schultern, bloß setzte sie dazu ein Grinsen auf. „Auch das spielt keine Rolle. Dasgar hat seinen Sold erfüllt. Wenn das Schicksal will, dass wir fallen, fallen wir mit Recht.“

Schicksal. Auf einmal überkam es ihn, dass er ihr von seinem erzählen wollte. Von Ura. Von dem Amulett. Stattdessen strengte er sich an, ihr Grinsen zu erwidern. „Asha. Das Schicksal ist ein Verräter.“

„Rhaz. Das musst du mir nicht sagen.“

„Was ist mit dir? Hast du einen Auftrag?“

„Nein.“ Sie verzog das Gesicht, auf eine Weise, die verriet, dass sie etwas wusste, es wenigstens ahnte. Er wartete. Fragte nicht. Wartete, bis sie seufzte und von selbst weitersprach. „Wenn der Gräber entscheidet, der Weissagung Glauben zu schenken. Wenn er dich für eine Gefahr befindet und dich aus dem Weg schaffen will. Du weißt, wen er dann schickt.“

„Dich.“ Schließlich konnte sie unter allen Gestählten von Dasgar als einzige mit seiner Impulskraft mithalten. *Mithalten, aber nicht überliegen.* Jedenfalls hatte sie ihn früher nicht bezwingen können. Heute, da er ohne Schicksal und verwundet war, sah es möglicherweise anders aus. „Wenn er mich aus dem Weg schaffen will, nimmt er es am besten selbst in die Hand. Gegen ihn kommt keiner von uns an.“

Darüber lachte sie. Von Herzen. „Er verlässt Dasgar nicht. Niemals.“

„Vielleicht ein Fehler.“ Oder der Grund für seine Macht. Eine Gänsehaut prasselte auf ihn ein. Er sandte einen Impuls, einen weitreichenden, und fing die Echos auf. Die der Gestählten, die der Kadetten, die der Gescheiterten. Das der Sonne, das vom Wind. Solche, die dem Alter der Berge entstammten. Eines, das in seiner Pracht alle anderen überstrahlte.

Die Feuergruben von Dargalash.

Vermochte der Gebieter, was Ura vermochte, nämlich externe Energien schöpfen, bildeten die Feuergruben die ideale Quelle.

Asha spürte seinen Impuls. „Was suchst du? Du solltest deine Kräfte schonen."

Wahrlich. Müdigkeit überfiel ihn, wie von ihren Worten gleich einem Netz über ihn geworfen. „Bitte geh."

Sie nickte, führte die Finger an die Lippen, küsste diese und berührte ihre Stirn. Danach seine. Noch ein Blick, und sie ging.

Die Tür fiel hinter ihr zu, das Geräusch wie ein Schicksalsschlag. Ein neues Schicksal. *Habe ich eins?* Wenn die Seherin ihn gesehen hatte, dann gewiss. Zu schade, dass er sie nicht befragen konnte. So hatte also sein Schicksal das ihrige verändert. *Wäre ich im Eskelforst gestorben, hätte sie mich nicht gesehen, hätte der Gebieter sie nicht getötet.* Er fühlte sie wieder, die Schicksalsfäden. Von ihm zerrissen, von ihm geknüpft. Sie fielen auf ihn wie ein Schleier und berührten ihn mit hauchfeinen Impulsen, die Schauer über Schauer durch seinen Leib jagten. *Hätte ich nur nie begonnen, mit meinem Schicksal zu spielen. Hätte ich nur diesen Pakt nicht geschlossen. Hätte ich nur …*

Er brach das Sinnieren ab. Müßig. Stattdessen zwang er die Gedanken aus dem Hirn, und all die Eventualitäten. Die Würfel waren gefallen, er konnte sie nicht wieder aufsammeln. Er musste sich fügen, in sein Schicksal. Das neue. Das unbekannte. Und damit beginnen, die Scherben aufzukehren und seine Schulden zu begleichen. Ura einen Gegenwert darbringen. Und dem Gebieter das Amulett. *Herausfinden, was es mit der Hassel auf sich hat. Ob sie das alles wert war.* Das Ordnen der Gedanken schuf Klarheit. Es half ihm,

Bewusstsein und Leib zu trennen, sodass die Schmerzen nachließen, er diese wenigstens nicht mehr spürte. Nicht so arg, jedenfalls.

Er erhob sich und kochte Tee. Danach warf er keine Scheite mehr ins Feuer, denn die Flammen trieben Schweiß aus seinen Poren. Auch verzichtete er darauf, den Speisesaal aufzusuchen. Weder stand ihm der Sinn nach einer Mahlzeit noch nach Gesellschaft. Er legte sich auf das Bett und suchte Schlaf. Einen Teil seines Geistes hielt er wach und gewahrte den Sonnenuntergang dadurch. Gewahrte es am nachlassenden Pulsieren der Energie, an der von draußen nach drinnen kehrenden Stille. Mit dieser zwang er sich, aufzuwachen. Ein Schweißfilm klebte auf seiner Haut. Er trat an die Waschschüssel und rieb ihn sich mit einem Lappen vom Leib. Danach kleidete er sich an. Zog das Wams über die Bandagen. Legte die Kettenweste an und das Rüstzeug darüber. Das Gewicht belud die Furchen mit neuen Schmerzen. Derweil er die Schnallen schloss, die Riemen schnürte und seine Taschen packte, stählte er die Barrikade um seine Seele und sperrte das Empfinden für seinen Körper aus. Er füllte seine Wasserflaschen, steckte eine Menge Proviant ein, sodass er zur Verpflegung unterwegs keine Zeit verschwenden musste, und begab sich zum Zwinger.

Eska und Kay grüßten ihn, indem sie an ihm hochsprangen, mit den Zähnen sein Kinn umfassten und den Bart leckten. Für einen Augenblick genehmigte er das Verhalten, dann brachte er die Hunde auf Distanz. Ein Fingerschnippen, und sie ordneten sich ein. Er ging weiter zum Stall, zäumte Iv und zurrte das Gepäck hinter dem Sattel fest. Kurz darauf führte er sie am Zügel hinaus. Auf den Felspfaden von Dasgar schepperten ihre Hufe. Es rief Schaulustige herbei, aber wenn er nach denen aufsah, verschmolzen sie mit den dunklen Winkeln. Wie ein Schatten fiel die Aura des Gebieters auf ihn. Ohne Botschaft. Ohne Zwang. Bloß eine Drohung, die ihn ummantelte wie eine zweite Haut. Rhaz unterdrückte ein Schaudern. Gestraffter Schultern setzte er den Weg fort. Er stieg die Serpentinen hinauf und trat durch das Gitter, durch dasselbe wie am Morgen. Die Spalte schluckte ihn, und sie befreite ihn von der Geisteslast des Gebieters.

Er atmete auf. Blieb stehen und lehnte sich an Ivs Schulter an. Beherrschte die Atmung und brachte den Herzschlag unter Kontrolle.

Für einen Moment.

Dann ging er weiter. Wie er das äußere Gitter passierte, fing ihn an der Flanke von Dargalash ein Wind. Ein erstaunlich frischer, verglichen mit der glühenden Brise der vergangenen Tage, der Wolken vor sich hertrieb. Die Luft, von Blutwärme nach wie vor, schmeckte leichter und gab mehr Sauerstoff her. Es machte ihm die Schritte weniger mühselig.

Die felsigen Abhänge führte er Iv am Zügel hinab, auch durch die Wälder an den Flanken. Weiter unten, auf den Wiesen an den Hängen, stieg er auf. Die Wolken am Himmel verdichteten sich und beschatteten seinen Weg. Als wollten sie seinen Auftrag gutheißen. Sie genehmigten, als der Tag anbrach, den Weg fortzusetzen. Ohne Rast zu reisen. Ohne längere, jedenfalls. Er legte Pausen ein, um Iv nicht in die Knie zu zwingen, um sie saufen und weiden zu lassen und um selbst ein paar Bissen zu sich zu nehmen. Derweil überschaute er die Äcker. Die Bauern holten die vernachlässigten Tätigkeiten der Hitzetage nach und retteten von den niedergemachten Feldern, was sie konnten. Dies durchaus versiert. Schwüle herrschte nach wie vor, aber die verdeckte Sonne machte sie erträglich.

Auch für Iv. In zügigem Trab oder leichtem Galopp stellte die Stute ihre Ausdauer unter Beweis. Die Hunde hielten mit, sie kamen gut voran. Schon in der Abenddämmerung langte er in Keval an. Die Trümmer der Palisade entdeckte er nirgends mehr, die Siedler mussten sie bereits verräumt haben. Womöglich verwerteten sie die Pfähle als Brennholz. Jedoch, die Bruchstelle klaffte noch offen und erinnerte an seinen Vandalismus. Das Tor, durch welches die Straße eigentlich hineinführte, stand gleichfalls offen. Tordienst führte, zu seinem Unglück, Torre.

Dieser erkannte ihn schon aus der Ferne. Er rief und winkte mit den Armen Verstärkung herbei. Vier Kerle traten ihm zur Seite, alle breitschultrig vom Holzschlagen und darin, den Furchen in den Gesichtern nach zu urteilen, erfahren. Davon zwei mit Beilen bewaffnet, die anderen beiden mit Bögen. Diese legten Pfeile an die Sehnen, spannten aber nicht. Zwar machten sie ernste Mienen, auch drohende, doch an einer Auseinandersetzung hegten sie gewiss kein Interesse.

Hoffentlich.

Mit verschränkten Armen trat Torre seinen Haudegen vor. „Wusste ich gleich, dass du mir nicht gefällst, Mann. Spar dir den Ärger und zieh Leine. Landstreicher sind hier nicht willkommen. Zauberer noch weniger."

„Ein Glück, bin ich weder das eine noch das andere. Gib den Weg frei. Ich habe mit Yorick zu sprechen."

„Ein Grund mehr, dass du dich verziehst. Yorick ist nicht mehr hier." Er spuckte in die Stacheln des verdorrten Grases am Straßenrand.

„Wohin ist er aufgebrochen?"

„Das geht dich nen Scheißdreck an."

„Mit Alys?"

Torre presste die Kiefer aufeinander und reckte ihm das

Kinn entgegen.

Es genügte als Antwort. *Also ja.* Die beiden führten etwas im Schilde. Er sprang aus dem Sattel. Die jähe Macht eines Schwindelanfalls versetzte ihm einen Schrecken, aber er hielt sich, ohne, dass die Kerle davon etwas bemerkten. Glaubte er wenigstens. Iv am langen Zügel, trat er ans Tor heran. Zungen befeuchteten Lippen, einige blinzelten, als brenne ihnen plötzlich Staub in den Augen. *Nervös.* Die gaben gute Baumfäller ab, gewiss auch fähige Jäger. Aber keine Krieger. Eska und Kay spürten die Spannung. Mit einem Fingerschnippen gemahnte er die beiden zur Ruhe und legte die Hand an Izhirs Heft. „Sag mir, wie ihr hier mit Dieben verfahrt."

Torre spuckte aus, schon wieder. „Wir schlagen ihnen die Hand ab, mit der sie stehlen. Auch solchen, die uns Ärger machen." Mit dem Kinn wies er nach der zertrümmerten Palisade.

„Wenn du mir die Hand abschlagen willst, versuch's nur. Aber wisse, dass ich derlei im doppelten Maß vergelte." Er schickte den Worten einen Impuls hinterher und sah die Waghalsigen einen Schritt zurückweichen. Die Finger von Izhirs Heft lösend, zeigte er die Handflächen und nahm die Drohung aus der Stimme. „Ich habe keinen Ärger mit euch. Nur mit Yorick. Er hat mich bestohlen."

„Ist mir verdammt nochmal egal. Er ist nicht hier. Mach, dass du wegkommst, Vagabund."

„Hat er etwas zurückgelassen?"

„Nein."

„Hat er gesagt, wo er hin will?"

„Nein, und wenn doch, dann erfährst du's von mir nicht."

„Habt ihr die Laken schon gewechselt?"

„Hä?"

„Das Bett, in dem er mit Alys schlief. Die Laken. Schon

gewechselt?"

Torre hob die Schultern. „Was fragst du mich?"

„Ich würde Gunna fragen, aber dann musst du mich einlassen." Er verschärfte noch einmal den Ton, auch die Kraft seiner Impulse, die er im Takt seines Herzens den Draufgängern entgegenhielt. Diese wichen weiter zurück. Er nahm die Hände herab und legte die eine zurück ans Heft seiner Klinge. „Ich mache euch einen Vorschlag. Ihr bringt mir das Laken und ich verschwinde."

„Du bist ein verfluchter Widerling." Gleichwohl glitt sein Blick an ihm hinab zu den Hunden und wieder zurück. Ihm schien ein Schluss zu gelingen. „Und wenn Gunna es schon gewaschen hat?"

„Dann muss ich ihr Zimmer durchsuchen."

„Wer gibt dir das Recht dazu?"

„Bring das Laken oder mach den Weg frei."

Torre zog die Brauen herab. Er löste die Arme aus der Verschränkung, nahm die Schultern zurück und streckte den Nacken vor wie ein brünstiger Bulle. Fast sah er bedrohlich aus. Für einen Bauern. „Ich will wissen, wer dir das verdammte Recht dazu gibt, Mann."

Es reichte, und er vergeudete Zeit. Er löste Izhir vom Waffengürtel, ließ die Klinge in der Fassung und packte diese, nutzte das Heft wie einen Knüppel. Ein Impuls brachte die Haudegen aus dem Gleichgewicht. Er sprang unter sie. Machte eine Drehung, hieb links und rechts. Zwei Treffer. Ein Ausfallschritt. Er stieß den Schwertknauf geradewegs einem der Draufgänger gegen die Stirn. Noch eine Drehung. Mit dem Schwung und Izhir in der Fassung schlug er dem nächsten die Knie unter dem Leib weg. Sogleich zog er den Streich herauf und beendete ihn an Torres Schläfe. Zwei Drehungen. Fünf Hiebe. Fünf Haudegen lagen im Staub zu seinen Füßen. Ihm kam ein

Lachen über den Hohn der Sache. *Fünf Hiebe.* Fünf Schmerzstreiche jagten seinen Rücken hinab.

Ob seines Lachens regte sich Torre. Benommen. Er schaute zu ihm auf und kroch rücklings durch den Sand. Allem Anschein nach bildete ein Karren sein Ziel, womöglich, um darunter Deckung zu suchen.

Rhaz holte ihn ein. Er trat mit dem Stiefel dessen Brust nieder und spuckte ihm ins Gesicht. „Wer mir das verdammte Recht gibt, Mann? Ich selbst. Ich nehme es mir."

Torre öffnete den Mund und schloss ihn wieder, wie eine Forelle am Angelhaken.

Rhaz nahm den Stiefel von seiner Brust und wandte sich ab. Er ließ die Niedergeschlagenen liegen, die stöhnend sich regten. Auch ignorierte er die Traube von Menschen, die meisten verschreckt. Alle starrten. Niemand verstellte ihm mehr den Weg. Auch nicht Gunna. Dieser ein vierschrötiger Kerl, jedoch mit friedfertigen Furchen in den Augenwinkeln. Bestimmt konnte er Trunkenbolde aus seiner Schänke werfen und gewiss keiner Fliege etwas zuleide tun. Er stand vor seiner Kaschemme und beeilte sich, ihm die Tür zu öffnen.

Rhaz nickte ihm zu. „Der Alten Mutter zum Gruße, Gunna. Verzeih mein Eindringen. Einer deiner Gäste hat mich bestohlen. Yorick. Sein Zimmer, und das von Alys, hast du die Laken schon gewechselt?"

Der Kerl wirkte erstaunt über den ruhigen Ton und beeilte sich mit der Antwort. „Nein, Herr. Alles, wie sie's gelassen haben. Wollt Ihr Euch umsehen? Ich bringe Euch hin."

„Nicht nötig. Ich kenne den Weg." Er pfiff nach den Hunden und stieg mit diesen im Schlepptau in jenes Zimmer hinauf. Drinnen fand sich tatsächlich alles wie zuletzt. Spartanische Einrichtung, zerwühlte Decken. Nur die

Habseligkeiten fehlten, aber derer bedurfte es nicht. Er klaubte das Laken vom Bett, raffte es und warf es über die Schulter. Dann kehrte er zurück in die Schankstube. Unverändert an der Tür wartete Gunna. Worauf, wusste wohl nur er selbst. Draußen umstanden Schaulustige *Das Haus,* aber niemand wagte sich herein.

Gunna schaute ihm entgegen und deutete ein Lächeln an. Ein erleichtertes. „Ihr seid fündig geworden, Herr?"

„Ja. Danke, Gunna." Er neigte den Kopf. „Die Pferde, die ich hier zurückließ?"

„Im Stall, Herr. Wohl gepflegt. Soll mein Stallbursche aufzäumen?"

„Nein. Behaltet die Pferde. Oder verkauft sie." Bei seinem Auftrag, das Amulett zurückzuerlangen, würden so viele Rosse ihn behindern, und er wollte nicht in Feindschaft gehen. Er wies nach der zerstörten Palisade und schloss die Verprügelten mit ein. „Als Entschädigung."

Mit einer Verneigung überspielte Gunna das offensichtliche Fehlen seiner Worte.

„Lasst euch nicht lumpen. Das sind Reinblüter aus Iveria."

Noch eine Verneigung. „Danke, Herr. Möge die Alte Mutter mit Euch sein."

Er erwiderte den Segen nicht. Stattdessen trat er hinaus und verschaffte sich mittels eines Blickes, verstärkt von einem Impuls, Durchgang durch die Siedler. Ein Pfiff, und Iv trabte heran. Er stieg in den Sattel und schaute über die Schulter. Allem Anschein nach fiel niemandem eine Dummheit ein, also richtete er sich nach vorn und gab der Stute die Sporen. Willig fiel sie in Trab. Auch ohne die Gabe des Spürens fühlte er, wie sich die Blicke der Leute in seinen Rücken bohrten. Solche von Angst. Andere von Hass. Gänsehaut riss an seinen Wunden. Er wandte sich nicht um.

Sowie durch das Tor, versetzte er Iv in Galopp. Sie streckte die Läufe und trug ihn außer Reichweite jedweder Fernwaffe.

Nach einer Weile lenkte er sie auf eine Wildwiese. Unter den Ästen eines Birnbaums hielt er sie an und warf einen Blick in den Himmel. Es ging auf die Nacht zu, aber etwas Tageslicht blieb ihm noch. Nach wie vor deckten Wolken die Sonne, sodass die Temperatur sich ertragen ließ. Er stieg ab, rastete eine Weile und sah zu, wie die Stute weidete. Den Hunden goss er Wasser in eine Schale, pflückte eine Birne und speiste diese. Die Säure der unreifen Frucht trocknete ihm die Mundhöhle aus.

Zuletzt pfiff er Iv wieder heran und kletterte auf ihren Rücken. Achtsam, um die Wunden zu schonen. Dann gab er Kay ein Zeichen, näher zu treten, neigte sich hinab und gab ihr das Laken zu schnuppern. Eska trat neben sie und tat es ihr nach. Er wartete, bis beide sich die Lefzen schleckten, dann verwies er Eska an seine Seite und bedeutete Kay, vorzutreten. „Such."

Die Hündin bellte, reckte die Nase in den Wind und bellte erneut. Offensichtlich fiel es ihr nicht schwer, Witterung aufzunehmen. Sie hob die Rute und stob voran.

FREIHEIT
IST EINE ILLUSION.

Die Fährte führte erst nordwärts, dann ostwärts. Zurück in den Eskelforst. In der fortschreitenden Nacht folgte er ihr bis zum Waldrand, diesem nach bis an einen Fluss, der aus den Bergen herabkam und sich einen Weg durch die Bäume bahnte. An dessen Ufer bog Kay ins Strauchwerk und folgte dem Lauf. Er pfiff sie zurück. Mitternacht war vorüber und der lange, gehetzte Marsch saß ihm in den Knochen. Er stieg ab für eine Rast, kniete am Fluss, trank und erfrischte sich das Gesicht. Dann prüfte er die Gegend. Alles ruhig. Am Himmel verdichteten sich die Wolken, aber nach Regen roch es nicht. Die Brise brachte die ersehnte Kühle und stellte ein Abflauen der Hitze in Aussicht. Er erwartete einen erträglichen Tag, sodass er keine Notwendigkeit sah, die Nacht durchzumarschieren.

Also nahm er Iv das Gepäck ab und richtete ein Lager am Rand des Forstes. Am Fuß eines Stammes legte er sich nieder, senkte die Lider und genehmigte sich Ruhe. Diese schenkte ihm Frieden. Die Aussicht auf einen Auftrag, gleich wie fragwürdig sein Hintergrund, brachte ihm Distanz zu Dasgar. Nie hatte er diese so befreiend empfunden wie heute. Die Schmerzen seiner Züchtigung wirkten ihm nach, und das tüchtig, aber die Schmach der Demütigung fiel hier draußen von ihm ab. Niemand bezeugte sein Versagen. Niemand schaute auf ihn herab. Niemand machte ihm seinen Rang streitig. Und der Gebieter konnte ihm so fern von Dasgar nichts anhaben. Nicht körperlich. Nicht geistig.

Unantastbar. Ein anderer Gedanke kam ihm. *Frei.*

Sogleich schlug er ihn sich aus dem Schädel. Freiheit existierte nicht. Nicht für ihn. Sein Leben gehörte Dasgar.

Der Gebieter fand ihn doch, den Weg in seinen Schädel. Selbst hier draußen. *Deine Taten gehören mir. Deine Verdienste gehören mir. Jeder deiner Atemzüge gehört mir.* Ein Niemand. Und wie er ihn zum Gehorsam zwang, bewies, dass es stimmte. *Freiheit ist eine Illusion.* Er konnte nicht frei sein, solange er eine Schuld begleichen musste. Selbst wenn er das Amulett erlangte. Selbst wenn er, auf welchem Weg auch immer, die Schuld bei Ura auslöste. Eine andere würde immer bestehen.

Die Blutschuld, die ein Kind an seine Eltern band.

Die seinige hatte sein Vater verkauft, und keine Macht des Lebens konnte sie mehr lösen. Allein der Gebieter von Dasgar, indem dieser sie als beglichen anerkannte. *Aber das wird er nicht tun. Niemals.* Oder durch dessen Tod. *Ein Ding der Unmöglichkeit.*

Das flüchtige Empfinden von Frieden stellte sich nicht wieder ein. Schlaf fand er dennoch. Er versetzte sich tief hinein und löste das Bewusstsein derweil, um Träume abzuwehren und zu vermeiden, dass Schmerzen ihm in die Schleiergefilde folgten. Es gelang. Dennoch, wie er erwachte, überzog Schweiß seinen Leib, und der Rücken fühlte sich wulstig an, wie von Blutegeln besetzt. Er wusch sich dürftig, wagte nicht, die Bandagen zu lösen, und brach auf, ohne die Wunden zu pflegen. Sowieso konnte er sie kaum erreichen, also machte es keinen Unterschied.

Der Fluss strömte nach der Dürre in die Mitte seines Bettes verengt, sodass ein unbewachsener Kiesstrand das Vorankommen erleichterte. Sogar zu Pferde. Er belud Iv und stieg in den Sattel. Dann zeigte er Kay das Laken und wies sie an, voranzugehen.

Über den Vormittag gewann der Wind an Kraft. Er fegte

ihm von Ost nach West in der Schneise des Flussbettes entgegen, kühlte die Wangen und hielt seine Stirn trocken von Schweiß. Auch trieb er Kay die Witterung in die Nase, und ihrem Gebaren nach befanden sich die Diebe nicht fern. Kein Wunder. Zu Fuß, und Alys geschwächt von ihrem Leiden, kamen sie gewiss nicht rasch voran. *Und wagen sich in den Eskelforst.* Es sah nach Todessehnsucht aus, aber Alys' Leiden und das Interesse an jenem Amulett ließen auf etwas anderes schließen. Worauf auch immer. *Ich finde es heraus.*

Er verlangsamte den Marsch. Spähte achtsamer voraus. Sandte seine Impulse bedächtiger. Schaute auch genauer in sein Inneres, prüfte die Regungen seines Herzens und die Barrikade um seine Seele. Sperrte jedes Empfinden ein, sodass es nicht über den Geist ausstrahlte. Yorick als Spürer könnte es andernfalls wahrnehmen und ihn zu früh bemerken. Er wollte jedoch das Überraschungsmoment auf seiner Seite halten. Zudem half ihm das Fokussieren, jenen eines Gestählten würdigen Gleichmut zu erlangen. Das wiederum sperrte die Schmerzen der Wunden aus seinem Bewusstsein aus. Gefasst, sich seines Ziels bewusst, ritt er weiter.

Zu Sonnenhoch, gleichwohl die Wolken es abmilderten, trugen die Echos ihm Spuren von Alys und Yorick zu. Er nahm wahr, was Kay längst witterte. Aus dem Sattel steigend, nahm er Iv am Zügel und ging zu Fuß weiter. Er wählte den Pfad mit Bedacht, damit weder seine noch ihre Schritte zu viel Lärm verursachten. Mit Impulsen hielt er sich zurück und schickte andere, weniger aussagekräftige als üblich. Solche, die ihre Echos ihm nur zuflüsterten. Solche, die keine Spuren hinterließen. Keine Wellen schlugen. Die Yorick unmöglich spüren konnte.

Er tastete sich vorwärts, wie ein Raubtier an seine Beute sich antastete, und sann über sein Vorgehen nach. Es lag nahe, die Flüchtigen zu überwältigen. Es sollte ihm nicht schwerfallen. Beide waren keine Krieger. Einzig, ob Alys eine Gabe besaß, und falls ja, ob sie sie beherrschte, wusste er nicht mit Sicherheit. Zudem plagte ihn Neugier. Sie auszuschalten und das Amulett an sich zu nehmen, genügte, um den Auftrag zu erfüllen. Allein, er wollte wissen, was die Diebe damit planten. Wieso sie es planten. Und wer sie waren.

Ein Echo riss ihn aus dem Sinnieren. Er hielt inne. Schnippte mit dem Finger, befahl Kay zurück an seine Seite. Lauschte in den Wind, horchte mit der Seele. Da war es wieder. Flüchtig wie ein Wimpernschlag, schneidend wie ein Messerstich.

Ein Jho.

Jenes mentale Zeichen, welches ein Flugwurm an den Grenzen seines Territoriums legte. Gänsehaut schüttelte ihm den Leib und fetzte seine Wunden. Selbst in Dasgar, selbst einen Gestählten lehrte man, kehrt zu machen, wo er auf ein Jho stieß. Ein Ding der Unmöglichkeit, einen Flugwurm zu bezwingen. Weil ein solcher nicht bloß über immense Impulskräfte verfügte und diese mit den Energien der Natur verstärkte, sondern weil er sich mit den Kräften seines Umfelds einte. Damit verschmolz. Darin verschwand.

Oh, ihr verdammten Hohlköpfe. Wo ein Flugwurm hauste, machte er einen Bogen. Einen gewaltigen. Wo ein Flugwurm hauste, blies er all seine Fähigkeiten in den Wind und nahm die Beine in die Hand. Aber die Flüchtigen pflügten geradewegs in die Fänge des Ungeheuers. *Ihr törichten, diebischen, blinden Hohlköpfe.* Vermutlich hatten sie es gar nicht bemerkt, das Jho. Ein Grund mehr, weshalb so viele Reisende im Eskelforst verschwanden, zumal abseits der Hauptstraße.

Er prüfte das Zeichen eingehender. Darauf, wie lange es

schon bestand. Ob es noch Gültigkeit besaß. Das tat es. Er schaute aufwärts, nach dem grauen Himmel. Der Wind in den Kronen der Bäume klang schauerlich. Wie eine Warnung. Wie ein Verbot. *Geh nicht weiter. Kehr um.* Die Spitzen von Dargalash bohrten sich in die Wolken und warfen einen Schatten, wo vorher keiner gewesen war. Einen mentalen Schatten. Das Gebirge verlief von Westen nordostwärts, und an dessen Flanken schmiegte sich der Forst. In besonderer Nähe, hier in diesem Teil des Waldes. So nah dem Himmel, der ideale Lebensraum für einen Flugwurm.

Der Wind ermahnte ihn. *Geh nicht weiter.*

Das Zeichen warnte ihn. *Kehr um.*

Er schöpfte Atem, straffte die Schultern und passierte das Jho. Augenblicklich verstummte der Wald. Dies mochte seine eigene Unruhe bewirken, welche die Tiere des Forstes in ihre Verstecke scheuchte. Oder die Gegenwart der Bestie.

Die Spur der Diebe fühlte sich frisch an. Er marschierte und marschierte und fand gegen Abend Fußspuren im Ufersand. Bald darauf hörte er sie. Er wich ein Stück ins Strauchwerk aus, band Iv fest und legte die Hündinnen an ihrer Seite zur Wache ab. Allein strich er durch das Gestrüpp den Flüchtigen entgegen. Die Deckung des Waldes und die Tarnung seiner Aura mittels seines Geistes funktionierten.

Die beiden bemerkten ihn nicht.

Er entdeckte sie am Ufer, rastend mit entblößten Füßen im Wasser. Speisend. Sich unterhaltend über Belangloses. Arglos. Als befänden sie sich nicht in Lebensgefahr. Als hätten sie ihn nicht bestohlen. Als trügen sie nicht die Schuld an seiner Züchtigung. Die Schmerzen meldeten sich. Er rang sie nieder und beobachtete noch eine Weile. Alys ruhte mit dem Kopf an Yoricks Schulter gelehnt, die Lider gesenkt. Bei vielem von dem Gesagten mochte es sich um eine Lüge handeln, aber ihr Leiden entsprach der Wahrheit. Die Spuren standen ihr ins Gesicht geschrieben. Ringe unter den Augen, die Wangen hohl, und blass die Haut. Sie hielt ein Lächeln auf den Lippen fest, ein trauriges.

Ein Stich fuhr ihm ins Herz. Jener Eindruck von Vertrautheit stieg aus seinem Innern auf. Schon wieder. Diesmal gefasst auf den Spuk, hielt er diesen im Zaum, sodass die Regungen nicht von seinem Bewusstsein ausstrahlten.

Etwas musste Yorick trotzdem spüren. Er warf Blicke über die Schulter, mehrfach, wie von einer Unruhe geplagt. Die Ursache schien er jedoch nicht auszumachen. Sacht schob er sich Alys' Kopf von der Schulter. „Wir sollten weiter. Wir müssen Schutz finden vor der Nacht."

„Vor allem müssen wir die Dryaden finden, Yo."

„Ich weiß." Es klang nervös. Ganz so, als ob sie es nicht zum ersten Mal besprachen. „Pat meinte, wir müssten nur dem Strom folgen. Wir folgen dem Strom. Und? Nichts."

„Pat hat eine Menge gesagt. Nichts davon ist eingetreten."

„Jedenfalls nicht, seit Rhaz aufgetaucht ist."

„Yorick."

„Es war so nicht vorgesehen. Ich begreife es nicht, Alys. Du hast gesagt, er sei tot."

„Ich hielt ihn für tot. Aber in meinen Träumen, das war er. Die ganze Zeit. Bloß, ein Gesicht bekam er erst, als er mich berührte."

„Ich begreife es nicht", wiederholte Yorick und schüttelte den Kopf. „Ich hätte ihn nicht treffen dürfen. Ich hätte ihn nicht zu dir bringen sollen."

„Er ist mein Bruder."

„Alys." Er nahm sie bei den Schultern und schaute sie an, eindringlich und zärtlich zugleich. „Er ist nicht dein Bruder. Er ist ein Gestählter. Dasgar hat ihm die Seele geraubt. Er ist ein Phantom.“

Ihre Lippen formten eine Linie. Eine dünne, blasse Linie. „Er ist gefährlich. Du musst ihn vergessen.“

„Ich weiß“, lenkte sie ein und schlug den Blick nieder.

Ihr Kinn anhebend, hauchte Yorick einen Kuss auf ihre Stirn. Dann ließ er sie los und schulterte einen Rucksack. Zuletzt langte er nach seinen im Kiesbett liegenden Waffen.

Wag es nur. Rhaz befreite einen Impuls. Einen voll Wut, und er hielt sie nicht zurück. Die Woge überrollte die Diebe. Beide taumelten, über Alys‘ Lippen kam ein Schrei. Yorick brachte der Rucksack aus dem Gleichgewicht. Er strauchelte, ging auf ein Knie und langte nach seiner Klinge. Rhaz sprang aus der Deckung. Ein Satz, ein lautloser, er zog Izhir im selben Moment. Die Klinge blitzte. Beinahe gläsern sah sie aus, und dadurch durstig. Durstig nach Blut. Er beschrieb einen Kreis mit der Spitze. Izhir fauchte. Ein Laut, unter dem die Diebe erschauerten. Alys hob die Hände von allein. Yorick sah aus, als wolle er sich über seine Angst hinwegsetzen. Rhaz zückte ein Wurfmesser aus dem Klingengurt, mit der Linken, und richtete es aus. „Rühr deine Waffen an und dieses Messer landet im Hals deiner Frau. Hände hoch. Aufstehen.“

Die Augen des Spürers weiteten sich. Er wog ab, offensichtlich, ob er seine Drohung wahrmachen konnte. Entschied sich richtig. Hob die Hände, die leeren, und stand auf.

„Rucksack abnehmen.“

Das tat er.

„Wirf ihn zu mir.“

Auch das tat er.

„Jetzt zurück. Du auch, Alys.“

Beide gehorchten und folgten dem Wink Izhirs.

„Das reicht. Auf die Knie. Hände hinter den Kopf.“

Sie taten wie geheißen. Yorick öffnete den Mund und schloss ihn wieder, derweil Alys die Lage analysierte. Sie sah nicht verängstigt aus, eher interessiert, und ihre müden Augen wachten auf. Blau wie ein Feld von Kornblumen, worüber ein Sonnenstrahl durch Sturmwolken brach.

Er schüttelte den Eindruck ab und warf einen Blick auf den Rucksack zu seinen Füßen. Dann bohrte er seine mentale Kraft in die Seelen der Diebe und senkte die Stimme. Er beschwerte sie mit einem Impuls. „Habt ihr gedacht, ihr bestehlt mich, einen Gestählten von Dasgar, und kommt davon? Wahrlich. Wenn nicht euer Blut die Raubtiere anlocken würde, müsste ich euch die Kehlen aufschlitzen. Auf der Stelle.“

Izhir sirrte. Die Seelenklinge verspürte Lust dazu. Lust, den beiden wehzutun. Weil seine eigene Seele es tat, und weil sie, von Dasgars Schmiedemeistern darauf geprägt, diese spiegeln wollte. *Fünf Hiebe.* So viele bräuchte es nicht.

„Rhaz. Bitte.“ Yorick holte die Hände hinter dem Schädel hervor und spreizte die Finger in einer Geste des Friedens. „Lass mich erklären.“

„Hände hinter den Kopf.“ Er wartete, bis der Kerl gehorchte. „Die Zeit für Erklärungen ist vorbei. Jetzt ist Zeit zu sterben.“

„Du willst uns nicht umbringen, Mann.“

„Red' dir das nur ein. Mann.“

„Ich bin Spürer“, erinnerte er ihn, als ob es Not täte. „Du willst das nicht tun, ich spüre das.“

„Yorick. Etwas nicht wollen ist kein Grund, es nicht zu machen.“ Ihm gelang ein Grinsen. Ein gefährliches, jedenfalls der Art nach, wie der andere erbebte. Allein, dieser sprach recht. Er wollte sie töten, alle beide, aber bloß des Verstandes wegen. Nicht von Herzen. Izhirs Blutdurst schwand. *Verdammt, was ist los mit mir?* Er wahrte die

Drohgebärden. „Das spürst du also, aber hast du auch das Jho gespürt?"

„Das was?"

„Das Jho. Das Zeichen." Er traf auf Unverständnis. „Von einem Flugwurm."

Yoricks Ellenbogen zitterten. Er warf einen Blick zu Alys, dann ins Strauchwerk ringsum. „In Jost heißt es, Flugwürmer seien ausgestorben."

„Vielleicht sind sie das. In Jost." Er beschloss, auf Erklärungen keine Zeit mehr zu verschwenden. Beschloss außerdem, die beiden leben zu lassen. Vorerst. „Alys. Steh auf. Komm her."

Sie erhob sich. Yorick zischte ihr etwas zu, aber sie ignorierte ihn. Kam her. Aufrecht, mit bebender Unterlippe. Sie erwiderte seinen Blick ohne Schrecken. Ihre Augen, friedlich wie ein Feld von Kornblumen in lauer Sommerbrise, luden ein, darin zu verweilen. Mehr als sie sollten. Er riss sich los davon und durchsuchte sie. Tastete sie ab, forschte nach Waffen. Er fand keine, nahm ihr jedoch die Haarnadeln ab. Dann gab er ihr ein Zeichen, zurückzugehen, und winkte Yorick heran. Rhaz zog dem Kerl ein Jagdmesser aus dem Stiefelschaft, gab ihm einen Stoß und schickte ihn auf die Knie.

Yorick murrte. „Sachte, Mann."

Es versetzte ihm einen Stich von Wut. Er verpasste ihm einen Schlag, einen stumpfen mit Izhirs Heft, worauf der Spürer keuchte und sich mit einer Hand davon abfing, vorwärts auf den Kies zu stürzen. Ehe er erneut protestierte, steckte Rhaz das Wurfmesser zurück in den Klingengurt, packte ihn im Schopf und zerrte ihn wieder hoch. Dann neigte er sich herab an dessen Ohr, sodass er die Gänsehaut im Nacken sah, die seine Stimme ihm bescherte. „Du hast den Gebieter von Dasgar bestohlen, indem du mich bestohlen hast. Sei froh, dass nicht er dich zur Rechenschaft zieht, sondern ich, denn wenn ich euch töte, sterbt ihr schnell."

Er musste dem Kerl lassen, dass dieser die Fassung wahrte. „Dann mach es schnell, du dreckiger Vagabund. Spar dir das und nutz dein Schwert richtig herum. Mit der Klinge statt dem Heft."

Es entlockte ihm ein Lachen. Eines von Bitterkeit. „Erst will ich Antworten."

Alys fing ihn mit ihrem Blick ein, schon wieder. „Sollten wir nicht verschwinden? Es wird dunkel. Wenn hier ein Flugwurm …"

„Genauso dumm wie diebisch. Ihr seid nicht gemacht für den Eskelforst." Er spuckte in den Ufersand, um den Worten Nachdruck zu verleihen. „Flugwürmer jagen vor allem zwei Dinge. Bewegung und Blut, und vor allem bei Nacht. Wir bleiben hier, verhalten uns ruhig und nutzen die Zeit zum Plaudern." Er ließ Yorick los und stieß den Kerl von sich, dann schwang er Izhir in die Fassung. Die Klinge glitt hinein. Lautlos, glitzernd, sie fasste sich beinahe enttäuscht an. Er schnappte sich den Rucksack und machte sich daran, diesen zu durchsuchen. Darin fand er viel Unnützes, immerhin aber ein Seil. Das war einfacher als einen Bann zu legen. Und brauchte weniger Kraft. Er fesselte die Diebe und band sie an einem Baum fest. „Kein Mucks, bis ich zurück bin."

Ohne eine Antwort abzuwarten, machte er kehrt und stiefelte auf dem eigenen Pfad zurück. Iv stieß ihm die Nüstern gegen die Schulter. Er grüßte sie, ging auf die Knie und grüßte auch die Hunde. Dann band er die Stute los und kehrte mit allen Dreien zu den Gefesselten zurück. Derweil die Abenddämmerung sich auf ihn senkte, erlöste er Iv von der Bagage und richtete ein Nachtlager. Ein Feuer tat nicht

Not.

Die Diebe beobachteten ihn, tauschten gelegentliche Blicke und verhielten sich erstaunlich besonnen. Sie sprachen nicht, zappelten nicht und gerieten nicht in Panik. Er ließ sie warten, absichtlich. Striegelte die Stute, bürstete die Hündinnen. Speiste, obschon ihm der Appetit fehlte. Prüfte die Gegend mit Impulsen und fand diese still. An seinem Rücken stachen die Wunden, gepeinigt von getrocknetem Schweiß und der Reibung seiner Sachen. Er löste die Schnallen des Rüstzeugs, entledigte sich auch der Kettenweste und behielt das Wams über den Bandagen an, damit die Striemen verdeckt blieben. Die Diebe mussten nicht wissen, wie es um ihn stand. Zuletzt erfrischte er sich am Fluss und kehrte zu den Gefangenen zurück. Er ging in die Hocke und schaute von einem zum andern.

Alys erwiderte den Blick. Unbefangen. Wissend. „Wir wollten dir gewiss keinen Schaden zufügen, Bruder."

„Nenn mich noch einmal so, und ich lege einen Bann auf deine Zunge, der dich nie wieder ein Wort sprechen lässt." Sie erschauerte, aber ihm kam der Eindruck, es gelte mehr seiner körperlichen Nähe denn der Drohung. „Ich will wissen, wer ihr seid. Was ihr vorhabt. Warum ihr mich bestohlen habt. Und ich will verdammt nochmal die Wahrheit hören." Er fokussierte Yorick mit seinem Blick. „Ich mag kein Spürer sein, aber wenn ich das Gefühl bekomme, einer von euch lügt mich an, dann steckt demjenigen gleich eine Klinge im Herzen. Kapiert?"

Beide nickten.

„Gut. Von vorne. Alys befällt ein Leiden. Ihr hört von den Dryaden im Eskelforst und hofft auf Heilung. Wir treffen einander. Du spürst, dass mir der Inhalt dieser Flasche wertvoll ist, ziehst mit deiner Frau die Tricknummer von Bruder und Schwester ab und bestiehlst mich."

Alys sah aus, als wolle sie Einwände erheben.

Geschwind unterband er sie. „Yorick. Jetzt deine Version."

Der Spürer tauschte einen Blick mit seiner Frau. Dann nickte er. Die Stimme bedächtig, die Züge entspannt, hielt er seinem Forschen stand. Seine Augen wirkten aufrichtig. Womöglich ein wenig zu sehr. „In Jost litt Alys unter Schmerzen. Im Herzen. Sie sagte, sie fühle das Blutband wieder. Das zu ihrem Bruder. Ihrem toten Bruder. Sie wollte wissen, warum, also reisten wir nach Keval, dem Ort ihrer Kindheit. Wo sie ihn zuletzt sah. Hier bekam sie diese Träume. Von jemandem ohne Gesicht auf dem Pfad nach Dasgar. Auf der Gestalt lag der Schatten des Todes. Pat glaubte, der …"

„Wer zum Henker ist Pat?"

„Ein Seher."

„Der in welchem Bund zu Alys steht?"

„Nun, er … Er schaute in ihre Seele."

„Einfach so?"

„Ja."

„Gegen eine stattliche Summe, wie?" Er las es ihnen von den Gesichtern ab, allen beiden. Es bedurfte keiner Antwort. Die Sache nahm groteske Züge an. „Deine Gabe hat niemand je ausgebildet, hab ich Recht?"

Yorick verengte die Augen. „Woher weißt du das?"

„Es braucht einen Bund zwischen Seher und Gesehenem. Besteht keiner, kann Pat nichts gesehen haben. Wärst du gebildet in deiner Seelengabe, wüsstest du das. Alys. Besteht ein Bund?"

Sie schlug die Lider nieder und wich seinem Blick aus. In ihre Wangen stieg ein Hauch von Röte. „Nein."

„Na also. Vermutlich sprach er vom Eskelforst und den Dryaden, hochtrabend und prophetisch, und hängte eine ominöse Weisung an, damit ihr es glaubt. Folgt dem Fluss, wie? Euer Pat ist kein Seher, sondern ein dreckiger Betrüger."

Yorick löste die Kiefer. Mit Mühe, wie es schien. „Und du? Du willst auch Seher sein, oder woher ziehst du deine Schlüsse?"

Ihm gelang ein Grinsen. „Aus meinem Verstand. Und aus den Lehren Dasgars."

Beide erschauerten. Beide schwiegen.

Die Wolken verschluckten die Dämmerung, sodass die Dunkelheit rasch und tief hereinbrach. Aus dem Forst rief eine Eule.

„Weiter, Yorick. Pat nimmt euer Geld und schickt euch in den Eskelforst. In den sicheren Tod, sodass ihr nicht zurückkehren und ihn anprangern könnt. Du, ein mäßiger Spürer mit noch mäßigerer Beherrschung seiner Gabe, durchschaust den Kniff nicht. Doch anstelle des Todes triffst du mich. Und dann?"

„Ich traute dir nicht. Ich spürte, dass du etwas verbirgst, und hielt dich für einen Lügner. Aber ich fühlte dieses … Ding. Das Amulett. Als hätte es ein Eigenleben. Ich habe von solchen Talismanen gehört, die Schwarzmächte absorbieren. Ich nahm es an mich, während du schliefst. Wenn du ihr nicht helfen kannst, dachte ich, kann es vielleicht das Amulett. Sie vor diesen Träumen beschützen, meine ich."

Es wurmte ihn. Die ganze Sache, von vorne bis hinten. Am meisten die Tatsache, dass er sich während des Schlafs hatte bestehlen lassen, obschon er sich mühte, auf mentaler Ebene Wache zu halten. *Schwächling. Nichtsnutziger, naiver Schwächling.* Für den Moment schob er es auf die Wunden und das Fieber und schluckte den Groll. „Habt ihr es versucht?"

„Ja." Yorick warf einen Seitenblick nach Alys. „Es funktioniert nicht."

„Dachte ich mir. Das ist selbst ein schwarzmächtiges Ding, kein Talisman. Ihr hattet Glück, dass euch nichts widerfahren ist, als ihr es benutzen wolltet." Überhaupt segnete das Glück diese beiden Narren. „Alys. Sag mir, was er ausgelassen hat."

Sie schaute ihm in die Augen, so eindringlich, dass er glaubte, den Duft von Kornblumen im Wind wahrzunehmen. Dann nickte sie, ohne den Blickkontakt zu brechen. „Die Gestalt in meinen Träumen. Ich hielt sie für mich selbst. Sie bekam ein Gesicht in dem Moment, da du mich berührtest. Dein Gesicht."

„Deinen Träumen wohnt keine Bedeutung inne, Alys. Nach deinen Träumen erwartete mich in Dasgar der Tod. Ich war in Dasgar, und hier bin ich jetzt."

„Ich sagte etwas anderes. Gehst du nach Dasgar, gehst du in den Tod. Der Weg des Todes kann ein langer sein, Rhaz."

„So gesehen gehen wir alle in den Tod. Früher oder später." Jene Worte holten ihn ein. *Es war dein Schicksal, dort zu sterben.*

„Du verstehst nicht. Ich hielt dich für tot. Lange schon. Das Blutband war gerissen. Jemand oder etwas hat es neu geknüpft."

„Niemand und nichts kann ein Blutband knüpfen, nur die Alte Mutter selbst. Du redest wirr. Deine Erscheinung hat dir den Verstand verdreht. Ich habe keine Schwester."

„Wieso sagst du das? Du kannst nicht …"

„Ich wüsste es, wenn dem so wäre. Es besteht kein Blutband."

„Du selbst nanntest es ein Blutband, in Keval."

„Ein Irrtum." *Lügner.* Er täuschte sich nicht. Nicht in dieser Sache. Er hatte es gespürt, das Blutband. Spürte es noch. Kein Geist suchte sie heim, sondern eine andere Macht. Was auch immer diese an ihn knüpfte, es verhieß nichts Gutes. Er betrachtete sie. Alys. Und konnte ihr nicht zürnen. Nicht dafür, dass sie ihn belog. Nicht dafür, dass sie mit ihm spielte. Noch nicht einmal dafür, dass sie keine Furcht zeigte. Er wollte, aber es gelang ihm nicht. Mehr schon dem Spürer. „Warum hast du sie in den Eskelforst gebracht, Yorick? Willst du sie sterben sehen?"

„Du mieser Schuft, Rhaz. Deinetwegen hab ich sie hergebracht. Weil ich nicht wagte, sie zurückzulassen auf der Suche nach Heilung."

„Aus Angst, ich bemerke den Diebstahl, kehre zurück und tue ihr etwas an. Das macht nicht mich zum Schuft, sondern dich. Dich allein."

„Meinetwegen." Er hob die Schultern und deutete mit dem Kinn nach der Brusttasche seines Wamses. „Ich hab das Amulett hier drin. Nimm es, mach uns frei und wir sind quitt."

„Quitt." Es belebte den Zorn. Feurig. Stiche schossen wie Hiebe seinen Rücken hinab, fünf an der Zahl. Er mühte sich, die Pein im Geist gefangen zu halten, damit der Spürer sie nicht spürte. „Du hast keine Ahnung, welchen Preis ich für deinen Diebstahl zahle. Wir sind nicht quitt, Yorick. Niemals."

Äußerst trocken, beinahe hochnäsig, formte der Kerl neue Worte. Solche, die es noch schlimmer machten. „Es tut mir leid."

„Das reicht nicht."

„Was willst du also? Mein Blut? Hol es dir."

„Yorick!" Alys riss an ihrem Seil. Sie wirkte weniger schockiert als wütend.

„Ich will dein verdammtes Blut nicht."

„Was dann?"

„Euch nie wiedersehen." Es fühlte sich wie ein Fehler an. Er wusste, er sollte ihnen die Kehlen durchschneiden. Gleich hier. Geschwind. Und sich aus dem Staub machen, ehe der Flugwurm aufkreuzte. Zurückkehren nach Dasgar, den Auftrag abschließen. Die Schuld begleichen. Stattdessen formten seine Lippen Worte, die sich wie von einem Fremden anfühlten. Die Stimme klang ihm zu dumpf für die eigene, als spreche jemand anders sie aus. „Ich löse diese Fesseln. Wagt keine Dummheiten, versucht nicht zu fliehen. Der Forst würde euch umbringen. Wir harren die Nacht aus, dann verlasst ihr den Wald. Auch die Gegend. Und kehrt nie zurück. Kreuzt ihr noch einmal meinen Pfad, hole ich nach, was ich heute versäume, und töte euch."

Damit löste er die Fesseln, steckte das Seil in Yoricks Rucksack und warf diesen dem Kerl gegen die Brust. Perplex legte der Spürer die Arme drum herum. Dann schaute er rüber zu seiner Frau. Alys erwiderte den Blick nicht. Sie raffte sich auf die Füße. Rhaz sah sie taumeln, flüchtig, und dann herantreten. Sie langte mit den Fingern nach ihm. „Rhaz …"

„Fass mich nicht an."

Zu spät.

Sie berührte ihn am Arm, am bloßen, wo sein Ärmel endete. Der Stich fuhr ihm geradewegs ins Herz, ein Funken brachte es aus dem Takt. Er schlug ihren Arm fort und stieß sie von sich. Gröber als nötig. Sie verlor das Gleichgewicht und stürzte rückwärts zu Boden in den Kies des Flussbettes.

Yorick ging auf ihn los. „Du mieser …"

„Sprich es aus." Er blockte die Attacke mit einem Impuls und befeuerte den Kerl mit Fetzen seiner Rage. Ihm zitterten die Muskeln. Er bekam es nicht unter Kontrolle, als jage Alys' Berührung eine Energie durch sein Blut, die er nicht beherrschen konnte. Es rüttelte an der Barrikade um seine

Seele, wie schon in Keval. Er fasste die Unbegreiflichkeit in Wut und gab diese frei an den Spürer. „Sprich es aus und du verlierst deine Zunge.“

Yorick schluckte. Etwas, vielleicht auch eine Menge, musste er spüren. Er hob die Hände. Alle beide. Und nickte. Dann widmete er sich Alys und zog sie in die Arme. Sprach zu ihr. Sehr leise. Noch leiser gab sie Antwort.

Rhaz rang damit, sein Herz zu beruhigen. Er schöpfte kaum Atem. Die Erde wankte. Unter den Bandagen fühlte es sich an, als schälten sich Blutegel aus den Kluften seines Fleisches. Er kehrte den Dieben den Rücken zu und stieß gegen Kay, die zaghaft mit der Nase seine Fingerspitzen anrührte. Er legte die Hand zwischen ihre Ohren, ging auf ein Knie und ließ zu, dass sie seinen Bart leckte. Er genehmigte es auch Eska.

Allmählich erlangte er die Fassung zurück. Sowie er glaubte, auch seine Stimme zu beherrschen, richtete er sich auf und trat vor die unverändert am Boden kauernden Diebe. Er verlieh seinem Blick mentale Kraft, jedoch für körperliche Drohungen fühlte sich die Müdigkeit seiner Muskeln zu schwer an. „Ich schenke euch das Leben, sogar die Freiheit. Ihr dankt es, indem ihr mich belügt. Immer noch. Alys. Eine Seherin willst du nicht sein, aber über eine Gabe verfügst du. Sag mir, welche.“

Durch das Kornblumenfeld ging ein Wind. „Ich weiß nicht, Rhaz.“

Er ging vor ihr auf die Knie. Bemerkte, wie Yorick sich anspannte, und ignorierte ihn. „Das ist eine Seelengabe. In seiner reinsten Form. Unbeherrscht. Von Empfinden gesteuert. Gefährlich. Du bist gefährlich, Alys.“

Der Spürer zeigte Zähne. „Sie ist keine Gefahr. Sie hat niemandem je etwas angetan.“

„Nicht willentlich, vielleicht. Aber es geschehen Dinge.

Oder nicht?" Es verlangte ihn, in ihr Inneres zu fühlen. Zu forschen. Zu verstehen. Etwas verbarg sie. Womöglich, weil sie selbst davon nichts wusste. Eine reine Seelengabe bewirkte keine solchen Stiche ins Innere, auch nicht unbeherrscht. Jene Stimme aus dem Nichts meldete sich wieder. Unvermittelt. Und fragte ihn, ob nicht er selbst etwas verbarg. Vor sich selbst. Ein Blutband, gepaart mit einer Gabe, konnte dergleichen hervorrufen, wenn seine Seele über diese Verbindung nach Hilfe rief. *Aber ich habe keine Schwester. Ich wüsste es, wenn dem so wäre.*

Gesenkten Blickes beantwortete sie seine Frage. „Ja."

„Was für Dinge?"

Sie tauschte einen Blick mit Yorick. Dieser antwortete an ihrerstatt. Er wirkte bemüht, es ins rechte Licht zu rücken. „Nichts Gefährliches. Eher umgekehrt. Die Leute mögen sie. Sie schlagen ihr nichts ab. Man hilft ihr. In Jost war sie Schlichterin, bevor … Sie ist keine Gefahr, Rhaz."

Oh, ihr verdammten, ahnungslosen Hohlköpfe. Ich blinder Narr. Eine Blenderin. Eine, die ihr Empfinden auf andere übertrug. Diese beeinflusste. Ohne es zu wissen mit dafür bemerkenswerter Effizienz. Sie tat es auch bei ihm, versuchte es zumindest. Merkte es bloß nicht. Die Arglosigkeit in ihren Augen bewies es. Allein, es funktionierte nicht. Nicht bei ihm, weil seine stählernen Barrikaden der Seele sie blockierten. Solange sie ihn nicht anfasste. Anders als der Gebieter von Dasgar besaß sie nicht die Macht, diese zu brechen. Oder wenigstens nicht die Kenntnisse. Wenn sie, ohne darum zu wissen, solchen Einfluss übte, konnte die Kraft ihrer Gabe unbedeutend nicht sein.

Yorick starrte ihn an. Von unten, vorwurfsvoll. Er sah aus, als ob er etwas spürte und es missverstand. „Sie ist keine Gefahr."

Rhaz rang mit sich, es auszusprechen. *Blenderin. Eine seltene Gabe.* Allein, er sah nicht ab, welche Konsequenzen er damit bewirkte. Ob er ihr Macht verlieh, und wenn ja, ob diese sich gegen ihn und gegen Dasgar wandte. *Ein Schwarzmagier.* Es schien, dass die Schicksalsfäden zusammenliefen. Die, die er selbst geknüpft hatte, indem er lebte anstatt tot im Strauchwerk des Eskelforstes zu liegen.

Er kämpfte mit sich, immer noch, da sprangen die Hunde auf die Pfoten. Kay winselte und klemmte die Rute ein. Eska knurrte und sträubte den Pelz. Geschwind sandte er einen Impuls. Als Echo schall ihm ein Jho entgegen. Ein frisches. Starkes.

Ein nahes.

„Was haben die?", flüsterte Yorick und schielte nach seinen Waffen.

„Der Flugwurm. Die Energie muss ihn hergelockt haben, als Alys mich berührte." Er forschte und tastete mit dem Geist. Hoffte, die Bestie möge weiterziehen.

Das tat sie nicht.

Er fühlte sie näherrücken. Sich aufrichtend, suchte er sein inneres Gleichgewicht. Seinen Fokus. Er schöpfte Atem und stieß ihn von sich, zugleich alle Störfaktoren. Die Fragen. Die Ungewissheit. Die leise Furcht. Die Schmerzen. Dann zog er Izhir. Es glitt aus der Fassung und sang von seinem Durst. *Diesmal stille ich ihn.* Er schaute die Diebe nicht an, sondern gab ihnen ein Zeichen mit der Hand. „Wenn wir fliehen, folgt er uns. Ich kann ihn aufhalten, aber nicht lange. Lauft flussaufwärts. So schnell ihr könnt. Ihr müsst raus aus seinem Gebiet. Bleibt erst stehen, wenn ihr den Schatten des Forstes verlasst."

Alys kam mit Yorick auf die Füße. Zögerlich. Sie zitterte. „Rhaz. Bruder …"

Kein Stich, diesmal. Es spielte keine Rolle mehr. Er nickte

ihr zu. „Nehmt meine Stute. Beeilt euch.“

Er sandte den Worten einen Impuls nach, dann wandte er sich dem Jho zu. Hinter sich vernahm er Tritte, das Schnauben von Iv und das Knacken und Rascheln von Gestalten im Strauchwerk. Zuletzt das Knirschen des Uferkieses.

Er senkte die Lider und schöpfte Atem. Schlug die Augen wieder auf und spähte in die Nacht. Jäh fiel ihm ein, dass Yorick noch das Amulett in der Brusttasche trug. *Verdammt.* Er hätte es brauchen können. Andererseits, es machte keinen Unterschied. Niemand konnte einen Flugwurm bezwingen, noch nicht einmal ein Gestählter von Dasgar. Erstaunlicherweise besaß diese Gewissheit etwas Friedfertiges. Sein Tod würde alle Schulden löschen. Und den Flüchtigen Zeit verschaffen. Seiner Schwester. Gleich, ob es stimmte. Da sie es schon glaubte, sollte sie glauben, dass er es für sie tat. Dass er für sie starb. Vielleicht stimmte es die Alte Mutter gnädig.

Die Schatten in der Finsternis zwischen dem Strauchwerk wuchsen. Energie füllte die Luft. Für die Augen beinahe unsichtbar, näherte sich die Bestie. Auf mentaler Ebene spürte er sie. Er wandte sich ihr zu. Sie schleuderte ihm ein Feuerwerk von Impulsen entgegen, wie einen Pfeilhagel. Es prasselte auf ihn ein, gegen den Schild seines Geistes. Ein Versuch, ihn aus dem Gleichgewicht zu bringen. Es genügte nicht. Er hielt sich. Blockte die Stiche ab, widerstand der Täuschung und spähte nach der Gefahr. Dem Untier selbst. Es nutzte die Kräfte der Elemente, um seine eigenen zu verstärken. Es verschmolz mit ihnen. Geeint mit dem Wind, schwebte es aus den Wipfeln auf ihn herab. Anmutig, als ob es flog. Sich windend wie ein Aal und ebenso biegsam. Mit Flossen, rechts und links an der Brust, diese gefiedert. Lang wie drei Pferde, ein Gigant seiner Gattung. Eine Mähne aus

Federn umschwirrte den Schädel und die Hörner darauf, Barteln pflückten die Energien aus der Umwelt. Die Schnauze, breit und platt, reckte sich ihm entgegen, die Lefzen entblößten einen Fang voller Zähne. Es besaß nur ein Paar Gliedmaßen. Vorderläufe mit Tatzen, daran Klauen wie Sicheln.

Diese schnellten nach ihm.

Er machte eine Drehung und wich der Attacke aus. Das Biest landete im Kies, räkelte sich wie eine Schlange und richtete sich nach ihm aus. Er nutzte den Schwung seiner Drehung für einen Hieb mit Izhir. Die Spitze streifte die Schuppen und glitt daran ab. Es klingelte. Die Nase stieß ihm entgegen, die Kiefer klappten auf. Er sprang zurück. Auf den Leib des Wurms stürzten sich die Hunde. Ein Beben durchlief das Vieh, von der Schnauze bis in die Schwanzflosse, und setzte einen Impuls frei. Eine Druckwelle, welche die Hündinnen davonschleuderte. Kay kullerte in den Kies, Eska landete im Fluss. Er schaute nicht nach, wie es um sie stand. Er fokussierte sich allein auf den Wurm. Dieser fing den Wind und schraubte sich daran in die Luft. Ein Künstler, tanzend mit dem Tod.

Rhaz nutzte die Distanz, sprang hinüber zu seinen Sachen und riss den Klingengurt an sich. Er zog Messer und warf sie in rascher Folge. Keines traf. Impulse schickten sie harmlos zu Boden.

Das Geschöpf stieß herab. Kraft sättigte die Gegend, so beschwerlich, es lähmte seine Regungen. Das Vieh zerrte an der Zeit. Es blendete seine Wahrnehmung. Für seine Augen befand es sich noch fern, da langte es bei ihm an. Er fühlte es mit seinem Geist, aber konnte nur schätzen, wo es sich befand. Er schwang Izhir blindlings. Die Klinge stieß auf Widerstand. Es klingelte, die Täuschung flog auf. Der Wurm wand sich in der Luft, blutend an einer Flosse, schnappte nach ihm und schlug mit den Klauen zugleich. Er wich den Zähnen aus, doch die Sicheln erwischten seine Schulter. Die rechte, ein Feuer jagte seinen Arm hinab. Ihm entglitt Izhir. Er griff nach.

Ein Fehler.

Das Wesen buckelte den Leib, die Schwanzflosse schlug in seine Rippen. Es quetschte ihm den Atem aus der Lunge. Hob ihn von den Füßen. Die Welt verlor ihr Gewicht.

Ein Baumstamm beendete die Schwebe. Es krachte. Es blendete ihn auf allen Sinnen. Es riss ihn zu Boden. Er stürzte in die Dunkelheit. Schmerz und Atemnot raubten ihm den Verstand. Er fand keinen Halt. Sah keinen Ausweg. Die Decke des Todes fiel auf ihn.

Jemand lupfte diese. Alys, ausgerechnet. „Rhaz. Steh auf. Rhaz!"

Er fühlte ihre Hände am Leib, dann ihre Finger an der Wange. Der Stich schenkte ihm einen Atemzug. Sein Arm stand in Flammen von den Klauen, seinen Rücken verklebte Blut aus den Peitschenhieben.

„Steh auf!"

Ihm zappelte das Herz, wie von jenem Blitz getroffen. Ein Empfinden, das er von früher nicht kannte. Seine Sicht kehrte zurück. Er schaute an Alys vorbei. Im Sand räkelte sich der Flugwurm, malträtiert von Eska. Blut spritzte. Wessen, er wusste es nicht. Dann segelte die Hündin davon. Im Kies blieb sie liegen. Der Flugwurm richtete sich auf die Vordertatzen auf, in Zweifel scheinbar, ob er herüberkommen oder sich Yorick zuwenden sollte, der todesmutig ihm ein Schwert entgegenstreckte.

Alys schüttelte seine Schultern. „Rhaz, mach schon. Steh auf!"

Ich kann nicht mehr. Ich will nicht mehr. Aber er musste. Er war ein Gestählter von Dasgar. Ein Gestählter zerbrach nicht. Ein Gestählter fand einen Weg. Immer. Er zwang sich. Stieß sie von sich. Gelangte auf die Knie und auf die Füße. Der Flugwurm fegte mittels eines Impulses den Spürer von den Beinen. Die Klinge schwirrte durch die Luft, Yorick krabbelte ihr nach. Ihm hinterher der Wurm. Rhaz hetzte über die Blöße, im Sprint klaubte er Izhir vom Boden. Das Heft in der Hand verlieh ihm Kraft und weckte seine Seele. Er schleuderte einen Impuls nach der Bestie. Es tat dieser nichts an, aber sie hielt inne. Wandte den Schädel.

„Yorick! Das Amulett!" Indes er Izhir dem Wurm über die Schwanzflosse zog. Blutspritzer landeten in seinem Gesicht. Die Klauen schlugen, er wich aus. Auch den Kiefern. Stürzte sich vorwärts, rollte ab, sprang auf die Füße und floh vor dem Untier. Hin zu Yorick. Dieser warf ihm das Amulett zu. Rhaz fing es mit der Linken und wirbelte herum im gleichen Zug. Der Wald gewann an Stimmen. An Ebenen. An Kräften. Das Amulett sog sie auf, er zerrte sie heraus.

Gerade recht.

Ein Feuerwerk von Stoßwellen und mentalen Blitzen drosch auf ihn ein. So brutal, es besaß die Macht, ihn zu zerreißen. Das Amulett genügte, dass er die Impulse des Wurms blockte, dass dessen Zerren an der Zeit und die Täuschungen seiner Sicht ohne Wirkung blieben. Dass das Monster ihn nicht blendete. Dass es ihn nicht in die Knie zwang, allein kraft seines Willens. Es genügte. Gerade so. Es verlangte ihm einiges ab. Alles. Er wankte. Und hielt stand.

Darüber in Rage, stürzte die Bestie sich in den Wind und rauschte auf ihn zu. Neuerlich ausweichend, warf er mit Impulsen um sich. Keiner genügte, sie zu verletzen oder in die Flucht zu schlagen. Noch nicht einmal, sie abzublocken.

Er musste es anders entscheiden.

Er wich ihr aus. Querte die Blöße, weg von Yorick,

wandte sich um und stellte sich der nächsten Attacke. Diese erfolgte mit ganzer Leibeskraft. Er entging den Klauen, auch den Kiefern. Eine Drehung, und er zog Izhir über die Schuppen an der Seite. Es klingelte, Blitze wie Sternschnuppen zuckten in die Nacht. Ein guter Hieb, bloß ohne Wirkung. Im Gegenzug krümmte sich der Wurm. Dessen Leib schlang sich um seinen, der Würgegriff einer Schlange. Er riss die Arme hoch.

Zu spät.

Der Leib umwickelte ihn samt seiner Glieder. Zog an. Fest. Noch fester. Ihn verließ der Atem. Seine Rippen stöhnten. Es fehlte nicht viel, sie zu brechen. Mit aller Macht hielt er Izhir umklammert. Hielt sich daran fest. Er baute Impulse auf. Hektisch. Allein in dem Mühen, dass der Wurm ihn nicht zerquetschte. Es nützte nichts. Nicht genug. Er besaß nicht ausreichend Kraft. Selbst nicht mit dem Amulett. Er ließ es fallen. Schob die Finger unter den Schuppen hin zum Waffengürtel. Fand sein Stilett. Bekam es zu fassen. Und zog es heraus. Die Klinge schlitzte den Leib der Bestie. Der Würgegriff löste sich. Ein wenig, er bekam den Arm frei. Vor seinen Augen flackerten Schatten, die Barteln streichelten ihm die Wangen. Er stach auf den Wurm ein. Blindlings. Irgendwo drang die Klinge unter die Schuppen. Der Leib gab ihn frei. Er taumelte rückwärts. Es fehlte an Atem, es mangelte an Kraft. Ihm schwamm die Sicht. Der Sternenhimmel kreiste auf seiner Netzhaut. Die Erde wogte. Die Bäume wackelten.

Er fühlte, wie die Bestie Energie für einen mentalen Schlag aufbaute. Er hielt das Amulett nicht mehr, er konnte ihn unmöglich blocken. Zu viel seiner Kraft fehlte ihm inzwischen. *Jetzt oder nie.* Er warf sich dem Vieh entgegen, ehe diesem der Impuls gelang. Es empfing ihn wie ein Liebhaber. Die Arme schlangen sich um seinen Leib. Darauf gefasst, löste er sich mit einer Halbdrehung. Es funktionierte. Die Kiefer schnappten nach ihm. Rückwärts taumelnd, wich er aus.

Zu langsam.

Die Pranken schnellten vor. Die Sicheln gruben sich in sein Fleisch und rissen seine Bauchdecke auf. Der Mond explodierte. Es raubte ihm den Atem. Beinahe verschwendete er die vom Schmerz freigesetzte Energie für einen Schrei. Er hielt an sich und verwandelte sie in einen Impuls. Dieser traf das Vieh gegen die Nase und schleuderte dessen Schädel zurück. Für einen Lidschlag entblößte es die Kehle. Ohne Rücksicht auf die Klauen preschte er vor. Izhir wusste, was es zu tun galt. Federleicht, die Klinge, trotz der Bleischwere seiner Muskeln. Er hob das Blatt und schob es hinein, zwischen die Schuppen an der Kehle, und riss es durch das Fleisch herab. Es regnete Blut. Die Bestie heulte. Mit einer Windung machte sie sich frei und landete der Länge nach im Kies. Ein Mosaik von Blut besprenkelte das Ufer, die Schwanzflosse grub den Sand um. Dann fing der Wurm den Wind. Es hob ihn vom Grund, die Zuckungen gewannen Erhabenheit. Er stob in die Lüfte und floh in die Nacht.

Rhaz richtete sich auf. Er schaute um sich, aber sah nichts. Nicht die Diebe, nicht die Hunde, nicht die Bäume, nicht den Fluss. Er stellte die Frage dennoch. „Seid ihr wohlauf?"

Eine Antwort vernahm er nicht.

Vielleicht tot. Oder er selbst zu taub. Ihm hämmerte es in den Schläfen. Er senkte die Klinge und schöpfte Atem. Tief, einmal. Er schöpfte Schwindel damit. Und Schmerz. Er konnte ihn nicht aussperren. Sich davon nicht lösen. Seine Fähigkeiten funktionierten nicht, sein Körper erübrigte nicht genug Kraft für das Herz. Ihm verkümmerte der Geist. Seine Seelengabe verstummte.

Es krümmte ihn. In seinen Eingeweiden rumorte es, als
ob der Flugwurm darin tobte. Er drückte sich eine Hand an
den Bauch, die linke. Gewahrte das Blut. Eine Menge Blut.
Zu viel. Aus der rechten entglitt ihm Izhir. Er sah nicht, wie
die Klinge fiel. Auf einmal fühlte er seine Beine nicht mehr.
Er sank auf die Knie. Konnte sich nicht halten. Die Erde
wogte ihm entgegen. Er kippte. Kippte vornüber, mit dem
Gesicht in den Sand. Fühlte den Aufprall.

Dumpf.

Wie ein letzter Herzschlag. Wie ein Schicksalsschlag.

Dann.

Nichts.

Mehr.

EIN SCHICKSAL IST NUR EIN WEG VON VIELEN.

Wie lange, er wusste es nicht. Es mochten Augenblicke oder Ewigkeiten vergehen. Ein Hagel von Sequenzen prasselte auf ihn ein. Alys, und über ihr zersplitterte der Mond. Alys, die vom Himmel fallenden Sterne, darunter Alys. Der Eskelforst in Flammen, darin Alys, Blitze in Finsternis, Alys, dazwischen Kay und immer wieder Alys. Ihr Antlitz schwebte über ihm. Wie der Mond. Sie setzte ihn wieder zusammen. Ihre Züge vertraut. Innig vertraut. Er brachte es mit Mühe hervor. „Ich kenne dich."

„Natürlich kennst du mich." Sie weinte. Womöglich um die sterbenden Sterne. Sie wischte sich die Tränen von den Wangen und malte Spuren aus Blut. „Geh nicht, Rhaz."

„Du blutest." Lahm, seine Zunge. Kraftlos die Stimme, selbst in den eigenen Ohren.

„Ich bin nicht verletzt, Bruder. Sag mir, was ich tun soll." Ihre Worte bebten. Ihre Lippen zitterten. Und das Blut, all das Blut an ihren Fingern.

„Oh." Es klang wie ein Stöhnen, und es brachte die Erinnerung mit. Auch die Qualen. *Ich sterbe.* Na endlich. Der Gedanke bescherte ihm Frieden, ein Gefühl von Freiheit.

„Freiheit ist eine Illusion."

Er kannte die Stimme, kannte sie zu gut. „Ura."

„Nein, Rhaz. Ich bin es. Alys. Sag mir, was ich tun soll."

Lass mich sterben. Sie verschwammen vor seinen Augen, ihre Züge. Innig vertraut. Vage vertraut. Verschwommen. Dann weg.

Er fand sich auf jenem Altar in Uras Grotte. Verhüllte Lakaien umstanden den Opfertisch im Pentagramm, die Hexe schaute auf ihn herab. Sie wirkte besorgt dabei. Wenn er es nicht besser wüsste, er hielte es für aufrichtige Sorge. Aber sie machte keine Anstalten, ihm zu helfen. Sie sah zu, wie er litt. Die Schmerzen gruben ihm die Eingeweide um. Er konnte sie aus dem Bewusstsein nicht aussperren, es fehlte ihm die Kraft. Mit Mühe zwang er die Stimme zu Worten. „Lass mich gehen.“

„Nein.“

„Lass mich sterben.“

Sie legte ihre Hand auf seine. „Ich will nicht, dass du stirbst, Rhaz.“

Ein Schauer schüttelte seinen Leib, einer von Hitze und Kälte, beides zugleich. Durch seine Adern floss das geschmolzene Gestein aus den Feuergruben von Dargalash. Er kam sich schäbig vor. Eines Gestählten unwürdig. Wie ein Bettler. „Hilf mir.“

„Ich vermag es nicht.“

Ihm schwirrten Fragen durch den Schädel. Keine einzige davon konnte er pflücken. Ein Stich erdolchte sein Herz, die Grotte verschwand in Finsternis. Schatten überfielen ihn, manche mit Gesichtern. Er erkannte sie nicht. Dazwischen Alys, und die Bäume gerieten in Bewegung. Etwas Kaltes lag um seinen Hals und linderte das Brodeln seines Blutes. So erstarrend, es versenkte ihn von Neuem in der Grotte. Wie aber Ura ihn in seiner Qual betrachtete, raubte es ihm den Rest seiner Fassung. Er spürte Tränen auf den Wangen. „Hexe. Was willst du von mir?“

„Ich möchte, dass du lebst.“

„Ich will nicht. Lass mich sterben.“

„Du schuldest mir etwas.“

Er wollte es ihr zurückgeben, das Amulett. Allein, er trug

nichts am Leib, auch nicht jenes Artefakt. Kalt wie ein Grabstein schmiegte der Altar sich an ihn und erinnerte ihn an sein Schicksal. „Ich lösche meine Schuld mit meinem Tod. Lass mich mein Schicksal erfüllen.“

„Schicksal“, schnaubte Ura. „Ihr sterblichen Wesen seid kurzsichtig. Glaubt an Schicksal, um für eure Taten die Verantwortung nicht zu tragen.“

Im Dampf seines Schädels ergaben ihre Worte keinen Sinn. „Es war mein Schicksal, zu sterben, Ura. Dort im Forst. Sie haben es geweissagt. Sie haben …“

„Dein Schicksal schreibt sich selbst neu, in jedem Augenblick.“ Sie ergriff seine Finger, erneut, und umschloss sie mit beiden Händen. „Das ist Leben, Rhaz. Dinge verändern sich. Manche sterben. Andere leben. Die Natur findet einen Weg. Wir finden einen Weg. So hat es die Alte Mutter vorgesehen. Nichts ist, wie es wäre. Die Dinge sind, wie sie sind. Ein Schicksal ist nur ein Weg von vielen.“

Ihre Hände verwandelten sich in Klauen. Diese gruben sich durch seine Bauchdecke in die Eingeweide und zerrten ihn aus der Grotte. Mit Gewalt. Es kehrte sein Inneres nach außen. Er blinzelte in Rauch. Rauch von Feuer, von Kräuterbündeln. Es erstickte ihn. Er hörte sich husten, dann stöhnen. Wollte schreien und vermochte es nicht. Hände hielten ihn nieder, viele Hände, viele Gesichter bewegten sich im Rauch. Sie folterten seinen Leib. Wie einst in Dasgar, in der Bannschule. Qualen, die ihn zwangen, den Geist abzuschotten, um selbst in körperlicher Notlage zu funktionieren. Einen Bann zu brechen. Sich zu befreien. Zu siegen. Allein, er funktionierte nicht. Nicht mehr. Er wollte nicht. Er konnte nicht. Auf ihm lag kein Bann, sondern der Tod, der nahe, und der ließ sich nicht lösen. Ihn schüttelten Krämpfe, aber die ihn haltenden Hände gaben nicht nach. „Ura. Ich kann nicht mehr. Lass mich sterben.“

„Ich gab dir das Amulett nicht, um es dem Monster von Dasgar zuzutreiben, und auch nicht, damit du stirbst."

Ihre Worte erreichten ihn kaum, nur die Qualen seines Leibes. „Lass mich, Hexe, ich flehe dich an."

„Stirb, Rhaz. Ich halte dich nicht. Stirb, wenn du ein Feigling bist. Setz dir ein Ende und lass Alys im Stich."

Alys. Ihr Gesicht schwebte über ihm. Nicht in der Grotte. Er kannte diesen Ort nicht. Er blinzelte, um den Blick zu klären. Schöpfte Atem, um zu fragen. Beides gelang nicht. Alys lächelte. Traurig. Sie tränkte Leinen in Wasser und legte es ihm auf die Stirn. Es kühlte sein Blut und nahm einen Hauch der Schmerzen von ihm ab. Ihm gelang es, Luft zu schöpfen, bloß ein wenig. „Alys. Ich kenne dich."

„Natürlich kennst du mich, Bruder." Sie ergriff seine Hand. „Bleib am Leben. Lass mich nicht im Stich."

Auf einmal fiel ihm ihr Name ein. Lodernd wie ein Scheiterhaufen. Funkelnd wie ein einziger Stern bei Nacht. „Alys vhen Sylas." *Blühe am Tag, blühe bei Nacht.*

Die Trauer verschwand aus ihrem Lächeln. Hoffnung ersetzte sie.

Die Erinnerung überrollte ihn wie eine Sturmflut und riss ihn zurück in die Dunkelheit. „Schwester …"

„Bruder. Geh nicht."

Er zwang all seine mauen Kräfte, ihm zu gehorchen. Die Lider aufzuschlagen. Nicht Alys schaute auf ihn herab, sondern Ura, und er selbst hinauf ins Gewölbe der Grotte. Die Lakaien in ihren Gewändern wogten wie Schleier im Wind. Es versetzte ihn in Schwindel. „Ura. Lass mich nicht sterben."

„Du bist wankelmütig, Rhaz Iksha Zar."

„Heilhexe. Hilf mir."

„Du trägst einen Bannring, Rhaz. Aus Kupfer. Ich vermag es nicht. Du musst es allein schaffen."

Ein Bannring. Es ergab keinen Sinn. „Wo bin ich?“

„In den Schleiergefilden auf der Schwelle zum Tod.“

„Hexe.“ Er legte so viel Nachdruck in seine Stimme, wie er vermochte. Viel gab es nicht her, und ein Impuls zur Verstärkung wollte nicht gelingen. „Wer bist du?“

Sie sah ihn an und schwieg für eine Weile, ehe sie seufzte. „Deine Freundin, die Dryade Vlah. Sie sprach wahr. Der Eskelforst hatte eine Seele, aber eine andere als sie glaubt. Nicht diese Seele lüstete es nach Blut, sondern eine Krankheit, die sie befiel. Eine Krankheit des Herzens, denn die Alte Mutter hatte einen Fehler gemacht.“

Sie schwieg erneut. So lange, dass er sie drängte, weil ihr Reden ihn von seinen Leiden ablenkte. „Was für einen Fehler?“

Sie nickte, als habe sie darauf gewartet. „Sie verlieh dem Wald nicht bloß eine Seele, sondern auch ein Herz. Aber ein Herz ohne Blut kann nicht leben, und eine Seele ohne Herz nicht existieren. Ein Organismus ohne Seele ist ein Phantom. Deswegen lüstete es sie nach Blut, Rhaz. Weil die Alte Mutter versäumte, ihr Verlangen danach zu stillen.“

„Deswegen opferten die Dryaden ihr Blut. Deswegen rissen sie sie heraus. Deswegen gabst du mir das Amulett. Um meine Seele aus meinem Leib zu zehren und ihn zu infiltrieren. Um dir zu nehmen, was die Alte Mutter dir versagte. Ist es nicht so, Seele des Waldes?“

Keine Antwort, nur ein Blick. Einer, nicht zu deuten.

„Und dann? Was hast du mit meinem Körper vor?“

Darüber lachte sie. Innig, von Herzen. Mit Spott. „Die Alte Mutter hat euch mit Verstand gesegnet, aber ihr führt ihn auf Irrwege. Denk keine Täuschungen in die Wahrheit, Rhaz. Such keine List, wo keine ist.“

Er überging den Hohn. Dafür blitzte etwas in seiner Erinnerung auf. Eine Pforte, und dahinter Leid. Der Sumpf ihres Innern. Darin Geheimnisse. Ein Pfuhl der Ruchlosigkeit, womöglich ein Feind. „Wer bist du, Ura? Was willst du von mir? Sag es mir."

Sie lachte noch immer. „Dasgar hat dich verdorben und deine Seele in Ketten gelegt, aber sie haben sie weder gebrochen noch getötet. Irgendwo in deinem Innern erinnerst du dich daran, wer du bist. Wer sie ist. Alys. Wer ihr seid. Deswegen gab ich dir das Amulett, Rhaz."

„Ura. Weswegen? Ich verstehe es nicht."

„Das wirst du."

Eine Stimme mischte sich ein, diese so weich, dass sie durch die Schleiergefilde rollte, bis hierher. An diesen Ort, der keiner war. „Rhaz."

Es weckte ein Bild vor seinem Geistesauge. Eines von einem Bergfluss, quellrein, der durch seine Sprache murmelte. „Wer ruft mich?"

Nicht die Stimme antwortete, sondern Ura. Ihr Lachen schwand. Was sie jetzt auf ihre Züge hexte, konnte er nicht lesen. Sie trat vom Altar zurück. „Nenn es Schicksal, wenn du willst, und entscheide dich für eins. Geh und lebe. Bleib und stirb."

„Rhaz. Komm zu mir. Komm zurück. Rhaz."

Ich bin noch nicht fertig. Ich brauche mehr Zeit. „Ura. Du hast mir nicht gesagt, wer du bist."

„Deine Zeit ist um. Entscheide. Jetzt."

„Rhaz!"

Er musste folgen, der Ruf zwang ihn. Finsternis flackerte vor seinen Augen. Die Grotte schwand. Er löste sich vom Altar, seinem Grabstein, und fand sich weich gebettet im Rauch. Und warm. Zu warm. Die Schmerzen kehrten zurück und malträtierten sein Inneres. Die Schatten verwandelten sich in Schlieren von Blut. Ein Stöhnen entfleuchte seinen Lippen. Das Atmen fiel schwerer denn je. Jeder Zug ein

Kampf, eine Probe seines Willens. Es zerkratzte ihm die Kehle, und es genügte nicht. Blinzelnd kämpfte er um Fassung. Er erlangte sie nicht. Dafür gaben die Schlieren den Blick frei auf Gestalten, eine ganz nah. So nah, ihr Gesicht berührte fast das seinige. Er kannte sie. Die Weichheit jener Stimme ergab einen Sinn und auch, warum ihr Ruf solche Macht auf ihn ausübte. *Vlah.* Er durchforschte sein Hirn nach den Bräuchen, die ihr so viel bedeuteten.

„Wen …" Kaum vernehmbar, seine Stimme. Er strengte sich mehr an und zehrte von allen Kräften, die er fand. „Wen grüße … ich?"

„Du grüßt Vlah." Sie schenkte ihm ein Lächeln, vielleicht ein inniges. Ihre Finger umfassten seine Wangen. Alle zehn, alle beide, und sie hauchte einen Kuss auf seine Lippen. „Sprich nicht, Rhaz."

Er stieß den Atem von sich. Ließ sich fallen, zurück in die Nacht. Diesmal zog es ihn nicht zu Ura, sondern in Leere. Diese tat ihm wohl. Sie bewirkte, dass das Zerren der Wunden zu erträglichem Schmerz abflaute, und dass er seinen Verstand wiederfand. Dieser sagte ihm, dass er aufwachen musste. Wenn er nicht ertrinken wollte. Wenn er nicht versagen wollte. Wenn er nicht sterben wollte.

Er überwand sich und schlug die Augen auf. Es herrschte Dämmerlicht. Die Behausung erinnerte an die ihm bekannte von Vlah, an einen Erdbuckel, von dessen Decke Kräuterbündel hingen. Alles niedrig, der Boden ausgelegt mit Matten von geflochtenem Gras. Die Luft fühlte sich lau an, nicht zu warm und nicht zu kalt. Da nirgends Kerzen brannten, wähnte er das Zwielicht als Sonnenstrahlen, die durch kaum auszumachende Lücken im Dach hereinsickerten.

Er fand sich auf einer Bettstatt, liegend auf der Seite. Schmerzen schwemmten ihm im Takt seines Herzschlags durch den Leib, aus zahlreichen Quellen. Den Furchen des Blutseglers. Den Striemen der Züchtigung. Den Quetschungen um die Rippengegend vom Leib des Flugwurms. Den Schlagwunden desselben am Bauch.

Diese am quälendsten.

Er suchte einen Fokus. Senkte die Lider dafür, konzentrierte sich auf sein Inneres und mühte sich um Bindung an seine Seelengabe. Ohne Erfolg. Er probierte es erneut. Probierte, sein Bewusstsein vom Leib abzukapseln. Probierte, die Schmerzen auszublenden, um seinen Fokus wiederzuerlangen und zu funktionieren. Er konnte es nicht.

Als seien seine Fähigkeiten aus Dasgar ausgelöscht.

Ein Gestählter kennt keinen Schmerz. Anstatt die Qualen auszublenden, ignorierte er sie. Ertrug er sie. Wenn schon sonst nichts, dann wenigstens das. Er spannte die Muskeln und stemmte sich hoch. Auf die Ellenbogen gestützt, sah er um sich. Er entdeckte nichts Neues und sandte einen Impuls. Dieser implodierte in seinem Hirn, der Schlag schickte ihn um ein Haar zurück in die Ohnmacht. Ein Stöhnen konnte er nicht verbeißen. Für einige Lidschläge herrschte Sonnenglut vor seinen Augen, ehe die Sicht zurückkehrte. Immerhin, er hielt sich auf den Ellenbogen.

Er schöpfte Atem, schwerfällig durch die Enge in seiner Kehle. Er tastete danach und stieß auf Kaltes an seinem Hals. Er befühlte es. Und erinnerte sich an Uras Worte. *Ein Bannring aus Kupfer.* Er fand den Verschluss, aber er konnte ihn nicht lösen. Allein Schmerzen verursachte er sich mit seinen Bemühungen, weil sie die nach innen gerichteten Stacheln in seinen Hals trieben. Flache Stacheln. Nicht lang genug, ihm die Kehle zu durchstoßen, aber ausreichend spitz, um seine Haut umzugraben. *Angeleint wie ein Köter.* Zumindest eine Kette hing ihm nicht an. Schlimm genug jedoch, dass das Kupfer die Bindung an seine Seelengabe unterbrach und seine Impulskraft lähmte.

Er stoppte die Versuche, das Stachelhalsband loszuwerden. Setzte sich auf stattdessen. Die Welt verlor ihr Zentrum, die Behausung stellte sich kopf. Er ertrug das Rasen, bis es nachließ. Dem Zerren an den Wunden zum Trotz, auch dem Zittern seiner Muskeln, erhob er sich auf die Füße. Irgendjemand hatte ihm seine Sachen abgenommen. Sämtliche. Ihn kleidete eine Leinenhose, eine zu kurze, und sonst nichts. Am Oberleib hüllten ihn Bandagen ein, fast wie ein Wams. Wie er sie betrachtete, sie dann befühlte, verschärften sich die Schmerzen. Geschwind ließ er es bleiben. Er raffte seinen Willen und querte den Raum, hin zur Tür.

Als spüre sie seine Anstrengung, trat Vlah ein, in den Armen einen Korb voll Pflanzenbündeln. Flink und lautlos wie ein Schatten huschte sie herein und zog die Tür hinter sich zu. Ein Schwall klebriger Hitze begleitete sie, und ein Duft von Kräutern, der sich hier im Innern nicht fand. Sie erstarrte und musterte ihn, vielleicht verblüfft, ihn auf den Beinen zu sehen. Sie stellte ihren Korb ab, dann trat sie auf ihn zu und legte die Handflächen an seine Brust. Sacht, und sie drängte ihn rückwärts. „Rhaz. Du solltest ruhen.“

Er widerstand ihrem Drängen. Verharrte auf der Stelle, bis sie den Versuch einstellte. Packte sie bei den Handgelenken und versenkte den Blick in ihren Augen, die dieselben Geheimnisse bargen wie uralter Bernstein. Es besänftigte nicht den Aufruhr seines Innern. Muße für ihre Bräuche fand er keine. „Vlah, verdammt. Was habt ihr mit mir gemacht?“

Sie verstand ihn. Ihr Blick wanderte von seinem Gesicht hinab zu dem Stachelhalsband. „Mein Stamm wollte dich sterben lassen. Sie gewährten mir, dir zu helfen, im Austausch für den Bannring. Sie sagen, sie entscheiden später über dein Schicksal. Über unser Schicksal.“

„Sie wollen entscheiden?“

„Es war der einzige Weg, Rhaz. Du warst dem Tod sehr nah.“

„Was du nicht sagst.“ Allein, die aufkeimende Wut verpuffte in ihren Worten. Zum einen, weil sie solche Ruhe durch ihr eigentümliches Murmeln ausstrahlte wie ein Rinnsal frisch von der Quelle. Zum andern, weil ihm der Leib schlotterte und seine Kräfte verzehrte.

Vlah machte ihre Hände frei und startete einen neuen Versuch, ihn auf die Bettstatt zu drängen. „Bitte, Rhaz. Setz dich. Iss etwas und trink. Du musst zu Kräften kommen.“

„Nimm mir dieses Halsband ab und ich beweise dir meine Kräfte.“ Gleichwohl gab er nach. Er trat rückwärts, stolperte und fiel hin, um ein Haar, gehalten nur von der Dryade. Sie verfügte über weit mehr Kraft, als ihr schmächtiger Körper es verriet. Er ließ sich auf das Lager sinken und lehnte sich an der rückwärtigen Wand an. Das davon wachgerufene Pochen in den Striemen ignorierte er. Derweil Vlah sich an ihrem Korb zu schaffen machte und auf dem Tisch eine Menge an Schalen, Kräutern, Essenzen und Salben ausbreitete, fing er seine Gedanken ein und brachte sie in Zusammenhang. Allein, ihm fehlten Epochen wie Stücke in einem Puzzle. Er wähnte sich bei einem Volk der Dryaden, vermutlich Vlahs Stamm. Welchen sie für gewöhnlich mied. Aus welchem Grund, hatte sie ihm nie verraten. Gewiss stand es mit ihren Hexenmerkmalen in Zusammenhang. „Vlah. Warum sind wir hier?“

Sie schaute nicht auf, sondern kratzte das Mark aus dem Innern irgendwelcher ihm unbekannter Pflanzenstängel. „Ich sagte dir, ich befrage die Weisen meines Stammes zu deinem Artefakt. Und zu Ura.“

Ja, und ich will wissen, was sie zu sagen hatten. Das jedoch nahm er sich für später vor. Da die Dryade keine Anstalten machte, mehr zu erklären, löste er sich von der Wand und lehnte sich vor, mit den Ellenbogen auf die Knie. „Sag mir, wie ich hergekommen bin."

Jetzt sah sie auf. Ihre Augen funkelten katzengleich. „Du stellst die falschen Fragen."

„Wenn du weißt, was ich wissen will, gib mir die richtigen Antworten."

„Du solltest nicht so viel sprechen, Rhaz."

„Dann rede. Ich höre zu."

Sie nahm zwei Schalen, ein Bündel Leinenstreifen und kniete sich vor ihn an die Bettstatt. Mit Fingern, so leicht, dass sie ihm keine Schmerzen verursachte, löste sie seine Bandagen und betrachtete die Wunden. Er warf selbst einen Blick. Die Sichelklauen des Wurms hatten ihren Dienst gut geleistet, und offensichtlich hatten Vlahs Künste ein noch besseres Werk verrichtet. Dafür, dass sie ohne Gabe heilte, allein mit ihren Kenntnissen über die Natur, bewirkte sie Erstaunliches. Geflickt die Wundränder, gelb und grün die Quetschungen, und weder die neuen noch die alten Furchen schwärten. Sie nickte. Bedächtig, und begann damit, die Verletzungen mit einer Essenz abzutupfen. Indes murmelte sie vor sich hin, so zart wie der Wind, nach dem sie sich nannte. „Die Weisen baten mich, für sie zu sehen. Statt ihrer sah ich euch und sehr viel Blut."

„Du hast gesagt, du siehst mein Schicksal nicht. Nur meinen Tod."

„Ich sah Alys."

„Unmöglich. Es besteht kein Bund zwischen dir und ihr."

„Es besteht ein Bund, Rhaz. Einer von mir zu dir, und ein Blutband von dir zu ihr."

Unmöglich. Gleichwohl standen ihm die Sequenzen seines Fiebers vor Augen. Alle, und er hielt sie nicht für Hirngespinste. Nicht mehr. Er senkte die Lider. Sann nach, verknüpfte. Schlug die Augen auf und betrachtete die Dryade, die jetzt Kräuterhonig in die Nähte seiner Wunden einarbeitete. „Vlah. Ich war wieder bei ihr. Bei Ura."

Sie erstarrte. Für wenige Herzschläge, dann machte sie weiter.

„Sie sagt, sie ist nicht, für was du sie hältst." Er wartete, dass die Seherin sich dazu äußerte.

Diese schwieg.

„Die Weisen deines Stammes. Was denken sie?"

„Zeig mir deinen Rücken."

Das tat er. Er wandte sich um dafür, schaute gegen die Wand und wartete auf eine Antwort.

„Wer hat dir das angetan, Rhaz?"

Das Monster von Dasgar. Sogleich biss er sich auf die Zunge, und ein Schauer ging ihm durch den Leib. „Du weißt, wer."

„Dazu hatte er kein Recht."

„Ich habe mich bestehlen lassen."

„Er hatte kein Recht dazu", wiederholte sie, als habe sie seinen Einwand nicht vernommen. Oder als befinde sie diesen für nichtig.

„Er hatte jedes Recht dazu."

„Niemand hat dazu ein Recht."

„Das muss dich nicht kümmern, Vlah. Die Weisen. Sag schon, was denken sie?"

„Das erfährst du von ihnen."

„Wann?"

„Wenn sie es bestimmen. Bis dahin musst du zu Kräften kommen." Ihre Stimme ließ Unheil ahnen.

„Ich bin bei Kräften. Bring mich zu ihnen."

„Du brauchst Ruhe, Rhaz. Eine Pause."

„Ich brauche keine Pause."

„Jeder braucht eine Pause. Sogar du."

Wahrlich. All sein Sehnen stimmte ihr zu. *Das ist eines*

Gestählten unwürdig. Wenn er nur das Halsband loswürde, dann könnte er den Geist fokussieren und die Schwächen abschütteln. „Vlah. Ich kann nicht. Ich muss zurück nach Dasgar. Mein Gebieter hat das Amulett verlangt. Ich muss es ihm liefern. Wenn nicht, bringt es jeden in meiner Nähe in Gefahr. Deinen Stamm. Dich.“

Sie erhob sich von den Knien, ließ seinen Rücken in Ruhe und setzte sich neben ihn. Dann ergriff sie seine Hände. Beide, und schaute ihn an. „Geh nicht zurück nach Dasgar.“

„Ich muss.“

„Du täuschst dich. Du kannst einen anderen Weg wählen.“

„Nein, Vlah. Ich täusche mich nie.“

„In Dasgar täuschst du dich. Rhaz. Gehst du nach Dasgar, reißt er dir das Herz heraus.“

Er schluckte. Die Stacheln des Halsbands peinigten seine Kehle. „Das kannst du nicht wissen. Du hast es selbst gesagt, du siehst mein Schicksal nicht.“

„Ich sehe Alys, und dich bei ihr. Tot.“

Und wenn schon. Es sollte ihm nichts ausmachen. Es durfte ihn nicht ängstigen. Dennoch schnürte die Enge seiner Brust ihm beinahe den Atem ab. Zumindest, auch wenn es keinen Trost spendete, erklärte es, wie die Seherin von Dasgar ihn hatte sehen können. *Über meinen Bund zu ihr, und weiter über mein Blutband zu Alys. Sie ist der Schwarzmagier.* Er wich Vlahs Blick aus. „Es spielt keine Rolle. Ich muss zurück. Ich habe Schulden in Dasgar, und eine Schuld muss beglichen werden.“

„Dasgar schuldet dir mehr als du ihm. Was hat er mit dir gemacht, Rhaz, dass du es nicht siehst?“

Ich weiß es nicht. Er glaubte zu wissen, was in Dasgar geschah. Glaubte sich an seinen Drill zu erinnern, lückenlos, und an seine Vergangenheit. Doch Alys bewies, dass sein

Gedächtnis ihm Lügen auftischte. Und dass Dasgar, dass der Gebieter ihn betrog.

„Rhaz.“ Sie legte eine Hand an seine Wange und schenkte ihm ein Lächeln. Vielleicht ein inniges.

Auf einmal stand ihm ihr Kuss vor Augen, während seines Fiebers. Das Echo von ihren Lippen auf seinen verschärfte die Enge in seiner Lunge. Er nahm sie bei den Handgelenken und schob sie auf Abstand. „Ich muss nachdenken, Vlah. Bitte geh.“

Das tat sie, ohne ein Zeichen von Unmut. Sie legte ihm mit flinken Fingern Bandagen um, sammelte ihre Sachen ein und räumte diese in den Korb. Zugleich entnahm sie eine Schale und einen Becher sowie einen Krug und platzierte alles auf dem Tisch. Noch ein Blick, ein vielsagender, und sie huschte hinaus.

Oh Ura, was hast du mit mir gemacht? All die Steine, die sich im Rollen befanden, hatte sie gelöst, und die Flut an Geröll drohte ihn zu begraben. Fragen wimmelten durch seinen Schädel wie Maden auf einer Leiche. Er konnte sie nicht greifen. Und nicht beantworten. Fürs Erste blieb ihm nichts, als Vlahs Rat zu befolgen und zu Kräften zu kommen. Das Stachelhalsband stellte klar, dass die Dryaden ihn für einen Feind hielten. Einen ohne Gewissen noch dazu, jedenfalls hätte andernfalls das Gebot der Ehre das Verwenden von Kupfer zur Lähmung seiner Seelengabe verboten. Sie würden ihn nicht gehen lassen, die Dryaden, nicht ohne Weiteres. *Sollen sie versuchen, mich zu halten.* Selbst ohne Impulskräfte konnte er ihnen schaden. Für gewöhnlich. Es nach Dasgar schaffen und dort den Bannring loswerden.

Ob seines derzeitigen Zustands kamen ihm allerdings Zweifel.

Er musste seine Lage ausloten. Einen Plan schmieden. Entkommen. Er musste seinen Pfad wiederfinden. Den Pfad von Dasgar. *Der Pfad von Dasgar ist ein dunkler Pfad.* Ihm kam der Verdacht, dass es stimmte. Jedoch, er war ihm verpflichtet. Und selbst wenn nicht, er wusste nicht, welchen sonst er beschreiten sollte. Er besaß ein Amulett, Erinnerungen an Begegnungen in Schleiergefilden mit einer Erscheinung, Uras Erscheinung, sogar eine Schwester. *Aber ich weiß nicht, was ich tun soll. Ich weiß nicht, was ihr von mir wollt.*

Er begab sich an den Tisch. Vor der niedrigen Tafel sank er auf die Knie und betrachtete die von Vlah dagelassene Speisenschale. Getreideschleim, darin Kochgemüse, Knollen und Kräuter. Er verspürte keinen Appetit und aß dennoch. Dafür mundete das Zeug erstaunlich bekömmlich. Im Krug befand sich kein Wasser, sondern Tee. Er leerte diesen. Becher um Becher. Alles zusammen bewirkte, dass die Erde an Stabilität gewann. Aus seinem Schädel hob sich der Dampf, aber sein Hirn gab trotzdem keine Antworten her. Er legte die Finger um das Stachelhalsband. Kaum gelang ihm der nächste Atemzug, als habe die Speise den Ring enger geschnallt. Es verlangte ihn nach Luft. Nach erfrischender, kühler. Durch die von Vlah flüchtig geöffnete Tür schwebte noch immer ein Nachhall der Schwüle im Raum.

Ganz als ob sie es fühlte, und als wolle sie ihn quälen, stieß Alys die Tür auf. Ungebeten trat sie ein, auf den Lippen ein Lächeln, ein verhaltenes. „Der Alten Mutter zum Heile, Rhaz. Vlah sagte, dass du wach bist."

Der Würgegriff des Kupferhalsbands genehmigte keine Antwort.

Alys schloss die Tür. Für einen Moment blieb sie stehen und spielte mit dem Tragriemen einer Tasche. Dann trat sie auf ihn zu.

Allein der Gedanke an ihre Berührung versetzte ihm einen Stich. Er quetschte Worte hervor. Die Stachelspitzen des Halsbands verliehen ihnen Schärfe. „Nicht anfassen. Komm nicht näher.“

„Ich will dir gewiss nicht schaden, Bruder.“

„Du sollst mich so nicht nennen.“ Obschon er es nicht länger leugnen konnte, das Blutband. Er entsann sich der Sequenzen seines Fiebers. Auch wenn er sich an Alys als seine Schwester nicht erinnerte, wusste ein Teil seines Innern, vielleicht seine Seele, dass es stimmte. Es fühlte sich nicht recht an. Ihm fielen Uras Worte ein, ausgerechnet. *Irgendwo in deinem Innern erinnerst du dich daran, wer du bist. Wer sie ist. Wer ihr seid.*

„Aber es ist wahr, Rhaz. Du musst es doch fühlen, so wie ich.“

„Und doch kenne ich dich nicht. Ich erinnere mich nicht an dich.“

Sie schaute ihn an, ein Kornblumenfeld voll Hoffnung, dieses gerahmt von ihrem Haar, wild und dunkel wie Gewitterwolken. „Dein Verstand vielleicht nicht, aber dein Herz tut es. Wir sind zusammen auf die Welt gekommen. Rhaz. Du bist mein Bruder.“

„Nein, Alys. Selbst wenn ich es einmal war, ich bin es nicht mehr.“ *Ich bin ein Niemand.* Nur Uras Worte legten etwas anderes nahe, und darüber wollte er nicht sprechen. Nicht mit ihr. Einer Fremden. Er gewahrte, wie ihr Blick verwässerte. Nicht von Tränen, mehr von Wut. Geschwind kämpfte er die eigene nieder und verlieh Stimme und Miene Gleichgültigkeit. „Wo steckt Yorick? Hat der Wurm ihm etwas angetan?“

Sie schüttelte den Kopf. „Er ist wohlauf. Es ist nur … Er erträgt deine Nähe nicht.“

Natürlich nicht. Zuerst seine Ohnmacht, jetzt das Halsband hinderten ihn daran, die Barrikaden seines Innern zu halten. Sein Empfinden, auch der Schmerz, musste einem Spürer offen zutage stehen. *Ein mäßiger Spürer, wer das Erspürte nicht verblenden kann.* Oder er trug nicht als Einziger ein Halsband. Er hob die Schultern. Sogar ein Grinsen gelang ihm. „Nehmt mir dieses Halsband ab, dann braucht er sich damit nicht länger quälen.“

Es schien ihr keinen Trost zu spenden. „Aber du, Rhaz. Du quälst dich weiter.“

„Wunden vernarben. Schmerz kann man ertragen. Und daran erstarken. Wer fällt, steht wieder auf.“

„Rhaz …“

„Alys. Ich will dein Mitleid nicht.“ Er ahnte, dass er sie im Innern verletzte. Auch das würde Yorick spüren. Er selbst spürte es. Schlimmer noch, es grämte ihn, aber er fand nicht die Geduld, einen anderen Weg zu gehen. Wenn er ob des Halsbands schon seine Seele nicht stählen konnte, dann wenigstens sein Herz. „Sag mir, was mit den Dingen geschah, die mir teuer sind. Meine Klinge. Mein Pferd. Meine Hunde.“

„Deinen Tieren geht es gut. Eska hat es an der Schulter erwischt, aber sie läuft schon wieder. Vlah versteht ihr Handwerk.“ Sie musterte ihn, als wolle sie mehr sagen, und ließ es bleiben. „Deine Klinge haben sie zur Verwahrung genommen.“

„Das bedeutet?“

„Ich weiß es nicht. Sie behandeln uns sehr anständig. Vornehm, aber mit Distanz. Vlah spricht als Einzige mit uns.“

„Verstehe. Und mein Amulett?“

„Bei deiner Klinge, denke ich.“

„Gut.“ *Nicht gut.* Er musste seine Sachen zurückerlangen, zeitnah, und aufbrechen. Außerdem die Diebe loswerden. Alys und Yorick, alle beide. Deren Gegenwart tat ihm nicht wohl. Alys störte das Gleichgewicht seiner Seele, und Yorick spürte zu viel. Er wusste womöglich mehr über die Dinge, die sich vor ihm selbst verbargen.

Alys' Schultern erfasste ein Beben. Sie senkte den Blick und fuhr sich mit der Zunge über die Lippen. „Ich hatte immer gehört, niemand könne einen Flugwurm bezwingen."

„Du hast auch gehört, die Viecher seien ausgestorben. Ich habe ihn nicht bezwungen. Nur in die Flucht geschlagen."

„Du hast ihn besiegt."

„Ein halber Sieg, wenn er noch lebt. In Dasgar zählt derlei als Niederlage." Er gewahrte, dass er zu viel redete. Presste die Kiefer aufeinander und verbiss, was noch ihm auf der Zunge lag. Jene Stimme aus dem Nichts meldete sich, unvermittelt, und sie fragte ihn, ob er den beiden nicht sein Leben schuldete. *Ich hätte den Flugwurm nicht überlebt ohne die Ablenkung. Ohne das Amulett.* Er schluckte. Die Stacheln piekten in seine Kehle. Er wusste, er sollte einen Dank aussprechen, bloß wollte er die Schwäche nicht äußern, sein Versagen nicht eingestehen. Das Glück hatte alles zum Guten gewendet, aber ein missachteter Befehl konnte leicht das Gegenteil bewirken. „Ich hatte euch gesagt, ihr sollt weglaufen. Ihr hättet sterben können."

„Ja, Rhaz. Hätten wir. Du bist es fast. Aber du lebst, und es bedeutet dir nichts." In ihren Augen standen nicht verwundene Schrecken. Nicht allein jene, die sie dem Flugwurm schuldete. Auch ältere. Tiefere. In Wogen strahlten sie von ihr aus und füllten die Behausung mit schartigen Klingen.

Auf einmal kam er sich schändlich vor. Mit jedem Wort wirkten ihre Wangen hohler, ihre Haut blasser, schienen die Schatten unter ihren Augen dunkler, als ziehe über die Kornblumen ein Unwetter. Ein solches, das sie niedermachte. Er legte Ruhe in die Stimme, versuchte es wenigstens. „Was ist mit dir, Alys, wie geht es dir? Träumst du noch?"

Er spürte regelrecht, wie sie zusammensackte. Ihre Schultern sanken. Noch immer stehend an der Tür, wirkte sie wackelig auf den Beinen. Sie kam heran. Kniete sich an die gegenüberliegende Seite des Tisches. Legte ihre Tasche neben sich auf den Boden und faltete die Hände auf der Tafel. „Ja, Rhaz. Ich träume noch.“

„Was?“

„Dasselbe.“

Mitgefühl schwemmte sein Herz, obschon er es abschotten wollte. Solches, das sie ihm auferlegte. Es verwirrte seinen Sinn für die Kontrolle seiner Empfindungen. Als kämen die Regungen nicht von ihm allein. „Hör auf damit.“

„Ich habe nichts …“

„Du blendest mich. Lass es.“

Etwas zerbrach, er fühlte es. Womöglich eine Mauer, die ihr Inneres einkapselte. Die von ihr ausgehenden Wogen gewannen an Kraft. „Ich weiß nicht, was das heißt, Rhaz. Ich verstehe deine Gabe nicht, auch nicht die von Yorick. Du sagst, ich hätte eine, aber ich weiß nicht, welche. Oder wie sie funktioniert. Ich hielt mich stets versteckt. Lebte eine Lüge. Ein gewöhnliches Leben. Yo durchschaute mich, und er half mir. Mit ihm war es leicht. Zu vergessen, meine ich. Dann begannen die Stiche in meinem Herzen. Ich konnte sie nicht ignorieren. Später die Träume. Das ist keine Erscheinung. Auch keine Weissagung. Etwas oder jemand hat das Blutband neu geknüpft, das zwischen dir und mir, und jetzt fürchte ich um dich. Du bist mir wie ein Fremder, aber das ist es, was mich heimsucht. Furcht. Dich zu verlieren. Erneut.“

Ob ihres Monologs rann ihm ein Schauer den Rücken hinab. Ein kalter zuerst, danach ein heißer. Die Spannung in der Luft, auch die in seinem Innern, sandte ihm Schweiß auf die Stirn. „Alys. Sag mir, wovor du dich versteckt hast. Und was du vergessen wolltest.“

Sie schluckte, wich seinem Blick aus und faltete die Hände. Ihre Stimme verlor jede Regung, aber die Wogen ihres Innern rollten immer gleichmäßiger heran. Immer höher. Immer gewaltiger. „Als sie dich holten, damals, da wollten sie auch mich. Mutter machte sie etwas anderes glauben. Sie sagte, ich besäße keine Gabe. Die Späher aus Dasgar glaubten ihr. Vater glaubte ihr. Ich glaubte ihr.“

„Sie hat euch geblendet. Eine mächtige Gabe.“

„Wenn du es sagst. Sie nahmen dich, und Mutter nahmen sie auch. Sie sagten, Zwillinge seien Hexenwerk. Verdorbene Brut. Ihre Seele ein Hort für Dämonen. Sie sagten, in Dasgar werde man dir den Dämon austreiben, und sie rieten Vater, mich im Wald den Bestien zu überlassen. Er könne den Dämon in mir nicht zähmen.“ Sie schwieg, aber sie sah nicht aus, als sei sie fertig. Einige Male erschauerte sie, ehe sie fortfuhr. „Sie nannten Mutter eine Hexe und verbrannten sie auf dem Scheiterhaufen. Vor meinen Augen. Und vor deinen.“

Ein Stich.

Ein Funken.

Das Stachelhalsband zog sich weiter zu. Ein Schrei schall in seinem Schädel nach. Ein grausiger, anhaltender. Einer voll von Todesfurcht und Qual. Eine Erinnerung. Nicht die seinige. Oder vielleicht doch. Es schnürte ihm den Atem ab. Er wollte antworten. Aus seiner Kehle kam nur ein Keuchen, dann ein Husten. Wider seinen Willen. Der Raum kreiste mangels Sauerstoff. Der Schrei dauerte an.

Alys langte in ihre Tasche und reichte ihm eine Flasche.

Er nahm sie. Sah, dass seine Finger zitterten. Fühlte es nicht. Überhaupt fühlte er sich nicht wie der Herr seinerselbst. Ihm raste das Herz. Es stotterte, als fahre jener

Blitz hinein. Er zog den Stopfen der Flasche. Rutschte ab, probierte es erneut. Sogleich führte er die Öffnung an die Lippen und trank. In tiefen Zügen, trank leer. Sein Herz raste weiter. Das Kreischen hielt an.

Alys langte über den Tisch.

„Nicht anfassen." Er zog die Hände zurück. Wollte weichen, aber er traute seinen Muskeln nicht. Glaubte nicht, dass er auf die Beine gelangen konnte, geschweige denn sich halten. Er bebte. Von innen. Die Qual hielt an. Seine. Die von Alys. Die einer Mutter. Er konnte nicht ausmachen, ob sein eigenes Empfinden ihm zusetzte oder das ihrige. Ob sie ihn blendete.

Das tat sie gewiss.

Sie durchpflügte ihn. Brandete gegen die Barrikaden seines Innern. Ohnehin fragil von seinen Wunden und von jenem Halsband, fand er keinen Halt. Keinen Fokus. Es brachte seine Mauern zum Einsturz. Jede einzelne. Er schaute ins Leere. Eine Höhlung, gefüllt mit Finsternis. Und Schmerz. Er schöpfte keine Luft. Legte die Hände um das Halsband. Es fühlte sich nicht zu eng an, er bekam die Finger darunter, aber er konnte nicht atmen. Schweiß kroch ihm aus den Poren, aus allen. Ein Zittern bemächtigte sich seiner Muskeln, die Erde geriet aus den Fugen. Er rang um Atem. Erstickte. „Ich kann nicht … Was … hast du …"

„Nichts." Alys' Stimme zitterte fast so sehr wie er. Sie rang die Hände, langte herüber und zog zurück. Auf den Knien kam sie um den Tisch, gab sich einen sichtlichen Ruck und legte die Hände um seine Wangen. Um beide. „Rhaz."

Kein Stich, diesmal. Nur die Qual und das Brodeln seines Innern. „Du bist … das."

„Rhaz. Du musst atmen. Atme, Bruder. Ich will dir gewiss nicht schaden."

Es mochte stimmen, aber das Zittern hörte nicht auf. Sie

gab ihn nicht frei. Ihm stotterte das Herz, dann sprengte es seine Brust. Keine Luft. Er brannte. Rauch füllte seine Lunge. Sie versetzte ihn in einen Sumpf des Grauens. Zerrte ihn herab in ihre Furcht. In ihre Erinnerung. Oder in seine. Sie erstickte ihn. Blendete ihn mit einer Macht, bestimmt so ungeheuerlich wie die des Gebieters von Dasgar. Er fiel auf die Seite. Die Sinne entglitten ihm, Finsternis strömte ins Innere. Darin regten sich Schatten. Unverkennbar Vlah. Und ein anderer, weniger vertrauter. Yorick. Dieser packte Alys bei den Schultern. Seine Worte, ein dumpfes Rauschen. Beide schwanden aus seinem schattenverseuchten Sichtfeld.

Nur Vlah blieb. Sie legte die Finger um seine Schultern. „Sie ist weg. Rhaz. Komm zu dir. Sie ist weg.“

Ihm flatterten die Lider. Er konnte nichts dagegen tun, nur Warten, dass das Zittern nachließ und die Enge sich löste. Dass das Grauen sich hob. Und das Zwielicht zurückkehrte. Selbst dann schöpfte er nicht ausreichend Atem. Er hob die Hände, legte die Finger um das Stachelhalsband und zerrte daran. Ohne Nutzen, er fügte sich nur Schmerzen zu. Er brachte kaum mehr heraus als ein Krächzen. „Nimm es ab, Vlah, ich bitte dich. Ich kann nicht atmen.“

„Ich weiß.“

„Nimm es ab.“

„Ich kann nicht, Rhaz.“

„Vlah …“ Jäh gewahrte er, dass er am Boden lag, sich krümmte und wimmerte wie ein weidwundes Tier. Er hielt an sich. Hielt den Atem an, bis sein Herz langsamer schlug, und löste das Krampfen in den Muskeln. „Verdammt, Vlah. Was macht sie mit mir?“

„Du weißt, was sie macht.“

„Sie blendet mich mit ihren Schrecken. Wieso hat sie solche Macht über mich?“

„Das Blutband, Rhaz. Sie beherrscht ihre Gabe nicht. Der Bannring liefert dich ihrem Empfinden aus. Ich glaube, deine Erinnerung verstärkt es.“

„Aber ich erinnere mich nicht.“

„Deine Seele tut es.“

Es rief Uras Worte wach. *Dasgar hat deine Seele in Ketten gelegt.* Womöglich sprengte Alys sie. Aber diese Macht konnte sie nicht besitzen. Sie durfte es nicht. Eine Gefahr, wer über eine solche Gabe gebot und sie nicht beherrschte. „Es spielt keine Rolle, Vlah. Meine Seele gehört jetzt Ura.“

Sie seufzte, wie ein Wind im Geäst.

Erschöpfung ersetzte die Anstrengung und machte seinen Geist lahm. Er forschte in seinem Verstand und fand nichts. *Ich erinnere mich nicht.* Er machte nicht fest, ob er nicht konnte oder nicht wollte. Alys mochte recht sprechen. *Dein Verstand vielleicht nicht, aber dein Herz tut es.* Er senkte die Lider und klemmte die Finger unter das Halsband, obschon es nichts nützte. Ihm kam es vor, als ersticke es nicht bloß seine Lunge, sondern auch den Verstand. „Vlah. Lass mich mit den Weisen sprechen. Ich muss dieses Ding loswerden. Bitte. Bring mich zu ihnen.“

Vielleicht überzeugte sie der Vorfall mit Alys. Oder sein armseliges Gewinsel. Sie zögerte, schüttelte den Kopf und nickte gleich darauf. „Ja, Rhaz. Warte hier.“

Damit huschte sie hinaus.

Er sah ihr nach, für eine Weile, und starrte auf die geschlossene Tür. Irgendwann fand er die Kraft, sich aufzurichten. Auf die Knie, immerhin. Die Wunden spannten und zerrten wie Seile, die ihn an den Grund fesselten. Er widersetzte sich. Gelangte auf die Füße und wartete, bis die Erde nicht mehr schwankte. Dann trat er in den Ausgang, öffnete und spähte hinaus.

Das Licht der Abenddämmerung sprenkelte die Gegend

mit Flecken von Gold. Hitze schwemmte ihm entgegen, aber die Luft wog schwer von Feuchte und belebte die trockenen Schmerzen seines Innern mit dem Duft von Wald und Leben. Für die Jahreszeit und die Tage der Hitze herrschte erstaunliche Grüne. Die Kronen der Bäume wuchsen so dicht, dass sie den Grund beschatteten. Moos deckte diesen, dazwischen Felder von Farn. Junge Wedel entrollten sich wie im Frühling, trotz des fortgeschrittenen Sommers. Der Gesang von Vögeln versprach Frieden. Gewiss hielten die Dryaden jene blutdurstigen Bestien aus ihrem Territorium fern. Die Behausungen schmiegten sich in den Grund wie Erdbuckel, bewachsen mit Moos, gedeckt von weißen Blüten. Fast wie eine Ansammlung von Hügelgräbern im Herzen des Eskelforstes.

Er tat ein paar Schritte auf den von bloßen Füßen getretenen, erdigen Pfad und zog hinter sich die Tür der Behausung zu. Die Idylle erleichterte ihm das Atmen. Er vernahm das Murmeln von Wasser, vermischt mit dem Murmeln der Dryaden. Keine einzige bekam er zu Gesicht, er vernahm bloß ihre Stimmen in ihrer seltsamen Sprache. Er verstand sie nicht, und er kannte keinen Menschen, der sie beherrschte. Einen Impuls wagte er aufgrund des Halsbands nicht, daher senkte er die Lider und verharrte. Er atmete. Lauschte. Fühlte. Der Wald umschmeichelte jeden seiner Sinne und nahm ihm sogar ein wenig von den Schmerzen ab.

„Rhaz." Vlah zerbrach den Augenblick, indem sie seine Hand in ihre schloss. „Sie sagen, du darfst sprechen. Komm."

Wie sie so neben ihm stand, kam sie ihm auf einmal zerbrechlich vor. Alt, trotz ihrer augenscheinlichen Jugend. Auch weise. Und nach allem, was sie für ihn getan hatte, ohne dafür eine Schuld zu fordern, wie eine Freundin. Eine echte, nicht eine zweckmäßige Kameradin wie Asha in Dasgar. Eine aufrichtige, die von Herzen handelte und nicht für Gegenwerte.

Seine einzige.

Er löste die Hand von ihr, küsste die Fingerspitzen und berührte seine Stirn, dann ihre, indes er den Blick im Bernstein ihrer Augen versenkte. „Der Alten Mutter zu Ehren, Vlah. Ich danke dir."

Sie wiederholte die Geste und sprach die Worte, die ihr Handeln von Schulden freisprachen. „Der Alten Mutter zur Würde, Rhaz. Danke mir nicht. Komm."

Er folgte ihr durch die Hügel der Behausungen. Die Füße bloß, spürte er Erde zwischen den Zehen und die Polster von Moos. Farnwedel raschelten an seinen Beinen und streichelten ihm die Haut am Oberleib, wo nicht Bandagen diese verdeckten. Er hielt Ausschau. Entdeckte Vögel, zahlreich wie sonst nirgends, in prächtigen Federkleidern, sah Igel und Hasen, die sich in ihrem Streunen an ihnen nicht störten, sogar eine Herde von Hirschen beim furchtlosen Äsen. Zum ersten Mal befand er sich an der Wohnstätte eines Dryadenstammes und sah diese wie in einem Märchenbuch für Kinder. Dabei hatte er die Grüne und den Einklang stets für ebendas gehalten. Ein Märchen. Jedoch, es schien der Wahrheit zu entsprechen. Oder zu täuschen.

Er gemahnte sich zur Vorsicht. Der offensichtliche Frieden mochte für ihn nicht gelten. Von früher kannte er Vlah nicht nur als Heilerin, sondern auch als Kriegerin. Daher und von einzeln im Eskelforst streunenden Angehörigen ihres Volkes wusste er, dass sie sich ebenso grausam wie zahm verhielten, und dass sich hinter den schmächtigen Gliedern starke Muskeln tarnten. Auch zogen die Dryaden zur Jagd, was den furchtlosen Geschöpfen hier widersprach. *Ein Mensch begreift das Herz eines Waldes nicht.* Die

Dryaden aber taten es. Und wie sie es taten, täuschte es einem Menschen die Sinne. Zumal ihm, wie er auf die Impulskräfte nicht zugreifen konnte, denen er vertraute. Vor allem in einer Lage wie seiner jetzigen.

Ein ganzes Netzwerk von Bachläufen durchzog die Idylle der Siedlung und füllte sie mit Musik. Tümpel spickten wie Flächen von Kristall die Blößen, willkürlich in Anzahl, Größe und Lage, wie die Scheckenmuster im Fell eines Apfelschimmels und ebenso zahlreich. Die erdrückende Glut des Sommers brandmarkte diesen Ort in keiner Weise.

Er spielte mit dem Gedanken, einen Pfiff auszusenden, nach den Hunden. Aus Anstand ließ er es bleiben. Dryaden hielten keine Hunde, und sie schätzten sie ebenso wenig wie Wölfe. Also folgte er Vlah. Lautlos, wie in Dasgar erlernt, und doch wie ein Trampel im Vergleich zu ihren schwerelosen Schritten, die noch nicht einmal Spuren in feuchter Erde hinterließen. An einem Tümpel erspähte er Alys und Yorick. Die beiden saßen mit dem Rücken zu ihm gekehrt, sie mit dem Kopf an seiner Schulter, die ihrigen bebend. Womöglich weinte sie. Es bescherte ihm einen Schauer. Es weckte die Schmerzen. Es stachelte die Fragen an, die ungeklärten, vielleicht unklärbaren.

Vlah entschied sich für einen Bach in einem moosigen Bett und folgte diesem. Er strömte in einen noch schattigeren Teil des Waldes, wo, zumal in der Dämmerung, schon Dunkelheit herrschte. Und Stille. Sie fiel herab wie ein Bann. Raubte den Vögeln die Stimmen und der Luft die Düfte. Stattdessen roch es nach Erde, Wurzeln und Moder. Tannen lösten die Laubbäume ab, Schattierungen von Braun ersetzten das Grün. Das Halsband kam ihm hier wieder enger vor, die Schritte fielen schwerer. Seine Erschöpfung brach sich bahn. „Vlah. Warum hier?“

Sie drehte sich nicht zu ihm um. „Du spürst, wieso. Der

Wald fordert Demut. Dieser Ort hat eine Geschichte.“

Er durchforschte sein Gedächtnis nach den Bräuchen, auf welche die Dryaden so viel Wert legten, und stellte fest, dass sein Wissen Lücken aufwies. Er kannte einige Grußformeln, auch solche des Dankes. Nach allem Erfahrenen schwante ihn jedoch, dass den Weisen ein anderes Zeremoniell gebührte. „Sollte ich etwas wissen?“

„Nein.“

„Was ist mit euren Bräuchen?“

„Sie gelten für Menschen nicht.“ Abrupt hielt sie inne und wandte sich ihm zu. Sie berührte ihn nicht, aber ihr Blick vermittelte solche Intensität, als ob sie ihm die Worte einprügelte. „Rhaz. Sie schätzen Menschen nicht. Noch weniger Dasgar.“

„Am wenigsten einen Menschen aus Dasgar.“

„Weniger noch als Hexen.“ Damit konnte sie nur sich selbst meinen, aber sie ging nicht darauf ein.

„Vielleicht hättest du sie nicht befragen sollen. Zu dem Amulett. Zu Ura. Zu mir.“

„Doch, Rhaz. Wenn Ura die Seele des Waldes belebt, müssen wir das wissen.“

„Vielleicht täuschst du dich in ihr. In Ura. Vielleicht lüstet es sie nicht nach Blut. Vielleicht ist sie nicht, für was du sie hältst, Vlah.“

Sie wich seinem Blick aus. „Wir sollten die Weisen nicht warten lassen. Komm.“

ES KANN NUR AUF EINE WEISE ENDEN.
MIT EINEM TOD.

Vlah führte ihn vom Bachlauf fort auf eine Blöße. Die Wipfel der Tannen neigten sich so weit darüber, dass kaum Licht den Grund berührte. Steinerne Monumente umstanden die Lichtung in Abständen von drei Schritten, kreisrund. Runen gravierten die Säulen. An jeder ihrer Innenseiten bildeten Adern von Kupfer ein Pentagramm, darüber je ein Kupferring, und daran stets eine Kette aus Kupfergliedern.

Solche mentale Schwere lastete auf diesem Ort, dass der Bannring um seinen Hals an Gewicht gewann. Er schien sich zu verengen und stahl ihm die Luft zum Atmen. Erneut. Es raubte ihm die Reste seiner Fassung, um ein Haar. Er wahrte das Gleichgewicht. Da er auf seine Seelengabe nicht zugreifen konnte, verwandelte er Erschöpfung in Rage und gewann Kraft daraus. Er hielt sich aufrecht. Stellte sich. Stellte sich den Gestalten, den fünf, die vor jeweils einer Säule im Rund warteten. Vor seinem Geistesauge entstanden sogleich die Spitzpunkte eines Pentagramms. Zwar wohnte dem angeblich zauberkräftigen Symbol keine Macht inne, aber aus dem Glauben an eine solche ließ sich durchaus schöpfen. An Fassung. An mentaler Kraft. An Hochmut. All das formte Macht. Eine Macht, die ihm entgegenstand. Ihn niederzwang. Er hielt sich aufrecht und ging Vlah nach ins Innere des Steinkreises.

Bis in dessen Mitte.

Die Gestalten folgten ihm mit ihren Blicken. Fünf Augenpaare, grün wie das Moos in der Idylle ihrer Wohnstätten, hingen ihm an. Die Gesichter zeigten Furchen, diese selbst für Dryaden ungewöhnlich. Sie mussten alt sein. Uralt. Ihre Häupter trugen sie hoch, das Haar fiel ihnen gleich Moosbärten an den Zweigen von Ästen auf die Schultern. Ganz atypisch für diese Wesen, kleideten sie Gewänder aus Seide in der Farbe von Honig. Hauchzart und fast durchscheinend, dafür formlos. Sie schlugen Wellen, obschon keine fühlbare Brise ging. Wie alle Dryaden wirkten die Weisen schmächtig. Fast zerbrechlich. Sie reichten an Höhe kaum an seine Schultern heran, gleichwohl wirkten sie nicht klein. Im Gegenteil. Er konnte nicht lesen, was in ihnen vorging, konnte noch nicht einmal mit Sicherheit ihre Geschlechter bestimmen. Es machte sie noch größer auf der Ebene des Geistes.

Eine von ihnen trat einen Schritt vor, die Stimme hoheitsvoll und weiblich, jedoch tief. Sehr tief. „Der Alten Mutter zum Heile. Wen grüßen wir?"

Er wandte sich der Sprecherin zu, führte die Finger an die Lippen, küsste sie und berührte die eigene Stirn. „Der Alten Mutter zum Danke. Ihr grüßt Rhaz Iksha Zar. Zu wem spreche ich?"

„Sklave der Sonne, Sklave der Schatten", übersetzte das Wesen seinen Namen. Als ob es Not täte. Auch verweigerte es die Antwort auf seine Frage. Stattdessen richtete es ein Murmeln an Vlah, in jener Sprache, die er nicht verstand. Seine Freundin verneigte sich, küsste die eigenen Fingerspitzen und berührte die eigene Stirn. Und entschwand. Ohne ein Wort, dafür mit einem Blick, der Hoffnung ebenso wie Furcht bedeuten konnte. Die Wortführerin richtete die Augen zurück auf ihn. „Sprich, Iksha."

Sklave. Ausgerechnet diesen Teil verwendete die Weise als Anrede. Er ahnte, wieso. Ging nicht darauf ein. Verbiss den Spott, der schon ihm auf der Zunge lag. Er schluckte die Wut und verlieh der Stimme Ruhe stattdessen. „Zu wem spreche ich, und worüber?"

„Sprich dein Gebet an die Alte Mutter und knie nieder in Hoffen auf Vergebung."

Er verstand nicht. Nicht genau. Wohl aber, dass etwas im Argen lag. Und dass ein Urteil längst gefallen war. Worüber auch immer. *Sie entscheiden über dein Schicksal.* Über das Quälen des Stachelhalsbands hinweg hob er die Stimme. „Ich bete nicht. Ich knie nicht. Ich ersuche um Lösung dieses Bannrings. Es bedarf dessen nicht. Ich kam in Frieden hierher."

„Vlah sprach für dich, Fremder. Auch sie sprach von Frieden. Aber du führst etwas mit dir, das eure Worte Lügen straft." Unter dem Gewand zog die Dryade das Amulett hervor und hielt es in die Höhe. Trotz all des Kupfers spürte er die Energien, die in Wogen davon ausströmten. Ihm entgegen. Die Weise gab einen Laut von sich, wie ein sinnliches Seufzen. Von ihr konnte es alles bedeuten, sogar eine Drohung. „Du betest nicht. Du kniest nicht. Du verweigerst den Pfad der Alten Mutter. Dieses Artefakt hat seinen Dienst bereits verrichtet. Schwestern. In unserer Mitte steht ein Phantom."

Oh Vlah, was hast du angerichtet? Ihr Ersuchen um Rat bei den Weisen ihres Stammes, ihr Bericht über ihn, das Amulett und Ura, ging nach hinten los. Er hob die Arme, alle beide, und zeigte der Sprecherin die geöffneten Handflächen. „Ich bin kein Phantom. Ich habe meine Seele nicht verloren, und ich habe euch kein Leid getan. Es besteht keine Fehde zwischen euch und mir. Ich ersuche Frieden. Ich ersuche Rat."

„Du ersuchst vergeblich."

Die Dunkelheit vertiefte sich. Die Nacht brach herein. Nur noch Schemen, die Dryaden. Sie ließen die Gewänder fallen, sodass sie mit den Schatten verschmolzen. *Eine Falle.* Ihm dämmerte, dass er sich zu sehr auf Vlah verlassen hatte. Auf ihre sanfte Seele, auf den Bund zu ihr. Aber ihre Stimme besaß im eigenen Stamm offensichtlich keinen Wert. Ihm schien es, dass die Weisen näherrückten, obschon er keine Bewegung ausmachte. Er brauchte mehr Zeit. Einen Plan, und zwar schnell. „Vlah hat euch berichtet von Ura, oder nicht? Für wen haltet ihr Ura? Und Vlah? Für wen haltet ihr mich?"

Die Dryade drehte das Amulett zwischen den Fingern. „Ura für die Seele dieses Waldes. Vlah für eine Hexe. Dich für ein Opfer."

Mit den Augen suchte er einen Fluchtweg. Er konnte nicht einschätzen, wie flink sich die Weisen regten. Wie es um ihre Fähigkeiten im Nahkampf bestand. Ob in der Dunkelheit im Wald ringsum noch weitere lauerten. Er senkte die Stimme. „Was für ein Opfer?"

„Rhaz Iksha Zar. Dein Handeln weckte die Seele dieses Waldes. Hier stehst du auf ihrem Grab. Blut legte sie einst schlafen. Blut wird es wieder tun."

„Mein Blut hättet ihr längst haben können."

„Dein Blut ist nichts wert. Es ist verdorben." Sie sprach mit Gleichmut und warf ihm das Amulett vor die Füße.

„Wessen dann?" Ohne die Dryade aus den Augen zu lassen, bückte er sich nach dem Artefakt und griff danach. Die List erkannte er zu spät. Er reagierte.

Zu langsam.

Jemand langte bei ihm an, schlug nach seiner Kehle und gegen das Halsband. Es schepperte. Er wich zurück, dann vor und erwischte den Angreifer am Schopf. Er grub die

Finger ins Haar, zog ihn heran und packte ihn beim Kinn. Ehe er das Genick brach, zerrte es an seinem eigenen. Heftig, es riss ihn von den Füßen. Das Wesen entglitt seinem Griff und floh. Blinzelnd suchte er seine Orientierung. Und begriff. Eine Kette, eine kupferne, an seinem Halsband straffte sich. Zwei Dryaden zogen an ihr, diese durch den Ring an der Spitze eines jener Monumente. Es zerrte ihn durch die Erde über die Blöße, es riss an seinen Wunden. Die Stacheln des Bannrings gruben sich in seine Kehle. Blut sickerte seinen Hals hinab. Er konnte nicht atmen. Die Schemen verschwammen vor seinen Augen.

Die Weisen der Dryaden stimmten einen Gesang an. Einen schaurigen, eintönigen. Es klang wie eine Brise in den Tannenwipfeln, zugleich wie Opfergesang.

Die Zwei an der Kette zerrten ihn bis an den Fuß der Steinsäule. Er krümmte sich, um Atem ringend, ringend auch mit den Schmerzen seines Leibes. Alle Viere in die Erde gestemmt, kam er auf die Knie und mangels Kraft nicht weiter.

Jene Sprecherin hockte sich vor ihn und packte ihn beim Kinn. Sie zwang seinen Blick, dem ihrigen zu begegnen. „Dein Blut ist wertlos, Sklave, aber es ist verdorben. Wenn es fließt, wird es die Seele, die du eingelassen hast, Uras Seele, aus deiner Hülle schwemmen.“

Über die mühseligen Atemzüge erlangte er Fassung. Nur ein wenig, und nutzte sie für eine Attacke. Er schnellte vor und schlug nach der Weisen. Diese zuckte zurück. Mit einem Lächeln, nicht überrascht. Sie gab ein Zeichen. Die Kette straffte sich. Es riss ihn zurück an die Säule. Es hob ihn an. Um Linderung bemüht, auf der Suche nach Atem, stemmte er sich auf die Füße. Es lockerte das Zerren der Kette. Bloß für einen Moment, und es grub sein eigenes Grab. Ein Ruck, und er verlor den Bodenkontakt. Rücklings schlug er gegen die Säule. Die Stacheln des Bannrings furchten seinen Hals hinauf, bis unter das Kinn, und verhakten sich dort in seinem Fleisch. Sie reichten nicht tief, aber sie schnürten ihm die Luft ab. Er langte an das Halsband, mit beiden Händen, und klemmte die Finger darunter. Seine Beine baumelten. Er tastete mit den Füßen, suchte Grund. Vergeblich. Seine Muskeln zuckten ohne sein Zutun. Ihm schwand die Wahrnehmung.

Ein Schrei hielt sie beisammen. Ein wilder, kriegerischer. Ein vertrauter. *Vlah.* An einer Kette, diese an einem Kupferring um ihren Hals, zerrte ihr eigenes Volk sie durch das Rund. Sie kam auf alle Viere, schlug um sich, fauchte und bleckte die Zähne wie eine Wildkatze. Ihre Leute rissen sie in den Dreck, führten die Kette durch den Ring an dem Monument ihm gegenüber und zogen sie hinauf. Ihre Beine zuckten in Leere. Ihr Kriegsgeschrei verstummte, aber sie hörte nicht auf, um sich zu schlagen.

Ihm selbst schwanden die Kräfte. Das Halsband entglitt seinen Fingern. Ihm fielen die Arme herab. Er hob sie von Neuem, instinktiv an die Kehle und tastete sich von dort weiter hoch, die Kette entlang. Er bekam den Ring zu fassen, den in der Säule, umklammerte ihn und zog sich hoch. Der Druck ließ nach, ihm gelang ein Atemzug. Dann noch einer. Ein dritter, ehe ein Knüppel in seinen Leib schlug, gegen die Wunden des Flugwurms. Sein Sichtfeld explodierte. Aus den Tannenwipfeln schwirrten Glühkäfer herab. Der Ring entglitt seinen Fingern, er stürzte ins Halsband. Die Kette straffte sich und brach um ein Haar sein Genick. Durch die Funken, durch die nahe Ohnmacht, sah er eine dritte Gestalt an einem Monument kauern. Und eine vierte. Zwei Dryaden drängten diese in der Mitte des Rundes auf die Knie.

Der Gesang der Weisen schwoll an. Die Sprecherin von vorher hob die Stimme in der Gemeinsprache und richtete sie an die kniende Gestalt ihr zu Füßen. „Alys vhen Sylas. Du hast bewiesen, dass dein Geist Macht über die Seele dieses Forstes besitzt. Wenn sie ihre Hülle verlässt, stille ihren Blutdurst und zwinge sie in den ewigen Schlaf. Möge das Opfer dieser Seelen deinen Bann besiegeln." Sie deutete nach Vlah und der anderen Gestalt, gewiss Yorick. Die Dryaden machten auch dessen Kette am Monument fest und strafften sie.

Das Geschehen verschwamm ihm vor Augen wie ein wassergetränktes Aquarell. Am Bannring konnte er nichts ausrichten. Er ließ die Arme fallen. Gab die Wehr auf. Entspannte die Muskeln. Es sparte seine Kräfte und den Sauerstoff, den wenigen, der ihm noch blieb. Stimmen und Klänge rückten in den Hintergrund. Alles einte sich zu einem Rauschen. In dessen Mittelpunkt jene Weise. Jemand reichte ihr einen Dolch. Einen breiten, dreieckigen. Einen aus Kupfer. Sie bewegte sich auf ihn zu. Die Klinge schwebte herauf. Die Dryade musste die Arme strecken, um auf Höhe seines Herzens zu gelangen. Sie holte aus. Stach zu. Bestimmt wähnte sie ihn bewusstlos.

Ihr Fehler.

Er riss das Bein hoch. Mit dem Knie lenkte er den Dolch ab, mit bloßem Fuß trat er ihr ins Gesicht. Sie taumelte. Verblüfft, wie in der Schwebe, die Arme zum Stoß noch erhoben. Er langte danach, erreichte die Handgelenke und entwendete das Messer. Im gleichen Zug warf er es nach einer der beiden die Kette haltenden Dryaden, ohne Rücksicht auf die Pein an seiner Kehle. Er traf.

Ein Schrei.

Ein Ruck.

Die zweite Dryade sprang zurück. Die Kette rasselte durch den Ring, der Druck schwand. Er landete vornüber auf der Erde.

Ein Atemzug.

Jemand schrie.

Schon straffte sich die Kette wieder. Er packte sie mit beiden Händen, stemmte die Füße gegen das Monument und riss mit aller Kraft. Der Widerstand verebbte, die Glieder schurrten durch den Ring. Es schepperte, und die Kette landete auf seiner Brust. Im Augenwinkel sah er die Dryaden heranhetzen. Er sprang auf die Beine und fand Gleichgewicht auf der schwankenden Erde, wickelte sich das Mittelteil der Kette um die Hand und schloss die Faust darum. Er schwang sie wie eine Peitsche und gebrauchte die Glieder als Waffe. Sowie sein Atem genügte, pfiff er nach den Hunden. Nicht jenen getarnten Pfiff, der einer Amsel glich. Einen scharfen, schnellen. Einen, den sie bestens kannten.

Attacke.

Hoffend, dass sie ihn vernahmen.

Auf seine Impulskraft konnte er nicht zugreifen, aber der Drill von Dasgar und die damit verbundenen Leiden machten sich bezahlt. Er verwandelte Erschöpfung in Wut. Gewann Kraft aus Schmerz. Er funktionierte. Formte seinen Willen. Schwang die Kette und schlug die Angreifer nieder. Die zuerst, welche die anderen Ketten hielten. Yorick sackte in sich zusammen, aber Vlah sprang auf. Sie fauchte, bleckte die Zähne und ging zur Attacke über, gegen ihresgleichen. Diese rafften sich zusammen, sie bildeten sogar Formation.

Jäh preschten Schatten unter sie. Eska und Kay trieben sie auseinander.

Rhaz pfiff erneut und gab ein Zeichen. Er markierte den Feind. Schlug sich mit ihrer Hilfe eine Schneise, hin zu der Liegenden mit dem Kupfermesser in der Brust. Er riss es heraus. Blut tropfte von der Spitze. Jetzt befand er sich in seinem Element. Im Nahkampf. Allein gegen viele.

Unterlegen. Todesnah. Seine stärkste Disziplin. Einen Ausweg finden, wo kaum Hoffnung bestand.

Leben oder sterben.

Mit Kette und Klinge sprang er in die Dryadenschar. Sie kämpften schnell, sie kämpften wild, und sie kämpften in Furcht um ihr Leben. Ihn hinderte keine solche. Nicht mehr. Sowie die ersten Feinde in seinem Todestanz fielen, suchte er unter ihnen nach jener Weisen. Er erspähte sie und setzte ihr nach. Tötete ihre Wächter und schlang ihr die Kette um den Hals. Versenkte die Klinge in ihrer Schulter. Sie schrie. Dann wand sie sich in seinen Armen. Er brauchte bloß einen, um sie zu halten. Mit der freien Hand löste er den Karabiner der Kette von seinem Halsband. Sogleich brachte er ihre Arme hinter ihren Rücken, fesselte diese mit der Kette und hakte das Ende in den Gliedern um ihre Kehle ein. So fixiert, konnte sie keine Regung mehr tun. Keine ihn gefährdende, jedenfalls.

Eska und Kay hielten ihm den Rücken frei, aber eine Gruppe von Tapferen, vielleicht hielten sie sich für Krieger, rückte ihm nahe. Er zog das Messer aus der Schulter der Weisen und legte ihr dieses an die Kehle. „Einen Schritt näher und sie stirbt."

Alle erstarrten.

Verdammte Hohlköpfe. Er wollte sie nicht töten, die Weise. Er wollte Antworten. Aber das mussten die anderen nicht wissen. In seinem Arm die Dryade krümmte sich. Aus ihrer Schulter quoll Blut über seine Hand. Äußerst viel, und äußerst befriedigend. Er sah Vlah durch das Rund hetzen. Bestialisch, nicht sie selbst. Auch sie hielt eine Klinge inzwischen, und sie kreischte. Dann warf sie sich auf die Verbliebenen und begann ein Gemetzel. Ein schauerliches, blutiges. Sie ließ keinen entkommen. So eigentümlich bewegte sie sich, dass niemand ihren Regungen gleichkam.

Auf allen Vieren, dicht am Boden wie eine Spinne. Sie kämpfte mit Händen und Füßen, den Zähnen und der Klinge.

In seinen Armen die Weise stöhnte. „Alte Mutter, rette ihre Seele."

Ob der Stimme wirbelte Vlah herum. Ihre Augen glichen schwarzen Teichen, darin versunken der Bernstein ihrer Iriden.

Eska und Kay bezogen vor ihm Stellung und fletschten die Zähne.

Er nahm das Messer von der Kehle der Weisen, stieß diese von sich und widmete sich dem neuen Feind. Vlah. Ein Schnippen der Finger hielt die Hunde von der Attacke zurück. Er hob die Hände, behielt aber die Klinge im Griff. „Vlah. Komm zu dir, Freundin. Ich bin es. Rhaz."

Sie tappte näher, das Gebiss entblößt. So scharf, dass es ihre Fangzähne zeigte.

„Vlah." Er kannte diesen Zustand von damals, von ihrem Kennenlernen. Ein Blutrausch, wie er im Innern gefangene Bestien befiel. So oder ähnlich musste es um sie bei Vollmond bestehen. Womöglich noch schlimmer. Er wich einen Schritt zurück. „Ich will nicht gegen dich kämpfen, Vlah."

Sie aber wollte. Sie sprang ihn an. Eska warf sich ihr entgegen. Die beiden prallten aufeinander. Es zischte. Knurrte. Eska heulte und wich zurück. Vlah setzte weiter, auf ihn zu. Inzwischen gefasst auf die Attacke, machte er eine Halbdrehung. Er entging ihrem Angriff, nutzte den Schwung und rammte ihr das Heft des Dolches gegen die Schläfe. Mit aller Kraft. Ein spitzer Schrei. Sie ging zu Boden. Blut lief ihr Gesicht hinab, sie blinzelte. Das Schwarz in ihren Augen gab den Bernstein frei.

Ehe es diesen wieder verschlang, ließ er die Klinge fallen,

packte sie bei den Wangen, bei beiden, und versenkte den Blick in ihren Augen. „Vlah. Komm zu dir. Ich bin es.“

Ihm fehlte die Impulskraft. Seine Seele trug die Worte nicht. Seine Aura schwächelte. Es genügte nicht. Das Schwarz wogte auf, ihre Iriden gingen darin unter.

Er ließ sie los, schnappte das Messer und wich rückwärts. „Alys!“ Er sah sie nicht, aber irgendwo musste sie noch sein. „Alys, blende sie.“

Ihre Antwort kam von der anderen Seite des Rundes. „Ich weiß nicht, wie.“

„Sprich zu ihr. Wir sind nicht ihre Feinde. Sag ihr das. Sag ihren Namen. Sag ihr, wer wir sind.“

Vlah rückte ihm auf die Pelle. Unschlüssig in ihrer Attacke, als ringe sie mit der Bestie in ihrem Innern.

„Ich will nicht gegen dich kämpfen, Vlah.“ Es konnte nur auf eine Weise enden. Mit einem Tod. Seinem oder ihrem. „Vlah.“

Auch Alys sprach auf sie ein. Sie kam über die Blöße, die Hände in Beschwichtigung erhoben. Auf das Kornblumenfeld ihrer Augen fiel ein Sonnenstrahl. Sie verstärkte diesen in dem Moment, da sie ihre Namen nannte. „Ich bin es. Alys. Komm zu dir, Vlah.“

Das Schwarz flackerte. Dann gab es ihre Augen frei und zog sich zurück ins Innere ihrer Seele. Ihre Pupillen klarten auf, sie blinzelte. Betrachtete das Blut an ihren Händen. Sah erst Alys an, danach ihn. „Rhaz …“

Ihre Beine knickten ein.

Er setzte vor und fing sie auf. Sie hustete und schlang die Finger um den Bannring an ihrem Hals, der ihrer aller Seelengaben lähmte, aber nicht genügte, um ihre Bestie im Zaum zu halten. In ihrem Mühen, den Ring zu lösen, furchte sie sich die Stacheln in die Haut. Er packte sie bei den Handgelenken. „Lass es. Wir lösen ihn später. Zuerst müssen wir hier weg.“

Ihr Blick schweifte durch das Rund. Über die Leichen. Über das Blut. Eine Menge Blut, welches das Grab der Waldesseele tränkte. Vlahs Züge zeichnete erst Entsetzen, dann Härte. Sie löste sich aus seinen Armen, marschierte hin zur Säule, an welcher die Weise kauerte, die einzige Lebende von ihresgleichen, und riss diese an der Kette auf die Füße. Ihre Stimme klang schärfer als das Heulen jenes dämonischen Unwetters. Was auch immer sie sprach, in der Dryadensprache, es hörte sich an wie eine Anklage. Unverkennbar, dass sie genauso in den Hinterhalt geraten war wie er. Keine Mitverschwörerin, sondern ein Opfer. Wie er. Ob der Gewissheit beruhigte sich sein wildes Herz.

Kay schlich heran und stieß die Nase gegen seine Wange. Er hob die Hand und legte diese zwischen ihre Ohren. Dann winkte er Eska heran. Auf einmal holten ihn die Schmerzen ein. Und die Erschöpfung. Schatten fielen ihm vor Augen herab. Mit Mühe blinzelte er sie weg. Er sah an sich hinab. Kniend auf der Erde. Besudelt mit Dreck und Blut. Er konnte nicht ausmachen, ob nur das der Dryaden ihn befleckte oder auch sein eigenes. Der Schwindel sprach für Letzteres. Er schöpfte Atem. Tief, und kam auf die Beine. An eines der Monumente gelehnt, erspähte er die dritte Gestalt und fand seinen Verdacht bestätigt. Yorick. Er ging hin und sah dessen Blick glasig auf dem Schlachtfeld haften. Der Spürer schien ihn nicht zu sehen. Rhaz packte ihn bei den Schultern und verpasste ihm eine Schelle als Nächstes, bis der Kerl ihn ansah. „Yorick. Sieh nicht hin. Sei froh, dass du den Bannring trägst.“

Der Galgenhohn fand keinen Anklang.

Rhaz löste die Kette von Yoricks Halsband, sah über die Blöße Alys sich nähern und die Finger nach ihm ausstrecken. Er hob die Hände. Beide. „Fass mich nicht an.“

Sie nickte, aber das Blutbad schien ihr ins Bewusstsein zu sickern. Es strahlte in Wogen von ihr aus, und sie trug als Einzige keinen Bannring.

Er fühlte jene Leere. Einen Strudel des Grauens. Wie ihr Empfinden sich in seiner Seele manifestierte. Er konnte sich nicht wehren, nicht ohne seine Seelengabe. „Alys. Hör auf damit. Blende mich nicht."

Die Worte halfen ihr nicht. Im Gegenteil, sie verschärften die Wogen. „Wie, Rhaz?"

„Kennst du Reime? Ein Märchen?"

„Ja."

„Sag sie auf. Laut. Nacheinander. Wenn du fertig bist, erzähl mir von eurer Trauung. In allen Einzelheiten. Lass nichts aus."

„Aber, Rhaz, ich …" Sie wies um sich.

„Egal. Los, fang an."

Sie begann mit einem Kinderreim. Fast augenblicklich verloren die Wogen an Kraft, flauten sie zu Wellen ab.

„Yorick. Hilf ihr. Sie darf nicht aufhören." Er wartete, bis der Spürer ihr einen Arm umlegte. „Wir gehen. Da lang." Willkürlich in den Forst, zunächst, nur weg von hier. „Vlah. Wo ist meine Klinge? Und mein Pferd?"

„Ich finde sie", wisperte sie. Wie der Wind, dessen Namen sie trug.

Es drängte ihn, sie zu begleiten, aus Sorge um sie und um seine Sachen. Er fasste nicht, was davon überwog. Allein, er hielt sich kaum. Jeder seiner Atemzüge schwemmte ihm etwas von seiner Kraft aus dem Leib. Nur sein Wille hielt ihn noch, also nickte er. „Lass dich nicht schnappen. Findest du uns?"

„Ich finde euch." Damit huschte sie in die Dunkelheit zwischen den Tannen.

Er drängte Alys und Yorick aus dem Rund. Bei der Kette

223

zerrte er die Weise mit sich, die in hoheitsvollem Schweigen versank. Die Furcht in ihren Augen störte es. Er bückte sich nach dem Amulett im Dreck und hob es auf. Mangels Taschen hängte er es sich um den Hals, aber das Stachelhalsband ließ nicht zu, in es hineinzulangen und Kraft aus seiner Energie zu ziehen.

Wie er aus den Monumenten hinaustrat, fühlte die Luft sich reiner an. Er schöpfte davon und warf noch einen Blick zurück. Zählte die Toten nicht. *Die waren keine Krieger.* Selbst ohne Impulskraft leicht zu besiegen. Nicht viele konnten sich mit einem Gestählten messen. Selbst kein Krieger. Selbst nicht in der Überzahl. *Schon gar nicht mit dem Besten.* Es schauderte ihn. Zum ersten Mal erfüllte es ihn mit Abscheu anstelle von Würde. *Der Pfad von Dasgar ist ein dunkler Pfad.* Ein Pfad des Todes, der Blick zurück bewies es. Ein Pfad von Blut. Gewiss verdankte er den im Drill erlangten Fähigkeiten sein Leben, vielleicht heute mehr denn je. Dennoch meldete sich jene Stimme aus dem Nichts. Schon wieder. Sie fragte ihn, ob er diesen Pfad noch beschreiten sollte. Und wollte.

Ich weiß es nicht.

Er kehrte dem Schlachtfeld den Rücken und folgte Yorick, der mit Alys im Arm seiner Weisung nach voranging. Er spähte in die Finsternis derweil und lauschte nach Verfolgern. Gab Kay ein Zeichen, die Luft zu prüfen, da er selbst es nicht vermochte. Er musste den Bannring loswerden. Zwar glaubte er nicht, dass sich unter den Dryaden genug Mutige fanden, um eine Verfolgung aufzunehmen. Die Wesen hausten in beschaulichen Stämmen beisammen, und gewiss hatte er diesen hier ein für allemal zerschlagen. Ein Zweifel aber blieb, und der Forst barg noch andere Gefahren als diese.

Er mied die Pfade zurück zur Siedlung. Als sie auf einen

Bach stießen, lenkte er die Schritte dem Lauf entlang, aufwärts. Wie fast alle Gewässer strömte er von Dargalash herab. Indem er ihm folgte, konnte er seine Orientierung zurückerlangen, am Fuß der Bergkette. Früher oder später. Im Tageslicht. Ausgeruht. Nach etwas Schlaf, vielleicht auch etwas mehr.

Der Wald kreiste. Er konzentrierte sich auf Alys' Stimme. Sie erzählte ein Märchen. Eins von Tierwesen und Helden. Eines mit glücklichem Ende. Sie sprach langsam. Es beschwichtigte ihre inneren Wogen, aber es förderte seine Erschöpfung zugleich. Er zwang sich weiter, obschon er nicht mehr konnte, bis die Bäume und die Dunkelheit sich zu einer gleichförmigen Masse einten. Dann blieb er stehen. An Ort und Stelle, ohne Rücksicht auf Schutz. *Alte Mutter, sei uns gnädig.* Bestimmt lenkten der Geruch des Schlachtfeldes und der dortige Schmaus die Bestien für diese Nacht ab. Und gewiss würden die Hunde wachen.

Er nahm all seinen Willen zusammen und gab Acht, die Kette der Weisen anzubinden und zu sichern. Anschließend ließ er sich fallen, auf den Rücken, und spürte die Wunden kaum. Ein Stöhnen kam ihm von den Lippen, ein beschämendes. Er biss die Kiefer zusammen.

„Rhaz?"

Er hörte nicht heraus, wer zu ihm sprach. Alys oder Yorick. *Einerlei.* Er senkte die Lider.

„Lass ihn. Er braucht eine Pause."

Ich brauche keine Pause. Er wollte es sagen, mit Nachdruck, aber er scheiterte daran und wusste, dass es stimmte.

„Leg dich auch hin. Ich halte Wache."

Je länger er lag, umso quälender formierten sich die Schmerzen. Er sollte sich darum kümmern, um die Wunden. Ehe er sich jedoch dazu aufraffte, deckte der Schlaf ihn zu und versenkte ihn in Dunkelheit. Solche erstickende, undurchdringliche. Solche betäubende, lähmende. Solche, wie sie unter der Oberfläche in Teichen bei Nacht herrschte. Darin schwammen Glühpunkte von Bernstein, drauf und dran, zu erlöschen. Er blinzelte gegen sie an, wollte sie halten, wollte sie greifen, aber sie trieben außer Reichweite. Das Schwarz verschlang sie. Es erinnerte ihn an Vlah und ihre Bestie. Bis ihm aufging, dass das Schwarz ihm selbst entstammte, seiner Ohnmacht, und der Bernstein darin Vlahs Augen. Und dass sie auf ihn herabschaute.

Jäh wich die Nacht. Es herrschte Hitze, Zwielicht und Tag. Das Licht drang gedämpft unter die Wipfel der Tannen, aber es täuschte nicht. Sein Sichtfeld klarte auf, das Empfinden kehrte in seinen Leib zurück. Vlah hockte ihm übergebeugt und drosch auf seine Wunden ein. Er fuhr auf, mit aller Kraft, und stieß sie von sich. Es genügte für ein Rempeln. Sie strauchelte kaum. Sogleich packte ihn jemand von hinten bei den Schultern und wollte ihn niederringen. Er rammte den Ellenbogen zurück und traf. Ein Keuchen, ein Fluch.

Vlah zeigte ihm die Handflächen. Ihre Stimme überrollte ihn mit Frieden. „Rhaz. Wir sind nicht in Gefahr. Lass mich helfen.“

„Verdammt, Vlah.“ Seine Instinkte spielten ihm Streiche, er erkannte es. Erkannte auch den Spürer, den er mit seinem Ellenbogen erwischt hatte. „Yorick. Verzeih.“

„Kein Ding, Mann.“

Er folgte Vlahs Drängen, sank zurück auf den Boden und genehmigte ihr, fortzufahren. Das Dreschen fühlte sich bloß wie ein solches an. Tatsächlich tupfte sie behutsam die Nähte sauber und befühlte die Wundränder. „Du hattest Glück, Rhaz. Das hätte dich umbringen können.“

„Uns alle.“ Er musterte sie. Kratzer zierten ihr Gesicht und übersäten die rechte Schulter. Keiner blutete mehr.

Augenscheinlich reichten sie nicht tief, aber sie zeugten von ihrem bestialischen Kampf. Es schauderte ihn, gleich mehrmals. Sie trug ihr Kupferhalsband, und gewiss unterband es ihre Gabe des Sehens. Für ihre Bestie aber genügte es nicht. Er schaute weiter. Am Bachufer ruhten die Hündinnen. Auch Iv döste dort gesenkten Schädels. Ganz nahe entdeckte er seine Bagage neben weiteren Bündeln, vermutlich von Vlah, und den Rucksäcken von Alys und Yorick. Dieser trug ebenfalls noch den Bannring, so wie er selbst. Er langte danach und ließ es vor Schmerz gleich wieder bleiben. „Vlah. Kannst du das Ding öffnen?"

„Ich habe den Stift gefunden."

„Mach es auf."

Sie schaute nicht von seinen Wunden am Unterleib auf. „Das hier blutet."

Er fasste unter die Stacheln des Halsbands, an die von selbigen ihn quälenden Furchen. „Das hier blutet auch. Nimm es ab."

„Das hier blutet mehr." Sie verlieh der Stimme Härte und bedachte ihn mit einem Blick. „Lass mich machen."

Er tat einen Atemzug, weniger tief als beabsichtigt, weil das Stachelhalsband ihn drangsalierte. „Vlah. Nimm es ab. Jetzt gleich."

Was sie bewog, seinem Drängen nachzukommen, durchschaute er nicht. Aber sie legte ihre Sachen beiseite, und das genügte. Sie bedeutete ihm, sich aufzusetzen, langte in ihre Tasche und zog einen Stift heraus, der an einen Schlüssel mit feingliedrigem Bart erinnerte. Diesen legte sie am Bannring an. Es rüttelte, es klirrte, es klickte. Es scheuerte in den Wunden. Sie wiederholte das Ganze einige Male, ehe mit einem Rasseln das Halsband aufsprang. Er packte es, riss es sich vom Leib und warf es in die Erde. Sogleich füllte er die Lunge mit Luft. Mit diesem Atemzug stieß er einiges von der Erschöpfung und den Schmerzen von sich. Er fand die Bindung an seine Seele, die Mauern drum herum zerschlagen. In Trümmern.

Nutzlos.

Er schaute geradewegs in sein geschundenes Inneres. Die Barrikaden zerfetzt, jede einzelne. Darüber geriet sein Herz in Raserei. Er hielt den Atem an und brachte es zur Ruhe. *Ich richte sie wieder auf. Jede einzelne.* Er dehnte die Schultern, auch den Nacken. Vor Erleichterung kam ihm ein Stöhnen über die Lippen, diesmal ein befreiendes. „Danke, Vlah. Gib her. Ich löse deins."

Sie ließ es nicht zu. Nicht, ehe sie nicht ihr Heilwerk an ihm beendete und sich dann Yorick zuwandte, um ihn von seinem Bannring zu erlösen. Der Spürer legte die Finger um das Ding. Sein Blick huschte herüber. „Nicht. Ich bin nicht sicher, ob …" Er sprach nicht zu Ende.

Ob er meine Nähe erträgt. Darüber gelang ihm ein Grinsen, wenn auch ein bitteres. Geschwind brachte er sein Inneres in Ordnung. Dürftig zwar, aber er stählte vor allem die Barrikaden seiner Seele, die sein Inneres vor Fremden abschirmten. Und vor ihm selbst. „Nimm es ihm ab, Vlah. Er braucht sich nicht sorgen."

Derweil die Dryade sich daran zu schaffen machte, erhob sich am Bachufer Alys und kam herüber. Sie verschränkte die Finger vor dem Leib und hockte sich in seine Nähe. Nicht zu nah. Sie schien etwas sagen zu wollen, schwieg jedoch.

Er nahm sich Zeit, sie zu betrachten. Verletzungen entdeckte er nicht, nur den Nachhall der Schrecken. „Alys. Gib mir deine Hand."

Ein Lächeln huschte in ihre Mundwinkel. „Wir haben gesehen, dass das keine gute Idee ist."

„Weil du deine Gabe nicht beherrschst." Er deutete sich

an den Hals, wo Vlahs Salbe das Klopfen der Wunden linderte. „Aber ich die meine. Ohne Bannring geschieht nichts mehr."

Sie zögerte. Letztlich streckte sie die Finger nach ihm aus. Er nahm ihre Hand, gefasst auf den Stich. Diesen ließ er nicht bis an sein Herz vor, sondern blockte ihn mit einem Impuls ab. Das Chaos ihres Innern wogte willkürlich auf ihn ein. Scheinbar erreichte es auch die anderen. Yorick, frei von seinem Halsband, kam herüber und legte einen Arm um sie. Sogleich flauten die Wogen ab, als ob der Spürer ihr Blenden absorbierte. Ein nützliches Miteinander. Ohne es zu wissen, ergänzten sich die beiden in ihren ungezähmten Gaben.

„Siehst du." Er gab Alys' Hand frei, richtete sich auf und bekämpfte das Schwanken der Erde. Dann gesellte er sich zu der Seherin, nahm ihr den Stift ab und löste ihr das Kupferhalsband. Im Anschluss behandelte er die Wunden, die darunter zum Vorschein kamen. Sie hielt still. Schwieg. Schaute zwischen die Bäume. Er bemerkte, wie Yorick herüber starrte, und glaubte, dass der Spürer spürte, was er selbst ahnte. „Vlah. Es tut mir leid."

„Das muss es nicht."

„Sie waren dein Stamm. Das muss schwer sein."

„Nein." Die Härte fügte sich nicht in ihre weiche Stimme. Es verriet ihm, dass sie mehr Wut denn Trauer verspürte, und mehr Hass als Schmerz. Sie hob die Schultern. „Sie schickte mich, um den Stift zum Lösen deines Bannrings zu holen. Im Wald fielen sie über mich her. Wer seinesgleichen in einen Hinterhalt führt, ist nicht mein Stamm. Ich trauere nicht um solche, die Frieden in Leid verwandeln. Gleich wer sie sind."

Er glaubte, dass sie es im Innern nicht so nüchtern fühlte, wie sie es sagte, aber er beließ es dabei und strich Salbe auf ihre Wunden, so sacht er es vermochte. „Was wollten sie damit bezwecken, Vlah? Sie hätten uns viel früher opfern können. Und weniger gefährlich." Es schauderte ihn in Erinnerung an seine Ohnmacht. An seine Wehrlosigkeit. Er hätte ein leichtes Opfer gegeben.

Vlahs Augen huschten hinüber zu der Weisen, die nach wie vor angekettet an einer Tanne hockte. „Frag sie."

Sie vernahm es wohl, die Weise, denn sie begegnete seinem Blick. Und lächelte. Auf eine Art, die verriet, dass sie nicht zu sprechen gedachte.

Das kann ich ändern. Er erwiderte das Lächeln. Sah zu, wie sie darunter erschauerte. Wie ihre Fassade an Hoheit bröckelte. Es verlieh den dürftigen Barrikaden seines Innern ein wenig Stabilität. Er befand sich wieder im Vorteil. In seinem Element. Er erlangte die Kontrolle zurück. Und das Amulett. Jetzt, ohne den Bannring, spürte er die Energie, die gegen sein Inneres hämmerte und Bindung an seine Seele verlangte. Er tastete danach und umschloss es mit den Fingern, an seiner Brust, wo es am Riemen baumelte. Mit jedem Atemzug kehrte seine Beherrschung zurück. Auch die Bereitschaft, seine Impulskraft zu nutzen.

Und Zweifel an allem, was mit jenem Artefakt in Zusammenhang stand.

Fehler korrigiert. Auftrag abschließen. Schuld begleichen. Was bedeutete, nach Dasgar zurückzukehren. Augenblicklich erwachten die Bedenken und die Schmerzen.

Er schob sie von sich. Prüfte die Gegend mit einem Impuls, mit noch einem und einem dritten. Analysierte die Echos. Er nahm keine Gefahr wahr.

Das Werk an Vlahs Wunden beendigend, wusch er sich am Bach die Hände und erfrischte das Gesicht. Dann klaubte er Proviant aus seinem Gepäck und verteilte Frühstück. Nicht an die Weise. Die Hunde aber fütterte er, nahm sich Zeit, Iv zu kosen, und begutachtete danach seine Sachen. Da er die meisten nicht getragen hatte im Kampf gegen den Wurm und die Dryaden, fand er sie unbeschädigt. Er zog sich an. Streifte die Leinenklamotte ab, schlüpfte in seine Lederhosen und das Wams. Legte die Kettenweste an und schottete den Schmerz des Gewichts auf seinen Wunden vom Bewusstsein ab. Schloss die Schnallen seines Rüstzeugs und schnürte die Stiefel. Danach fühlte er sich wieder wie er sollte.

Wie ein Gestählter von Dasgar.

Er legte den Klingengurt an, im Anschluss den Waffengürtel. Zuletzt kniete er bei Izhir nieder und vollzog sein Zeremoniell. Er küsste die Finger, berührte die Stirn und dann das Heft. Ein Stück zog er die Klinge aus der Fassung. Mit beiden Händen hob er sie und hauchte einen Kuss darauf. „Gruß Izhir. *Dämmerung*.“

Blitzend nahm die Klinge seine Worte in Empfang. Ein Peitschenhieb von Energie schoss ihm durch die Adern und versiegte im Stahl. Es nährte die Seele der Klinge und stärkte das Band der ihrigen an seine. *Recht so.* Er schob sie zurück in die Fassung und hängte sie an den Waffengürtel.

Unter den Blicken der anderen begab er sich hinüber zu der Weisen. Sie musste durstig sein. Er gab ihr nichts. Er hockte sich vor sie, den Ellenbogen auf ein Knie gestützt, und betrachtete sie. Eine Weile, in der sie seinen Blick erwiderte. Dann eine Zeitlang, während derer sie ihm auswich. Und länger, derweil sie zu zittern begann. Er setzte die Stimme tief an. Mit einer Drohung, und beschwerte sie mit einem Impuls. „Hast du eine Ahnung, wer ich bin?“

Keine Antwort.

Bestimmt hegte sie eine Ahnung, wenn nicht Gewissheit. Er sprach es aus. Dennoch. Gerade deswegen. Sah zu, wie sich ihre Angst verschärfte. Roch, wie sie in Schweiß ausbrach. „Ich bin ein Gestählter von Dasgar. Weißt du, was das bedeutet?"

Keine Antwort.

„Du hast dich mit dem Falschen angelegt."

Sie spuckte ihn an.

Eine rasche Regung. Er wich dem Speichel aus. Lächelte. Seine Reflexe funktionierten wieder. Er verpasste ihr eine Schelle. Mit flacher Hand zwar, aber mit Kraft. Ihre Wange platzte. Ihr Schädel schlug gegen den Stamm. Sie keuchte und verbiss ein Stöhnen. *Zähes Vieh.* Er legte den Ellenbogen zurück auf sein Knie und fokussierte sie mit allen Sinnen. „Ich will Antworten. Gib sie mir und wir bringen das hier schnell zu Ende. Und schmerzlos. Verweigere sie und ich zwinge dich. Auf die üble Weise."

Sie fauchte und grinste. „Dazu besitzt du keine Macht."

Keine Gabe, das stimmte. Weder konnte er sie blenden noch in ihr Inneres spüren. Er senkte die Stimme. Sprach langsam und dehnte die Worte. „Dazu besitze ich Methoden. Folter ist eine Disziplin in Dasgar. Willst du wissen, was wir dort lernen?"

Ihr Beben genügte ihm als Antwort.

Er passierte das Geschehene noch einmal in Gedanken. Markierte die Dinge, die Fragen aufwarfen. Ordnete sie. Legte die eigenen Vermutungen zurecht, um sie mit den Antworten abzugleichen. Zuletzt versenkte er den Blick in den ihm ausweichenden Augen der Dryade. „Wozu der Hinterhalt? Rede."

Das tat sie nicht.

Er zog eine Klinge aus dem Klingengurt. Eine kleine, grazile. Ein Wurfmesser. Er drehte es zwischen den Fingern. Hinter sich vernahm er Yorick fluchen, dann husten. Sogleich Schritte. Leicht, aber unbedacht.

Alys legte ihre Hand an seinen Arm. Den rechten, wo er die Klinge hielt. „Rhaz. Tu das nicht."

„Geh ein Stück mit Yorick. Nehmt Eska mit.“

Die Hündin hob den Schädel beim Klang ihres Namens. Ihre aufgestellten Ohren formten Dreiecke wie Warnsignale.

„Folter, Rhaz? Das kannst du nicht machen.“

„Ich kann. Und ich werde. Sie schuldet mir etwas für den Hinterhalt.“ Er gab sie nicht aus seinem Blick frei, die Dryade. „Eine Schuld muss beglichen werden. Ich fordere Antworten.“

Alys‘ Hand auf seinem Arm zitterte.

Die Weise zitterte am ganzen Leib.

Er verschärfte die Impulse, die seine Aura verstärkten. „Den Preis dieser Schuld bestimmt sie selbst. Sie antwortet freiwillig oder ich zwinge sie.“

„Es muss einen anderen Weg geben.“

„Alys. Geh.“

„Bitte, Rhaz. Bruder. Gibt es keinen anderen Weg?“

Er sah sie an. Der Schrecken der Nacht stand in ihre Augen geschrieben. Wogen aus ihrem Innern schwemmten gegen seine Blockaden an. Obschon sie zu den anderen kein Blutband hielt, welches ihr Blenden verstärkte, schien es, dass Alys ihr Grauen auch auf sie übertrug. *Und dennoch spricht sie für eine, die ihr Leid antat. Verkehrt.* „Es gäbe einen, wenn du deine Gabe beherrschen würdest.“

Ihre Züge hellten sich auf. „Sag mir, was ich tun soll.“

„Ich weiß nicht, ob das funktioniert, Alys.“

„Letzte Nacht hat es funktioniert.“

Er stieß den Atem von sich und richtete den Blick wieder auf die Weise. Einen besseren Weg als Blendung gab es nicht, um jemanden zum Sprechen zu zwingen. Er rückte zur Seite. Nur ein Stück, und behielt das Messer in den Fingern. „Sieh ihr in die Augen. Fokussiere dein Empfinden. Forme deinen Willen. Sag ihr, was sie tun soll.“

Die Weise wandte den Kopf zur Seite.

Er packte ihr Kinn und rang ihren Widerstand nieder. Sie schnappte nach ihm. Mit den Zähnen, wie ein Köter. Ohne Erfolg. Er verpasste ihr eine Schelle, mit noch mehr Kraft diesmal. Blut rann ihren Mundwinkel hinab. Er packte sie erneut und zwang ihre Augen hoch. Mit gesenkten Lidern wollte sie ausweichen. Ein Impuls, der ihr einen Schrecken versetzte, unter dem sie die Augen öffnete. Flüchtig. Er spürte regelrecht, wie ein Sonnenstrahl hineinfuhr.

„Sieh mich an", verlangte Alys. Ihre Stimme formte solche Macht, dass sie selbst außerhalb des Blickkontaktes wirkte.

Die Weise gab ihr Mühen auf und schaute sie an.

Vlah und Yorick schauten sie an.

Er selbst stählte seine Barrikaden und brauchte einen Impuls, eigens um den Zwang ihrer Worte von sich abzustreifen. Er sah sie trotzdem an. Aus eigenem Willen. Sie wirkte verändert. Aufrecht. Stark. Ihre Stimme klar und mächtig. Sie beherrschte ihre Gabe, allein mit ihrem Instinkt. Ohne Ausbildung. Ohne Drill. Eine Anweisung formte noch keine Gabe, aber ihr genügten seine Worte, um sie auf ihre Seele zu übertragen. *Effizient*. Und begabt. Er bekam eine Ahnung, wie stark sie sein könnte, wenn sie ihre Seelengabe zu beherrschen lernte.

Er besann sich und richtete das Wort an die Weise. „Wozu der Hinterhalt? Alys. Forme dein Verlangen nach einer Erklärung. Gib sie aus deinem Blick nicht frei. Sag ihr, dass sie antworten soll."

„Antworte."

Die Dryade antwortete. Ihre Worte klangen verzerrt, als quetschten sie sich gegen ihren Willen zwischen den Lippen hervor. „Es braucht Blut, um eine blutdurstige Seele in den Schlaf zu zwingen."

Falsche Frage. Er musste sie konkreter stellen. „Ihr hättet uns leichter überwältigen und opfern können, als ich bewusstlos war. Warum habt ihr gewartet?"

„Antworte ihm", befahl Alys.

„Um Gewissheit zu erlangen, welche Art von Opfer das richtige ist."

Alys erblühte in ihrer Gabe. Im Kornblumenblau ihrer Augen herrschte so viel Licht, als liege es unter der Sommersonne. Sie brauchte keine Anweisung. „Erkläre das."

„Wir wähnten die Waldesseele in seinem Leib. Sein Leben zu beenden oder ihn sterben zu lassen, hätte ihr den Körper geraubt und sie zugleich befreit. Sie hätte sich einen anderen gesucht. Am gestrigen Morgen hast jedoch du, Alys, bewiesen, dass du Macht über jene Seele besitzt. Du warfst ihn nieder, kraft deines Geistes."

Ein Nachhall der Hilflosigkeit wallte in ihm auf, von jenem Moment in der Behausung, da Alys ihn niedergeworfen und ihn mit all dem Grauen ihrer Vergangenheit geblendet hatte. „Ihr habt uns keine Zuflucht geboten. Bloß Obdach, um uns auszuspionieren. Ihr wolltet uns nie ziehen lassen."

Er meinte es nicht als Frage. Sie antwortete trotzdem. Mit einem Grinsen. „Nein. Dein Tod ist unausweichlich. Aber es muss ein zweckmäßiger sein. Einer, den die Alte Mutter anerkennt."

„Die Alte Mutter. Ihr habt ihren Pfad verraten. Mit allem, was ihr uns angetan habt."

„Dasgar verrät die Alte Mutter. Du verrätst die Alte Mutter."

„Genug davon. Weiter. Was dann?"

„Wir handelten. Dein Blut, um die Waldesseele zu befreien. Alys' Blut, um sie zu unterwerfen und in ihr Grab zurückzuzwingen. Das Blut der anderen beiden, um den

Bann zu besiegeln. Und damit sie keine Rache üben.“

Erfrischend aufrichtig, ihre Antworten. Überraschend konkret zudem. „Weiter so, Alys. Halt sie fest. Sie soll mir sagen, wieso sie die Waldesseele in meinem Körper wähnt. Und warum sie mich für ein Phantom hält.“

„Sag es ihm.“

„Seelenlose Scheusale. Sonst nichts bringt Dasgar hervor als Phantome. Das ideale Gefäß für eine heimatlose Seele.“ Ihre Worte kamen jetzt flüssiger von der Zunge, dabei hölzern. Als habe sie ihren Widerstand aufgegeben. Oder Alys ihren Willen gebrochen.

„Warum haltet ihr Ura für die Waldesseele?“

Alys sagte nichts. Die Weise antwortete dennoch, als genüge schon die Kraft ihres Geistes, um sie zu zwingen. „Ura bedeutet *unsterblich* in der Alten Sprache. Wie diese Seele es ist. Du, ein sterbendes Phantom, dann das Amulett und ihre List. Es deutet alles darauf hin.“

„Es deutet alles auf nichts hin. Viele Dinge sind unsterblich.“ Uras Worte echoten durch seinen Schädel. *Denk keine Täuschungen in die Wahrheit. Such keine List, wo keine ist.* Es schauderte ihn. Rasch bekämpfte er es, damit niemand es bemerkte. „Nichts davon beweist eine List.“

Ein Hauch von Trotz flackerte auf. „Du täuschst dich.“

„Ich täusche mich nie.“ Diese Art von Verhör vereinfachte die Sache. Allerdings fühlte er, wie Alys‘ Bann an Schärfe verlor. Sie konnte ihn nicht mehr lange halten. Geschwind klaubte er die letzten Ungewissheiten zusammen. „Die Alte Mutter ist unsterblich. Auch sie könnte sich in Uras Gestalt verbergen.“

„Die Alte Mutter offenbart sich nicht. Schon gar nicht einem Sklaven aus Dasgar. Erst recht nicht einem Phantom.“

Ein Stich. „Ich bin weder ein Sklave noch ein Phantom. Ich erhielt dieses Amulett. Weißt du, was das ist? Woher es stammt?"

„Nein."

„Und die Hassel, schonmal gehört?"

„Nein."

„Eine Schatulle, so groß." Er zeigte es an. „Aus Holz, mit goldener Schließe. Aus Ivera."

„Ich kenne keine Menschenschätze."

„Yorick. Hat sie die Wahrheit gesagt?"

„Ich … Ja, ich denke schon", stammelte der Spürer.

„Verschweigt sie etwas?"

Stille, eine Weile. Vielleicht beherrschte er seine Gabe doch, wenigstens ein Stückweit. „Ich glaube nicht."

„Alys. Wende dich ab."

Mit einem Seufzen, einem von Anstrengung, brach sie den Blickkontakt.

Sogleich fuhr die Weise auf, in den Augen reinen Hass. Sie zog die Lippen über den Zähnen zurück und machte Anstalten zu spucken, zu schnappen und zu keifen. Er packte ihren Schädel und verkehrte ihn. Es knackte. Dann sackte sie zusammen, leblos.

Von Alys kam ein Schrei, sie schlug die Hände vor den Mund.

Yorick hustete und schwieg.

Vlah fauchte ihn an. „Das hätte mir gebührt."

Es stimmte. Allein, er glaubte nicht, dass sie es kurz gemacht hätte. Oder schmerzlos. Weniger der Weisen galt der Gedanke als vielmehr Yorick. Rhaz hielt ihrem Blick stand. „Verzeih."

Sie nickte, auch wenn sie nicht besänftigt wirkte.

Sich abwendend, begab er sich hinüber zu seiner Bagage und machte sich ans Packen. Die Antworten der Weisen gaben ihm keine neuen Hinweise. So viel Blut, und er wusste noch immer nicht, was es mit dem Amulett und Ura auf sich hielt. Er ging es noch einmal durch. Gewissheit hegte er nicht, jedoch verhärteten Verdacht, dass Ura nicht die blutdurstige Seele des Eskelforstes verkörperte. *Da steckt mehr hinter als das.* Bloß was, das sah er nicht. Und auch nicht, zu welchem Zweck.

Alys, scheinbar wieder Herrin ihrer Fassung, trat an seine Seite. Ihre Züge sahen aufgebracht aus, durch die Kornblumen fegte ein Wind. „Und jetzt?"

„Wir brechen auf."

„Wohin?"

Er wies die Richtung. „Westwärts. Raus aus dem Wald. Zurück."

„Zurück nach Dasgar?"

Wohin sonst. „Ihr könnt mich begleiten, bis wir den Forst verlassen. Dann seid ihr in Sicherheit und unsere Wege trennen sich."

Heute wirkte sie nicht gebrechlich. Und nicht so verzweifelt. Hinter ihrem von jenen Träumen geschwächten Körper musste sich ein starker Wille verbergen. „Dasgar hat dich betrogen. Du kennst die Wahrheit, Rhaz. Und willst sie ignorieren?"

Fehler korrigiert. Auftrag abschließen. Schuld begleichen. Er rief es sich in Erinnerung. *Der Pfad von Dasgar ist ein Pfad der Ehre.* „Ich muss ein Wort halten und eine Schuld begleichen."

Sie öffnete den Mund.

„Alys. Du begreifst es nicht. Lass es gut sein."

„Erklär' es mir." Erstaunlich, mit welcher Macht sie es verlangte.

Beinahe überwältigte es seine Barrikade. Um ein Haar unterwarf ihn ihr Wille. Er blockte ab, ließ sich von der Sonne in ihren Augen nicht blenden und schwieg.

Alys schöpfte Atem und stieß ihn wieder von sich. Wie sie sprach, löste sie den Bann aus ihrer Stimme und verlieh ihr

Macht auf anderer Ebene. Aus dem Herzen. „Bruder. Lass mich aussprechen. Dasgar hat deinen Verstand verzerrt. Dasgar hat dir die Erinnerung geraubt. Du wurdest bestohlen, Rhaz, und betrogen. Du schuldest Dasgar nichts.“

„Gleich, wie oft du es wiederholst, Alys. Das war kein Betrug, sondern ein Pakt. Das ist der Preis, den wir in Dasgar bezahlen.“

„Bezahlen wofür?“

„Für unsere Blutschuld.“

„Blutschuld bindet ein Kind an seine Eltern. An niemanden sonst.“

„Vater hat mich verkauft, und damit meine Blutschuld. An den Gebieter. Von Dasgar.“

Sie machte Anstalten zu unterbrechen.

Er erstickte ihre Worte, ehe sie ihr über die Lippen kamen. „Meine Taten gehören ihm. Meine Verdienste gehören ihm. Jeder meiner verdammten Atemzüge gehört ihm.“ *Die Weise hat Recht. Ich bin ein Sklave.* Seine Seele gehörte nicht ihm, sondern dem Gebieter. *Ich bin ein Phantom.* Kein gewöhnliches, vielleicht. Kein willenloser, kalter Körper ohne Identität. Trotzdem ein Niemand.

Alys lachte, als erzähle er einen Scherz. Einen schlechten. Grotesken. Sie schüttelte den Kopf. „Vater hat dich nicht verkauft. Dasgar hat dich gestohlen und unsere Mutter gemordet. Wenn eine Schuld besteht, dann von Dasgar an uns. Kein Preis der Welt könnte sie jemals begleichen.“

„Rhaz“, mischte Vlah sich ein. Ihre Stimme rollte in das Gespräch wie ein Bächlein über Asche. Reinigend. Belebend. „Sie hat Recht. Geh nicht nach Dasgar.“

„Vlah.“ Er ergriff die Hände, die sie nach ihm ausstreckte. „Selbst, wenn ich es nicht wollte, ich muss. Aus Dasgar führt nur ein Weg hinaus. Der Weg in den Tod. Egal, welche Schulden bestehen oder nicht. Man sagt sich nicht von

Dasgar frei. Mein Leben gehört dem Gebieter, gleich ob durch Schuld oder Zwang. Missachte ich das, bedeutet es nicht nur meinen, sondern auch euren Tod. Ich kann diese Wahl nicht treffen, von der ihr sprecht. Ich kann keinen anderen Weg gehen. Dasgar ist mein Schicksal." Er biss sich auf die Zunge. Er redete zu viel. Gab zu viel preis.

„Rhaz Iksha Zar." Vlahs Stimme gewann an Tiefe. „Wir alle gehen in den Tod. Wir alle entscheiden, auf welche Weise. Auch du. Du sagst, du hältst Ura für die Alte Mutter. Ist es wahr, gab sie dir das Amulett nicht ohne Grund. Sie gab es dir. Nicht Dasgar."

Uras Worte fanden den Weg in seinen Schädel. Schon wieder. *Ich gab dir das Amulett nicht, um es dem Monster von Dasgar zuzutreiben.* Ihm gelang ein Grinsen, seinem inneren Aufruhr zum Trotz. „Sagst ausgerechnet du, Vlah, die du das Amulett für ein verfluchtes Artefakt hieltest und Ura für eine blutdurstige Seele. Aber das Amulett rettete mein Leben, mehrmals, und ich habe meine Seele nicht verloren. Derweil nicht Ura, sondern dein Volk sich als blutdurstig erwies."

Vlah gab seine Hände frei. Sie trat einen Schritt zurück und schaute ihm in die Augen. „Du siehst, Rhaz. Trotzdem bist du blind." Sie deutete auf die Leiche der Weisen, auch auf den Pfad zurück in die Dryadensiedlung. Zuletzt nach dem Himmel, welcher durch die Wipfel sich kaum sehen ließ. „Wir sollten verschwinden von hier. Ich begleite euch ein Stück." Damit nahm sie ihre Taschen auf, trat zwischen die Bäume und wartete mit dem Rücken ihm zugekehrt.

Auch Alys wandte sich ab und packte ihren Rucksack. Ihre Bewegungen sahen zackig aus, sie verhüllte weder ihren Zorn noch ihre Enttäuschung.

Zu seinem Verblüffen trat Yorick vor ihn. Entgegen seinem fast qualvollen Schweigen zuvor, wirkte er gefasst, entschlossen und beinahe gefährlich. Ein wenig. Er hielt das

Heft seines Schwertes umklammert und sprach leise, sodass niemand sonst ihn vernahm. „Du hältst dich für einen Krieger, einen Ehrenmann und für etwas Besseres. Aber ich habe noch auf keinem Spektakel einen größeren Narren gesehen als dich." Und er spuckte ihm vor die Füße.

Rhaz überkam es, den Kerl zu packen, bei der Schulter, und ihn mit der Faust Demut zu lehren. Vielleicht im Anschluss ihn seiner Fähigkeit für Beleidigungen zu berauben. Stattdessen schöpfte er Atem. Er stählte mit der Kraft der Wut die Barrikaden seines Innern. Ließ die Luft weichen. Langsam. Beherrscht. Nickte dem Spürer zu und zäumte Iv.

SELBST EIN NIEMAND
KANN JEMAND SEIN.

Sie marschierten zügig und schweigend, bis in die Nacht, und hielten sich am Bach dabei. Dieser strömte von Nordwest heran, sodass Rhaz am Fuß von Dargalash nur dem Verlauf der Bergkette folgen müsste, um nach Dasgar zu gelangen. So er es denn wollte. Er konnte die Frage für sich selbst nicht beantworten. Allein, sein Fernbleiben würde eine Hatz starten. Eine Hatz auf ihn. Und auf alle, die seinen Pfad gekreuzt und ihn davon abgebracht hatten. *Der Preis ist zu hoch. Ich will das nicht verantworten.* Er musste zurück, gleich ob er wollte oder nicht.

Iv am Zügel, betrachtete er Alys' Rücken. Nur ein Schatten in der jungen Nacht, schmächtig die Statur. Zugleich vermittelte ihre Haltung das Gegenteil. Vor ihr stapfte Yorick, und an der Spitze Vlah. Unermüdlich, sie alle. Außer er selbst. Es verlangte ihn nach einer Rast. In seinen Eingeweiden schien der Flugwurm zu hausen und seinen Leib um seine Gedärme zu wickeln. Ihm brannte der Rücken, als ob glühende Eisenstangen darauf lägen. Ein Grund mehr, nach Dasgar zu gehen. Das Abliefern der Schuld sollte den Zorn des Gebieters beschwichtigen, und gewiss würde er dann genehmigen, dass er die Heilhexe aufsuchte. Diese konnte mehr für seine Wunden verrichten als Vlah, auch wenn deren Werk von mehr Kunst zeugte.

Der Bach tat eine Windung und bildete in der Biege einen Tümpel. Er sandte einen Impuls und stellte keine Gefahr fest. Die in der Nähe sich befindlichen Raubtiere verzogen sich vor dem Umfang ihrer Gruppe, also machte er sich daran, Iv den Gepäckgurt zu lösen. „Wir nächtigen hier."

Die anderen warfen ihre Sachen auf die Erde und hockten sich auf bloßen Boden. Vlah klaubte ihren Beutel mit Heilmitteln und machte sich erst an Yoricks Hals, dann seinen eigenen Wunden zu schaffen. Er ließ sie gewähren. Sie sprach keinen Ton zu ihm, und er nicht zu ihr. Wie sie die Pflege beendete, fing er Alys' Blick auf. Er wich ihr aus. Legte sich auf die Seite, den anderen den Rücken zugekehrt, und genehmigte den Hündinnen, in seiner Nähe zu ruhen. Dann trennte er Geist und Körper, hielt Wache auf mentaler Ebene und gönnte dem Leib Erholung.

Im Morgengrauen zwang er sich auf. Er weckte die anderen, packte und marschierte weiter. Auch dieser Tag warf Hitze auf die Erde, aber sie drückte nicht so arg wie jene vor Kurzem, in der eine Wegstrecke unter der Sonne einem Todesmarsch geglichen hatte. Später am Tag stieß er auf das Flussbett, welches das Gebiet jenes Flugwurms passierte, und änderte die Richtung. Dem Lauf nach, aufwärts. Er hörte die anderen sich durch den Kies rumoren, ausgenommen Vlah, die sich lautlos bewegte. Er wandte sich nicht um, und er lauschte den Gesprächen zwischen Alys und Yorick nicht.

Zum späten Vormittag stellte er fest, dass sie sich weniger tief im Eskelforst befanden als angenommen. Was ihm seltsam vorkam, weil er jenen Teil mit dem Grab der Seele und den Tannen nicht kannte, obschon er die Gegend für vertraut gehalten hatte. *Ein Mensch begreift das Herz eines Waldes nicht.* Es mochte stimmen. Ihm kam der Verdacht, dass die Dryaden Zeit und Raum manipulierten, was außerdem erklärte, warum kaum jemand sie zu Gesicht bekam. Es sei denn, es bestand ein Bund. So wie zwischen ihm und Vlah. Er spielte mit dem Gedanken, sie danach zu fragen, ließ es jedoch bleiben und sandte stattdessen einen Impuls.

Das Echo trug ihm das Jho zu.

Er hielt inne. Einem Instinkt folgend, schlossen sich seine Finger um Izhirs Heft.

Yorick tat es ihm mit dem eigenen Schwert nach. „Was ist?“

„Das Jho.“ Es wirkte hohl auf ihn. Schal. In jeder anderen Lage hätte es ihn dennoch einen Bogen schlagen lassen. Da er jedoch wusste, dass der Flugwurm verletzt, wenn nicht gar daran verreckt war, lockte die Idee, das Gebiet zu passieren. Auf direktem Weg. Zum Abend den Forst zu verlassen. Die Krone von Dasgar vor Augen, morgen, spätestens am Folgetag dort anzulangen. Er öffnete die Schnalle einer Satteltasche und zog am Riemen das Amulett heraus. Dann drehte er es zwischen den Fingern und fragte sich, ob es nicht doch bei Benutzen seine Seele zerfetzte. Und wenn ja, was Ura damit plante. Er überwand sich, knüpfte die Energie des Artefaktes an seine Seelengabe an und sandte einen Impuls. Dieser drang in alle Ebenen des Waldes, forschte tief und reichte weit. Er spürte kein frisches Jho im Echo. Auch nicht die Spur des Flugwurms. Dennoch schauderte ihn bei dem Gedanken, die unsichtbare Grenze zu überschreiten. Auch dieses Widerstreben überwand er. „Wir gehen weiter.“

„Rhaz.“ Vlah legte ihre Hand an seinen Arm. Der Bernstein ihrer Augen warf Wirbel, als befinde er sich in Strömung. Als blute das Herz des Waldes sein Leben aus. „Leb wohl.“

Ein Stich.

Obschon es ihn nicht überraschen sollte. Er schluckte. „Du verlässt uns?“

„Ja.“

„Du könntest uns bis zum Waldrand begleiten.“

„Nein.“

Er verbiss die Frage, wieso nicht. „Wo gehst du hin, Vlah?“

Darauf gab sie keine Antwort.

„Wo finde ich dich?“

„Falls du je zurückkehrst, dort, wo du mich immer findest.“

„Du glaubst nicht daran. Dass wir uns wiedersehen.“

Sie schüttelte den Kopf.

Ihm fehlte es an Worten. An rechten Worten. Er brachte nur den Abschied hervor. „Leb wohl, Vlah.“

Sie nickte. Dann huschte sie davon. Das Strauchwerk in Ufernähe schluckte sie ohne einen Laut.

Yorick schnaubte und schüttelte den Kopf.

Rhaz glaubte, dass es ihm galt, nicht der Dryade. Er wandte sich ab, marschierte weiter und vernahm, wie der Spürer zu Alys sprach. Er hörte absichtlich nicht hin. *Soll er schwätzen.* Ihn überkam die Lust, die Geringschätzung des Kerls im Duell herauszufordern. Allein, der Anstand verbot es.

Er steckte das Amulett in eine Tasche seines Rüstzeugs und richtete den Blick nach vorn. Über den Mittag legte er eine Rast ein. Dann weiter. Die Sonne sank, als er sich unvermittelt auf dem Schlachtplatz fand. Fast schwarz, das getrocknete Blut, das den Ufersand tränkte und den Kies befleckte. Es ließ sich nicht sagen, wie viel davon von ihm und wie viel vom Flugwurm stammte. Demnach, wie es sich verteilte, dürfte es sich in etwa die Waage halten. Darüber ergriff ihn Schwindel. Die Schmerzen durchbrachen die Barrikade seines Geistes und wälzten in sein Bewusstsein. Ihm ging auf, dass er seinen Körper überforderte. Dass er sich selbst fast in die Knie zwang. Er brauchte eine Pause, auch wenn er es leugnen wollte. Eine richtige. Eine heilende. Die seine Wunden kurierte.

Er schottete das Empfinden ab.

Wie er weitergehen wollte, fiel sein Blick auf ein Fragment. Es fing das Sonnenlicht und schimmerte gleich einem Stern im Nachthimmel. Er trat hin und ging in die Hocke. Eine Schuppe. Er hob sie auf. Groß wie seine Handfläche, keilförmig. Er konnte sie biegen, obschon die Substanz sich wie ein Panzer anfasste. Gewiss ließe sich dafür ein guter Preis erzielen, sofern er einen Händler von der Echtheit überzeugen konnte. Ein anderer Gedanke kam ihm.

Yorick, der ihm über die Schulter schaute, fiel entweder dasselbe ein, oder er erfasste etwas mit seinem Spürsinn. „Gutes Material für eine Rüstung, möchte ich meinen.“

Ein Gestählter im Rüstzeug aus den Schuppen eines Flugwurms. Allein die symbolische Bedeutung besaß Macht. Und wie die Schuppe sich anfühlte, konnte sie einiges abhalten, ohne die Beweglichkeit einzuschränken. Allein, man bräuchte eine Menge davon. *Wenn die Bestie verreckt ist, lassen sich welche beschaffen.* Er behielt es für sich. Richtete sich auf, steckte die Schuppe in die Brusttasche und hob, an den Spürer gewandt, die Schultern. „Nur schade, dass man die Viecher nicht bezwingen kann.“

„Du hast einen …“

„… in die Flucht geschlagen. Nicht bezwungen. Der erholt sich. Wahrscheinlich früher als uns lieb ist.“ Tatsächlich hielt er es für möglich. Er sandte den Worten einen Impuls hinterher, vernahm jedoch nichts Verdächtiges im Echo. Ihm kam der Gedanke, ob das Vieh wohl Rachlust verspürte. Und wenn ja, wie beharrlich es dieser nachging. „Verschwinden wir.“

Im halb ausgetrockneten Flussbett ging es gut voran, sodass sie in der einbrechenden Nacht aus dem Schatten des Eskelforstes traten. Iv senkte den Schädel und blies aus den

Nüstern ins Gras. Obschon gelb und dürr, die Stängel, machte sie sich mit Eifer darüber her. Geschwind entledigte er sie ihrer Bagage und des Zaums und ließ sie streifen. Die Sonne sah er schon nicht mehr. Da er sich vornahm, mit dem nächsten Aufbruch ohne längere Rast nach Dasgar durchzureiten, konnte eine Nacht voll Schlaf zuvor nicht schaden. Er warf seine Sachen auf die Wiese, lockerte die Schnallen des Rüstzeugs und gab die Reste seines Proviants weiter an Alys und Yorick. Viel blieb ohnehin nicht mehr. Zu wenig, um zu dritt davon satt zu werden.

Alys reichte ihm einen Streifen Dörrfleisch zurück. „Wir können das teilen, Rhaz.“

„Iss. Ich bin nicht hungrig.“ Erschöpfung und Beklemmung schnürten ihm die Kehle enger zu als das Stachelhalsband, und sie lagen ihm im Magen wie Backsteine.

Yorick kaute auf dem zähen Fraß und spuckte ein paar Teile davon ins Gras. „Du hast es dir nicht anders überlegt.“

Eine Feststellung, keine Frage, also erwiderte er nichts.

Derweil die Dunkelheit hereinbrach und am Himmel die Sterne sich zeigten, pustete eine Brise in die Kronen der Bäume. Ein einsamer Klang. Dann erwachten die Geschöpfe der Nacht und füllten die Gegend mit ihrem Tönen. Unter dem Geheul von Wölfen erschauerte Alys. Yorick legte ihr einen Arm um und suchte mit bemüht heiterer Stimme Ablenkung für sie. „Ich dachte, Rhaz, Dryaden helfen keinen Menschen. Für Vlah scheint das nicht zu gelten.“

„Auch Vlah hilft keinen Menschen, für gewöhnlich. Wie sie eigentlich mit unserer Rasse verfahren, hat ihr Stamm bewiesen. Zur Genüge, oder nicht?“

Der Spürer nickte. „Du kennst sie. Vlah. Schon lange?“

„Ja.“

„Woher?“

Ihm stand jene Nacht vor Augen. Eine blutige Nacht. Und eine feurige. In Hezkoz, einer Stadt im Süden von Dargosh. Ihm klangen die Schreie in den Ohren nach, von ihren Zwillingskindern auf dem Scheiterhaufen. Vlahs Klagen. Hilflos. Später ihr Kreischen, als die Schreie ihrer Kinder verstummt waren und jene Bestie sich in ihrer Seele manifestiert hatte, angelockt und genährt von ihrem Leid. In seinem Kopf spielte die Nacht sich noch ab. Lebhaft. Das Feuer, das auf die Häuser übergriff. Vlah, die erst die Schuldigen in Fetzen riss. Danach die Unschuldigen. Er selbst, wie er sie aufhalten wollte. Mit seiner Impulskraft die Bestie nicht bezwingen, sie nur mit einem Bann belegen und in ihr Inneres einsperren konnte. Einem Bann, der bei Vollmond seine Wirkung verlor. Und, wie es schien, wenn Leid sie überwältigte. Einem Bann, der sie zur Gefahr machte, zur Bestie. Mordlüstern. Blutdurstig. Aber er hatte ihn nicht vollbringen können, damals den Todesstoß, weil es ihm vorgekommen war, als teile er ihr Leid. Jetzt verstand er, wieso.

„Rhaz. Woher?“

„Das geht euch nichts an.“

Yorick senkte den Blick, womöglich der Härte seiner Stimme wegen.

Ohne in anzusehen, wechselte Alys das Thema. „Vlah nannte dich Rhaz Iksha Zar. Warum?“

„Warum?“ Er hob die Schultern. „Warum sollte sie mich anders nennen als bei meinem Namen?“

„Verstehe. Und ist es Teil deiner angeblichen Schuld an Dasgar, dich selbst Iksha zu nennen, einen Sklaven?“

Ihn schwante Finsteres. Er stählte sein Herz und hob die Schultern erneut. „Meinen Namen hat nicht Dasgar mir gegeben, Alys.“

Auch sie hob die Schultern. „An so vieles willst du dich

nicht erinnern, aber an deinen Namen schon?“

„Seinen Namen bekommt man in die Wiege gelegt. Er ist das Erste, woran man sich erinnert, und das Letzte, das man vergisst.“

„Du erinnerst dich an Mutter?“

„Nein.“ *Und es spielt keine Rolle.* Es blieb ihm in der Kehle stecken, weil ihn die Ahnung beschlich, dass es das sehr wohl tat.

„Dachte ich mir.“ Alys zeigte keine Regung, weder in Stimme noch Miene, sie hielt nur Blickkontakt. Im Kornblumenfeld spiegelten sich die Sterne. „Mutter gab dir einen anderen Namen. Rhaz Ikas sha‘Zar. *Klinge der Sonne, Klinge gegen die Schatten.* Sie nannte dich nie Iksha, einen Sklaven.“

Seine Barrikaden funktionierten. Er fühlte nichts bei ihren Worten, hielt jedenfalls jede Regung aus seinem Bewusstsein fern. „Und wenn schon. Wer ich war, der bin ich nicht mehr. Sieh mich als einen Niemand, Alys.“ So wie der Gebieter von Dasgar. *Du warst ein Niemand. Du bist ein Niemand. Du wirst als ein Niemand sterben.*

„Selbst ein Niemand kann Jemand sein. Du solltest entscheiden, wer du sein willst. Rhaz Iksha Zar oder Rhaz Ikas sha’Zar.“

„So einfach ist das nicht.“

„Doch, Rhaz. Genauso einfach.“ Sie warf sich ins Gras und kehrte ihm den Rücken zu.

Recht so. Er tat es ihr nach, dann zwang er sich in den Schlaf.

Später in der Nacht, lange vor Morgengrauen, weckte ihn ihr Wimmern. Unverkennbar, dass sie träumte. Übel. Womöglich sah sie ihn jetzt wieder sterben. *Gehst du nach Dasgar, gehst du in den Tod.* Diesmal bescherte es ihm kein Schaudern. Indem er starb, würde er sie von diesen Träumen erlösen. Ein Toter konnte keine Lebenden im Schlaf heimsuchen. Jedenfalls nicht, wenn er nicht als Erscheinung in den Schleiergefilden festhing. *Das werde ich nicht. Wenn ich sterbe, dann sterbe ich für immer.* Sogleich fiel ihm ein, dass er schon wiederholt dort verweilt hatte, in den Schleiergefilden. Sterbend im Leben. Am Leben im Sterben.

Bei Ura.

Er untergrub die Erinnerung. Betrachtete Alys stattdessen und prägte sich ihr Gesicht ein. Stellte sich vor, wie es aussähe, wenn es nicht so ausgezehrt wäre. Yorick hielt sie im Arm, aber er konnte nicht ausmachen, ob der Spürer wach lag oder schlief. Er selbst glaubte nicht, neben ihrem Winseln noch einmal einzudämmern. Daher erhob er sich und packte. Er zäumte Iv, so leise er vermochte, stieg in den Sattel und warf einen letzten Blick. „Leb wohl, Schwester."

Ein Pfiff brachte die Hündinnen auf die Pfoten, ein Sporentritt versetzte die Stute in Galopp. Über die Wiese, vorbei an einer Weide. Die Schafe blökten, die Köter schlugen Alarm. Er lenkte Iv auf die Straße und hetzte sie. Bis sie schwitzte, weiter bis sie schnaufte, ohne Rast, selbst als sie schäumte. Er warf keinen Blick zurück. Weder einen echten noch einen gedanklichen. Er richtete den Geist auf Dasgar und die Augen auf die Straße nach Keval. Das Dorf mied er, ritt einen Bogen über die Wanderpfade und genehmigte Iv mit der Dämmerung eine Pause. Er ließ sie Schritt gehen, die Nüstern tief, ließ sie ausschnaufen und abkühlen. In der Morgensonne trocknete ihr Fell rasch. Er blieb im Sattel, selbst zu malträtiert, um zu Fuß zu schreiten, und warf einen Blick über die Schulter. Eska und Kay befanden sich außer Sicht, aber er sorgte sich nicht, dass sie ihn wieder einholten.

An einem See mit von der Hitze niedrigem Spiegel verweilte er, um zu trinken und sich zu erquicken. Iv scharrte mit dem Huf im Wasser und stob aus den Nüstern hinein. Er betrachtete sie, maß ihren Zustand und entschied alsbald, aufzubrechen. Zähe Viecher, die Reinblüter aus Iveria, und Iv machte der Rasse alle Ehre. Das in sie gesetzte Vermögen zahlte sich aus, gleichwohl brauchte er länger für die Strecke als gewollt. Er konnte das Tempo der Stute im Sattel nicht durchhalten, ihrer Ausdauer nicht gleichkommen. Jeder ihrer Tritte wand ihm die Eingeweide durcheinander, jedenfalls seinem Gefühl nach. Trotz aller Mühe drang etwas davon in sein Bewusstsein. Später eine Menge. Es auszublenden, gelang ihm nicht. Der Schmerz verschärfte sich, sowie er den Aufstieg an den Flanken von Dargalash begann. Jedoch, im Sattel hielt er sich besser als zu Fuß, daher blieb er Iv zu Rücken, wann immer das Gelände es ermöglichte.

Am Gitter des verborgenen Pfades nach Dasgar gelangte er erst am Nachmittag des Folgetages an. Eska und Kay befanden sich an seiner Seite. Beide, wie auch die Stute, wirkten auf den Beinen ebenso zittrig wie er sich fühlte. Ein Riegel sperrte das Gitter von innen, er langte mit den Fingern nicht heran. Mittels eines Impulses öffnete er und legte ihn wieder ein, sowie hindurch. Er schöpfte Atem. Dann noch einmal. Prüfte sein Inneres und stählte die Barrikaden. Sie fühlten sich nicht halb so sicher an wie sie sollten. Allein, jetzt gab es kein Zurück mehr. Er wagte nicht, das Amulett zu Hilfe zu nehmen, um seine Impulskraft zu verstärken. Stattdessen tat er einen weiteren Atemzug und durchschritt den Tunnel.

Das innere Gitter von Dasgar öffnete ihm Persch aus Unseth. Er sah anders aus als kürzlich auf dem Drillplatz. Ausgelaugt. Die Augen leer, fast seelenlos. Auf dem besten Weg, sich den Gescheiterten anzuschließen. „Willkommen in Dasgar, Meister."

Ein Stich.

Er wünschte, er wäre es nie geworden. Ein Meister von Dasgar. Wäre gescheitert, so wie Persch. Ein kerniger Bursche, gut in körperlichen Disziplinen. Der Drill um seine Seelengabe, womöglich die Bannschule, musste ihn gebrochen haben. Rhaz sah es ihm an. *Noch eine Weile vegetieren, dann sterben.* Ein gnädiges Schicksal. Es ersparte eine Menge Leid. Der Stich ging durch sein Herz und zerwühlte ihm die Eingeweide. Um ein Haar krümmte es ihn. Gegen seinen Willen spürte er den Mundwinkel zucken. Die Flächen am Grund der Bergkrone, die Gebäude und die Drillplätze verschwammen vor seinen Augen. Er drückte Persch die Zügel in die Hand, legte Eska und Kay Leinen um und reichte diese gleichfalls dem Gescheiterten. „Pfleg' meine Stute. Füttere die Hunde."

„Zu Befehl, Meister." Mit zitternden Fingern, gleichwohl fester Stimme, nahm der Bursche die Tiere in Empfang und machte sich an den Abstieg.

Er selbst blieb stehen. Blinzelte, bis Dasgar wieder Konturen annahm. Wandte sich seitwärts, dem Pfad entlang in Richtung seiner Kammer. Die ihm Entgegenkommenden grüßte er nicht. Ohnehin herrschte in Dasgar außerhalb der Drillstunden überwiegend Schweigen. Für Gespräche blieb selten Kraft, weniger noch Muße für Geselligkeit und Freundschaft. Ein Gestählter arbeitete und lebte allein.

In Stille.

Das Schweigen begleitete ihn in seine Kammer. Er schloss die Tür hinter sich und lehnte sich daran an. Die Stille tat wohl. Hier drinnen durchbrachen sie weder das Klirren von Stahl noch raue Befehle oder Schmerzenslaute. Er löste sich und trat an den Waschtisch. Die Waschschale leer. Kein Krug mit Trinkwasser zugegen. Er wollte nicht nach einem Gescheiterten läuten, auf dass dieser ihm welches bringe. Also schluckte er den Durst und rieb sich den Staub der

Reise mit den Handflächen aus dem Gesicht.

Es klopfte. Ohne seine Antwort schwang die Tür auf im gleichen Zug. Herein trat Asha. *Ausgerechnet.* Voll gerüstet, Dasgars älteste Meisterin. Finster. Sie verschränkte die Arme vor der Brust. „Was, bei allen Dämonen dieser Welt, fährt in dich, hierher zurückzukehren?"

Er richtete sich auf. Geschwind löschte er die Spuren seiner Schmerzen aus der Miene, stählte sein Inneres und hielt es vor ihr verborgen. Sie musste seinen Zustand nicht sehen. „Asha. Du weißt, was."

„Ehre. Schuld. Pflicht."

„Ja."

Sie schnaubte. „Du bist ein lausiger Köter, der seinem Herrn noch die Stiefel leckt, mit denen der ihn tritt."

Wahrlich. Es weckte Zorn. Zorn konnte er in Kraft verwandeln. Die Schmerzen verblassten in seinem Bewusstsein. Er verlieh seiner Aura eine Drohung mittels eines Impulses. „Mag sein. Aber wenigstens bin ich ein treuer Köter und kein Streuner."

„Rhaz." Sie löste die Arme und trat auf ihn zu. Hoch reichte ihr Wuchs nicht, sie musste zu ihm aufschauen. Ihre gesenkte Stimme fiel dennoch von oben auf ihn herab. Wie ein Unheil. „Du willst nicht wissen, was er dir antut."

„Ich habe den Auftrag erfüllt. Er hat keinen Grund, mir etwas anzutun."

„Die Weissagung. Du bist eine Gefahr für ihn."

„Hielte er mich für eine, hätte er mich schon beim letzten Mal getötet."

„Du erkennst es nicht? Schön, ich erklär's dir. Was auch immer du beschafft hast, dazu brauchte er dich noch. Jetzt nicht mehr."

„Und wenn schon."

„Du hättest fernbleiben sollen. Fliehen."

Er nahm die Schultern zurück und senkte die Stimme, sodass sie die ihrige überragte. „Ein Gestählter von Dasgar flieht nicht. Niemals. Ein Gestählter von Dasgar hält sein Wort. Immer. Ein Gestählter von Dasgar begleicht seine Schuld. Jede. Hast du es vergessen, Asha, oder bist du ein Feigling?“

„Weder das eine noch das andere.“ Ihre Aura überstrahlte seine. Mühelos, wie es schien. „Aber ich habe auch einen Auftrag. Und ich will ihn nicht ausführen.“

„Asha.“ In seinem Nacken die Härchen richteten sich auf. Für einen Schlag setzte ihm das Herz aus. „Du musst.“

Sie schaute über die Schulter, als befürchte sie eine Schattengestalt hinter sich, die sie belauschte. Dann rückte sie näher und senkte die Stimme noch weiter. Kaum mehr als ein Flüstern. Es fuhr wie ein Wind in sein Inneres. „Er hat mich eingeweiht. In das, was dir widerfahren ist. Auch, dass er dich nach etwas aussandte, was nur du beschaffen kannst.“

„Spielt keine Rolle, Asha.“

„Doch. Er verschweigt etwas.“

„Er verschweigt eine Menge.“

„Die Seherin hat mehr gesehen als wir wissen. Deswegen musste sie sterben. Damit niemand davon erfährt.“

„Ist nicht das erste Mal.“

„Rhaz Iksha Zar.“ Sie schaffte es, noch näher heranzutreten, ohne ihn dabei zu berühren. Es blieb nur Platz für einen Lufthauch zwischen ihm und ihr. „Er brauchte dich, um das Ding zu beschaffen. Er brauchte Alys, damit du den Auftrag erfüllst. Damit du ihm nicht zürnst. Damit du dich nicht auflehnst gegen ihn. Damit du zurückkehrst.“

Er vernahm das Unausgesprochene. *Jetzt braucht er keinen von uns mehr.*

„Er hat einen Plan. Und ich einen Auftrag."

Es stand außer Frage, was Asha für den Plan des Gebieters Plan hielt. *Mich töten.* Auch, welchen Auftrag er ihr erteilt hatte. *Töte Alys.* Ein vorausschauendes Handeln. Wie stets. Beschaffen lassen, wonach es ihn verlangte. Danach die Risiken beseitigen. „Du solltest darüber nicht zu mir sprechen."

Ein Grinsen in ihren Mundwinkeln. „Er hat es nicht verboten."

„Es verbietet sich von selbst." Er funktionierte. Er fühlte nichts. Fühlte es schon, hielt es aber fern von sich. „Asha. Verschwinde. Tu, was du musst. Bring dich nicht in Gefahr für mich."

„Das habe ich nicht vor." Auf dem Absatz machte sie kehrt und verschwand. Mit einem Knall fiel hinter ihr die Tür ins Schloss.

Er sah ihr nach. Erstarrt, für einen Moment. Sann darüber, welchem Teil seiner Anweisung ihre Antwort galt. *Tu, was du musst.* Hatte sie das nicht vor, bedeutete es ihren Tod. *Bring dich nicht in Gefahr für mich.* Galt ihre Antwort dem, dann würde Alys sterben. Ein Prickeln auf seinem Rücken. Ein Stich direkt im Herzen. Er schob es von sich. Beides. Ohnehin tat es nichts zur Sache. Wäre er geflohen, hätte es eine Hatz gegeben. Eine Hatz von Dasgar überlebte man nicht, selbst nicht als Gestählter. Vor allem nicht, wenn man noch andere zu schützen versuchte. *Recht so, wie es ist.* Er wusste, wie Asha tötete. Sie spielte nicht. So ging es schnell. Und sauber.

Er löste die Starre. *Auftrag abschließen.* Tastend nach dem Amulett in seiner Tasche, schallen Uras Worte in seinem Schädel nach, so klar, als spreche sie sie an seiner Seite neuerlich aus. *Ich gab es dir nicht, um es dem Monster von Dasgar zuzutreiben.* Er hob die Schultern und antwortete mit einem

Murmeln in die Leere seiner Kammer. „Wozu hast du es mir dann gegeben? Was erwartest du, was ich damit anstellen soll?"

Eine Antwort bekam er nicht.

Er schüttelte den Kopf, nur für sich. „Warum mir und niemandem sonst?"

Darauf fand er eine Antwort, wenn auch bloß ein Echo. *Irgendwo in deinem Innern erinnerst du dich daran, wer du bist. Wer sie ist. Wer ihr seid.*

„Wer sind wir?"

Keine Antwort von Ura.

Niemand. Er rief es sich in Erinnerung. *Ich bin ein Niemand.* Es spielte keine Rolle, was ein Niemand tat. Als ein Niemand konnte er das ihm zugedachte Amulett dem Gebieter von Dasgar aushändigen. Als ein Niemand konnte er ohne Reue seine Entscheidungen treffen. Auch falsche. Als ein Niemand konnte er handeln, ohne über Konsequenzen zu sinnieren. Als ein Niemand konnte er seine Schwester sterben lassen. Sie quälte ihn, Alys. *Selbst ein Niemand kann Jemand sein.* Es gelang ihm nicht, sie auszublenden. Sie lebte nicht allein in seinem Bewusstsein. Sie hatte ihre Wurzeln tiefer getrieben. In sein Herz. In seine Seele.

Er verlor die Fassung. Merkte, dass er zitterte. Dass er sich fürchtete. Dass er mit dem Gedanken spielte, seinen Dienst zu verweigern. *Das ist eines Gestählten unwürdig.* Er straffte die Schultern, schon wieder, aber sie wollten herabsinken, wie von einem Fremden gesteuert. Von einem Feigling. *Ich bin kein Feigling.* Also verzichtete er auf die Ruhe, derentwegen er sich hier befand, in seiner Kammer, und verließ sie wieder. Lieferte sich seinem Schicksal aus.

Wenn es denn eines gab.

Er marschierte durch die Korridore von Dasgar. Stieg Treppen hinauf, andere hinab. Schaute in Säle, Gemächer und hinter geheime Türen, die man erst als Meister kennenlernte, als ein Gestählter. Und von denen nur, wer über eine ausreichend starke Impulskraft verfügte, um die Bannsprüche darauf zu lösen. So wie er. Seltsames fand sich in den Räumen dahinter. Schätze, Schmuck und Artefakte. Die Ausbeute der Aufträge, die der Gebieter seinen Gestählten erteilte. Nicht wenig davon hatte er selbst beschafft. Zu welchem Zweck, er fragte es sich heute zum ersten Mal. *Dazu, zu dienen. Dazu, zu gehorchen. Dazu, Dasgar Macht zu verleihen.* Die besaß es zweifellos. Dasgar raubte, schreckte und mordete, und niemand stellte es in Frage. Niemand lehnte sich dagegen auf.

Bis jetzt nicht.

Er fand nicht, wonach er suchte. Nicht hier. Folglich wähnte er den Gebieter in der Zitadelle oder in seinen Privatgemächern. Letztere suchte er zuerst auf. Tief in den Eingeweiden von Dargalash fanden sich diese, abgelegen der Betriebsstätten, Drillplätze und Wohnkammern. Wo Stille herrschte. Nicht nur für die Ohren, sondern auch für den Geist. Keine Impulse drangen hier herein, und keine Energien. Jedenfalls keine von draußen.

Ein breiter Korridor, ausgelegt mit Teppichen, führte ihn auf ein Portal zu. Ein prächtiges, wenn auch schmuckloses. Es schien, als lebe das Holz noch, und als pulsiere es im Echo auf seine Herzschläge. Zwei Fackeln brannten rechts und links und warfen ihren Schein in den Gang. Ein dunkler Pfad. Er hielt inne vor den Türflügeln. Schöpfte Atem. Stählte sein Inneres. Tastete nach dem Amulett in seiner Tasche. Dann hob er die Hand und ballte sie zur Faust. Er schlug an. Dumpf wie der Herzschlag der Berge, der Klang. Das Echo vervielfältigte sich im Korridor. Danach sank Stille herein. Schwere Stille. Grabesstille. Zuletzt ein Klicken. Das Portal schwang auf.

Im Eingang materialisierte sich ein Schatten. Die Gestalt des Gebieters. Schultern und Robe verwehrten den Blick ins Innere der Gemächer. Rhaz schlug die Augen nieder und hob die Finger. Er vollführte das Grußzeremoniell. Es schnürte ihm die Kehle zu. Er brachte kein Wort hervor, ihm zappelte das Herz, trotz all der Kräfte, die er in die Barrikaden seines Innern investierte.

Die Stimme des Gebieters hüllte ihn erstaunlich warm ein. Und wohlwollend. „Rhaz Iksha Zar. Du überraschst mich. Ich habe mit deiner Rückkehr nicht gerechnet."

„Zu Diensten, Gebieter."

„Du hast den Auftrag vollendet?"

„Gewiss, Gebieter."

„Sieh mir in die Augen."

Das tat er, seinem Widerstreben zum Trotz. Er gab sein Inneres preis. Sogleich bohrte sich die Aura des Gebieters in sein Hirn und grub eine Schneise hinab in seine Seele. Der Herr spürte, verstärkte die Gabe mit Impulsen und blendete ihn zugleich. Rhaz konnte sich nicht auflehnen, nur ausharren. Ein offenes Buch. Keine Geheimnisse. Sein Inneres, nach außen gekehrt. Es brachte jeden seiner Muskeln zum Schlottern. Es zerrte an seinen Wunden, äußerlich wie innerlich. Es wollte ihn niederringen, ihm wackelten die Knie.

Was auch immer der Gebieter fand, er nickte und brach den Bann. „Gib mir das Amulett, Sklave."

Das tat er. Die Macht seiner Worte verlangte es. Er konnte nicht aufbegehren, wollte es auch nicht. Hatte es gewollt, er entsann sich dessen, kämpfte mit sich und vermochte es nicht. Der Gebieter untergrub seinen Willen. Ihm blieb nur sein Verstand. Und die Erinnerung.

Der Herr von Dasgar steckte das Amulett in seine Robe. Dann trat er aus dem Portal, schloss die Tür und legte ihm den Arm um die Schultern. Vertraulich, wie ein Vater. „Komm mit mir. Berichte. Lass nichts aus."

Auch das tat er. Er musste. Berichtete und ließ nichts aus. Erzählte vom Flugwurm, von Alys, Yorick und Vlah, von den Dryaden. Er bekam das Gefühl, einen Fehler zu begehen. Einen maßgeblichen.

Der Gebieter beschwichtigte das Empfinden mit Impulsen in seine Tiefe. Er nickte, unterbrach nicht und führte ihn durch Korridore im Innern, über Terrassen und Pfade unter freiem Himmel. Scheinbar willkürlich. Niemand kreuzte die Wege. Wer sie erblickte, schlug einen Bogen. Sowie Rhaz seinen Bericht beendete, blieb der Gebieter stehen. Von der Seite schaute er ihn an, die Brauen gehoben. „Deine Wunden wiegen schwer?"

„Nichts, was sich nicht kurieren lässt."

„Wir suchen Frenna auf." Er legte ihm den Arm erneut um die Schulter und drängte ihn weiter.

In seinen Eingeweiden formte sich ein Knoten. Einer, den er nicht den Wunden schuldete. Der Gebieter zeigte keine Fürsorge, für gewöhnlich, und die Heilhexe konnte er ebenso gut allein aufsuchen. *Er hat einen Plan.* Er glaubte nicht, dass dieser seinem Wohl galt. Er schöpfte Atem, hielt diesen in der Lunge gefangen und brachte sein Herz zur Ruhe. Sodann stieß er die Luft aus, und mit ihr die Furcht. Der Knoten löste sich. Er machte sich frei von den Regungen seines Innern. Fand Ruhe im Geist. Einen Fokus. *Dasgar ist mein Schicksal. Wir alle gehen in den Tod.* Er fühlte sich bereit dazu. Bereit zu sterben. *Wenn ich sterbe, dann sterbe ich nicht als Feigling.*

Der Arm des Gebieters um seine Schulter verspannte sich. Er musste etwas spüren. Rhaz konnte nicht sagen, wieviel. Geschwind verhärtete er die Barrikaden, blockte die Impulse und stählte seine Seele. Er wusste nicht, was der

Gebieter plante. Was er wirklich plante. Solange konnte er nicht handeln, nur folgen. Zurück ins Innere von Dasgar, hin zu den Betriebsstätten, weiter zur Laube der Heilhexe. Ein Saal, in die Flanke von Dargalash geschlagen. Einer der wenigen, der über Fenster verfügte. Tongefäße mit Kräutern bestanden die Bänke, im Innern behingen Pflanzenbündel die Decke. Krüge, Töpfe und Fläschchen füllten die Regale an den Wänden. Ein Ort von Wärme und Behaglichkeit. Der einzige in Dasgar.

Ohne anzuklopfen, trat der Gebieter ihm voraus hinein. In der Mitte stand eine Liege, darauf ein verwundeter Lehrling, über den sich Frenna beugte. Deutlich spürbar strömten Impulse von ihren Fingern. Mit Erscheinen des Gebieters erstarben diese. Der Herr gab seine Schulter frei, legte vor dem Leib die Fingerspitzen aneinander und trat aus der Tür. „Kadett. Hinaus."

Der Lehrling, ein hagerer Bursche mit eiserner Miene, richtete sich auf. Zackig. Ohne einen Laut, obschon in seinem Oberschenkel ein Schnitt klaffte. Mit der Bewegung floss Blut heraus, aber er verneigte sich und quälte sich hinaus.

Frenna, bislang mit dem Rücken zur Tür, wandte sich um. Sie trug ein seidenleichtes Gewand in Rot und einen Schleier, der Haar und Antlitz verhüllte. Sie verneigte sich nicht. Sie grüßte nicht. Als Einzige in Dasgar genoss sie Immunität, womöglich gar Respekt.

„Frenna", sprach der Gebieter sie an und lud sie mit einer Geste an seinen Arm ein. „Komm mit uns."

Also plant er etwas Unheiliges.

„Rhaz." Er musste sie spüren, seine Bedenken. „Du hast deine Treue bewiesen. Ich möchte sie nicht verlieren. Du bist Teil der Seele Dasgars. Frenna wird deine Wunden kurieren."

Zuerst wollte er danken. Dann fand er seinen Willen wieder, wenigstens einen Teil davon, und entschied anders. „Warum nicht hier?“

Fast lag etwas wie ein Schmunzeln in den Mundwinkeln des Gebieters. Eines, das den ausdruckslosen Zügen nicht zu Gesichte stand. Unter dem kahlen Schädel wirkte es erzwungen. „Du weißt, wieso. Iksha. Du hast deine Treue bewiesen. Halte sie. Komm.“

Ihm blieb nichts anderes übrig. Die Aura des Gebieters untergrub sein Widerstreben, also folgte er. Wieder hinein in die Bergfestung, in Richtung der Lehrsäle. Von dort Treppen hinab. Immer tiefer, ins Herz der Berge, worunter nur deren Seele noch lag. Die Feuergruben. Dahin, wo Stille herrschte. Körperliche wie auch geistige. Wo die Macht der Berge die Seele beschwerte, sie zugleich verstärkte. Er ahnte, wo der Gebieter hinstrebte. Und lag richtig. Der Herr von Dasgar öffnete in einen langen, schmalen Raum mit gewölbter Decke. Er erinnerte an eine Kapelle, ein wenig auch an die Zitadelle. Hier fanden sich keine Bänke. Keine Waffenständer. Keine Teppiche. Nichts, nur Stein und ein daraus wachsender Altar.

„Rhaz Iksha Zar. Leg deine Klinge ab.“ Hohl und erdrückend schall der Befehl durch die Kapelle, indes der Gebieter auch Frenna einließ und nach ihr die Tür ins Schloss warf.

An deren Innenseite fanden sich stählerne Haken. Rhaz nutzte diese, um Izhir daran zu hängen. Auch den Waffengürtel. Zuletzt den Klingengurt. Er fühlte sich nackt. Wehrlos. Schmächtig. Ganz wie er sollte. *Ich bin bereit zu sterben. Aber ich sterbe nicht als Feigling.*

Der Gebieter warf die Robe über die Schulter und deutete auf den Altar. „Leg dich nieder.“

Rhaz beherrschte seinen Willen nicht für Widerstand. Nur

gerade so viel, dass er festhalten konnte. An seiner Würde. Das Einzige, was Dasgar ihm noch nicht genommen hatte. *Ich sterbe nicht als Feigling.*

„Du sollst nicht sterben, Sklave“, erwiderte der Gebieter, der die Gedanken erspürte. Er bedeutete der Heilhexe, nahe dem Altar Stellung zu beziehen. „Deine Dienste sind mir wertvoll. Deine Fähigkeiten sind einzigartig.“

Rhaz legte sich auf den Altar. Rücklings. Er starrte die Decke an. Faltete die Hände auf der Brust. Atmete, und atmete tief. Er atmete in den Bauch. Es half kaum.

„Alys ist nicht deine Schwester, Rhaz. Sie war es einmal, aber sie ist es nicht mehr. Du hast keine Familie. Du besitzt nichts. Du hast niemanden. Du bist ein Niemand.“

Ich bin kein Feigling. Gleich, ob er lebte oder starb. *Nicht klagen. Nicht schreien. Nicht zerbrechen.*

„Alys hat deinen Verstand verseucht. Sie schwächt deine Kraft. Deine Impulskraft. Sie stört deine Seelengabe.“ Der Gebieter streckte den Arm aus. Er ließ, die Handfläche nach unten gerichtet, diese über seiner Brust schweben. Spürte. Blendete. Grub mit Impulsen. „Eine Seuche in deinem Innern. Ich kuriere deine Seele und Frenna deinen Leib.“

Wie damals im Drill, er ahnte es, damals in der Bannschule. Der Gebieter würde seine Eingeweide durchpflügen, sein Inneres nach außen kehren, sein Herz zerreißen und von Frenna wieder zusammensetzen lassen. Er würde seine Seele unterwerfen. Die so leidlich zurückerlangten Bruchstücke einfangen und in Ketten legen. Erneut. Die Erinnerung löschen. Schlimmer noch, sie manipulieren. Ihn seiner Existenz berauben.

Wie damals.

In seinem Herzen regte sich Furcht. Nicht vor der Qual, die konnte er ertragen. *Aber ich will nicht vergessen.* Es kam ihm wie Versagen vor. *Nicht klagen. Nicht schreien. Nicht zerbrechen.*

Der Gebieter lachte. Trocken. Wie über einen Scherz, den er allein verstand. „Ich brach dich einmal, Sklave. Ich breche dich erneut."

Aus der Handfläche über seiner Brust schoss Energie. Elektrisierend, er sah sie mit bloßem Auge. Nur für einen Herzschlag. Dann fuhr sie ihm in den Leib. Es verwandelte sein Inneres in Feuergruben. Es blendete ihn auf allen Sinnen. Ein Schrei formte sich in seinem Hals. Er hielt ihn fest. Um ein Haar zersprengte es seine Kehle. Er schöpfte davon, verwandelte Qual in Kraft und fokussierte sie.

Der Gebieter grub tiefer. Grub gröber. Brutal. Ohne Rücksicht auf seinen Leib. Ohne Bedenken ob seines Lebens.

Flüssiger Stahl, flüssig von Hitze, ersetzte das Blut in seinen Adern. Er schmeckte welches auf der Zunge. Blut. Fühlte es im Rachen. Den Weg in seine Seele bahnte der Gebieter sich mit Gewalt. Die Impulse zerfetzten sein Inneres. Er nahm den Schmerz und baute einen Panzer um sein Bewusstsein. Es genügte nicht, um die Pein auszublenden, aber es hielt seinen Verstand beisammen. Und bewirkte, dass die Aura des Gebieters zu zittern begann. Dieser verlangte Einlass in seine Erinnerung. Sein Herz. Seine Seele. *Monster von Dasgar.* Er ließ es nicht ein. Stieß es zurück. Fuhr einen Sieg ein.

Einen kleinen.

Winzigen.

Einen unbedeutenden.

Der Gebieter seufzte. Vernehmlich, als bereite es ihm Behagen. „Du hast deine Fähigkeiten verfeinert. Recht so. Stell sie in meine Verfügung."

Nein. Er brachte es nicht hervor. Ein Lösen der Kehle würde die Schmerzen entfesseln. Und den Schrei. *Nicht schreien. Nicht zerbrechen.* Er presste die Kiefer zusammen und hielt den Atem fest.

„Wehrst du dich, leidest du."

Das tat er. Die Aura zersprengte seinen Panzer. Sie durchbrach seine Barrikaden. Sie fetzte die Mauern seiner Seele in Stücke. Er hörte sich stöhnen, gegen seinen Willen. Sein Inneres blutete. Frenna griff ein, er spürte ihre Fäden in seinem Leib. Sie hielt zusammen, was der Gebieter zerriss. Sie kurierte, was er anrichtete. Nicht vollständig, so wie Ura, und nicht, um ihm zu helfen. Nur, damit er am Leben blieb. Es steigerte die Qualen. *Nicht zerbrechen.*

„Du wirst zerbrechen, Sklave."

Er befand sich kurz davor. *Gehst du nach Dasgar, reißt er dir das Herz heraus.* So fühlte es sich an. Er konnte nicht atmen. Verlor die Sinne. Die Beherrschung. Er entsann sich, dass der Gebieter ein Stilett stets bei sich trug. Am Gürtel. Er langte danach. Bäumte sich gegen die Qual auf, die ob der Bewegung ihm die Sicht raubte. Er berührte das Heft mit den Fingerspitzen.

Ein Fehler.

Ein Bann fiel auf ihn. Ein fragiles Netz, rasch geknüpft, deckte ihn zu und hinderte ihn daran, die Waffe an sich zu nehmen. Er riss daran und schlüpfte durch die Lücken, doch die Knoten verdichteten sich. Je mehr er sich wehrte, umso strammer wickelte es ihn ein. Er suchte einen Ausweg. Verhedderte sich. Der Bann fixierte seinen Leib. Er verlor das Gefühl für die Muskeln. Konnte sie nicht ansteuern. Fett fühlten sie sich an und zuckend. Wie Maden auf seiner eigenen Leiche, derweil das Graben des Gebieters ihn in Stücke riss. Er hielt nicht länger an sich. Er wollte schreien, seinem eigenen Vorsatz zum Trotz, und konnte nicht. Nicht mehr. Der Bann hinderte ihn. Er lähmte seinen Körper und lähmte seinen Geist. Es gelang nicht, die Qualen auszusperren. Er lag ausgeliefert. Geblendet. Gebannt.

Er zerbrach.

Sein Wille zuerst, der Rest seiner Würde. Dann sein Herz. Zuletzt die Seele. Der Gebieter drang ein. Schnitte, präzise, zerstückelten Alys' Antlitz vor seinem inneren Auge. Sie blutete ihr Leben aus in seiner Seele. Ging darin unter. Verschwamm. Die Echos ihrer Stimme verklangen. Eins nach dem andern, und schließlich das letzte. *Selbst ein Niemand kann Jemand sein.* Es pulsierte wie ein Herzschlag. Es flackerte wie ein Stern. Und fiel. Es zog einen Schweif von Licht und Energie. Hinterließ Dunkelheit. Verblasste.

Dann fing es noch einmal Feuer. Ein Gleißen. Ihm droschen Impulse in den Geist. Vielstimmig. Aus Ebenen von Alter, Gestein und Schmerz geformt, gestählt vom Feuer in der Seele von Dargalash. *Das Amulett.* Er erinnerte sich daran. Noch. Die Energie erreichte ihn, als schöpfe es auch aus seiner Not und bündele diese. Dadurch geeint, obschon er es nicht berührte, bot es sich ihm dar. Er zögerte nicht. Er langte hinein und zehrte davon. Seine Seele erbebte. Womöglich riss es sie in Stücke. Aber es riss sie aus den Fängen des Gebieters frei, und das genügte. Er stieß den Gräber von sich, mit aller Macht. Formte die Kraft. Fokussierte den Geist. Schickte einen Impuls. Einen, der fast sein Herz zerquetschte.

Es knallte.

Es bebte.

Fetzen der Kapelle stürzten in sein Sichtfeld. Staub rieselte von der Decke. Frenna ließ von ihm ab und eilte zur Tür. Die Wunden in seinem Innern rissen auf. Er setzte sich darüber hinweg. Sah den Gebieter auf den Knien, dessen Aura ein Flackern. Verstört, vielleicht geschwächt. Das Amulett aber strahlte, es strahlte in seinen Geist. Er legte alle Kraft in einen weiteren Impuls. Den Gebieter warf es zu Boden, das Bannnetz zerriss. Geschwind durchtrennte er die

Knoten. Er kam frei, kam auf die Beine. Und fiel. Der Nachhall der Qual raubte seine Leibeskräfte, die Erde schüttelte ihn als Antwort auf seine Impulse. Ganze Brocken lösten sich von der Decke, zerschlugen am Boden und schleuderten Splitter nach ihm. Er deckte das Gesicht mit dem Arm. Spähte darunter hervor.

Die Tür.

Nichts wie raus.

Der Gebieter dachte es ebenso. Er rappelte sich auf die Füße und wankte los. Rhaz tat es ihm nach. Auf dem buckelnden Grund konnte er sich kaum halten. Jedoch, er hielt sich besser als der Gräber. Er holte diesen ein. Und überholte ihn. Ein Fels ging neben ihm nieder. Die Wucht des Aufschlags versetzte ihm einen Stoß. Er taumelte gegen den Feind. Sofort drosch dieser auf ihn ein, mit Fäusten, Knien und der Macht seines Geistes. Rhaz krümmte sich. Er ging nieder. Wand sich, kroch durch Staub und Splitter. Aus Gewohnheit und mangels Kraft. Das Amulett aber rief nach ihm. Mehr noch, es verlangte. Es überflutete ihn mit Energie. Er raffte sich hoch. Wich dem nächsten Tritt aus und blockte den folgenden Impuls. Langte nach dem Artefakt. Erst mit dem Geist, dann mit der Hand. Seine Finger tauchten in die Robe des Gebieters, fanden es, wie davon angesaugt, und umschlossen es. Der Gräber packte ihn beim Handgelenk. Rhaz warf all die Kraft des Amuletts in einen Impuls.

Ein Knall.

So betäubend, ihm gaben die Knie nach. Der Lärm verstummte, nur noch ein Fiepen in den Ohren. Der Gebieter segelte. Rücklings schlug er gegen die Wand der Kapelle und stürzte zu Boden.

Es regnete Felsen, es hagelte Steine. Rhaz sah nicht, wie es um den Herrn bestand. Ob er sich aufrappelte. Er blieb nicht, um es herauszufinden. Das Amulett umklammert, warf er sich zur Tür. Mit Impulsen blockte er die Steine ab und zerschlug die Felsen. Ihn überschütteten Splitter und zerschnitten seine Haut. Feuriger Schmerz begleitete ihn zum Ausgang. Er riss Izhir an sich, auch Waffengürtel und Klingengurt, und hetzte den Korridor entlang. Die Treppen hinauf. Er stolperte und fiel. Sein Kinn schlug auf einer Stufe auf. Schatten schwappten ihm ins Sichtfeld. Sein Bewusstsein versank in Finsternis. Ihm fehlte der Atem. Er rang darum. Die Luft zerkratzte seine Lunge. Er hustete Staub und Blut, ein Würgreiz überfiel ihn. Dieser quälte die Wunden an und in seinem Leib, der Schmerz beschwerte die Dunkelheit in seinem Geist. Zwischen den Fingern aber pulsierte das Amulett. Geladen mit Energie von den Beben, der Kraft der Feuergruben, der Last des Alters der Berge. Seinem Schmerz. Und Zorn.

Nicht nur seinem.

Der des Gebieters holte ihn ein. Eine Aura, so schwer wie Blei. Schwerer noch, sie zwang ihn auf der Treppe nieder und presste seinen Leib gegen die Stufen. Ein Bann. Die Knoten sprenkelten ihn wie Blutstropfen. Er zerfetzte sie mit Hilfe des Amuletts und zwang sich auf die Füße. Taumelte weiter. Einen Blick zurück wagte er nicht, aus Sorge, das Gleichgewicht zu verlieren. Die Geisteskraft des Gräbers blendete ihn mit Verzagen. *Ich schaffe das nicht. Ich werde sterben. Ich bin ein Niemand.*

Ein Echo behauptete etwas anderes. Eine gesichtlose Stimme in seinem Hirn, die ihre Wurzeln in der Seele fand. *Selbst ein Niemand kann Jemand sein.*

Ein Stich.

Ein Funken.

Ein jäher Gedanke. *Wenn ich sterbe, dann sterbe ich nicht als Niemand.* Er musste sterben. Der Gebieter würde ihn nicht leben lassen. Gewiss nicht. Er konnte nicht fliehen. Durfte es nicht versuchen. *Ein Gestählter von Dasgar flieht nicht. Niemals.* Er umklammerte das Amulett. Fest. Noch fester. Trieb sich die Fingernägel ins Fleisch. Blut füllte seine Handfläche. Die Treppe rauf. Immer schwerer lastete jene Aura auf ihm, der Versuch, ihn mit einem Bann zu lähmen. Allein das Amulett bewahrte ihn davor. Unerschöpflich, die Macht, die es aus Dargalash zog. Er selbst jedoch langte am Ende an. Am Ende seiner Kräfte. Er hustete, und hustete Blut. Ging in die Knie. Schaffte es auf und wankte weiter. Er wankte ins Freie.

In die Nacht.

Er warf den Kopf zurück und sog die Luft ein. Über sich die Sterne. Zahlreich, und sie kreisten. Es warf ihn auf die Knie. Diesmal gelangte er nicht wieder hoch. Aus dem Augenwinkel sah er Fackeln. Stimmen durchbrachen das Fiepen seiner Ohren. Rufe. Fragen. Drohungen. Alles unerheblich. Die Finsternis der Nacht, die seines Sichtfeldes, die seines Geistes durchbrach allein der Gräber. Dieser langte im Ausgang des Tunnels an und schritt auf ihn zu. Gemächlich. Oder geschwächt. Dabei nicht weniger mächtig. Er knüpfte einen neuen Bann. Einen, versetzt mit Klingen, um ihn im Innern zu zerfetzen. Um ihm das Herz herauszureißen. Oder die Seele. Der Gedanke blendete ihn, er fühlte das Verlangen. Ihn quälen. Ihn zerbrechen. Zuletzt ihn vernichten.

Ich sterbe, aber ich sterbe nicht allein. Er blockte den Gebieter. Erneut. Zerschlug den Bann, genehmigte nicht das Eindringen in seinen Geist. Er drängte die Blendung aus seinem Bewusstsein. Ihm fehlte die Kraft, es noch einmal abzuwehren, selbst mit dem Amulett. Er musste sich sputen. Er musste handeln.

Jetzt.

Er fühlte in das Artefakt hinein, tiefer denn je. Darin fand er die Kräfte, die es in seinem Innern gefangen hielt. Vom Gleißen der Sterne. Aus der Hitze der Nacht. Die Wirbel der Luft von seinen Atemzügen. Das Amulett bündelte all dies, und er zerrte es heraus. Er formierte die Kräfte in seinem Innern und fokussierte seinen Geist für einen Impuls. Einen endgültigen. Einen, geschöpft aus Lebenskraft. Seiner eigenen Lebenskraft. Die reinste, die mächtigste aller Kräfte. Es würde ihm das Herz zerreißen.

Aber nicht nur seins.

Er richtete den Blick auf den Gebieter. Und den Fokus. Ihm zog ein Lächeln in die Mundwinkel. Es fühlte sich nach einer Drohung an. *Wenn ich sterbe, dann stirbst du mit mir.* Der Herr von Dasgar las es richtig. Auch er formte seine Kräfte, Rhaz spürte es. Zwei Gewalten, die aufeinandertrafen. Mit etwas Glück brachten sie die Krone von Dargalash zum Einsturz und begruben Dasgar unter ihren Trümmern.

Das ist ein guter Tod. Ein bedeutsamer. Kein Niemand, sondern ein Jemand. Derjenige, der Dasgar fällte.

Ein Impuls schlug ihm entgegen. Einer, so jäh und stark, dass er ihm die gebündelten Kräfte entriss. Sie zerplatzten wie Seifenblasen an seinen Fingerspitzen. *Versager.* Er rechnete mit dem Tod. Doch nicht ein Impuls des Gebieters traf ihn, sondern ein anderer. Vage vertraut. Dieser zerschlug auch die Kräfte des Gräbers. Ein weiterer folgte. Noch stärker, es warf ihn um. Rücklings schlug er auf dem Felspfad auf. Er wälzte sich herum und suchte Atem. Tastete in Leere und erkannte den Hang. Um ein Haar fiel er. Er rollte sich herum. Etwas pulsierte an seiner Brust. Etwas strahlte in sein Inneres. Nicht das Amulett. Etwas reineres, womöglich älteres, sehr viel lebendigeres. Er fasste danach. Die Schuppe.

Die Schuppe des Flugwurms.

Noch ein Impuls. Dieser nagelte ihn am Grund fest. Ein

Stöhnen entwich durch seine Kehle. Er spuckte das Blut aus. Blinzelte. *Wo bin ich? Wer bin ich?* Die Finsternis verzehrte ihn. Er sah noch, dass auch der Gebieter am Boden lag. Reglos, der Bann fesselte selbst ihn.

Dann sank das Jho herab. Ein vertrautes Jho.

Oh Alte Mutter, steh mir bei.

Ein Schatten verdunkelte die Sterne, die wenigen, die seine Augen noch erfassten. Der Schatten erstrahlte, als fange er das Licht der Gestirne und spiegele es auf seinem Leib. Durchbrochen von Furchen, das Schimmern, von kaum verheilten Wunden. Die Barteln am Fang zuckten, die Lefzen der platten Schnauze zogen sich zurück. Die Nüstern bebten. Auf dem Wind schwebte das Vieh herab. Auf ihn herab. Er lachte. Lachte dem Tod ins Gesicht. Jetzt konnte er ihm noch nicht einmal mehr eine Bedeutung verleihen. *Also doch ein Niemand.*

Ein Versager.

Viehfraß.

Die Seitenflossen zitterten, die am Schwanz schlug aus. Die Rache kam über ihn. Das Vieh zerrte an Zeit und Raum. Dasgar ergriff Verteidigung. Ein Hagel von Impulsen stach auf die Bestie ein, die Querschläger prasselten auf ihn herab. Er blockte, so gut er konnte, und kroch rückwärts. Weg, nur weg. Irgendwo funkelte eine Klinge. Das Wesen fauchte. Es zitterte, leuchtete und jagte einen weiteren Impuls los. Einen so heftigen, er musste ganz Dasgar von den Beinen fegen. Ihn selbst traf er aus unmittelbarer Nähe. Es quetschte ihm sämtliche Luft aus der Lunge, prügelte auf seine Verletzungen ein und schlug gegen seine Stirn. Die Wucht warf ihn zurück, sie warf ihn nieder auf dem Felspfad. Sein Schädel schepperte auf Stein. Die Finsternis vervollständigte sich. Darin bloß noch das Schimmern des Wurms. Sich streckende Vorderläufe. Klauen, Zähne.

Er schloss die Augen. Ergab sich. Und versagte. Ihm kam eine Klage von den Lippen. Eine letzte. Für einen Schrei genügte die Kraft nicht mehr.

Er zerbrach.

Diesmal endgültig.

Ihm blieb nicht ausreichend Bewusstsein, um seine Lebenskraft erneut zu formieren und den Gebieter mit in den Tod zu reißen. Er starb, und er starb ohne Bedeutung. *Ich war ein Niemand. Ich bin ein Niemand. Ich sterbe als ein Niemand.* Der Gedanke begleitete ihn in die Finsternis, und diese schluckte sogar das Flimmern des Flugwurms. Immerhin, die Alte Mutter zeigte sich gnädig. Er spürte die Klauen an seinem Leib kaum, ehe sie ihm die Besinnung raubten.

WAS ZERREIßT,
KANN SICH ZUSAMMENFÜGEN.

Ein Funkeln durchbrach die Finsternis. Licht sickerte ihm ins Blut. Vage nahm er das von seinem Handgelenk baumelnde Amulett wahr, und die Gurte, die an seinem Rüstzeug, an seinen Gliedmaßen verfangen hingen. *Izhir.* Das Gewicht zerrte ihn herab, aber er fiel nicht. Der Klingengurt rasselte, rhythmisch bewegt. Das Amulett pulsierte. Es musste eine Menge Energie fassen. Eine Unmenge. Er konnte sie nicht schöpfen. Sein Geist funktionierte nicht. Sein Körper noch weniger. Beides bestand aus Schmerz. Und Erschöpfung. Er bekam die Augen nicht auf. Versank in Finsternis, diese versetzt mit Blut.

Der Strom an Licht ebbte nicht ab. Es hielt ihn fest. Hielt ihn zusammen. Nährte ihn. Er glaubte, Stimmen zu hören. Jemanden, der seinen Namen rief. Nein, nicht seinen Namen. Seine Seele. *Geh nicht.* Er wollte antworten. *Ich gehe nirgends hin.* Aber er konnte nicht. Er ließ den Atem weichen und lauschte auf sein Herz. Glaubte, dass es erstarrte. Dennoch schlug es weiter. Langsam. Zu langsam, selbst für ihn. *Nicht mein Herz.* Flüchtig funkte Furcht auf, aber sie verblasste sogleich. *Spielt keine Rolle.* Die Verletzungen in seinem Innern vom Graben des Gebieters raubten sein Leben. Er fiel in die Dunkelheit. Schon wieder. Die Schleiergefilde schluckten ihn. Erneut. Jemand fing ihn ein. Noch einmal.

„Ura."

„Rhaz. Du hättest es beenden können.“

„Ich …“

„Du hast versagt.“

Ich weiß. Er suchte eine Rechtfertigung. „Ich habe nicht versagt. Ich habe mich nicht ergeben.“

„Du hast dich selbst in diese Lage gebracht. Wozu, wenn du ihr entfliehen wolltest?“

„Ich musste mein Wort halten. Eine Schuld begleichen.“ *Erledigt.* Er hatte das Amulett gebracht. Seinen Dienst erfüllt. Sich aus eigener Kraft befreit und es zurückerlangt, ohne sich eine neue Schuld aufzuladen. Ein Funken Triumph erblühte in seinem Innern. Ein Gefühl von Freiheit.

Ura vernichtete es. „Freiheit ist eine Illusion. Du hast auch eine Schuld bei mir.“

„Ich weiß nicht, wie ich sie begleichen soll. Ura. Sag es mir.“

„Fürs Erste, lebe.“

Er blutete sein Leben aus, äußerlich wie innerlich. Schon wieder. „Ich kann nicht.“

„Du musst.“

„Dann hilf mir.“

Sie lächelte. Eigentümlich, wie eine Großmutter ihren Enkel belächelte. „Nein, Rhaz.“

„Ura …“

„Du bekommst meine Hilfe nicht. Du hast versagt.“

Wie von ihren Worten verstärkt, pulsierte jenes Licht in seinen Adern. „Was ist das?“

„Dein Verdienst.“

„Ich verstehe nicht.“

„Das wirst du.“

Er glaubte es nicht. Allein, für den Moment tat es nichts zur Sache. „Sag mir, wer du bist.“

„Du weißt es schon.“

„Die Alte Mutter?“

Keine Antwort.

„Ura. Warum ich? Was willst du von mir?“

„Hast du eine Ahnung, wer Dasgar ins Leben rief, und wozu?“

„Nein.“

Sie trat näher. Näher an den Altar, den er erst jetzt zur Kenntnis nahm, kalt und hart wie ein Grabstein an seinen nackten Leib geschmiegt. In der Grotte herrschte Dunkelheit. Fast vollständig. Eine einzige Kerze brannte, eine am Kopfende des Opfertisches. Im Flackern machte er Gestalten aus. Verschleierte Lakaien, die im Pentagramm den Altar umstanden und Uras Aura stärkten. Die ihn hier festhielten. Ihn vor dem Tod bewahrten, derweil wer auch immer ihm half. Womöglich Frenna. Allein, es ergab keinen Sinn.

Auch Uras Worte ergaben keinen Sinn. „Der Eskelforst hatte eine Seele. Du kennst die Geschichte.“

„Eine Geschichte, derentwegen die Dryaden mich töten wollten. Viele sind gestorben wegen dieser Geschichte.“

„Grämt es dich?“

„Ja.“

„Ich dachte, Dasgar hätte dich verdorben, Rhaz. Ich wähnte dich auf einem Pfad der Niedertracht.“

„Warum gabst du es mir, das Amulett, wenn du es so dachtest?“

„Weil niemand sonst in Dasgar die Macht besitzt, es zu beherrschen.“

„Wozu brauchst du einen Gestählten?“

„Auch Dargalash besitzt eine Seele. Wie jener Forst. Eine rastlose, eine blutdurstige Seele. Eine kranke. Die Dryaden fanden einen Weg, die Waldesseele zur Ruhe zu betten. Die Menschen aber, die mit Dargalash rangen, nähren sie mit

Blut und Leid. Bis heute.“

„Der Drill.“

„So ist es.“

„Das also willst du von mir? Dass ich die Seele von Dargalash zur Ruhe bette?“

„Ja.“

„Wie soll ich das anstellen, Ura? Ich verstehe die Seele eines Berges nicht. Ich bin keiner, der eine solche Macht besitzt. Ich bin ein Niemand.“

„Du bist der Sohn einer Hexe. Ein Seelenbegabter. Ein Zwilling noch dazu. Hexenblut verleiht einer Gabe mehr Kraft als gewöhnliches Blut. Zwillingsblut verstärkt die Seele. Alys stärkt deine Seele. Du bist ein Gestählter. Du hast den Blutdurst der Bergseele überlebt, den Drill von Dasgar. Du verfügst über außergewöhnliche Macht, schon von blutswegen, und die Fähigkeiten deiner Ausbildung obendrein. Deswegen gab ich dir das Amulett, Rhaz.“

„Und das sagst du mir erst jetzt?“

„Du hättest es nicht verstanden zuvor.“

Wahrlich. Weil nichts von alldem einen Sinn ergab. Weil nichts davon den Grundsätzen entsprach, nach denen er lebte. Oder den Geboten von Dasgar. „Ich begreife es selbst jetzt kaum.“

„Das genügt. Fürs Erste.“

„Ura. Wie soll das gehen? Ich weiß nicht, wie man eine Seele zur Ruhe bettet.“

„Die Seele fand ihren Hort. Der Gebieter, das Monster von Dasgar. Töte es.“

„Das habe ich versucht.“

„Du hast versagt.“

„Ich weiß.“ *Ich wäre gestorben, um es zu beenden.* Mit Seligkeit. Es hatte sich richtig angefühlt. Und bedeutsam. Wenn er jetzt weiterlebte, lebte er als ein Niemand. Als ein Versager.

Aber ich bin nicht geflohen. Ich habe mein Wort gehalten. Und meine Schuld beglichen. Er biss sich auf die Zunge. *Ich bin kein Feigling.* Daran hielt er sich fest, an dem Gedanken. „Du hattest mir nicht gesagt, Ura, was ich tun soll. Es bestand kein Auftrag. Ohne Auftrag kann man nicht scheitern. Ich habe nicht versagt."

Sie kicherte. „Rede dir das ein, wenn es dir das Herz erleichtert."

Mein Herz. Er fühlte es nicht. Keinen Schlag. Gleichwohl pulsierte sein Blut, wie von einem Herzen getrieben. Zu langsam, nach wie vor. Zu langsam selbst für ihn im Vollbesitz seiner Kräfte. Das Licht in seinen Adern versengte ihn, und es schloss seine Wunden zugleich. Innere wie äußere. Ihn beschlich das Gefühl, dass ihm an diesem Ort nicht mehr viel Zeit blieb. „Du hast mich benutzt, Hexe. Wie einen Sklaven."

„Du bist ein Sklave, Rhaz Iksha Zar. Ein Niemand."

„Ich bin kein Sklave."

„Du täuschst dich."

Ich täusche mich nie. Er brachte es nicht über die Lippen. Es stimmte nicht. Er hatte sich getäuscht. Täuschte sich noch immer. Womöglich mehr als jeder sonst, sogar in sich selbst. Vor allem in sich selbst. „Du hast mich betrogen, Ura, aber du hattest trotzdem Recht. Irgendwo in meinem Innern erinnere mich, wer ich bin. Ich bin kein Sklave. Ich bin kein Niemand. Ich trage einen anderen Namen."

„Rhaz Ikas sha'Zar. Ich weiß." Sie lachte. Womöglich lachte sie ihn aus.

Oder sie lachte über seinen Willen. Er stählte diesen. „Ich bin kein Sklave. Ich bin kein Niemand."

„Ein Name genügt nicht, Rhaz. Beweise es."

„Das habe ich getan."

„Nein. Du hast versagt."

Er schluckte den Protest. Ihm ging die Zeit aus. „Ich habe einen Fehler gemacht. Ich korrigiere ihn." Er suchte ihren Blick. Dieser dunkel, er offenbarte den Pfad in den Pfuhl ihrer Seele. Ihrer Geheimnisse. Er konnte sie nicht lesen, aber er konnte sie erkunden. Womöglich sie aufdecken, eines Tages. „Ura. Ich halte mein Wort. Immer. Ich begleiche meine Schuld. Jede. Sag mir, was ich tun muss."

Sie hörte zu lachen auf. Sah ihn an. Lange. Bedächtig. Und nickte. „Wer weiß. Vielleicht tust du das tatsächlich."

„Ich gelobe es." Er brachte seine Aufträge zu Ende. Auch diesen. Er musste, um seine Schuld zu begleichen. Die Schuld für das Amulett. Es rief nach ihm, er spürte es. „Ura. Sag schon."

„Töte das Monster von Dasgar."

Es kam ihm nicht unmöglich vor. Nicht mehr. *Ich habe ihn geschlagen. Ich kann ihn bezwingen.* Er stählte auch diesen Gedanken. „Die Dryaden glaubten, den Hort einer Seele zu töten, würde diese befreien. Wie banne ich sie?"

Sie neigte sich über ihn, kehrte sein Starren um und drängte ihn aus der Offensive. Jetzt schaute sie ihm in die Augen. Ihr Lächeln verriet, dass sie tief blickte. Zu tief. „Erlange Macht über sie und banne sie."

„Wie?"

„Du wirst es wissen, wenn es so weit ist."

Er presste die Kiefer aufeinander und löste sie wieder mit Mühe. „Braucht es ein Blutopfer?"

„Eine blutdurstige Seele ruht in Blut am tiefsten."

„Wessen Blut?"

Sie neigte sich herab. Nah, näher noch. Hob eine Hand und legte die Finger an seine Wange. Sie spürte in sein Inneres. Seine Barrikaden lagen in Trümmern. Er konnte sie nicht hindern. Anders als der Gräber schlug sie jedoch keine Wunden, und sie verursachte ihm keine Qual. Ihr Forschen glich einem Streicheln. „Deine Seele. Du hast sie gut vor mir verborgen, Rhaz. Sie ist stärker als ich dachte."

„Meine Seele. Das Amulett zerreißt sie, oder nicht?"

Sie beendete ihr Tasten und ersetzte es durch ein weiteres Lächeln. „Was zerreißt, kann sich zusammenfügen. Deine Seele liegt in Dasgar in Ketten. Entreiße sie. Erfülle den Auftrag."

„Treibt es sie dir zu?"

„Ich bin die Mutter aller Seelen, Rhaz. Es wäre nur recht so."

„Ich verstehe nicht. Ura …"

„Ich setze Vertrauen in dich. Enttäusche es nicht."

„Ura. Sag mir, was mit meiner Seele geschieht."

„Deine Zeit ist um. Verschwinde."

Sie verschwamm vor seinen Augen. Flackerte. Die Kerze neben seinem Kopf flackerte. Die Verschleierten flackerten. Die Grotte rückte in die Dunkelheit. Die Flamme verlosch. Ura ging unter in der Finsternis. Er selbst ging unter. Hielt sich fest, an seinem Willen. Blinzelte. Kniff die Lider zusammen und blinzelte erneut. Über ihm Deckenbalken. Kerzenlicht warf Schatten dagegen, in einem Kamin knisterte ein Feuer. Decken hüllten ihn ein. *Zu warm.* Er konnte kaum atmen. Die Arme von den Daunen befreiend, schob er diese von sich. Er erspähte ein Fenster und Nacht davor, wusste von der Hitze dort draußen und sehnte sich dennoch nach Luft. Nach frischer Luft.

„Rhaz." Hände auf seinen Schultern, sie drückten ihn nieder. „Rhaz, bleib liegen."

Ein Gesicht schwebte über ihm. Ein erschöpftes, hageres, und ein Kornblumenfeld in der Sonne. Es blendete ihn mit dem Geruch von Sommer, Stroh und Blütenduft. Mit dem Gefühl einer kühlenden Brise auf der Haut. Mit Ruhe. Und Frieden. In seiner vom Gebieter Dasgars zerfetzten Seele setzte sich ein Bild zusammen, aus den Scherben. Seine Erinnerung wies Brüche auf, aber er kannte sie noch. Und erkannte sie. „Schwester."

Sie lachte. Es klang nach Erleichterung. Über ihre Wange kullerte eine Träne. Geschwind wischte sie sie fort und lockerte den Griff an seinen Schultern.

Er nutzte es, um die restlichen Decken loszuwerden. „Alys. Bitte. Mach das Fenster auf."

Sie blieb an seiner Seite sitzen. Jemand anderes öffnete das Fenster. Dieser trat danach an einen Tisch, schenkte aus einem Krug Wasser in einen Becher und brachte es herüber. Das Kerzenlicht enthüllte Yorick. Auf dessen Gesicht klebte Schweiß. Dicke Perlen strömten abwärts, derweil er ihm den Becher reichte. „Du bist durstig."

Keine Frage, eine Feststellung. Der Kerl musste es spüren. Gewiss spürte er auch eine Menge sonst, womöglich zu viel. Im Augenblick kümmerte es ihn nicht. Er stemmte sich hoch, auf die Ellenbogen, nahm den Becher und trank in einem Zug leer.

Yorick brachte den Krug und schenkte nach. Fahrig, dem Spürer zitterten die Finger.

Ihm fielen Alys' Worte ein, gesprochen im Wald der Dryaden. *Er erträgt deine Nähe nicht.* Hier ertrug er sie, aber wie es aussah, nur mit Mühe. Geschwind prüfte er sein Inneres und richtete es, so gut er konnte. Es genügte nicht, um die Fassung zu erlangen oder seinen Gleichmut, doch es stellte einen Anfang dar. Danach prüfte er sein Äußeres. Er trug seine Sachen nicht, nur ein Leinenhemd, und tastete dadurch nach den Wunden. Nicht länger fett und madig fühlten diese sich an, sondern geschmeidig. Sie schmerzten noch. Vom Graben des Gebieters kam er sich wund und ausgelaugt vor, äußerlich wie innerlich. Von Heilung konnte keine Rede sein, aber es stand besser um seine Wunden als es durfte. Wenn auch der Zustand fragil war.

Er leerte den Becher erneut. „Ist hier eine Heilhexe?“

Alys erschauerte, dann schüttelte sie den Kopf. „Nein.“

Es gab also nur eine Möglichkeit. Er hob sie sich für später auf. *Eins nach dem andern.* Und das offensichtliche zuerst. „Wo sind wir?“

„Im Gasthaus. In Keval.“

„Die gewähren mir Obdach?“

Yorick kicherte. Trocken. „Ist nicht so, als hätten sie eine Wahl gehabt.“

Ein Seitenblick von Alys, ehe sie die Worte mit einem Lächeln milderte. „Gunna hegt keinen Groll gegen dich.“

Ihm stand Torre vor Augen und dessen Schar von Haudegen. Auch die zertrümmerte Palisade und die in seinen Rücken gebohrten Blicke von Hass. „Aber die anderen. Alys. Sag schon.“

„Nun ja.“ Sie schaute zu Yorick, danach an die Decke. „Schätze, sie hatten keine Wahl.“

„Erkläre das.“

Das tat sie nicht.

„Alys.“ Sein Verdacht verhärtete sich. Aber eine Ahnung machte noch keine Gewissheit, und ihm fehlte der Hergang des Ganzen. „Wie bin ich hergekommen? Sag schon.“

Ihre Augen versanken in seinen. Ob gewollt oder nicht, sie versuchte ihn zu blenden. Mit Arglosigkeit. „Du hattest Glück. Sorge dich darüber nicht.“

Oh doch. Irgendwo fand er die Kraft, ihr Eindringen zu blocken. Er ahnte Unausgesprochenes. Eine Menge. Auch eine Menge Bedeutsames. „Sag es mir.“

Sie schwieg.

Yorick zog einen Hocker heran und setzte sich darauf. Dann stützte er die Ellenbogen auf den Knien ab, lehnte sich vor und faltete die Hände. „Der Flugwurm hat dich hergebracht. Er legte dich ab und … Er hat sehr deutlich gemacht, dass er keine Feindschaft gegen dich duldet.“

„Der Flugwurm.“

„Ja.“

Alys ergriff seine Hand. Impulsiv, unbedacht, und sie neigte sich vor. „Rhaz, du warst leichenblass und voller Blut. Hast kaum geatmet. Ich konnte dein Herz nicht fühlen.“

Er betrachtete ihre Finger. Kein Stich, diesmal. Ihre Berührung brandete nicht wie ein Orkan in sein Inneres, sondern wie ein Wind. Ein belebender. Willkommener. Darüber sann er nach, zuerst, und fand als Erklärung die Festigung ihres Blutbandes. Im Anschluss widmete er sich ihren Worten. Und schluckte. Es passte. Passte zu seinem Verdacht und zu seiner Erinnerung. Der zu langsame Herzschlag. Nicht seiner, sondern der des Wurms. Das Licht in seinem Blut. Energie, von einer Bestie ihm vermacht, um sein Leben zu retten und die Wunden zu kurieren. *Keine Magie, bloß Distribution.*

Es schauderte ihn. Uras Worte klangen ihm nach. *Dein Verdienst.* Sein Kampf gegen den Flugwurm. Das Vieh hatte die Flucht ergriffen statt bis zum Ende zu kämpfen. Sein Leben gegen Feigheit getauscht. Nach den Geboten von Dasgar bescherte das Aufgeben des einen dem andern dessen Treue. Und Dienste. Allein, er hätte keinem Tier so viel Edelmut zugedacht. Schon gar nicht außerhalb seiner Art. Ihn schauderte es erneut.

Rasch richtete er die Gedanken wieder Alys zu. „Weiter. Sag mir alles.“

Sie nickte für eine Weile, ehe sie fortfuhr. „Ich konnte dich nicht wecken. Niemand konnte das. Yorick und Gunna brachten dich rein. Hierher. Du hast aufgehört zu atmen.“ Ihre Stimme machte einen Satz in die Tiefe. Sie schluckte, atmete und erbebte. Danach hielt sie sich im Zaum. Und ihre

Gabe auch. „Bruder. Ich hielt dich für tot. Dann hast du gezittert. Deine Haut, Rhaz. Eiskalt."

Deswegen das Feuer. Daher die Decken. Er prüfte sich selbst. Vergewisserte sich, dass er atmete. Und dass sein Herz schlug. Er fühlte es. Ganz gewöhnlich. Nicht zu schnell, auch nicht zu langsam. Vielleicht ein bisschen weniger rhythmisch als sonst. „Was dann?"

„Dann bist du aufgewacht."

„Verdammt."

Yorick lachte, diesmal aufrichtig. „Kann man wohl sagen, Mann."

„Rhaz." Abrupt gab Alys seine Hand frei, als entsinne sie sich des Vorfalls neulich im Wald. Sie verschränkte die Finger auf den Knien. „Was ist mit dir geschehen?"

„Hab mir wohl die Treue einer Bestie verdient." Er ließ den Blick durch das Zimmer schweifen und bemerkte seine Sachen ordentlich gefaltet und gestapelt auf einem Stuhl in der Ecke. Izhir obenauf. Er schaute noch einmal hinaus. Sterne funkelten durch das Fenster. „Wie lange bin ich schon hier?"

„Du hast einen ganzen Tag …" Sie rang mit dem rechten Wort. „… geschlafen. Und die halbe Nacht."

„Verdammt."

„Ein Glück, Bruder. Ich dachte, du …"

„Nein, Alys. Verdammt. Wir sind nicht sicher hier."

Yorick erhob sich und straffte seinen Gürtel. Er trug sein Schwert und legte die Hand ans Heft. „Du hast was angerichtet. In Dasgar."

Es bescherte ihm ein Lachen. „Kann man wohl sagen. Mann."

„Raus damit."

„Jemand macht Jagd auf Alys."

„Und? Das ist nicht alles, ich kann es spüren."

Die Wahrheit fühlte sich beschämend an. Gleichwohl, sie teilten jetzt sein Schicksal, Alys und Yorick, und verdienten seine Aufrichtigkeit. „Ich wollte ihn töten. Den Gebieter. Ist mir missglückt. Wenn sie erfahren, dass ich lebe, hetzen sie auch mich."

„Sie?"

Asha. Er hob die Schultern. „Einer. Zwei. Drei. Mehr. So viele er für nötig hält."

„Wieviele sind nötig für dich?"

Ich weiß es nicht. Wenn er das Amulett benutzte, gewiss eine Menge. „Spielt keine Rolle. Ich sehe nicht vor, mich hetzen zu lassen."

Alys rückte von ihm ab, ein Stück, aber ihre Seele an seiner gewann Nähe. „Was hast du vor?"

„Beenden, was ich angefangen habe." Damit schwang er die Beine über die Bettkante und richtete sich auf.

Sie jedoch packte ihn beim Arm und hielt ihn zurück. „Rhaz. Du brauchst einen Heiler."

„Ich brauche keinen Heiler." *Nicht mehr.* Höchstens eine Auszeit, bis die Wunden vollständig verheilten. Die jedoch würde eine Hatz aus Dasgar nicht gewähren. Und er nicht davonlaufen. Er machte sich frei von Alys, trat ans Fenster und spähte hinaus. Es gewährte Sicht auf den Dorfplatz und auf das Stallgebäude neben dem Gasthaus. Alles dunkel, augenscheinlich friedlich. „Der Flugwurm. Er ist noch da?"

Sie nickte. „Ja. Liegt meist auf dem Dach."

„Dem Dach?"

„Ja."

Ein Wunder, dass es dieses nicht zum Einsturz brachte. Entweder wog er nicht, was sein Leib versprach, oder er manipulierte die Kräfte der Natur und machte diese sich gefügig. Vermutlich Letzteres. Er langte nach seinen Sachen.

„Da ist noch etwas, das du wissen solltest", merkte Yorick

an, und er tat es sehr gefasst. Auf eine Weise, die Unheil verriet.

Rhaz hielt inne, das Hemd aufzuknöpfen. „Was?"

„Dieses Vieh hat seine Absicht ziemlich deutlich gemacht. Es hat jemanden getötet. Jemanden, der dir ein Leid tun wollte."

„Torre?"

Yorick biss sich auf die Lippe. Bleich, die Knöchel seiner das Schwertheft umklammernden Hand. „Schlimmer."

Die Wunden begannen zu klopfen. Dumpf, im Takt seines Herzens. Es verriet ihm, dass er sich von Heilung noch weit entfernt befand, auch wenn das Werk des Wurms dem einer Heilhexe nahekam. Er untergrub ein Schaudern. „Wen?"

Yorick trat näher. Er senkte die Stimme. „Vor dieser Tür sitzt ein Wächter. Er gehört zu einer Gruppe von Häschern. Aus Ivera."

Es ergriff ihn doch, das Schaudern.

„Es überrascht dich nicht", stellte der Spürer fest.

„Nein."

„Dann ist wahr, was sie sagen."

„Was sagen sie?"

„Du hast den Fürsten bestohlen. Man hat dich gesehen. Man hat dir Jäger auf die Spur geschickt, aber sie kehrten nicht zurück. Man fand sie im Wald. Tot. Diese Häscher sind dir auf den Fersen und kehrten bei Gunna ein. Torre hat geplaudert. Alles, was er über dich weiß. Oder zu wissen glaubt. Bereitwillig."

„Wundert mich nicht."

„Die Häscher sagen, du wärst das gewesen, der den Diebstahl begangen und die Jäger im Wald getötet hat. Sie erkannten dich auf dem Dorfplatz, als der Wurm dich herbrachte. Sie wollten dich überführen. Nach Ivera. Für einen Prozess.“

Alys trat heran. Sie verschränkte die Arme vor der Brust und suchte seinen Blick. „Ist es wahr, Rhaz?“

Ihre Stimme, ihr Blick, ihre Gabe. Sie verlangte nach der Wahrheit. Ihn selbst verlangte es danach, sich ihr zu öffnen, jedenfalls fühlte es sich so an. „Alys. Du blendest mich.“

„Ich weiß.“ Sie lächelte. Triumphal. „Du hast mir geholfen, Bruder. Ich verstehe es allmählich.“

„Gut so.“

„Ist es wahr? Hast du gestohlen? Und gemordet?“

„Es ist wahr.“

Sie schlug die Augen nieder, atmete tief und sah ihn danach wieder an. „Was hast du gestohlen?“

„Ich weiß es nicht. Es spielte keine Rolle, damals.“

„Eine Schuld, wie?“

„Ja, Alys. Eine Schuld.“ Und die beschwor jetzt Rache. *Macht es nicht besser.* „Der Wurm tötete einen von ihnen. Was dann?“

Yorick hob die Schultern und ließ sie wieder fallen. „Nichts. Seitdem wagen sie nicht, dich anzurühren. Aber ich glaube nicht, dass sie sich damit zufriedengeben.“

Ich auch nicht. Er fuhr fort, sich anzukleiden. „Ich regle das.“

Erneut wirkte Alys auf ihn ein. „Wie?“

Diesmal ließ er sich nicht blenden. Er blockte ihr Drängen ab.

„Bruder. Wie?“

„Schwester.“ Er wandte sich ihr zu und trat näher. Sie wich einen Schritt zurück. „Friedlich, wenn es geht. Mit Gewalt, wenn es sein muss.“

„Wo soll das hinführen, Rhaz?“

„Ich habe das nicht begonnen.“

„Doch, das hast du. Du hast …“ Sie langte nach ihm, mit

ihrer Gabe und mit ihren Fingern.

Sein Inneres bebte. Seine Seele blutete noch. Zuvor sacht, drängte Alys nun voller Gram. Er konnte dem nicht standhalten, die Barrikaden so rasch nicht richten. Er schlug ihre Finger fort, gröber als angemessen. „Fass mich nicht an.“

Sie erstarrte. Trat zurück. Nickte.

Yorick schnaubte.

Er selbst kleidete sich an. Geschwind, und ließ nichts weg, obschon das Gewicht des Rüstzeugs seine fragilen Kräfte beschwerte. Zuletzt hängte er sich das Amulett an den Hals und wagte einen Impuls. Die Energie des Artefaktes warf diesen weit, sammelte die Echos ein und trug sie ihm zu. Unverkennbar, die geballte Macht des Wurms auf dem Dach. Spuren von Zorn und Furcht, die sich in Kraft manifestierten, und das Brausen des Windes. Nichts Bedrohliches, soweit, aber jemand erwiderte den Impuls. Er wähnte dahinter einen der Häscher aus Ivera. Gewiss handelte es sich um fähige Kerle, womöglich ähnlich begabt wie jener Bannsprecher damals im Eskelforst. Er legte eine Hand auf das Amulett. Mit dessen Hilfe konnten die anderen sich mit ihm nicht messen. *Das wäre ein leichtes Spiel.* Dann gewahrte er den Abscheu auf Alys' Zügen. Dieser bescherte ihm einen Stich. Keinen impulsgetragenen, diesmal, sondern einen gewöhnlichen. Einen von Herzen. *Vielleicht gibt es einen anderen Weg.*

Vom Gang ertönte das Getrampel von Stiefeln. Zahlreiche Paare, die Häscher sammelten sich. Geweckt von seinem Impuls, vermutlich. Ehe sie sich dort draußen formierten, schloss er Waffengürtel und Klingengurt und hängte Izhir an der Hüfte fest. Sodann trat er aus der Tür auf den von einer Laterne erhellten Flur.

Sichtliches Verblüffen traf ihn. Drei Wachen bestanden

den Gang, drei weitere sprangen gerade von der Treppe auf den Korridor, darunter zwei Frauen. Eine davon zog alle Blicke auf sich und gab ein Zeichen, woraufhin jeder aus der Truppe nach seinen Waffen langte.

Rhaz wähnte in ihr die Führerin der Häscher und musterte sie. Drahtig, das Haar kurz. Praktisch für die Schlacht. Grazile Züge, sie wirkten zu zerbrechlich für eine Kriegerin. Jedoch, ihre Augen machten das wett. Die daraus strahlende Aura sprach von Erfahrung und Impulskraft. Diese nicht gering. Sie tat einen Schritt auf ihn zu und befeuerte ihn mit Impulsen. Prüfte ihn und tastete nach Schwachstellen. Womöglich, um einen Bann zu flechten. Er blockte sie nicht, sondern stählte sein Inneres und verbarrikadierte seine Seele und das Herz vor ihr, auf dass sie nicht zu tief schaute. Dann hob er die Arme. Beide, und wandte ihr die Handflächen zu. „Frieden, Herrin.“

„Krieg, Vagabund.“ Sie sprach leise. Ihre Stimme tönte wohl, aber sie verlieh ihr die Schärfe eines Skalpells. „Du hast ihn erklärt. Du selbst.“

„Das war nicht meine Absicht.“ Ehe sie intervenierte, streckte er ihr die Hände entgegen und machte einen Schritt auf sie zu. „Gesandte Iveras. Nenn Namen, Rang und Begehr, dann nenne ich dir meine und beantworte deine Fragen.“

Ein Grinsen trat auf ihre Züge. Ein schiefes. Ihre Augen blitzten, grau wie der Stahl ihrer Rüstung. „Frey aus Idholt. Handhexe Fürst Utreks von Ivera. Mein Begehr ist dein Gewahrsam. Und was dich angeht, so interessiert mich deine Person nicht. Fragen werde ich nicht stellen. Was du auch vorzubringen gedenkst, tu es vor dem Rat Iveras und büße für deine Vergehen.“

„Die da lauten?“

„Diebstahl. Hochverrat. Mord.“

„Ich habe auf iverischem Grund nicht gemordet."

„Du hast einen ganzen Jagdtrupp gemeuchelt."

„Der Eskelforst ist neutraler Grund. Und wilder zudem. Ihr dürft mich nicht belangen für die Dinge, die unter seinem Dach geschehen."

„Das nicht. Aber unser Wissen darum stimmt uns nicht gütig, was die anderen Taten angeht." Auch sie tat einen Schritt auf ihn zu. Ihre Energie schlug Funken, für das Auge nicht sichtbar. „Du bist einer. Wir sind sechs. Ergib dich und pfeif deine Bestie zur Ordnung."

Er erwiderte ihr Grinsen. Sah zu, wie das ihrige verblasste. „Ich sehe keinen Grund dazu." Außerdem wusste er nicht, wie. Auch nicht, ob er überhaupt Einfluss auf den Wurm besaß, und falls ja, in welchem Ausmaß. Aber das musste die Häscherin nicht wissen. „Frey. Dich interessiert meine Person nicht, aber sie ist von Bedeutung für dich und deinen Auftrag."

Sie stellte ein Bein vor, versetzte ihr Gewicht auf das hintere und verschränkte die Arme vor der Brust. Mit dem Kinn gab sie ein Zeichen. „Sprich."

„Als Handhexe Fürst Utreks handelst du in seinem Namen. Deine Taten gelten als die seinigen. Deine Verdienste ebenso. Und deine Vergehen."

„Du hast Hierarchie studiert. Bravo."

„Du stimmst mir zu?"

„Gewiss."

„Gut. Denn in Dargosh verhält es sich nicht anders. Mit Dasgar."

Ihre Heiterkeit verpuffte. Sie nahm wieder festen Stand ein und tauschte Blicke mit den Kameraden. „Gib dich zu erkennen."

„Rhaz Ikas sha'Zar. Gestählter von Dasgar. Meister in sämtlichen Disziplinen. Ich führte den Diebstahl in dem

Glauben aus, das Gut befinde sich unrechtmäßig in Iveras
Besitz. Ich handelte im Auftrag meines Gebieters, also richte
dein Begehr an ihn."

Sie überlegte. Ohne Zweifel. Wog ihre Möglichkeiten ab,
rechnete ihre Chancen aus. Letztlich kehrte ihr Grinsen
zurück. „Das wird Fürst Utrek tun. Vorläufig, solange dein
Gebieter das Diebesgut innehält, nehmen wir dein
Gewahrsam als Pfand."

Er ließ die immer noch ihr hingestreckten Handflächen
sinken. Sonst nichts, aber die Häscher langten wieder nach
den Waffen. Die Spannung wuchs. An seinem Hals das
Amulett riss sie an sich und verwandelte sie in Kraft. „Frey
aus Idholt. Ich lasse mich nicht in Gewahrsam nehmen."

„Und wir lassen dich nicht ziehen." Sie zog ihre Klinge.
Ihre Aura verhärtete sich, sie fokussierte ihren Geist für eine
Attacke.

Keineswegs befand er sich imstande, an Fassung und
Impulskraft ihr gleichzukommen. Nicht im aktuellen
Zustand. Gleichwohl, das Amulett wog seine Schwäche auf.
Lang genug für diesen Kampf, jedenfalls. Er verlieh seiner
Stimme Tiefe. Und Macht. „Ich bin ein Gestählter von
Dasgar. Ihr wollt nicht gegen mich kämpfen."

„Wir sind sechs. Du bist einer und schwer verwundet. Ich
denke, es verhält sich andersrum."

Ein Impuls ging nieder, auf sie alle. Ein
markerschütternder, unter dem vier von den Häschern auf
ihren Beinen wankten. Die Flammen der Laternen
flackerten, von der Decke rieselte Putz. Gegen seine Brust
klopfte die Schuppe des Flugwurms, die nach wie vor dort
im Rüstzeug steckte, und kündete von Beistand.

Frey zeigte die Zähne. Ihren Worten ging ein Knurren
voraus. „Befiehl deine Bestie zur Ruhe."

„Droh mir nicht länger, dann gibt sie von selbst Ruhe."

Er nahm eine Bewegung wahr, im Zimmer.

Alys nickte ihm zu. Bedächtig trat sie an seine Seite, die Handflächen geöffnet, und suchte den Blick der Häscherin. Wie sie diesen fesselte, schloss sie in ihre Aura auch die Schar mit ein. „Frey. Dies ist mein Bruder, ich bürge für ihn. Ihr wollt nicht gegen ihn kämpfen, und ihr müsst es nicht. Kehrt heim.“

Frey lachte. „Dein Bruder ist ein Gestählter von Dasgar, und dich hat er nicht gelehrt, deine Gabe zu beherrschen? Armselig. Eine ausgebildete Impulskraft kannst du so nicht blenden.“

Alys biss sich auf die Lippe, senkte den Blick und trat zurück. In ihre Wangen stieg Röte, womit sie weniger ausgezehrt aussah.

Rhaz deckte sie mit dem eigenen Leib. Die Wände des Gasthauses erbebten. Freys Augen funkelten. Er sah das Blut schon die Teppiche auf dem Flur tränken. Die Impulse das Mauerwerk in Trümmer schlagen. *Noch mehr Leid, noch mehr Blut für die Bergseele.* Auf dem Dach die Bestie gewann an Schwere, jedenfalls mental, und wirkte nicht minder blutdurstig. *Es muss einen anderen Weg geben.* „Frey. Sag, was liegt deinem Herrn an jenem Diebesgut?“

Sie knirschte mit den Zähnen. Er sah es ihr an, dass ein einziger Grund sie von der Attacke noch abhielt. Zweifel an ihrer Überlegenheit. „Das geht dich nichts an, Vagabund.“

„Womöglich doch. Verrate es mir, und ich finde einen anderen Weg. Einen, auf dem keiner von uns sterben muss.“

Sie hob die Brauen. „Welcher Weg soll das sein? Du bittest deinen Gebieter, das Gestohlene auszuhändigen? Und er wird es tun, einfach so?“

„Ich sagte nicht, dass niemand sterben muss.“

„Verstehe.“ Das Wort kam harsch über ihre Lippen. Es verriet, dass sie tatsächlich verstand und es nicht bloß vorgab. „Welche Rolle spielt der Wert des Diebguts dabei?“

„Eine persönliche.“ Er sah ihr in die Augen und beschwerte die Worte mit einem Impuls. „Wenn ich diesen Weg mit dir gehe, will ich wissen, wozu.“

„Ob es sich auszahlt, meinst du. Für dich.“

„Ich erwarte keinen Lohn dafür.“

Auf ihren Zügen blieben Zweifel liegen. „Warum sollte ich jemandem Vertrauen schenken, der seinem Herrn die Treue bricht?“

„Mir musst du nicht trauen. Traue meinem Wort.“

„Das Wort an deinen Herrn verrätst du schon. Allein mit diesem Gespräch.“

„Du irrst, Frey. Ich mag meine Treue an Dasgar nicht halten. Es hat seine Gründe, die müssen dich nicht kümmern. Doch ich breche kein Wort hiermit. Es gab nie ein Versprechen in dieser Hinsicht. Dir will ich eines geben, dich nicht zu hintergehen, sofern wir einen Pakt schließen. Ich betrachte ein Versprechen als eine Schuld.“

„Und?“

„Ein Gestählter von Dasgar begleicht seine Schuld. Jede.“

Irgendetwas bewirkte, dass die Zweifel aus ihrem Gesicht schwanden. Sie nickte und bot ihm die offenen Handflächen dar. „Gut, Rhaz Ikas sha’Zar. Verhandeln wir.“

Er legte seine Finger in ihre und führte sie in das Zimmer. Ihrer Schar gab sie ein Zeichen, sich zurückzuziehen, überraschenderweise, derweil Alys eine Öllampe entflammte und diese auf dem Tisch platzierte. Dann widmete sie sich einem Buch auf einem Hocker am Kamin. Sie blätterte um, gelegentlich, bloß ihre Augen bewegten sich nicht durch die Zeilen. Yorick bezog Stellung an der Tür.

Er selbst bot Frey einen Stuhl an und Wasser. Beides nahm sie an. Er setzte sich ihr gegenüber und suchte einen Fokus für die Gedanken. „Das Diebesgut, Frey. Was liegt deinem Herrn daran?“

„Er hegt ein persönliches Begehr danach.“ Sie spreizte die Handflächen auf dem Tisch. Er tat es ihr nach. Nur sie schaute er an, zugleich forschte er mit leisen Impulsen nach einem Hinterhalt. Ganz wie sie es auch tat. Ihr Grinsen ließ ahnen, dass sie es gewahrte. „Vertrauen gedeiht nicht, wo Misstrauen vorherrscht, Rhaz.“

Er überging es. „Was für ein Begehr?“

„Ein Erbstück.“ Sie seufzte, als treffe sie ihre Entscheidung erst jetzt. Es ihm zu verraten. Das Risiko einzugehen. Auf die Gefahr hin, in ihrer Mission zu scheitern. „Wie du fragst legt nahe, dass du es nicht gespürt hast. Hast du die Schatulle geöffnet?“

„Nein.“

„Sie beinhaltet ein Artefakt. Eine Art … Verstärker. Für Seelengaben.“

Mit aller Mühe beherrschte er den Impuls, nach dem Amulett zu tasten. Er behielt die Hände auf dem Tisch stattdessen. „Es verleiht also Macht.“

„Ja und nein. Es ist blutgebunden. Niemand kann es beherrschen, allein die Linie meines Fürsten.“

„Verstehe.“ Er fragte sich, ob es auf sein Artefakt ebenso zutraf.

„Verstehst du wirklich?“ Sie lehnte sich über den Tisch vor. Sein Schweigen schien sie als Antwort zu werten, denn sie fuhr fort. „Wir sind ein friedliches Volk. Ivera ist ein friedliches Land. Unser Fürst ist ein friedlicher Herrscher. Er strebte nie nach Eroberung, obschon ihm jene Macht oblag. Wenn er sie nutzte, dann nutzte er sie zum Schutze seines Volkes.“

Da sie schwieg und die Stille auf seiner Seele lastete, brach er sie. „Rühmlich.“

„Rühmlich.“ Sie schnaubte. „Nachgangs, ein Fehler. Seine

Seelengabe ist nicht von besonderer natürlicher Macht. Wir führen kein Heer wie Dargosh eines führt. Und keine Anstalt wie Dasgar. Dieses Artefakt schützte uns als einziges Mittel vor dem Einmarsch deines Herrn."

Er bewahrte die Fassung. Gab nichts preis und hielt die Miene neutral. Wenn es stimmte, kam sein Diebstahl tatsächlich einer Kriegserklärung gleich. „Auch Dargosh ist ein friedliches Volk."

„Und euer Herzog ein friedlicher Herrscher. Aber ein untergrabener. Erzähl mir nicht, er könne Dasgar Einhalt gebieten. Und Dasgar ist ein kriegerischer Haufen, dein Gebieter ein machtgieriger Aasfr..." Sie verstummte. Abrupt. Versteifte. Erbebte. Dann stand sie auf. Langsam. Sie ging in Kriegsstellung dabei. Die Stuhlbeine kratzten die Dielen, sie stieß das Möbel von sich. „Ihr dreckiger Haufen ehrloser Halunken." Ihr Blick wanderte zu Alys. Sie zog ihr Schwert.

Auch Yorick zog sein Schwert.

Auf dem Dach, der Flugwurm, sandte einen Impuls. Eine Warnung.

Alys legte das Buch auf den Kaminsims und erhob sich. Aus ihren Augen strahlte die Sonne.

Mit gezogener Klinge trat Frey auf sie zu. „Du hast mich geblendet, Dreckstück."

„Frey." Er vertrat ihr den Weg. Ließ Izhir stecken, vorerst. Behielt sie im Auge, wandte ihr nicht den Rücken zu. „Sie beherrscht ihre Gabe nicht."

„Sie beherrscht sie ziemlich gut."

„Alys. War das Absicht?"

Sie trat an seine Seite, zeigte Frey die Handflächen und ein Lächeln. „Keine Absicht. Nur ein Wunsch."

Frey knurrte, aber sie wirkte eher beeindruckt als aufrichtig erbost. Es weckte ihm die Frage, ob Alys ihre

Gabe einmischte. Schon wieder. Er ließ die Häscherin nicht aus den Augen, warf aber Blicke seiner Schwester zu. „Du und Yorick, ihr geht. Wir sehen uns im Schankraum. Später."

„Rhaz." Sie schaute auf Freys gezogene Klinge. Das sterbende Kaminfeuer spiegelte sich darin, als kündige es ein Unheil an.

„Alys. Verschwindet."

„Komm schon." Yorick zerrte sie mit sich. Über die Schulter warf er ihm noch einen Blick zu, nickte und zog die Tür hinter sich ins Schloss.

Frey wandte ihm die Klinge zu. „Netter Trick, Schurke."

„Kein Trick, Frey." Er zog Izhir nicht, noch immer nicht, sondern bemaß die Distanz zwischen sich und ihr. Genug Raum, die Klinge zu fassen, ehe sie bei ihm anlangte. Falls sie auf ihn losging. „Ich beweise es dir. Du hast gesprochen, jetzt hör mich an. Setz dich."

Das tat sie, nach einigem Zögern. Das Schwert steckte sie nicht weg, sondern platzierte es auf den Knien. Auch legte sie die Hände nicht auf den Tisch zurück. Sie verbarg die linke unter der Tafel und schloss die rechte um das Heft.

Er tat es ihr nicht nach. Seine Waffen trug er solcherart, dass er ebenso rasch reagieren konnte wie sie. Wenn er musste. Er wollte nicht. Obschon es ihn nicht kümmern sollte. „Ich verstehe dein Begehr und das deines Fürsten. Nun zu meinem. Ich sprach von den Gründen für mein Handeln, die du nicht kennen musst. Es zeigt sich jedoch, dass wir in ähnlichem Interesse agieren. Ich will keinen Krieg zwischen Ivera und Dargosh. Das wollte ich nie."

Sie reckte das Kinn. „Was willst du dann?"

„Der Gebieter von Dasgar entehrt die Alte Mutter. Ich will ihn stürzen."

Sie brach in Gelächter aus. In schallendes. Am Ende rieb sie sich die Augen, kicherte und schlug abrupt in Ernst um.

„Du scherzt.“

„Ich scherze nicht.“

„Das ist unmöglich.“

„Vieles gilt als unmöglich.“

„Das.“ Sie kniff die Lider zusammen. „Ist. Unmöglich.“

„Weißt du, was man einem Flugwurm nachsagt?“

Keine Antwort. Sie wusste es, unverkennbar. Der auf dem Dach bewies das Gegenteil, nämlich, dass das Unmögliche möglich war. Sie schüttelte den Kopf. „Es ist Wahnsinn.“

Diesmal verzichtete er auf eine Antwort.

„Und was willst du von uns? Unterstützung?“

„Nein.“ Über den Tisch neigte er sich ihr zu und versenkte den Blick in ihren Augen, bis sie darunter erschauerte. „Ihr lasst mich in Ruhe. Haltet mich nicht. Und nicht meine Gefährten. Ihr handelt nicht. Ihr steht nicht im Weg. Ich fälle den Gebieter von Dasgar und händige euch die Schatulle aus. Mit dem Artefakt. Das Diebesgut, welches wir Hassel nennen.“

„Und wenn du scheiterst?“

„Dann hast du nichts verloren.“

Sie nickte. Gleich darauf schüttelte sie den Kopf. „Das ist Wahnsinn.“

„Nicht dein Wahnsinn. Was sagst du?“

Sie erhob sich. „Einverstanden. Aber nur, wenn du es gelobst.“

Auch er erhob sich. „Ich gelobe es, sobald du die Klinge wegsteckst.“

Das tat sie. Sie verschränkte die Arme und hob die Brauen.

Er trat ihr entgegen. Dicht vor sie, und schöpfte Atem. Ein Schauer rieselte seinen Rücken hinab. Ein wohliger, wider seine Erwartung. Dieser Pakt fühlte sich richtig an. Ehrenhaft. Nach etwas, das er tun wollte. Ohne Zwang, ohne Bedenken. Er küsste die gekrümmten Finger der rechten Hand und führte sie an die eigene Stirn, danach an die von Frey. Ein tiefer Atemzug, und er besiegelte den Pakt. „Danke, Frey aus Idholt, für dein Vertrauen. Ich, Rhaz Ikas sha'Zar, bekenne meine Schuld und gelobe, sie zu begleichen. Möge die Alte Mutter meinen Eid bezeugen. Möge sie deinen Pfad behüten, und mögest du ihr treu bleiben."

Sie neigte den Kopf und wiederholte die Geste. Küsste die eigenen Finger, berührte die eigene Stirn und danach seine. „Danke, Rhaz Ikas sha'Zar, für dein Gelöbnis und für die Ehrbarkeit deiner Seele. Ich, Frey aus Idholt, akzeptiere die Schuld und gelobe, deinen Eid anzuerkennen. Möge die Alte Mutter diesen Pakt besiegeln. Möge sie deinen Pfad zum Erfolg führen und ihn mit meinem wieder kreuzen, damit du deine Schuld begleichen kannst. Und mögest du ihr treu bleiben."

Ihm erzitterte das Herz. Wie ein Paukenschlag schoss der Pakt durch seinen Leib, vom Scheitel bis in die Zehenspitzen und wieder zurück.

Auch Frey erbebte. Dann lockerte sie die Schultern und fand ihr Grinsen wieder. „So ist das also geklärt. Viel Glück." Sie machte kehrt und ließ ihn allein.

An Ort und Stelle verharrte er und atmete. Er atmete tief. Atmete in den Bauch, wo es seine fragil geflickten Eingeweide spannte. Er lauschte auf ihre verklingenden Schritte im Flur, danach im Treppenhaus. Der Nachhall ihrer Worte blieb. *Viel Glück.* Das konnte er brauchen. Sie lag richtig, das Vorhaben grenzte an Wahnsinn, zumal ihm einiges seiner Kraft fehlte. Und selbst wenn nicht, sein Auflehnen gegen den Gebieter hätte er ohne den Flugwurm nicht überlebt. Selbst mit dem Amulett nicht. *Ich verdammter Hohlkopf habe ihn vorgewarnt.* Jetzt wusste der Gräber um das

Geheimnis des Artefaktes und um die Reichweite seiner Impulskraft unter dessen Gebrauch. Der Gebieter stand dem an Macht nicht nach, und gewiss wusste er inzwischen, wie er ihm entgegenhalten konnte. *Gehst du nach Dasgar, gehst du in den Tod.* Allein, wenn er dabei seinen Dienst leistete und seine Schulden beglich, war es das wert.

Durch das Fenster traf ihn der Schimmer der Morgendämmerung. Er rückte seine Gurte zurecht und verließ das Zimmer, stieg die Stufen hinab und nahm den Weg zum Schankraum. Drinnen herrschte noch Dunkel, nur auf dem einzigen besetzten Tisch brannte eine Kerze und warf Schatten auf die Gesichter Alys', Yoricks und Gunnas.

Wie er dem Tisch nahetrat, erhob sich der Wirt. In einen Hausmantel gehüllt, deutete er eine Verneigung an. „Habt Ihr Wünsche, Herr?"

Rhaz spürte den Blick des Kerls an sich auf und ab fahren. Verhalten zwar, aber durch sein Verblüffen durchaus vernehmlich. Fast ehrfürchtig. Er ignorierte es. „Nein. Wir haben dich geweckt?"

„Nicht der Rede wert, Herr."

„Verzeih."

Davon überrascht, bot Gunna ihm den eigenen Stuhl an und verzog sich mit einer Verneigung hinter die Theke, wo er Bierkrüge polierte.

Yorick nickte vor sich hin. Er lehnte sich vor, hin zur Mitte des Tisches, und sprach leise. „Ihr seid euch einig geworden."

„Sind wir." Er behielt die Einzelheiten für sich. Ohnehin taten sie nichts zur Sache. Sie berührten allein ihn und niemanden sonst.

„Was willst du jetzt tun? Du siehst nicht vor, dich hetzen lassen, also führt dein einziger Weg zurück nach Dasgar. Mal wieder."

Er atmete ein. Dann aus. Hielt den Herzschlag unter Kontrolle, auch die Wut. Wut auf sich selbst, dass sich sein Empfinden so leicht erfassen ließ, selbst für einen mäßigen Spürer wie Yorick. Er musste seine Barrikaden festigen. Das Herz schützen. Die Seele stählen. *Eins nach dem andern.* Und das offensichtliche zuerst. „Gunna. Ich habe doch einen Wunsch.“

„Zu Diensten, Herr.“

„Die Zeit ist unsittlich, aber ich bin hungrig.“

Gunna hinter der Theke verneigte sich. „Ein frühes Frühstück. Kommt sofort.“

KAMERADSCHAFT
IST EINE EHRENSACHE.

Die Speise tat ihm wohl. Sie verlieh nicht nur den geschundenen Muskeln neue Kräfte, sondern auch seinem malträtierten Geist. Er dachte klarer danach und fand die Beherrschung, sein Inneres abzuschotten. Wie Yorick die Lider verengte, verriet ihm, dass es funktionierte. Alys dagegen gab nicht preis, was in ihr vorging. Jedenfalls nicht ihm. „Alys. Du schweigst.“

Sie tat keine Regung. „Du hast die Frage nicht beantwortet. Was willst du jetzt tun?“

Einen Plan schmieden. Ohne einen solchen konnte er sich gleich selbst den Todesstoß versetzen. Er brauchte einen, wenn er Erfolg haben wollte. Und sah schon einen. Bloß grenzte dieser nicht an Wahnsinn, sondern an Ruchlosigkeit. „Das weiß ich noch nicht.“

Erstaunlicherweise besänftigte es ihren Unmut. Sie langte über die Tafel und bot ihm die geöffneten Handflächen dar.

Er prüfte sein Inneres. Dann legte er die Finger in ihre. Kein Stich. Im Gegenteil, die Berührung linderte den Schmerz seiner blutenden Seele. Er schaute ihr in die Augen und musste lachen. Von Herzen. Es fühlte sich fremd an, aber auch das half. „Du hast sie fast zur Weißglut gebracht. Frey. Sie hält dir eine Lehre über das Blenden und merkt nicht einmal, dass du es doch vermagst.“

Alys kicherte und errötete. Die Schatten unter ihren Augen wirkten weniger tief.

„Schwester. Träumst du noch?“

Ihr Lachen erstarb. „Nicht seit der Nacht, nach der du fort warst. Ich hielt dich für tot, Rhaz.“

Das war ich. Jedenfalls hatte sein Herz den Dienst quittiert, ehe der Flugwurm es repariert hatte. „Was ich dir gesagt habe. Über ein Blutband.“

„Niemand und nichts kann ein Blutband knüpfen, nur die Alte Mutter selbst.“

„Alys. Das hat sie. Es zerriss, als sie mich in Dasgar dem Drill unterzogen. Sie hat es neu geknüpft. Sie schenkte mir das Leben, als ich hätte sterben sollen, und sie führte deinen Pfad auf meinen. Nicht ohne Grund. Das waren keine Träume. Das war ein Plan, seit langem. Ihr Plan.“

„Du weißt, was es bedeutet.“ Sie warf Yorick einen Blick zu und schaute dann wieder ihn an. „Bruder?“

Die Kiefer aufeinandergepresst, schluckte er die Antwort, die sie ihm entlocken wollte.

Sie gab sie selbst. „Von jetzt an, welchen Weg wir auch gehen, wir gehen ihn gemeinsam. Das ist unser Schicksal, Rhaz Ikas sha’Zar.“

Zumindest ist es, was Ura für uns vorsieht. Ruchlos, Alys in ein mögliches Verderben zu zerren. Wo sie mit Dasgar nichts verband. *Außer der Erinnerung an unsere Mutter.* Wo sie noch nicht einmal ihre Gabe beherrschte. *Obschon sie sie effizienter nutzt als manch’ Gestählter.* Unter denen existierten nicht viele Blender, wie Blender sich überhaupt fast nirgends fanden. Und solche, ausgenommen der Gebieter, bewirkten nicht mehr als einen Denkanstoß.

Worte lagen ihm auf der Zunge, um die ihrigen zu revidieren. Sie von sich zu weisen. Ihre Gesellschaft abzulehnen. Sie verflüchtigten sich von selbst. Aus irgendeinem Grund brachte er nicht mehr zustande als ihren Namen und ein Empfinden. „Alys vhen Sylas. Schwester.“

Sie lächelte.

Wenn wir hier lebend rauskommen, lasse ich dich nie mehr im Stich.
Dieses Versprechen gab er sich selbst. Er lud sich eine
Schuld auf dadurch, damit er es nicht brach.

„Und nun?“

„Eins nach dem andern, Alys. Das offensichtliche zuerst.“
Er deutete nach der Decke, nach der Bestie auf dem Dach
des Gasthauses. Er fühlte sie wie ein Senklot, ihre Präsenz,
aber er konnte sie nicht lesen.

Er erhob sich von der Tafel und trat an die Tür. Atmete
durch und öffnete. Dann ging er hinaus. Keval lag im Licht
der ersten Sonnenstrahlen. Eine Gruppe von Bauern begab
sich auf die Straße nach den Feldern. Ein heiterer Zug, reich
beladen mit Gewerkschaften in Begleitung von Karren und
Vieh. Ansonsten herrschte noch nicht viel Treiben. Von
irgendwo zwischen den Häusern klang das Geplänkel von
Kindern hervor.

Er machte ein paar Schritte auf die Dorfstraße, wandte
sich dort um und trat rückwärts, bis er über die Traufe auf
den First spähen konnte. Da lag er. Der Flugwurm.
Ausgestreckt der Sonne dargeboten. Schillernd. Edel.
Prächtig. Der Schwanz schmiegte sich über die Länge des
Gasthauses, die Flosse streichelte die Schindeln. Auf die
Vordertatzen sich stützend, richtete das Vieh den Leib auf.
Es hob den Schädel. Schaute herab. Die Brustflossen
zitterten. Die Barteln an der Schnauze bebten. Impulse
huschten durch die Luft. Hauchfeine, tastende. Zugleich
schöpfte es Energie damit, denn im nächsten Augenblick
warf es sich vom Dach und schwebte über eine Brise zu
Grunde. Wie eine Schlange glitt es heran.

Nah.

Näher.

Zu nah.

Rhaz beherrschte den Drang, zurückzuweichen. Er hob

die Handflächen der Bestie entgegen. „Frieden, Lyr."

Entweder gefiel dem Wesen der Klang seiner Stimme oder der Name seiner Gattung in der Alten Sprache. Jedenfalls hielt es inne. Erneut spreizte es die Vordertatzen und richtete sich darauf auf. Es schnaufte Luft durch die Nüstern. Zog die Lefzen zurück. Ein Laut drang aus der Schnauze, ein Klingeln wie das Tönen eines Windspiels.

Der Anblick der Sichelklauen weckte ein Pochen in den Wunden. Er wollte zurückweichen. Seine Finger wanderten an Izhirs Heft. Der Wurm brachte den Schädel auf Augenhöhe und schnaufte erneut. Der Wind aus den Nüstern blies ihm um die Wangen. Es blies den Schrecken weg. Ein Impuls langte in seine Tiefe. Mühelos überwand dieser seine Barrikaden, jedoch ohne sie niederzureißen. Ein Impuls von Harmonie. Eine Antwort auf seine Worte.

Frieden.

Gänsehaut überzog ihn, vom Scheitel bis zu den Fußsohlen. Er ahnte ein edleres, ein klügeres Geschöpf sich gegenüber, als er es je anzunehmen gewagt hätte. Ein hoheitsvolles Wesen. Keine Bestie. Er neigte den Kopf. „Du hast mein Leben gerettet." *Gegen meinen Willen.* Aber das spielte in einer Frage der Ehre keine Rolle. Er küsste die Finger und berührte die Stirn, danach die stumpfen Nüstern des Wesens. „Der Alten Mutter zum Danke, Lyr. Ich verdiene deine Dienste nicht. Du schuldest mir keine Treue."

Die Barteln zuckten. Impulse rieselten auf ihn ein, behutsam wie Schneeflocken, und deckten manche von den Schmerzen zu.

Die Sanftmut des Geschöpfes rührte etwas in ihm an. Etwas in der Seele. Er konnte es nicht greifen, reichte nicht so tief in sein Inneres wie Lyr es tat. Es bewirkte, dass Tränen seine Augen schwemmten. Er blinzelte sie fort. Ein Gestählter weinte nicht. Ein Krieger weinte nicht. Er weinte nicht, schon gar nicht ohne Grund. Wie er wieder klar sehen konnte, sah er zugleich klarer aus der Seele. Mit dem Herzen. Ein mächtiges Geschöpf. Unbezwingbar, in seinen Kräften ohnegleichen. Und in seiner Einzigartigkeit einsam.

„Du bist kein Monster. Nur ein Krieger, der sich messen will. Habe ich deswegen deinen Respekt erlangt?"

Lyr schnaufte und klingelte. Über die Schuppen wogte ein Flimmern.

Rhaz begriff nicht, nicht vollends. Die Impulse des Wurms legten jedoch nahe, dass dieser ihn nicht als Gebieter betrachtete, sondern als ebenbürtig. Und nach Klären der Fronten im Kampf als Kamerad, dem man Treue schuldete. Nicht eines Wertes oder Gegenwertes wegen, sondern aus Tugend. Kameradschaft war eine Ehrensache, wie ein Leben. Er vollzog die Geste erneut und spürte unter den Fingerspitzen die pulsierenden Kräfte seines Verbündeten. „Der Alten Mutter zu Ehren, Lyr. Ich erkenne deine Freundschaft an und gelobe, sie zu erwidern."

Lyrs Barteln bebten. Wie zur Antwort klopfte die Schuppe an sein Herz, als vermittele diese zwischen ihnen beiden. Das Rieseln der Impulse verschwand. Lyr klingelte noch einmal, dann fing er den Wind und wand sich darüber zurück auf das Dach des Gasthauses. Die zunehmende Hitze der Sonnenstrahlen gefiel ihm wohl, denn er räkelte sich darin und gewann an Glanz.

„Unbezwingbar, ja?", bemerkte Yorick, indes er neben ihn trat, aber seine Augen ruhten auf dem Wesen.

„Ich habe ihn nicht bezwungen." Rhaz riss die seinigen los von dem hoheitsvollen Geschöpf und gewahrte die Schaulustigen. Nicht einige. Viele.

Ganz Keval.

Alle jedenfalls, die noch nicht für ihr Tagewerk ausgezogen waren. Sie bildeten einen Ring und starrten. Die

Kinder begeistert. Die Frauen in Skepsis. Die Männer voller Neid. Die Greise nickten anerkennend. Er traf den Blick von Torre. Ein Grinsen wollte sich seiner Mundwinkel bemächtigen, jedoch, er ließ es nicht zu. Er nickte dem Kerl zu stattdessen. Dieser hob das Kinn. Die im Nacken vortretenden Sehnen verrieten, dass er es nicht so fühlte wie er es zeigte. Gleichwohl, er erwiderte die Geste und stelzte zurück auf seinen Posten am Tor. Selbiges öffnete er nun für den Tag. Derweil die Menge sich zerstreute, querte Torre die Siedlung und stieß auch die jenseitigen Portale auf.

Rhaz folgte ihm und trat an ihm vorbei durch die Tore. Auf der Straße nach Norden ging er ein paar Schritte und spähte. Nichts zu sehen. Er sandte einen Impuls. Kein Echo. Jedenfalls keins von denen, die er fürchtete. *Ein Gestählter von Dasgar fürchtet sich nicht.* So sollte es sein. Er fühlte es anders. Die Furcht kauerte in seinem Herzen wie der Flugwurm auf dem Dach. Furcht vor Versagen. Furcht um Alys.

Sie kam ihm nach. Mit vor dem Leib verschränkten Armen trat sie an seine Seite und folgte seinem Blick die Straße hinauf. „Komm wieder rein, Bruder. Du solltest dich ausruhen.“

„Du bist in Gefahr.“

„Das weißt du nicht.“

„Ich weiß es. Sie hat es mir gesagt. Asha. Sie hat einen Auftrag, dich zu töten.“ Er wandte sich ihr zu. Sah ihr in die Augen. Die Sonne über den Kornblumen versteckte sich hinter Wolken. „Ich lasse das nicht zu.“

„Wir könnten uns verbergen. Im Forst. Vlah könnte …“

„Alys. Vor Asha verbirgt man sich nicht.“

„Wie gefährlich ist sie?“

„Die Gefährlichste.“

„Du sagtest, du wärest der Beste.“

„Das war ich einmal.“ *Als mein Leben keine Bedeutung hatte.*

Jetzt besaß es eine. Er musste seine Schwester schützen. Starb er, starb auch sie. Allein schon der Gedanke schwächte ihn. *Verletzlich.* „Sie hat mich ausgebildet. Sie kennt mich. Und meine Schwächen."

„Das Amulett. Der Flugwurm. Sie kann nicht …"

„Sie kennt mich, Alys."

Sie senkte die Brauen. „Was meinst du damit?"

„Von allen in Dasgar kommt sie einer Kameradin am nächsten. Ich achte sie. Kameradschaft ist eine Ehrensache. Ich kann sie nicht in einen ungleichen Kampf verwickeln."

„Es wäre zu deinem Besten."

„Das werde ich nicht tun."

„Und sieht sie das genauso?"

Ich weiß es nicht. Er wich ihrem Blick aus.

„Rhaz. Sag mir die Wahrheit."

„Welche Wahrheit?"

„Ob du dich losgesagt hast von Dasgar. Oder ob du es nur vortäuschst."

Für einen Moment senkte er die Lider. Schöpfte Atem. Tief, er atmete in den Bauch. Es dehnte die Verletzungen, aber wie er die Luft von sich stieß, wich auch eine Last aus seinem Innern. Er hob den Blick und sah ihr in die Augen. Diese vertraut, innig sogar. Und klar, nicht verschwommen. Scharf, ihr Antlitz, nicht vage. „Ich sehe es, Alys. Es besteht keine Blutschuld an Dasgar. Ich habe jeden Auftrag abgeschlossen und all meine Versprechen gehalten. Ich schulde Dasgar nichts weiter. Und ich werde keinen Dienst mehr annehmen."

Sie blinzelte, dann nickte sie. Und ergriff seine Hände. Impulsiv. Sie zuckte zusammen und wollte weichen.

Er hielt sie fest. Der Stich tat ihm nichts an. Im Gegenteil, er schickte Wärme in sein Herz. Er gab ihre Hände frei und legte die seinigen stattdessen an ihre Schultern. Zog sie heran. Willig gab sie nach. Sie kam näher und schmiegte sich an ihn, die Wange an seiner Brust. Beide Arme ihr umgelegt, hielt er sie fest. Sie roch nach Sommerblumen und Stroh. Er schloss die Augen. Nach wie vor erinnerte er sich nicht an das Vergangene. Nicht an das Gesicht ihrer Mutter, nicht an die Stimme ihres Vaters. Nicht an die Schrecken, von denen Alys sprach. *Vielleicht ein Segen.* Er erinnerte sich nicht an die Kindheit, auch nicht an das früher Erlebte mit der Schwester. Aber er entsann sich ihrer Seele. So vertraut schmiegte diese sich seiner an, als wäre sie nie fort gewesen. Als wäre das Blutband nie gerissen. Er begriff nicht, wie er es je hatte vergessen können. *Das Monster von Dasgar.* Unverkennbar. *Es ist wahr. Der Pfad von Dasgar ist ein dunkler Pfad.* Ein Pfad der Ehre, betrachtete er die Devisen eines Gestählten.

Nicht fliehen. Niemals.

Ein Wort halten. Immer.

Eine Schuld begleichen. Jede, gleich zu welchem Preis.

Aber der Preis spielte eine Rolle. Und manch einem wohnte keine Berechtigung inne.

Er ermahnte sich, seine Schulden, seine Taten und den Weg, den er beschritt, strenger abzuwägen. In Zukunft, so es eine gab. Zuerst musste er die bestehenden Rechnungen auslösen. Die an Ura. Jene an Frey. Und an Alys, sie nicht im Stich zu lassen. Eine Aufgabe, die seinem Leben einen Sinn verlieh, für den Fall, dass er Dasgar überlebte.

Seine Gedanken wanderten zurück zu Alys. Er hielt sie noch fest, und sie die Arme um seinen Leib geschlungen. Als wolle sie ihn nie wieder gehen lassen. Zugleich bedächtig, sodass es seine Wunden nicht strapazierte.

„Schwester. Ist da noch mehr, das ich vergessen habe?"

Sie kicherte. Erheitert, zugleich aus tiefstem Herzen traurig. „Eine Menge."

„Etwas Bedeutsames?“

„Allen Dingen wohnt Bedeutung inne. Auch den Kleinigkeiten.“

„Alys. Du weißt, wie ich es meine.“

„Nein“, seufzte sie. „Nichts Bedeutsames.“

Ein Knoten löste sich. Einer, dessen Vorhandensein er erst jetzt gewahrte, da der Druck verschwand. „Dann gibt es sonst niemanden von uns? Keinen, den ich vergessen habe?“

Sie löste die Wange von seiner Brust und schaute ihn an. „Nein, Rhaz. Es gibt nur uns. Dich und mich.“

„Und Yorick. Du solltest ihn dazuzählen.“

„Er ist nicht von unserem Blut.“

„Eure Kinder werden es sein.“

„Es wird keine geben.“ Sie sprach es harsch und wandte den Blick ab. „Ich will keine.“

„Verstehe.“

„Du verstehst von solchen Dingen nichts, Rhaz.“

„Du täuschst dich, Alys. Ich verstehe, dass du das Trauma nie verwunden hast. Dass du noch an Mutter denkst. Und an dich. An mich. Dass du den Gedanken nicht erträgst, deinem Kind könnte zustoßen, was dir widerfahren ist. Oder mir. Halte mich für einfältig, weil jemand mir meine Seele stahl, aber halte mich nicht für dumm. Auch ich habe ein Leben gelebt. Vielleicht ein qualvolleres als du. Auch ich …“ Er biss sich auf die Zunge. Stieß die Schwester aus seinen Armen. Wandte sich ab. Er redete zu viel. Gab zu viel Preis. Noch wusste er selbst nicht, was in ihm vorging. Er kannte sich im eigenen Herzen nicht mehr aus. Zuerst musste er sich Klarheit schaffen, ehe er es vor anderen eröffnete. Sogar vor Alys.

Diese trat neben ihn. Erneut. Sacht legte sie eine Hand an seine Schulter. Ihre Finger wogen schwer, selbst durch das Rüstzeug. „Verzeih.“

Mit den Handflächen wischte er sich den Schweiß aus dem Gesicht. Die Sonne gewann an Kraft. Er warf noch einen Blick die Straße hinauf und sandte einen Impuls. Trotz des Amuletts kehrten die Echos hohl zurück, weil die Hitze des Tages das Leben träge machte. Die Ahnung blieb dennoch. Jene von dräuendem Unheil. Von Asha. Er kehrte dem Empfinden den Rücken zu, vorerst. „Gehen wir raus aus der Sonne.“

Mit Alys an seiner Seite marschierte er durch das Tor zurück zur Kaschemme von Keval. Er ließ derweil den Blick über das Dorftreiben schweifen. Es unterschied sich von den Tätigkeiten in Dasgar. Fühlte sich geselliger an. Klang lebendiger. Im Schatten der Häuser wuschen Frauen ihre Wäsche. Kinder misteten die Ställe aus. Manch zäher Kerl schlug Holz, mit bloßem Oberleib und überströmt von Schweiß, für die Kochöfen der Hütten. Die übrigen ackerten auf den Feldern. Die Arbeit wollte verrichtet werden und konnte trotz der Hitze nicht länger ruhen. Nahe dem Gasthaus spannte ein Kaufmann seinen Ochsen aus und fächerte die Waren auf. Ein Strom von Schaulustigen zog heran. Rhaz erübrigte einen Blick. Stoffe strahlten ihm aus der Ferne entgegen, Schmuckstücke für Damen und Holzfiguren zum Spielen für Kinder. Ramsch, überwiegend. Zumindest für ihn. Der Frohmut des Dorflebens holte ihn nicht ab, und er trügte nicht über die Gefahr hinweg, in der sie schwebten.

Er stieß die Tür zur Herberge auf. Im Schankraum machten Gunnas Gäste sich über ihr Frühstück her. Manche auch über Bierkrüge, trotz der Frühe. Viele zählten sie nicht. Er wähnte unter ihnen Reisende aus verschiedenen Gründen, ein paar sahen wie Söldner aus. Auch die Häscher aus Ivera saßen an einem Ecktisch zusammen über Brot, Butter und einem Schinken. Der ein oder andere Edelmann fand sich, vom ein oder anderen Strauch beäugt. Ein gewöhnlicher Morgen in einem gewöhnlichen Dorf. Von den Anwesenden richtete jeder den Blick auf ihn. Mancher neigte sich dem Nebenmann zu und tuschelte. Er erwiderte die Blicke. Erwiderte sie mit Schweigen und mit Schwere und verschärfte seine Aura mit einem Impuls. Eine Woge schwappte durch den Gastraum. Danach senkten sie die Köpfe über ihre Schalen und gaben Ruhe.

„Alys. Lass mich allein, ich bitte dich. Ich muss nachdenken."

„Ruh dich besser aus, Bruder."

Das habe ich vor. Bloß wollte er es nicht so deutlich aussprechen. Er fand ein Lächeln für sie, wandte sich ab und nickte Gunna hinter der Theke zu. Dann stieg er durch das Treppenhaus hinauf in die Alys und Yorick zugedachte Kammer. Drinnen herrschte Stille. Weitestgehend, jedenfalls. Der Lärm des Dorftreibens drang durch das noch offene Fenster. Er schloss es zu, auch wenn dadurch die Luft im Innern stand, beschwert von der Hitze der sterbenden Glut im Kamin. Aus der Waschschale netzte er das Gesicht, rieb sich den Schweiß aus dem Bart und legte die Waffen ab, in Reichweite auf die Kommode.

Danach sank er auf das Bett, rücklings. Er starrte die Decke an. Lauschte dem Schurren und Klingeln des Flugwurms auf dem Dach. Horchte in die Echos, die seine Impulse ihm zutrugen. Einen Faden seines Bewusstseins zur Wache abzuschotten, wollte nicht gelingen, obschon er sogar nach Energie aus dem Amulett langte. Ihm, seinem Körper, fehlte die Kraft. Ein Schauer ging durch seine Muskeln. Und in seinem Hirn die Erkenntnis auf, dass er sich dem Jenseits noch näher befunden hatte als angenommen. Über den Gedanken hinweg fand er keine Ruhe. In den Schlaf zwang er sich trotzdem, darauf hoffend, dass Alys oder Yorick ihn wecken würde, sollte sich ein Unheil nähern. Oder Lyr. Gewiss spürte der Wurm um seine Bangnis. Wenn er ihn als Kamerad betrachtete, und wenn sein Gemüt so edel blieb wie es sich zeigte, dann würde er sich seiner Sorgen annehmen.

Die Hoffnung begleitete ihn durch Träume, durch Albträume und Erinnerungen. Diese so entsetzlich, es mochten auch Hirngespinste sein.

Von einem dieser Schrecken geweckt, fand er sich in Finsternis. *Den ganzen Tag verschlafen.* Er spähte nach dem Fenster. Die Nacht sah fortgeschritten aus. Weit sogar, kurz vor dem Morgen. Geschwind sandte er einen Impuls. Noch einen. Und einen dritten. Alles ruhig, fast zu sehr. *Gespenster, wo keine sind.* Die beste Tarnung, gewebt aus Impulskraft, nützte nichts, es sei denn, es wäre ein Blender am Werk. In Dasgar gab es keinen, der ihn zu blenden vermochte, den Gräber ausgenommen. Jede andere Tarnung genügte nicht, um eine Aura vollständig zu übermanteln, und er wusste, wonach er suchen musste. *Alles ruhig.* Es löste seine Unrast nicht.

Er erhob sich und trat ans Fenster. An jedem Tor brannten zwei Laternen, eine im Innern, die andere nach außen. Schemen verrieten Wächter. Damit nahmen sie es ernst, hier in Keval. Kein Wunder, so nah des Eskelforstes. Selten wagte ein Unheil sich daraus hervor, aber wenn, dann lüstete es diesem nach Blut. Er sandte noch einen Impuls. Diesmal schall ihm Antwort entgegen, von Lyr. Harmonie lag darin.

Keine Gefahr.

Gleichwohl hängte er sich seine Waffen um und verließ das Gemach. Über die dunklen Korridore tappte er durch *Das Haus.* Er schaute in die leeren Zimmer und spürte mittels Impulsen in die belegten. Er fand die Kammern der Häscher, auch die von Alys und Yorick. Allem Anschein nach hatten sie ihn nicht stören wollen und ein neues Zimmer bezogen. Darin alles ruhig. Er tappte weiter. Im Treppenhaus weiter oben, am Absatz des dritten Stocks, fand er ein Fenster nach Norden gerichtet. Dort bezog er Stellung. Er suchte festen Stand und richtete den Blick auf die Straße nach Dasgar.

Das Morgengrauen zog in den Himmel. Es tränkte die Schleierwolken mit der Farbe von Blut und sandte Hitze herab, noch ehe die Sonne aufging. Er beobachtete, wie die Bauern auszogen, wie sie ihr Vieh versorgten und auf die Weiden brachten. Vernahm, wie im Haus die Gäste erwachten. Der Lärm Gunnas beim Richten des Frühstücks drang ihm an die Ohren, später das Geschwätz der Speisenden. Er blieb an seinem Posten und sah zu, wie das Dorfvolk an sein Tagewerk ging. Die Jäger. Die Handwerker. Und wie seine Ahnung sich erfüllte.

Die Straße herab, von Norden her, kam ein Reiter.

Sein Herz raste. Auf einmal, er konnte es nicht beherrschen. Er schöpfte Atem, hielt die Luft fest und wartete. Wartete, dass sich sein Puls verlangsamte. Wartete, dass das Tageslicht zunahm. Wartete, dass der Reiter näher rückte. Dieser kam gemächlich. Entweder müde oder sich seines Ziels so gewiss, dass ihn keine Eile trieb. Die Sonne blitzte auf Stahl. Dennoch blieb die Gestalt ein Schatten. Sowie sie Form annahm, kniff er die Lider zusammen und schaute genauer hin. Er entdeckte das lohweiße Haar, das als Einziges dem Schwarz der Erscheinung widersprach. Und brauchte keinen zweiten Blick, um Iv zu erkennen.

Noch ein Atemzug. Dann wandte er sich vom Fenster ab und stieg durch das Treppenhaus hinunter. Unterwegs prüfte er den Sitz seiner Sachen. Er stellte die Schnallen des Rüstzeugs enger und zog die Riemen der Waffen fest. Dann trat er in die Schankstube. Ihn fing der Duft von gebratenen

Eiern mit Speck, von frisch gebackenem Brot und Milch. Zudem der Lärm der Frühstücksgesellschaften, die Häscher aus Ivera als einzige schweigend. Sie schauten auf. Schauten ihn an. Frey nickte. Womöglich ahnte sie etwas.

Von einem Ecktisch erhob sich Alys, und Yorick gleich mit. Sie winkten. „Rhaz. Komm, iss mit uns."

Als hätte er sie nie vor der Gefahr gewarnt, in der sie schwebte. Er fing ihren Blick und schüttelte den Kopf. Mit erhobener Hand gebot er Gunna Einhalt, der schon den Mund öffnete. Der Wirt schloss ihn wieder. Er selbst richtete die Augen voraus und trat nach draußen. Die Heuraufe vor der Kaschemme fand er verwaist, nur die Katzen taten sich am Wassertrog gütlich. Hinter sich vernahm er Schritte und hörte die Tür noch einmal gehen. Er wandte sich um. „Alys. Yorick. Bleibt drinnen."

Alys erbleichte. Sie musste es wohl ahnen.

Auch Yorick schluckte. Er umklammerte das Heft seines Schwertes. „Wie viele?"

„Einer."

„Das ist gut. Mit einem können wir fertig werden."

„Das wäre euer Tod. Ich will eure Hilfe nicht." Er spielte mit dem Gedanken, den beiden die Flucht anzuraten. Jedoch, selbst wenn sie dem nachkämen, falls er nicht siegte, wäre eine Flucht hoffnungslos.

Alys verschränkte die Finger ineinander. „Ich könnte ihn blenden."

„Das könntest du nicht, Alys. Das ist Asha. Dasgars älteste Meisterin. Mit Frey magst du gespielt haben, aber Asha täuschst du nicht." Und selbst wenn, es würde nicht anhalten. Es würde immer jemand zurückkehren, ob Asha oder ein anderer Gestählter oder mehr von ihnen. *Mehr von uns.* „Geht hinein. Ihr könnt nichts verrichten."

Beide nickten. Beide blieben.

Der sich nähernde Reiter schürte Unruhe. Vielleicht ob seiner Erscheinung. Oder weil die Geschichte um ihn und den Flugwurm keinen anderen Schluss zuließ als einen unheilvollen. Menschen traten auf die Straße. Sie schauten. Wiesen mit den Fingern. Raunten einander zu. Auch Frey mit ihrer Truppe trat heraus. Sie bezogen Posten im Schatten der Heuraufe und warteten mit ausdruckslosen Mienen. Schweigend. Auch sie mussten es wissen.

Rhaz wandte sich ab und schritt auf der Straße zum Nordportal der Dorfpalisade. Ein Impuls Lyrs schwemmte ihm hinterher. Eine Warnung. Er glaubte, dass sie Asha galt, aber diese hielt nicht inne. Sie ritt heran. Gemächlich. Auf seiner Stute. Und grinste. Er stellte sicher, aus der Begrenzung des Dorfes hinauszutreten, und ging ihr entgegen. Außer Hörweite gelangte er nicht, aber zumindest blieben die Einwohner, auch die Häscher und Alys mit Yorick, innerhalb der Palisade zurück.

Eine Hand an Izhirs Heft, nahm er Dasgars Meisterin in Empfang. „Asha. Das ist mein Pferd.“

„Das war es.“ Sie hob die Augenbrauen. Beide, und befeuchtete die Lippen, ehe sie sich aus dem Sattel schwang. Iv senkte den Schädel und schnaubte, blies Sandkörner in die Luft und schüttelte die Mähne. Asha klopfte ihr den Hals. Ihr Grinsen sah wässrig aus. „Ich dachte bloß, ein Toter braucht kein Pferd. Wie ich sehe, habe ich mich getäuscht.“

„Das hast du.“

„Der Flugwurm. Wir hielten dich für tot.“

„Überraschung.“

„Wie bist du entkommen?“

„Falsche Frage, Asha.“ Er deutete nach dem Dach der Kaschemme.

Lyr fasste es als Stichwort auf. Er sandte einen Impuls. Einen vernehmlichen, unter dem mancher Einwohner schwankte, und ein Jho gleich hinterher. Er beanspruchte das Gebiet als das seinige. Ließ Asha wissen, dass er in ihr einen Eindringling sah.

Sie schluckte und sah bleicher aus als vorher. „Wie hast du ihn gezähmt?"

Er nahm die Schultern zurück. Feststellend, dass er funktionierte. Die Furcht von vorher, jetzt in Energie gewandelt, stählte die Barrikaden seiner Seele und sperrte das Herz mit all seinen empfindlichen Regungen aus. Er fühlte nichts. Er fokussierte sich. Er wahrte Fassung. „Falsche Frage."

Über Ashas Miene zog ein Hauch von Rage. Ihre Braue zuckte. Auch sie nahm die Schultern zurück. Ihre Aura verhärtete sich. „Was tust du hier, Iksha?"

„Nenn mich nicht so."

„Ich nenne dich, wie ich will. Was tust du hier?" Ihre Impulse wogen schwer. Unter ihnen erschien sie wie eine Gebieterin, der es zu gehorchen galt.

Aber es war nur ihre Aura, keine Blendung. Er blockte sie ab. „Ich treffe meine Schwester. Und du?"

„Ich verrichte einen Auftrag." Ihr Blick glitt über seine Schulter hin zu Alys.

„Wie hast du sie aufgespürt?"

„Das ahnst du nicht? Ihre Aura haftete dir an. Sie ist stark. Leicht aufzuspüren, wenn sie sich in solcher Nähe befindet." Sie machte eine Geste, eine befehlsgewohnte. „Geh aus dem Weg."

„Das werde ich nicht."

Ein Impuls. „Geh aus dem Weg."

„Asha."

„Rhaz. Begreifst du nicht?" Sie kam einen Schritt näher. Die Härte fiel von ihr ab. Das Leid all der Jahre im Dienst von Dasgar strahlte aus ihrer Seele durch die Augen hervor.

Sie wirkte nahbar. Verletzlich. Einer Gestählten unwürdig.
„Alle halten dich für tot. Vielleicht sogar der Gräber. Geh
fort. Kehr nie zurück. Mach dich frei.“

Ein Stich.

Er wies ihn ab. Auch ihr Flehen. „Und was machst du?“

Ihre Züge erstarrten und härteten wieder aus. Sie richtete
sich auf, wissend, wovon er sprach. „Ich verrichte meinen
Auftrag und gehe zurück. So wie stets.“

„Ich soll sie sterben lassen und die Flucht ergreifen?
Nein.“

„Du sollst leben.“

„Und sie nicht?“

„Bedenke, was du gewinnst. Freiheit. Der Preis ist gut.“

„Asha. Sie ist meine Schwester.“

„Rhaz. Geh aus dem Weg.“

„Das werde ich nicht tun.“

Sie schüttelte den Kopf. Es quälte sie. Zugleich steigerte
es ihre Entschlossenheit. „Komm mir nicht in die Quere.“

„Ich muss.“

„Rhaz.“

„Asha.“

Das folgende Schweigen tränkte die Welt mit Stille. Die
Vögel hörten auf zu singen. Die Zikaden verstummten.
Sogar die Brise erstarb und löschte das Flüstern des Windes
im Getreide aus.

Asha brach es. „Du willst nicht gegen mich kämpfen.“

„Nein. Will ich nicht.“

„Ich will nicht gegen dich kämpfen.“

„Ich weiß.“

Sie nickte. „Das kann nur auf eine Weise enden, Rhaz.“

„Auf eine Weise.“

Ihr Blick verriet, dass sie ihren Tod ausrechnete. Sie zeigte
keine Furcht. „Nach mir kommt ein anderer.“

„Ich nehme es mit ganz Dasgar auf.“

„Das weiß ich.“ Ihre Stimme klang auf einmal nachgiebig. „Du nimmst es mit jedem auf. Ich hab es gesehen. Das Amulett. Der Flugwurm. Du kannst jeden schlagen. Bloß nicht den einen, auf den es ankommt.“

„Du täuschst dich, Asha. Ich gehe nach Dasgar und bringe es zu Ende. Ich töte ihn.“

„Das kannst du nicht.“

„Ich kann.“

„Rhaz …“

„Schließ dich mir an.“

Sie zögerte. Schwieg.

„Asha. Du musst das hier nicht tun. Ich bringe ihn um. Dann bist du frei.“

„Und wenn du scheiterst, dann scheitere ich mit dir. Nein, Rhaz. Wie auch immer du dich befreit hast. Wie auch immer du deine Seele aus seinen Fängen gerissen hast. Meine gehört dem Gräber von Dasgar bis in alle Ewigkeit. Ich kann mich nicht lossagen.“

Ihre Worte weckten ein Echo. Eines von Ura. *Was zerreißt, kann sich zusammenfügen.* Womöglich brach das Amulett tatsächlich seine Seele in Stücke. Fetzen, die es dem Gebieter entriss. Bis vor kurzem hatte er seine Seele als sein Eigentum gewähnt, nur sein Leben in der Schuld Dasgars. Allein, es stimmte nicht. Nicht nur die Erinnerung hatte der Gräber ihm gestohlen, sondern auch seine Seele beschlagnahmt. Sie in Ketten gelegt und weggesperrt. Das Amulett entriss sie ihm, Stück für Stück, und trieb die Fetzen Ura zu. *Wenn ich meine Schuld begleiche, gibt sie sie frei.* Eine Hoffnung, an die er sich klammerte. Er würde sie aufsammeln, die Bruchstücke. Jedes einzelne. Und sie wieder zusammenfügen.

„Geh aus dem Weg. Verschwinde.“

Ashas Stimme riss ihn zurück in die Gegenwart. Er hörte

heraus und spürte es in ihrer Aura, dass er sie nicht umstimmen konnte. „Nein, Asha."

„Gut." Sie zeigte ihm die Handflächen, die Miene stumpf. „Dann mach es schnell."

„Du ergibst dich?"

Ein Grinsen zog in ihre Mundwinkel. „Ich habe die Macht deines Amuletts gesehen. Ich sehe den Flugwurm in deinem Dienst. So naiv bin ich nicht, dass ich denke, ich könnte siegen gegen dich."

„Asha. Du bist Dasgars älteste Meisterin. Du hast mich ausgebildet. Du hast mir geholfen, mehr als einmal. Ich schulde dir etwas. Ich werde dich nicht ehrlos töten."

„Mach es schnell und ich nehme diese Schuld mit ins Grab."

„Das verlange ich nicht von dir."

„Verdammt, Rhaz. Deine Ehre bringt dich um. Was willst du?"

„Einen gleichen Kampf. Ohne Hilfe. Ohne Amulett. Nur unsere Klingen und die Kraft unserer Muskeln und Seelen."

„Du forderst mich zum Duell?"

„Ja."

Sie schüttelte den Kopf. „Dieser Kampf ist nicht gleich. Du bist verwundet, und ich bin es nicht."

Ihm gelang ein Grinsen, wie in alten Zeiten. „Dieser Kampf wäre ungleich, wäre ich es nicht."

„Rhaz. Du magst der stärkste Kadett sein, den Dasgar je hervorgebracht hat. Aber du täuschst dich in deinen Fähigkeiten."

„Ich täusche mich nie."

Sie schüttelte den Kopf und schnaubte. „Ob durch meine Klinge oder die eines andern. Deine Überheblichkeit wird eines Tages dein Tod sein."

„Trittst du das Duell an?"

„Verdammt, Rhaz. Verdammt.“

„Asha. Deine Antwort.“

„Verdammt, ja.“

Ganz wie erwartet. Ihre einzige Chance, den Auftrag zu erfüllen, und sie ergriff sie. Was ihn anging, vielleicht ein Fehler. *Ganz sicher ein Fehler.* Aber dazu fehlte es ihm an Gleichgültigkeit, als dass er seine einzige Kameradin aus Dasgar kaltblütig zu Grabe hätte schicken können. Ihr gebührte Respekt. Und Ehre. Er verdankte ihr etwas. Eine Menge. Und wenn er es mit einer Gestählten nicht aufnehmen konnte, dann erst recht nicht mit dem Gräber.

Er schöpfte Atem. Spürte die Blicke aus Keval. Er wandte sich ihnen zu. Sie hielten sich innerhalb der Palisade, als könne diese sie schützen. Eine ganze Traube von Schaulustigen. Im Tor ganz vorn stand Yorick. Versteinert. Alys umklammerte seinen Arm. Sie lehnte an ihm, womöglich, damit die Beine ihr nicht nachgaben.

Rhaz ging hin. Er bewahrte die Fassung und zeigte nichts von seinem inneren Aufruhr auf dem Gesicht. Nur den Schweiß, der ebenso gut der Hitze entstammen konnte. Obschon er die Barrikaden festigte, sah Yorick aus, als spüre er etwas. Er nickte dem Kerl zu. Suchte Alys‘ Blick und nahm ihre Hand. Der Stich schenkte ihm Zuversicht. Er streifte das Artefakt über den Kopf. „Wenn das kein gutes Ende für mich nimmt, greife nach der Macht des Amuletts. Wir teilen das gleiche Blut, gewiss kannst du es nutzen. Dann blende sie. Flieht. Und bleibt wachsam. Ihr werdet nie in Sicherheit sein.“

„Rhaz.“ Ihre Stimme zitterte. Sie senkte sie. „So muss es nicht sein.“

„Doch, Alys. Genau so.“ Nicht jeder von Dasgars Grundsätzen barg eine List. Nicht alles von dem Gelehrten war Trug. „Kameradschaft ist eine Ehrensache. Ich kann sie nicht töten, ohne ihr eine Chance zu geben. Diesmal gibt es nur einen Weg.“

„Verstehe.“ Sie sah nicht aus, als verstehe sie tatsächlich.

Erstaunlicherweise tat Yorick es. Er legte eine Hand an seine Schulter, wie ein Vertrauter. Wie ein Freund. „Was ich sagte, neulich. Dass ich keinen größeren Narren als dich je gesehen habe. Auch keinen Mann von mehr Ehre.“

Es rang ihm ein Lächeln ab. „Danke, Mann. Pass auf sie auf.“

„Das werde ich.“

Damit drückte er das Amulett Alys in die Finger. Ihr Schaudern zeigte ihm, dass er mit seiner Vermutung richtig lag. Sie spürte die Energie. „Alys. Misch dich nicht ein.“

„Aber …“

„Das ist nicht dein Kampf. Versprich es.“

Sie wich seinem Blick aus.

„Versprich es.“

Sie schüttelte den Kopf und wischte sich über die Wange, obgleich keine Tränen diese hinabliefen. Dann nickte sie.

Kein echtes Versprechen, aber es genügte. Er machte kehrt und ging zurück zu Asha. Bemaß das Schlachtfeld. Die Straße, nichts als Staub und Sand. Streifen verdorrten Grases zu beiden ihrer Seiten. Dahinter goldene Ähren linker Hand, jenseitig eine wilde Wiese. Ein guter Platz. Er richtete den Blick auf Asha. Hielt sie im Auge. Die Meisterin schloss die Finger um das Heft ihrer Klinge. Zura nannte sie diese. *Seele.* Sie schimmerte nicht weniger makellos als Izhir.

Asha zog zuerst.

Er tat es ihr nach.

Iv gab ein Wiehern von sich, es klang beinahe empört. Sie schlug den Schweif und trabte aus dem Schlagfeld. Gesenkten Schädels blieb sie nahe dem Tor Kevals stehen und sah herüber, als sei sie eine der Schaulustigen.

„Letzte Warnung, Rhaz."

„Gleichfalls, Asha."

Sie führte den ersten Schlag. Ein Satz nach vorn. Der Schwung ihrer Klinge, eine Finte. Seine Parade ging ins Leere, sie schnellte an ihm vorbei und jagte ihm einen Impuls in den Rücken. Er blockte. Dennoch stieß es ihn vorwärts. Er stolperte und fing sich. Wirbelte herum und parierte ihren Hieb. Sie sprang zurück. Er verharrte. Trat dann seitwärts. Seinem Kreis folgend, hielt sie Zura in Stellung. Die Klinge sang, ein Surren im Wind, den ihre Schritte auf den Stahl lenkten. Izhir antwortete. Harmonisch. Rhythmisch. Wie seine Schritte. Und ihre. Dennoch fühlte sich die Waffe verhalten an. Nicht blutdurstig, wie sonst. Sie las seine Seele. Sie wollte diesen Kampf nicht führen. Hatte jedoch keine Wahl.

Jetzt nicht mehr.

Er ging langsamer, dann schneller. Es brachte Asha nicht aus dem Takt. Es schürte keine Furcht. Er konnte sie nicht einschüchtern und attackierte stattdessen.

Die Klingen kreuzten sich. Die Wucht des Widerstands schüttelte ihn bis in die Knochen. Die kaum verheilten Wunden ächzten. Den Schmerz nutzte er für einen Impuls. Asha blockte. Sie strauchelte noch nicht einmal und warf seine Energie verstärkt zurück. Es traf ihn gegen die Brust, er taumelte rückwärts. Von der Seite jagte ihr Schwertstreich heran. Er parierte. Eine Drehung, er gelangte hinter sie und stieß zu. Leicht wie eine Gazelle sprang sie weg. Er traf sie trotzdem. Ihr Zischen verriet es, gleich darauf schüttelte ihr Satz Blutstropfen von ihrer Schulter. Der linken, es behinderte sie kaum.

Sie hechtete vor. Ein Impuls schlug ihm entgegen. Er blockte ihn ab, die Energie verpuffte. Da langte sie bei ihm an. Ein Schlagabtausch, schnell und brutal. Sie führte die

Klinge ohne Pause, erschien von allen Seiten. Die Hiebe parierend, startete er keine eigene Attacke. Manche Streiche sah er voraus, andere überraschten ihn. Ohne Zweifel hatte sie ihn nicht jede ihrer Finten und Fähigkeiten gelehrt. Oder die ihrigen vermehrt seit seinem Drill.

Genau wie er.

Er sah ihre Überraschung, wenn Hiebe ins Leere gingen. Dann, wie sich ihre Geduld in Ärger verwandelte. Ehe sie diesen in Kraft umsetzte, bündelte er die eigene. Er hielt sie zurück. Noch. Er blockte ihre Klinge, drehte sich und schlug von der Seite zu. Beidhändig, mit aller Macht. Mit Not wendete sie Zura und fing den Schlag ab. Wie erwartet. Als die Klingen einander begegneten, verstärkte er Izhir mit der gebündelten Kraft.

Ein Blitz.

Die Sonne wirkte blass daneben. Es warf Asha rückwärts, heftiger als angenommen. Sie hob vom Boden ab und segelte ein Stück. Irgendwie behielt sie die Kontrolle. Sie landete auf den Füßen. Erst im wilden Saum der Straße verlor sie das Gleichgewicht und stürzte rückwärts in die Ähren. Er sprintete hin, ehe sie sich sammelte.

Ein Klingeln regnete auf ihn herab. Über ihm glitt Lyr auf dem Wind und zog einen Kreis. *Misch dich nicht ein.* Falls das Wesen ihm in die Seele schaute, musste es das spüren. So schien es, denn es stieß nicht herab.

Er langte bei Asha an, an der Stelle ihrer Landung. Von ihr keine Spur. Er hob Izhir und sandte einen Impuls. Kein Echo. Jedenfalls keins von ihr. Sie tarnte sich, und sie tarnte sich gut. Verbarg ihre Aura, versteckte den Leib. Sein Herz tat einen Satz. Ihm fehlte der Fokus, auch die Zeit, das Netz ihrer Tarnung mit dem Geist zu durchdringen. Geschwind schöpfte er Atem und beruhigte sein Herz. Dann suchte er mit den Augen. Nach Bewegung. Nach einer Ähre, die sich gegen die Brise bog. Er lauschte. Nach einem Rascheln. Dem Klingen von Stahl.

Nichts.

Und wie aus dem Nichts stürmte sie heran. Gleich einer Klapperschlange, so giftig, so wendig, so schnell. Von links, seiner schwachen Seite. Er brachte Izhir nicht heran. Blockte mit einem Impuls stattdessen. Dieser stoppte Zura nicht, aber er verlangsamte es, als ginge der Streich durch ein Stück Butter. Statt zu parieren, drehte er sich weg. Die Klinge streifte seine Rippen, doch das Rüstzeug ließ sie nicht durch. Mit der Drehung kam er hinter ihr aus. Sie, vom Hieb weit vorgelehnt, gelangte nicht rechtzeitig herum. Zwar sprang sie zur Seite, doch er traf sie. Am Oberschenkel. Izhir schmatzte und trank ihr Blut. Er fühlte den Widerstand ihres Fleisches kaum. Ihren Schmerz aber ahnte er, und er rechnete mit der daraus gewonnenen Kraft für einen Impuls. Dieser folgte. Vorhersehbar. Weniger stark als erwartet. Er blockte ihn ohne Mühe, ahnend, dass er die Oberhand gewann. Über Ausdauer im Lauf verfügte Asha wie keine zweite, und wie keine zweite erschöpfte sie die Schlacht. Dasgars älteste Meisterin, und unter den Gestählten die einzige ohne Meistertitel im Nahkampf.

Er schickte einen Impuls. Keinen wirksamen, nur eine Warnung. „Asha. Gib auf.“

„Niemals.“ Rau, ihre Stimme, und wild ihr Grinsen.

„Gib auf. Ich lasse dich gehen.“

„Der Tod löscht jede Schuld, Rhaz, wenn es ein guter Tod ist.“ Damit attackierte sie erneut.

Er parierte ihre Hiebe. Und ahnte, dass sie den Tod suchte. Vermutlich nicht von vornherein, aber sie musste sehen, dass sie nicht siegen konnte. Gleichwohl, sie ergab sich nicht. Ihre Schritte gewannen an Schnelligkeit, ihre Schwertstreiche an Kraft, ihre Impulse an Reichweite. Er sah es ihr an, sie war bereit zu sterben. Aber nicht als Versager. *Dann stirb als Kriegerin.* Er schöpfte Kraft daraus. Aus dem Gedanken, ihr das zu gewähren. Aus der Gewissheit, sie von Dasgar zu befreien, wenn auch auf die üble Weise.

Sie schrie ihn an. Ein Kriegsschrei, der ihre Impulskraft anspornte.

Er tat es ihr nicht nach. Statt Energie dafür zu verschwenden, bündelte er diese. Viel blieb ihm nicht mehr. Wenig an Muskelkraft, weniger noch an Impulskraft. *Jetzt oder nie.* Ihr konnte es nicht anders gehen. Er bündelte alles, was er fand, und schickte ihr den Impuls entgegen. Dieser so heftig, er riss an seinen Eingeweiden. In seinem Rachen sammelte sich Blut. Von der eigenen Kraft geriet er ins Taumeln. Ashas Klinge segelte durch die Luft und landete außer Reichweite im Sand. Sie selbst warf es rücklings zu Boden. Es knackte. Gewiss ihre Rippen. Ihr Stöhnen bestätigte es.

Er fing sich. Trat zu ihr hin. Ohne Eile jetzt. Sie sah zu ihm auf. Keuchend. Aus ihrer Lippe lief Blut, dennoch grinste sie. Und sammelte, was ihr an Kraft noch blieb, für einen Impuls. Er spürte es. Ihre Aura wuchs, sie dehnte sich aus. Die Luft flirrte. Dieser Impuls glich dem, den er dem Gebieter Dasgars hatte zuteilen wollen, mit seinem letzten Atemzug. Geschöpft aus der reinen Lebenskraft. Ihrer Lebenskraft. Es würde sie umbringen. Und ihn gleich mit. Er musste handeln, ehe sie es tat. Sie zwang ihn dazu. Ihre Aura blähte sich. Bevor sie den Impuls entfesselte, stieß er Izhir hinab. In ihr Herz. Sie zuckte. Hob die Hände und ließ sie wieder fallen. Aus ihrer Mundhöhle quoll Blut. Sie sah ihn an. Blinzelte. Mit einem Zischen wich der Atem aus ihrer Lunge. Ihre Muskeln erschlafften. Sie lächelte. Kein Grinsen, ein Lächeln. Ein zufriedenes. Und starb.

Er zog Izhir heraus. Getränkt von Blut, funkelte die

Klinge in der mittlerweile hohen Sonne, trotz des eingänglichen Widerstrebens beglückt. Genährt. Dem Zweck ihrer Existenz gewidmet. Genau wie er. Allein, ihn beglückte es nicht. Er nahm Asha Zuras Scheide ab und wandte sich um. Weg von ihr, hin zu Keval. Die Schaulustigen schwiegen. Nur Alys löste sich und eilte heran. Die Hände nach ihm ausgestreckt, ergriff sie die seinigen und überschüttete ihn mit Frieden. Mit Frieden, der ihm nicht gebührte. Er machte sich frei von ihr. „Lass mich allein, Schwester. Nur für eine Weile.“

Sie nickte, mit einem Ausdruck, als könne sie es nachvollziehen. Gewiss tat sie das nicht. Es genügte jedoch, dass sie ihm das Amulett übergab, es ihm umhängte und zurücktrat.

Er wandte sich ab. Schöpfte Atem. Musste husten davon. Stumpfer Schmerz jagte mit jeder Regung durch seine Muskeln. Er schluckte Blut, bückte sich nach Zura und steckte es in die Fassung, Izhir gleich darauf. Danach, ein Pfiff. Iv trabte heran. Er stieg in den Sattel und gab ihr die Fersen. Nicht zu heftig, sie fiel in leichten Galopp. Hinter ihm ein Klingeln. Lyr zog Kreise auf dem Wind über Keval.

Rhaz machte nicht kehrt. Er spornte Iv an. Wohin, er wusste es nicht. Fort, fürs Erste. Um klare Gedanken zu fassen. Das Blut von den Händen zu waschen. Die Alte Mutter um Vergebung zu bitten. Um zu trauern. Als ein Gestählter sollte es ihn nicht kümmern, aber das tat es. Es kümmerte ihn. Mehr noch, es schmerzte ihn. Die Luft blieb ihm weg. Sein Herz raste. Die Sicht verschwamm.

Iv legte sich ins Zeug. Sie beeilte sich, Distanz zu schaffen. Sie musste es wohl spüren.

Er schaute nicht zurück, weder körperlich noch geistig. Den Anblick nahm er dennoch mit. Ein Trost, ihr Lächeln zuletzt. Ein kleiner Trost. Beinahe nichtig. Er hielt es fest, in der Erinnerung. Womöglich konnte es ihm helfen, daran zu glauben, dass er ihren Wunsch erfüllt und sie befreit hatte. *Fadenscheinig.* Dann dachte er an Alys. Und dass er sie beschützen sollte. *Sie ist in Sicherheit. Vorerst.* Lyr in Keval würde nicht zulassen, dass ihr ein Leid geschah. Gewiss nicht. Er hoffte es. Hoffte zugleich, dass jene Kreatur es spürte. *Schütze sie. Nur für eine Weile.* Bis Sonnenhoch. Vielleicht bis Sonnenuntergang. Bis er die Fassung zurückerlangte und sein Herz kontrollierte. Stille half dabei. Echte Stille, wie sie in Keval nicht existierte.

Er fand einen solchen Ort der Stille, an einem Weiher in einem Birkenhain. Das Wasser lud nicht zum Erfrischen ein, das Laub sah dürr aus und gelb verfärbt. Gleichwohl, der Wind darin übertönte das Scheppern von Stahl in seinen Ohren. Ein paar Vögel wagten zaghaften Gesang. Auf einmal fehlte ihm Kays Aufdringlichkeit, wenn sie meinte, er brauche Zuneigung, obschon er sie für gewöhnlich fortjagte.

Er lockerte Iv den Sattel. Dann ging er am Ufer auf die Knie und senkte die Lider. Er lauschte. Seine Seele fühlte sich so ausgelaugt an, dass er sich nicht um einen Impuls bemühte. Stattdessen fokussierte er sich auf sein Herz. Die Regungen darin wie von einem Fremden, keine einzige eines Gestählten würdig. *Ich bin kein Gestählter mehr.* Bloß einer mit dessen Fähigkeiten und derselben vom Drill zerfetzten Seele.

Kaputt.

Nicht zerbrechen. Er war es längst. Zerbrochen. Er konnte noch nicht einmal festmachen, wann genau es geschehen war. Im Drill. Derweil seiner Aufträge. Erst kürzlich. Es spielte keine Rolle.

Was zerreißt, kann sich zusammenfügen. Er hielt sich daran fest, an dem Gedanken. Schlug die Lider auf und spähte nach der Sonne. Ein fleckiges Schattenmuster lag auf dem Spiegel des Weihers, Sonnenhoch zog vorüber. Er schob die

Erinnerung an Asha von sich. Errichtete die Mauer um sein Herz und stählte seine Seele. Dann erhob er sich und schaute nach Iv. Sie äste unweit. Viel Energie konnten die vertrockneten Stängel ihr nicht liefern, aber zu schmecken schien es ihr trotzdem. Sie schlug den Schweif nach Fliegen und schüttelte von Zeit zu Zeit die Mähne. Ganz anders als in Dasgar, wo sie mit den Knien die Pforten des Stalls zu treten pflegte und mit stumpfen Augen vor sich hin schaute. *Die Seele eines Tieres ist dein Spiegel.* Womöglich lag in den Worten des alten Viehmeisters von Dasgar mehr Weisheit als angenommen. Vielleicht hielten noch andere dort, trotz des Drills, an ihrer Seele fest. Oder suchten eine andere, für die es sich zu leben lohnte.

Ein Specht trällerte einen Warnruf.

Es huschte, raschelte und verstummte.

Der Wind seufzte.

Er langte an Izhirs Heft. Nahm Haltung ein. Lauschte, spähte und sandte einen Impuls. Er horchte in die Echos nach Zeichen von Tarnung. Derer zahlreiche. *Verdammt.* Zu unachtsam hatte er sich in seinem Leid gesuhlt. Er zog die Klinge.

Ein Pfeil schlug in seiner Schulter ein, der rechten. Die Muskeln seines Arms ergaben sich, das Heft entglitt ihm. Izhir landete im Staub. Ein Zischen kam ihm von den Lippen. Geschwind fokussierte er sich für einen Impuls, aber dieser implodierte in seinem Hirn. Um ein Haar schickte es ihn zu Boden. *Kupferspitze.* Er fand keine Bindung an seine Seelengabe. Mit Links langte er nach dem Schaft, um die Seuche herauszureißen. Vergeblich. Ein Bann sank auf ihn. Das Netz, fein gesponnen, beraubte ihn seiner Kraft.

Er fiel auf die Erde, wo er stand. Blieb liegen, wie er landete. Rang um Atem. Das Bemühen mau, als presse ihm jemand ein Kissen gegen das Gesicht.

Scheckige Schattenmuster legten sich vor sein Sichtfeld. Instinktiv prüfte er den Bann. Das Netz wies Schwächen auf. Er könnte die Knoten lösen, ihn mit Leichtigkeit brechen. Allein, das Kupfer beraubte ihn seiner Impulskraft. Er lag wehrlos. Ausgeliefert. Betrachtete die Schemen, die näherrückten. Gestalten, die in ihren Konturen verschwammen. Weil es ihm an Atem fehlte. An Kraft. Und Hoffnung. Er erkannte keine Gesichter, dafür die Auren. Gestählte wie er. Meister von Dasgar. Eine Ahnung formierte sich, und daraus Gewissheit. *Alle halten dich für tot. Vielleicht sogar der Gräber.* Sie hatte nicht gelogen, Asha. Er hätte es ihr angesehen. Man hatte sie belogen. Der Gebieter. Vielleicht hatte er es gewusst, womöglich nur geahnt. Seiner Gestählten Häscher auf die Fersen geschickt, für den Fall, dass sie auf ihn traf. Und sich gegen Dasgar wandte, so wie er.

Nichts in seinem Leib funktionierte mehr, bloß sein Verstand. Dieser nutzlos. Er konnte nichts anfangen mit der Erkenntnis, in eine Falle geraten zu sein. Schon wieder. Und nichts mit der Furcht vor dem, was ihm bevorstand. Er glaubte nicht an einen schnellen Tod. An keinen gnädigen.

Eine Klinge huschte in sein Sichtfeld. Eine stumpfe, eine gefasste. Nur das Heft blitzte. Dieses herabgestoßen, es traf ihn an der Schläfe. Die Welt zersplitterte.

Ivs Wiehern.

Das Getrampel von Schritten.

Verblassende Stimmen.

Er wehrte sich gegen die Ohnmacht. Auch vergeblich. Ein weiterer Schlag schickte ihn in die Dunkelheit.

WO KEIN WEG SICH AUFTUT,
LÄSST SICH EINER EBNEN.

Ein Brand folgte ihm in die Schleiergefilde fern seiner Sinne. Glut. Sie versengte ihn von außen und von innen. Beides zugleich.

Er sammelte die Fetzen seines Bewusstseins ein. Zwang sich, aufzuwachen. Die Lider zu heben. Sowie er zu sich kam, schwappte der Schmerz über ihm zusammen wie die Wogen eines Ozeans. An den Handgelenken aufgehängt, die Füße baumelnd in der Leere, streckte es seinen Leib und strapazierte die kaum verheilten Wunden. Das eigene Kinn lag ihm auf der Brust. Er schaute abwärts.

In die brodelnden Abgründe der Feuergruben von Dargalash.

Die Hitze ummantelte ihn. Er wusste nicht, wie lange er schon hing. Seine Haut, nass wie von einem Kübel Wasser übergossen. Alles Schweiß. Er trug einzig noch seine Hosen. Kein Rüstzeug, keine Stiefel, sodass die aus den Feuergruben aufsteigenden Glühfunken gegen seine bloße Haut schwebten und ihn versengten.

Eine Klage formte sich in seiner Kehle. Er mühte sich nicht, sie zu halten. Ein trockenes Röcheln, mehr nicht.

Ihm antwortete ein Lachen. Ein ebenso trockenes, ein freudloses. „Willkommen zuhause, Rhaz Iksha Zar.“

Er löste das Kinn von der Brust. Hob den Blick. Blinzelte, um den Schweiß loszuwerden, der ihm die Sicht stahl. Verschwommen nahm er die halbrunde Empore wahr, die die Feuergrube umarmte. Dahinter den Schlund des aufwärts strebenden Tunnels von Dargalash. Daraus hauchte ihm der Atem der Berge entgegen. Nicht kühlend, aber durch die Regung der Luft trotzdem willkommen. Es herrschte Dunkelheit bis auf dem Glühen des flüssigen Gesteins unter seinem Leib. Es warf ein dämonisches Flackern auf die Gestalt dort im Schlund. Ein Schatten, umhüllt von Schatten. *Das Monster von Dasgar.*

„Du hast über deine Taten nachgedacht?"

Es bescherte ihm ein Lachen. Er musste husten davon. Seine Stimme taugte kaum, sie zerkratzte ihm die Kehle. Das Gewölbe von Dargalash trug sie, sodass sie kräftiger hallte als sie klingen durfte. „Hab ich."

„Mit welchem Schluss?"

„Dass es das wert war."

„Das dachte ich mir. Und ist es das noch?"

Er spannte die Muskeln. Es linderte den Schmerz nicht. Im Gegenteil. Er glaubte, seine Handgelenke müssten reißen, aber das taten sie nicht. Ob der Regung quoll Blut aus seiner Schulter. Die Pfeilspitze steckte noch, auch wenn jemand den Schaft abgebrochen hatte. Die Schellen, in denen seine Arme steckten, gleichfalls aus Kupfer. Keine Aussicht, der Seelengabe auch nur den Anflug eines Impulses zu entlocken. „Ich fürchte den Tod nicht. Ich ertrage jede Qual. Ihr könnt mir nicht nehmen, was ich Euch entrissen habe. Ihr habt keine Macht mehr über mich."

„Große Worte." Der Gebieter spendete Beifall. Er klatschte in die Hände. Diese behandschuht, das Leder stöhnte in der Hitze. „Große Worte für einen Niemand."

„Ich bin kein Niemand."

„Du warst ein Niemand. Du bist ein Niemand. Ich schenkte dir eine Bedeutung, und du trittst sie mit Füßen."

„Meine Bedeutung ist es, meine Schwester zu beschützen. Vor Euch."

„Das kannst du nicht. Sieh dich an.“

Das musste er nicht. Er fühlte es. Wusste es. Er sah keinen Ausweg. Und ihn verließen die Kräfte. Mit jedem Atemzug und jedem Herzschlag.

„Ich habe in dein Inneres gespürt. Längst. Du hast dich gegen mich verschworen. Gegen mich, der ich dir Heimat gab. Und Schutz. Eine Ausbildung. Und einen Zweck.“ Er trat an den Rand der Empore. Die Stiefelspitzen ragten bis über die Feuergrube. Er langte in seine Robe, holte die Hassel heraus, jene Schatulle, und schnappte die goldene Schließe auf. Zum Vorschein kam eine Scheibe, womöglich aus Elfenbein, an einer Kette, vielleicht aus Gold. Der Gebieter nahm sie heraus. Betrachtete sie. Und warf sie in die Lava zu seinen Füßen, die Schatulle hinterher. „Jemand hat dir weisgemacht, du könntest Macht erlangen. Mich bezwingen. Dasgar fällen. Das kannst du nicht. Dein Pakt mit Ivera ist nichtig. Und der, den du mit jener geschlossen hast, die sich selbst Ura nennt.“ Damit zog er das Amulett am Riemen hervor und hielt es über den Abgrund.

„Nicht.“ Es kam ihm von den Lippen, verzweifelt wie bei einem Kleinkind. Und ebenso zwecklos. Er trat in die Luft, aber bewirkte nichts damit, nur Schmerzen. Die Haut an seinen Füßen warf Blasen. Die Striemen am Rücken fühlten sich dick an. Aufgequollen, als klebten Blutegel daran.

Ob seines Protestes schmunzelte der Gräber. Er ließ den Riemen fahren. Das Amulett fiel in die Feuergrube, ohne einen Laut. Für einen Moment schwamm es auf der Lava, dann versank es darin. Träge. Es tauchte nicht wieder auf.

Der Gebieter sah ihn an. „Das war sie. Deine Macht. Fadenscheinig, eine Illusion. Wahre Macht schöpft sich nicht aus Kinkerlitzchen. Sieh mich an.“

Das tat er. Er musste. Obschon es ihn quälte, allein schon, weil Tränen ihm die Wangen hinabrannen. In all dem

Schweiß fielen sie vielleicht nicht auf.

„Du bist ein Versager, Rhaz Iksha Zar. Du hast als Gestählter versagt. Du hast als Bruder versagt. Selbst als Handlanger einer Hexe hast du versagt.“

Jedes der Worte versetzte ihm einen Stich. Es grub ihm das Innere um. Sei es von Blendung, sei es der Brand der Feuergrube oder der Schmerz über die Wahrheiten, die im Gesagten steckten. Er schloss die Augen. Seine Lunge kämpfte um Atem, obschon er nicht mehr wollte. „Solches Versagen ist Dasgars unwürdig. Setzt dem ein Ende.“

„Deine Fähigkeiten sind wertvoll. Dein Blut ist einzigartig, deine Seelengabe ohnegleichen, auch wenn du ihr Potential nicht schöpfst. Nicht im Ansatz. Der Sohn einer Hexe. Ein Zwilling zudem. Du ahnst nicht, was in dir steckt. Was aus dir werden kann. Ich wollte nie deinen Tod, Sklave. Du bist mir teuer.“

„Ich werde Euch nicht dienen. Nie wieder.“ Es klang brüchig. Nicht halb so gewiss wie er es vermitteln wollte. Und er fühlte es nicht halb so sicher wie er sollte. Ohne das Amulett konnte er es, selbst frei von Kupfer und unter Aufgebot seiner Lebenskräfte nicht mit ihm aufnehmen. *Ich hätte es Alys lassen sollen.* Es hätte ihr helfen können, wo schon ihr Leben als endlose Flucht enden musste.

„Du glaubst, du hättest eine Wahl. Die hast du nicht. Ich brach dich einmal. Nun werde ich dich vernichten. Ich legte deine Seele in Ketten. Nun grabe ich sie aus deinem Innern aus. Ich mache dich zu einem Phantom. Meinem Phantom. Ein Sklave ohne Gewissen. Ohne Seele.“

„Das vermögt Ihr nicht. Selbst Ihr nicht.“

Der Gräber lachte. Grausam. Gewiss. „Ich vermag es, Iksha. Ist ein Körper schwach genug, ein Herz entkräftet und die Seele ausgelaugt, kann man ihn formen wie Lehm. Du wirst sehen.“

Er glaubte ihm. Er wollte es nicht, aber er tat es, aus der Gewissheit heraus, dass es stimmte. Er sah es. Hatte es immer gesehen, auch wenn es ihm erst jetzt ins Bewusstsein sickerte. „Ihr wollt mein Blut infiltrieren. Meinen Leib übernehmen."

„So ist es. Dieser hier langt am Ende seiner Zeit an. Die Gebrechlichkeit des Alters ist einer unsterblichen Seele nicht dienlich."

„Warum ich?"

„Du weißt, warum. Dein Blut. Deine Fähigkeiten. Dein Aufbegehr. Du gefällst mir, Sklave. Aufmüpfig bist du mir nicht von Nutzen, aber willenlos kannst du es sein."

Er senkte sie wieder, die Lider. Suchte die Bindung an seine Seele. Wollte die Ketten sprengen, selbst wenn es bedeutete, in der Feuergrube zu versinken. Lieber wollte er sterben als, zu einem Phantom verdammt, als Schatten seinerselbst bis ans Ende seines Daseins dem Monster von Dasgar als Hort für dessen Seele zu dienen. Allein, sein Streben blieb erfolglos. „Jemanden mit Kupfer zu bannen ist Eurer Macht nicht würdig."

„Es geht nicht mehr um Würde. Schon lange nicht mehr." Er rieb die Handschuhe aneinander. Das Leder quietschte. „Nun denn. Die Feuergrube wird deinen Leib schwächen und dein Herz entkräften. Du bist stark, selbst jetzt noch. Lass dir Zeit. Ich habe Geduld. Je früher du aufgibst, umso weniger musst du leiden." Damit machte er kehrt und verschwand im Schlund von Dargalash. Für eine Weile schall das Tappen seiner Stiefel auf dem Gestein nach, dann verstummte es.

Im Gewölbe kehrte Stille ein. Von Zeit zu Zeit barst mit einem Schmatzen eine Feuerblase. Funken stoben auf. Sie landeten auf seiner Haut wie davon angezogen. Wie Motten ans Licht einer Kerze, bloß umgekehrt. Das Stechen der

Glut, die dumpfe Qual der Hitze raubten seinen Verstand. Die Sicht schwamm. Er konnte sich nicht befreien ohne Impulskraft. Konnte nicht klar denken. Konnte sich kein Ende setzen. Die Pein, die körperliche, mehr noch die seelische ob seines Versagens, verlangte nach einer Klage. Noch nicht einmal diese gelang ihm. Ein zittriges Stöhnen, mehr brachte er nicht zustande. Womöglich dauerte es nicht so lang, wie der Gebieter es erwartete. Er glaubte nicht, noch lange durchzuhalten. Seine Schulter blutete. Sein Inneres blutete, irgendwo. In seinem Rachen schwamm Blut. Seine Seele blutete. Er konnte nicht gewinnen. Nicht mehr. Selbst nicht, wenn er frei wäre. Ohne das Amulett. *Ohne das Amulett.* Ohne das Amulett bestand keine Hoffnung, weder auf einen Sieg gegen den Gebieter noch die Schuld an Ura zu begleichen. Oder an Frey.

Versager.

Er hatte Recht, der Gebieter.

Ob seiner Schande, vielleicht ein gerechtes Schicksal. Er selbst hatte sich dem zugeschrieben. Sich in diese Lage befördert. Eine ausweglose Lage.

Er warf den Kopf in den Nacken, um die Kehle zu strecken und mehr Luft zu schöpfen. Es half nicht. Hier unten gab es keine Luft. Was er schnappte, glich Feuer. Jeder Atemzug versengte seinen Hals. Er schloss die Augen, feststellend, dass es ihm die Besinnung raubte. Er wollte nicht aufgeben. Noch nicht. Trotz allem nicht. Jetzt erst recht nicht. Sie wieder aufschlagend, mit aller Kraft, fiel sein Blick auf die Kette und die Mechanismen, die sie fassten. Ein Haken an der Decke, welcher herabgelassen werden konnte. Daran eingehängt, die Kette.

Er spannte die Muskeln erneut und hielt den Qualen stand, die es verursachte. *Ich bin ein Gestählter von Dasgar.* Immer noch. Er verfügte über andere Fähigkeiten als seine

Impulskraft. Musste sich derer nur entsinnen. Seine Fassung finden. Einen Fokus. Er lauschte in sein Inneres. Stählte die Seele mithilfe seines Willens, wenn es auch aufgrund des Kupfers seine Kräfte nicht mehrte. Dachte an die Dinge, die als unmöglich galten. *Mein Schicksal zu verändern.* Zu leben, als er hätte sterben sollen. *Einen Flugwurm zu bekämpfen.* Zwar betrachtete er Lyr nicht als bezwungen, aber er war dessen Attacke nicht erlegen. *Meine gekettete Seele zu befreien.* Und sie den Klauen des Gebieters zu entreißen. *Ich habe all das durchgestanden.* Kraft seines Willens. Und seiner Freunde. Von diesen war niemand zugegen, aber als ein Gestählter war er dazu ausgebildet worden, allein zu arbeiten, und zwar siegreich.

Sein Wille musste genügen.

Er umfasste die Kette, spannte die Muskeln und zog sich hoch. Bloß ein Stück, um die Handgelenke zu schonen. Seine Schulter ächzte. Der Schmerz flackerte wie ein Schattengebilde vor seinen Augen. Blut floss. Auf der Hitze seiner Haut, inmitten des Schweißes, spürte er es kaum. Er atmete. Schnell, aber tief. Nährte die Muskeln mit allem an Sauerstoff, was er aus der Glut des Gewölbes schöpfen konnte. Dann zog er die Knie an und hangelte sich aufwärts. Die Pfeilspitze schnitt in seine Schulter. Er ignorierte den Schmerz. Konnte es bald nicht mehr. Ertrug ihn stattdessen. Hand für Hand. Die Kette endlos. Seine Finger, nass von Schweiß. Er rutschte. Ein Absturz, und es könnte ihm die Handgelenke zerreißen, wenn nicht die Schultern gleich mit. Für die Anstrengung bekam er kaum ausreichend Atem, es schränkte ihm das Sichtfeld ein. Dunkelheit ringsum, in deren Mitte nur die Kette. Glied für Glied. Immer aufwärts.

Bis er am Haken anlangte.

Vor Erleichterung verließen ihn die Kräfte, um ein Haar riss es ihn herab. Unter dem Zittern seiner Muskeln hängte er die Handschließen ein und ließ sich locker, sodass er am Haken baumelte. Es linderte nicht seine Schmerzen. Hier oben, gleich unter der Decke, kam ihm die Luft noch zäher vor. Viel Zeit blieb ihm nicht. Die Verausgabung drohte ihn ins Delirium zu stürzen. Jene Stimme aus dem Nichts erwachte in seinem Schädel, ihn fragend, ob die Mühe nicht vergeblich sei. Ob ohne das Amulett überhaupt eine Aussicht bestand, den Gebieter von Dasgar zu bezwingen. Er befahl sie zur Ruhe. Ignorierte sie. Versteckte sie hinter den Nebeln seiner Schmerzen und warf sie gedanklich in die Feuergrube. *Eins nach dem andern, und das offensichtliche zuerst.*

Er zwang sich zur Regung. Mit beiden Händen umklammerte er den Haken an der Decke und hob sich in die Beuge. Er fand einen Winkel, in dem er, trotz der eingeschränkten Bewegungsfreiheit durch die Schließen, diese so positionierte, dass er mit der Spitze des Hakens das Schloss bearbeiten konnte. Es funktionierte nicht recht. Er bekam es nicht auf. Seine Muskeln wollten bersten, die Hitze der Luft ihm die Lunge sprengen. Wieder und wieder legte er das Schloss auf den Haken. Wieder und wieder glitt er ab. *Nicht aufgeben. Nicht zerbrechen.* Solange er noch denken, den Körper noch zur Leistung zwingen konnte, machte er weiter.

Jäh kreischten die Handschließen. Ein Laut, so schrill, es riss ihn aus der Monotonie seines Strebens. Und weckte seine Instinkte. Ein Glück. Im nächsten Moment zersprang der Anker der Kette an den Schellen. Rasselnd fiel das Ende herab. Er hinterher. Im freien Fall kam ihm die Zeit verzerrt vor. Die Blasen in der Feuergrube platzten, die Wogen schwappten auseinander. In sein Sichtfeld schwang die Kette. Er langte zu. Mit beiden Händen, und beide noch in den Schließen gefangen, bekam er sie zu greifen. Schweißnass die Finger, er glitt daran abwärts. Zu schnell. Er sah das Ende auf sich zu jagen. Alles, was an Atem sich noch in seiner Lunge befand, entwich ihm in einem Schrei. Ein verzweifelter. Der Klang spornte ihn an. Unter Aufgebot all seiner Kräfte, mehr noch seines Willens, griff er nach. Seine Finger glitten in die Glieder der Kette, sogleich wieder heraus. Der Ruck verlangsamte den Fall seines Leibes. Für einen Herzschlag. Es genügte. Er packte zu. Und hielt sich.

Ein Atemzug.

Ein Stöhnen.

Vor seine Augen fiel ein Vorhang von Schwärze. Er legte die Füße, die bloßen, blasigen, um die Kette und wand diese herum. Formte sich einen Tritt. Entlastete die Schulter, die Arme, die Hände. Diese nicht nur schweißnass, sondern auch blutig. *Egal.* Er durfte nicht ausharren. Aus der Feuergrube stiegen Glühfunken auf und verbrannten seine Haut, wie in Erwartung dessen, dass er abglitt. Viel fehlte dazu nicht mehr. Er kniff die Lider zusammen. Blinzelte sodann. Scheuchte die Schwärze weg. Kringel davon blieben auf seiner Netzhaut kleben. Durch diese hindurch spähte er nach der Empore.

Er verhakte die Finger in die Glieder der Kette, beugte die Knie und streckte sie wieder. Lenkte die Energie der Bewegung, versetzte sich in Schwingung. Vor und zurück. Ein wenig zuerst. Ein gutes Stück bald darauf. Ganze Längen etwas später. Er erreichte sie fast, die Kante des Halbrunds. Nicht ganz. Die Spannweite der Kette genügte nicht. Er legte sich ins Zeug, schwang noch einmal.

Und sprang.

Er verlor das Gleichgewicht im Flug. Ruderte mit den Armen, schlackerte mit den Beinen. Beide Füße langten auf den Grund der Empore, er hielt sich sogar aufrecht. Unter seinen Sohlen aber rutschten Kiesel. Er konnte es nicht ausgleichen. Das eigene Gewicht riss ihn rückwärts, hinab in die Feuergrube. Instinktiv knickte er die Knie. Es verlagerte seinen Schwerpunkt. Geschwind warf er die Arme nach vorn. Er schlug sich das Kinn auf, aber er landete der Länge nach auf dem sicheren Grund der Empore.

Ein Keuchen.

Dann raffte er sich auf alle Viere und kroch fort vom Abhang, soweit er kam, bis das Zittern seiner Muskeln ihn niederwarf und die Schwärze vor seinen Augen ihm die Wahrnehmung stahl. So blieb er liegen. Wie lange, er wusste es nicht. Kämpfend darum, den Atem zu kontrollieren. Den Herzschlag. Auch die Muskeln. Und den Verstand.

Sowie er konnte, richtete er sich auf. Auf die Knie, zunächst. Am Drehrad für den Haken in der Decke fand er den Stift für die Schellen seiner Handgelenke. Er steckte diesen ins Schloss und löste die Fesseln. Die Haut darunter blutig, Knochen, Sehnen und Muskeln jedoch heil. Am Sockel des Rades lehnte er sich an. Rücklings. Und schaute hinab auf die Verletzung seiner Schulter. Daraus hervor ragte der abgebrochene Schaft. Er umfasste ihn mit der Linken. Lockerte die Muskeln seiner rechten Seite. Stieß den Atem aus der Lunge und presste die Kiefer aufeinander. Dann zog er die Spitze heraus. Sein Fleisch schmatzte. Die Schmerzen droschen in seinen Schädel wie Hammerhiebe. Ein Ruck, und er hielt das Übel in den Händen. Er betrachtete es einen Moment lang, um den Fokus nicht zu verlieren, und warf es über den Hang hinab in die Feuergrube. Er hörte die Lava zischen. *Recht so.*

Er presste den Handballen auf die Blutung. Frei von Kupfer, fasste er Bindung an seine Seele. Er stählte sie. Atmete. Atmete tief, und atmete in den Bauch. Schottete sein Herz ab, und auch die Schmerzen seines Leibes. Nicht vollends. Dazu fehlte ihm zu viel seiner Kraft. Weit genug immerhin, dass er sich aufrichtete. Zunächst schwankend, kam er auf die Füße. Er warf einen Blick ringsum. Weder seine Kleidung noch seine Waffen entdeckte er, und auch sonst nichts, was ihm nützte. Also hielt er auf den Schlund zu. Die Scharten des Grundes, die die Blasen an seinen Füßen aufstachen, verblassten rasch neben all den anderen Qualen.

Im Tunnel grüßte ihn der Atem von Dargalash, etwas kühler als im Gewölbe. Er atmete auf und machte sich an den Aufstieg. Der Gang verschmälerte sich in eine Treppe, welche sich aufwärts wand. Eine Hand an der glatt geschliffenen Innenkrümmung, nahm er Stufe für Stufe in völliger Finsternis. Gelegentlich sandte er einen Impuls. Jeder davon zerrte an seinen mauen Kräften. Ob des Schwindels gab er Acht, nicht rückwärts wieder hinabzustürzen, und suchte in den Echos nach der Aura des Gebieters oder von jemand anderem, der ihm entgegenkam. Ein Glück, blieb die Treppenwinde verlassen. Ihm schallen nur Leere und Stille entgegen. Es förderte seine Erschöpfung und verschärfte zugleich seinen Fokus. Er tarnte die eigene Aura, so gut er es vermochte.

Irgendwann erreichte er das Plateau, wo sich die Treppe zerteilte. Er spürte es. Ohne eine Fackel besaßen seine Augen keine Sicht, aber er kannte Dargalash und hielt die Gänge sowie das Netzwerk der Feuergruben in Erinnerung. Ein Impuls und die aus verschiedenen Richtungen wiederkehrenden Echos verrieten ihm, welche Tunnel aufwärts strebten. Sein Gedächtnis, welcher wohin führte. Er wählte einen, von dem aus er durch den Irrgarten Dasgars die Wohnkammern erreichen konnte. Sicherheit erwartete er dort nicht, doch vielleicht die Gelegenheit, zu verschnaufen. Sich zu sammeln. Ein Vorgehen zu ersinnen. Er trat in die Höhlung und knüpfte das Bannnetz auf, welches die Passage sicherte, schlüpfte hindurch und schloss das Fluchtloch in der Hoffnung, dass es niemand bemerkte.

Jede Krümmung, jede Treppe, jede Gabelung prüfte er mittels eines Impulses. Er wollte niemandem begegnen. Er wusste, er war alles andere als schlachtfähig, wusste jedoch nicht, ob ganz Dasgar ihm feindlich sann oder ob der Gebieter mit einer Auswahl erlesener Gestählter im Geheimen agierte. Oder allein. So oder so. Seine Erscheinung sprach für sich.

Die Korridore öffneten sich ihm weitestgehend verlassen. Selbst weiter oben und selbst in den Gängen, in denen Fackeln brannten. Er wähnte draußen daher Nacht. Oder Drillzeit. Schließlich jedoch, in einem Tunnel, fühlte er gleich mehrere Auren. Diese nicht sehr ausgeprägt. Womöglich eine Gruppe von Kadetten auf dem Weg in ihre Lehrsäle. Oder von dort zurück. Er bog in einen Seitengang. Statt auf direktem Pfad zu den Gemächern, führte dieser an den Speisekammern vorbei. Der Gedanke verschärfte seinen Schwindel. Er nahm eine Fackel aus ihrem Halter, öffnete den ersten Vorratsraum, den er passierte, trat ein und schloss hinter sich zu.

Im Schein der Flamme suchte er Wasser. In den Regalen linker Hand fanden sich Käselaibe, der Geruch beschwerte ihm die Sinne. Auf den Brettern gegenüber reihten sich Tonkrüge mit Deckeln. Er griff den ersten, den er erreichte, und öffnete diesen. Süße Wolken dampften ihm entgegen. Wein, kein Wasser, aber die Dürre seiner Kehle und der Durst überwältigten ihn. Er wusste es besser, doch er konnte nicht anders. Er setzte an und kippte hinunter. In Herzschlagschnelle stieg das Zeug ihm in die Schläfen, aber dem Durst tat es keinen Abbruch. Er wollte trinken. Er musste. Und durfte nicht. *Verdammter Hohlkopf.* Er zwang sich, aufzuhören. Irgendwie gelang es ihm, den Krug zurück auf das Brett zu stellen. Zurückzutreten. Der Boden wölbte sich, die Kammer kreiste. Im Türrahmen fand er Halt. Die

Stirn gegen das Blatt gelehnt, kämpfte er um Atem. Und um Fassung, schon wieder. Sein Verstand, sein Verlangen, sein Körper. Alles in ihm richtete sich nach Wasser aus, jetzt noch mehr als zuvor. Er musste trinken. Bloß Wasser fand sich hier nicht.

Auch konnte es nicht mehr lange dauern, bis der Gebieter seine Flucht bemerkte. Ein Leichtes, ihn dann aufzuspüren, gleich, wo er sich versteckte. Der Gräber musste nur nach seiner Aura spüren.

Er brauchte einen Plan. Die Wunden versorgen. Vornehmlich die an der Schulter, welche noch immer blutete. Sein Rüstzeug finden. Izhir. *Und dann?* Jene Stimme aus dem Nichts fragte ihn, was er ohne das Amulett schon verrichten konnte. *Elender Versager.*

Auf einmal bebte die Tür. Seine Stirn, noch daran angelehnt, sandte Schmerzwellen in seinen Schädel. Von außen stieß jemand die Klinke herab. Rüttelte. Er hielt dagegen. Hielt still. Und hielt den Atem an.

„Meister."

Die Stimme, vertraut. Er sandte einen Impuls. Die Aura, vertraut. *Erle aus Titz.*

„Meister. Bitte öffnet."

Das tat er nicht.

„Macht auf. Ich helfe."

Eine Falle. Eine offensichtliche. Womöglich, um ihm seine Schwäche vorzuhalten. Einen Gescheiterten schicken. Einen Versager gegen einen Versager. Grotesk.

„Meister." Die Stimme gewann an Schärfe. Ein Impuls versetzte das Blatt in Schwingung, das Holz stotterte. „Bitte macht die Tür auf."

Er öffnete. Allein schon aus Dummheit. Mitunter aus Neugier. Vielleicht aus Todessehnsucht.

Ein Lächeln zuckte Erle in den Mundwinkeln. Recht

dreist für einen Kadetten, zumal für einen Gescheiterten, schob er ihn zur Seite und huschte herein. Dann legte er die Tür ins Schloss, so leise es ging, lehnte sich in den Rahmen und zückte unter seinem Mantel eine Flasche hervor. Eine bauchige, in der es schwappte und gluckerte.

Es dörrte ihm die Mundhöhle aus. Vollends. Er konnte nicht schlucken und quälte die Zunge zur Regung. „Wasser?“

„Ja, Meister.“

„Gib her.“ Vielmehr entriss er ihm die Flasche. Er ließ die Fackel fallen. Die Flamme begehrte auf, dann schwächte der steinerne Boden ihr Licht. Er packte den Korken und zerrte daran. Seine von Blut und Schweiß besudelten Finger rutschten ab. Erles helfende Hände schlug er fort und probierte es erneut. Mit Erfolg. Er setzte die Lippen an und kippte sich das Wasser in den Hals. Alles auf einmal, und schluckte in tiefen Zügen. Es rumorte in seinem Magen. Zugleich versetzte es jeden seiner Muskeln in ein Zittern. Ein peinigendes, fiebriges.

Wie er die leere Flasche herunternahm, entglitt sie seinen Fingern. Am Boden zerschellte der Ton in Scherben. Es schepperte. Der Lärm ging ihm durch Mark und Bein. Ehe der Schwächeanfall ihn überwältigte, überwand er ihn mit einem Impuls. Dieser brachte Erle aus dem Gleichgewicht. Er packte den Gescheiterten bei den Schultern, bei beiden, stieß ihn rücklings gegen die Mauer und legte den Unterarm an dessen Kehle. „Was soll das werden?“

Erle hob die Arme und zeigte die Handflächen. „Ich helfe. Wie ich sagte, Meister.“

„Nenn mich nicht so.“ Den Stich ob des Titels verwandelte er in Energie. Er schöpfte Kraft aus Rage und verstärkte den Druck gegen die Kehle des Burschen.

„Verzeiht.“

„Sag, woher du hiervon weißt. Von mir.“

Seine Züge verhärteten sich. „Wenn man gescheitert ist, verrichtet man die Arbeit, die niemand verrichten will. Man geht an die Orte, an die niemand gehen will. Man sieht all die Dinge, die niemand sehen will. Den wahren Kern Dasgars.“

„Sprich nicht in Rätseln. Sag mir alles. Lass nichts aus.“

Jetzt grinste Erle. „Fast jeder Meister hier behandelt uns Gescheiterte wie Luft. Selbst der Gräber. Wusstet Ihr das?“

„Ich weiß es.“

„Man unterbricht seine Gespräche nicht, wo ich erscheine. Man verhehlt nicht, was ich höre. Man würde mir eine Bedeutung beimessen. Aber ich bin totgeweiht. Es spielt keine Rolle, was ich sehe. Was ich höre. Was ich weiß. Ich sterbe. Ich bin ein Niemand.“

Da sind wir schon Zwei. Er verbiss es. Ihm schmerzten die Muskeln vom Halten des Gescheiterten. So viel Kraft konnten sie kaum aufwenden, aber er wollte nicht nachgeben. „Weiter.“

„Ich sah, wie sie Euch herschleppten, und weiß, dass er ein Phantom braucht. Der Gräber. Für seine Seele. Und dass er Euch wählte. Er besprach das …“ Was auch immer er vorbringen wollte, er verschluckte sich daran. Verzog die Miene, erbebte. Rang mit Worten. „… Prozedere mit Frenna. Also fand ich heraus, wo er Euch gefangen hält.“

„Und du verfielst nicht auf den Gedanken, mir zu helfen.“ Er wollte kräftiger zupacken und ihm das Atmen erschweren, aber es misslang.

Erle gab nicht preis, ob er es bemerkte. „Ich sagte, ich fand heraus, wo er Euch gefangen hält. Nicht, dass ich dorthin gelangte.“

Plausibel. Er biss die Kiefer zusammen. Es stimmte, für einen Gescheiterten glich der Abstieg in die Feuergruben einem Ding der Unmöglichkeit. Kein Unfähiger vermochte die Bannnetze zu lösen, welche die Passagen sicherten. „Also hast du bemerkt, wie ich heraufgestiegen bin. Dann warst du gewiss nicht der Einzige.“

„Vielleicht doch. Von den Meistern hatte keiner einen Grund, den Abstieg im Auge zu behalten.“

„Die Meister kennen andere Wege als mit den Augen zu sehen.“

„Ihr seid ein Meister der Tarnung.“

Er rieb die Zähne aufeinander, um den Hohn zu schlucken, und hoffte, dass seine dürftige Tarnung beim Aufstieg tatsächlich genügt hatte. Und dass der Gebieter nicht allzu bald nach dem Erfolg seiner Methode schaute. „Dich braucht es nicht zu kümmern, Erle aus Titz, was aus mir wird. Du sagst, du willst helfen. Was schert es dich?“

„Von allen Meistern Dasgars gehört Ihr zu den gnädigen. Zu denen, die sich am Leid der Kadetten nicht erbauen.“

„Erle. Gnade ist keines Drillmeisters Zweck. Ich bin kein Drillmeister. Das Leid der Kadetten geht mich nichts an.“ Gleichwohl entsann er sich des eigenen. Unvergessen, unvergesslich. Er schob es von sich. „Ich habe hierfür keine Zeit. Raus mit der Sprache oder ich drehe dir den Hals um.“

Erles Augen flitzten nach rechts und links, die Zunge über die Lippen. „Ihr sagt es, als sei es gut so. Aber ich bin nicht blind. Ihr habt Euch mit Dasgar zerworfen. Mit dem Gräber. Ihr wollt ihn stürzen.“

„Und was geht es dich an?“

„Ich will es auch.“

„Für einen Gescheiterten zeigst du viel Mut. Auch Hochmut.“ Und mehr Standhaftigkeit, als es einem Zerbrochenen gebührte. *Vielleicht gescheitert, aber nicht zerbrochen.* Er hielt die Miene des Burschen im Auge und versuchte in dessen Inneres zu sehen. Er vermochte es nicht. „Warum?“

„Weil Dasgars Pfad ein dunkler ist. Weil jemand ihn aufhalten muss.“

„Dazu bist du nicht stark genug.“

„Ich nicht. Ihr schon.“

Auf einmal konnte er dem Blick nicht länger standhalten. Er wich ihnen aus, den Augen eines Gescheiterten. *Feigling.* „Nicht mehr.“

„Mehr denn je. Ihr habt ihn niedergeworfen. Ihr hättet ihn vernichtet, wenn nicht der Flugwurm … Niemand hat je einen Flugwurm überlebt, geschweige denn gezähmt. Wir haben es alle gesehen. Ihr seid hier nicht allein, Meister.“

„Nenn mich nicht so.“

„Wie soll ich Euch sonst nennen, Meister?“

Für die Dreistigkeit rammte er ihm die Faust in die Magengrube. Er konnte nicht sagen, wen es mehr schmerzte, den Burschen oder ihn selbst. Ihn selbst jedenfalls riss es fast von den Füßen, derweil Erle bloß lachte. Rhaz packte ihn fester, wenn auch nur, um sich selbst Halt zu geben. „Nenn mich bei meinem Namen.“

„Rhaz Iksha Zar.“

„Nur Rhaz.“

„Das wäre eines Meisters von Dasgar unwürdig.“

Er zwang sich, dem Blick des Gescheiterten zu begegnen und nicht wieder auszuweichen. „Du bist respektlos, Erle. Suchst du den Tod?“

„Ich sterbe. So oder so. Was spielt es für eine Rolle, wann und wie?“

„Erle.“ Er versenkte den Blick in dessen Augen. Wartete, bis dieser darunter erschauerte. Forschte, ob er ihm trauen konnte. Und durfte. „Wer steht noch auf deiner Seite?“

„Persch. Janos. Esther.“

„Gescheiterte wie du. Und von den Meistern?“

Er biss sich auf die Lippe.

„Keiner?“

Ein Kopfschütteln.

„Das ist keine Hilfe. Das ist ein Scherz. Ein schlechter.“ Jedoch, es wunderte ihn nicht. Wenn der Gebieter die Seelen von Dasgars Meistern in Ketten hielt, so wie seine eigene. Wenn er deren Erinnerung manipuliert, die Herzen beeinflusst hatte, so wie bei ihm. Dann blieb in ganz Dasgar niemand sonst bei Verstand als die Gescheiterten. *Ausgerechnet.* Er ließ den Kerl los. Trat zurück. Feststellend, dass die Erde buckelte. An einem Regalbrett suchte er Halt und betrachtete die Scherben der Wasserflasche. Ihm lief die Zeit davon. Auch die Kraft.

„Meister.“

Ein Stich. Diesmal sparte er sich die Rüge.

„Was soll ich tun?“

„Ich brauche meine Klinge. Izhir.“

Eine Verneigung. Ein Lächeln, beinahe boshaft. „Zu Diensten.“

„Mach schnell.“

„Gewiss.“ Damit huschte er hinaus. Ein Klicken des Türriegels, dann herrschte Stille in der Kammer.

Rhaz sank auf den Boden. Mit dem Rücken lehnte er sich an der Mauer an und betrachtete die Fackel. Auf den Steinen liegend, leckten die Flammen geschwächt nach oben. Als kämpften sie mit dem Leben. Als haderten sie mit dem Tod. So wie er. Er zog die Knie an und legte die Arme darauf ab. Sandte Impulse, die Echos gewöhnlich. Verhaltenes Treiben. Gedämpfte Auren. Keine Aufregung. Keine Spur vom Gebieter. Er betrachtete das aus seiner Schulter sickernde Blut. Es quoll gemächlich heraus, dafür beständig. An seinem bloßen Rücken die Mauer breitete Kälte in seinem Innern aus. Gänsehaut zog ihm die Arme hinab. Er lehnte den Schädel an. Senkte die Lider. Wartete. Wie lange, er wusste es nicht. Die Zeit zerrann. Zäh und flimmernd, wie Öl auf der Oberfläche von Wasser. *Wasser.* Ein Würgreiz schüttelte seine Eingeweide. Er krümmte sich und hielt mit Mühe das Wasser von vorher bei sich. Und den Wein. *Verdammter, dämlicher Hohlkopf.* Aber der Durst. Die Krüge auf den Regalbrettern lockten, schon wieder. Er blieb sitzen und sah nicht hin.

Es klopfte. „Meister, öffnet. Erle schickt mich."

Geschwind prüfte er den Ankömmling mit einem Impuls. Die Aura bekannt. Vage. Er fokussierte sich und wartete. Verschwendete keine Kraft darauf, die Tür zu öffnen, sondern hielt sich zusammen für den Fall, dass der Eindringling Abwehr nötig machte. Er hatte hinter Erle nicht verriegelt. Zaghaft senkte sich die Klinke. Noch zaghafter schwang das Blatt nach innen. In den Spalt schob sich ein Fräulein. Gliedmaßen und Kinn muteten so feingliedrig an wie bei den Dryaden, ihr Wuchs reichte jedoch sehr viel höher, und Haut und Haar waren in ihren Eigenschaften durch und durch menschlich. Er sah sie nicht zum ersten Mal. „Esther. Frennas Kadettin."

„Nicht mehr, Meister", widersprach sie, ihre Stimme weich und wärmend. Wie eine Decke aus Samt.

„Heilhexe."

„Und darin gescheitert." Sie sprach es, als mache es ihr nichts aus. Als liege darin keine Schande. Als warte nicht der Tod auf sie.

„Gescheitert im Drill. Deine Seelengabe verzehrt es nicht."

Sie wusste, worauf er hinauswollte. Jedenfalls kniete sie sich neben ihn und reichte ihm Wasser. Dann musterte sie die Wunde in seiner Schulter.

Er zog den Stopfen aus der Flasche und trank. Langsamer diesmal, damit die Übelkeit nicht seinen Magen würgte.

Zwischen den Schlucken schaute er hin und her, von der Wunde in ihr Antlitz und zurück. „Kannst du helfen?“

„Ich kann die Blutung stillen.“

Besser als nichts. Er gab einen Wink. „Na los.“

Sie schob die Ärmel ihres Gewands rauf. Ihre Handgelenke blutig, so wie seine.

„Was ist dir widerfahren?“

Sie hob die Schultern, ein Lächeln auf den Lippen. Ein zittriges. „Ich habe Frenna gesagt, dass ich lieber sterbe als diesem seelenlosen Haufen hier zu dienen.“

„Dumm von dir.“

„Wenn Ihr es sagt.“

„Was hat dich dazu bewogen?“

„Ihr wart das, Meister.“

Ein Stich.

Ein Funken.

Er stieß den Atem aus. Schöpfte neuen, absichtlich langsam. „Sag mir, wie.“

Flüchtig warf sie ihm einen Blick zu und senkte ihn sogleich wieder auf die Wunde. Derweil sie forschte, allein mit den Augen, gab sie Antwort. „Als Ihr aus der Zitadelle herabgestiegen seid. Blutüberströmt. Ihr hättet in die Heilkammer gehört. Stattdessen prügelt Ihr Euch auf dem Drillplatz und fügt anderen Schmerz zu. Vergeltet Leid mit Leid.“

„Und doch hilfst du mir. Warum, wenn ich dir zuwider bin?“

„Ihr wurdet gedrillt, so zu handeln. Aber in jener Nacht mit dem Flugwurm habt Ihr bewiesen, dass Ihr an Eurer Seele festhaltet. Und dass Ihr den Gräber schlagen könnt.“

„Selbst, wenn es stimmte. Niemand garantiert dir, dass ich nicht in seine Spuren trete.“

Sie hob den Blick und sah ihn an. Diesmal für eine Weile.

Auf eine Art, ob derer er sich fragte, ob sie nicht nur zu heilen, sondern auch zu spüren vermochte. Wenigstens ein bisschen.

Oder ob er sich inzwischen so leicht durchschauen ließ.

Eine Erwiderung brachte sie nicht vor. Stattdessen widmete sie sich wieder der Wunde und nahm die Hände zu Hilfe. Sie betastete die Wundränder. Steckte den Zeigefinger in sein Fleisch. Ihm klappten die Kiefer aufeinander. Vor Schmerz flackerte es vor seinen Augen. Er schlug den Schädel zurück, stieß gegen die Mauer und konnte ein Stöhnen nicht verbeißen. Die Lider zusammengekniffen, hielt er sich an der Wasserflasche fest. *Nicht fallenlassen.* Er brauchte es noch. Musste es trinken. Dieser Fokus half ihm, den Schmerz zu bezwingen. Ihn zu ertragen, immerhin.

Letztlich nickte Esther und nahm den Finger heraus. „Da steckt nichts mehr drin."

Er atmete auf. „Du hättest fragen können. Ich hätte es dir gesagt."

„Ich musste sicher sein", tadelte sie und sah ihn an, erneut auf jene Weise. Dann legte sie eine Handfläche auf die Verletzung, die zweite über die erste und schloss die Augen. Sie senkte den Kopf. Atmete, und atmete tief. Auch langsam. Wärme flutete seine Haut. Entweder von ihrer Gabe oder nur ihrer Berührung wegen, er konnte es nicht ausmachen. Unter ihren Fingern quoll Blut hervor. Eine Menge, als verschlimmere sie den Zustand. Dann versiegte es. Sie stieß den Atem von sich und nahm die Finger fort. „Mehr vermag ich nicht."

Er befühlte die Wundränder und die Muskeln ringsum. Ein wenig ebbte der Schmerz ab. Obschon die Haut noch offen klaffte, hielt das Fleisch im Innern zusammen. „Das genügt." *Vorerst.* „Danke."

„Zu Diensten, Meister."

Er ertränkte den Stich in der Wasserflasche. Trank, und trank aus diesmal. Ein Krampf quälte seinen Magen, aber es schüttelte ihn kein Würgreiz. Immerhin. Er lehnte den Schädel zurück an die Mauer. Die Lider wogen schwer, er konnte sie kaum offen halten. Von den Funken die Verbrennungen stachen auf ihn ein wie Klingen. Derer zahlreiche. Esther saß da und betrachtete ihn. Die Hände zwischen den Knien, warf ihre Stirn eine Furche. Ganz als forsche sie nach etwas. Vielleicht in ihm.

„Esther. Sag mir, was du denkst."

Sie schlug die Augen nieder. Geschwind. Ein wenig zu arg.

„Sag schon. Bist du Spürer?"

„Nein, Meister."

„Nenn mich nicht so. Sag mir, was dann. Du starrst."

„Eure Verletzungen. Sie wiegen schwer."

„Ich weiß. Ich finde einen Weg." So wie immer. Darin war er der Beste. Aussichtslose Situationen zu meistern. Eine Lösung zu finden, wo sich keine zeigte. Sich wieder aufzurichten, wo er am Boden lag. Zumindest war er es früher gewesen. Der Beste. Er wusste, wie man sich befreite und wie man weitermachte. Wo kein Weg sich auftat, ließ sich einer ebnen.

Notfalls mit Gewalt.

Er zog die Knie an und zwang sich auf die Füße. Die Kammer schwankte. Schon wieder. Er stählte die Seele und schottete Geist und Körper voneinander ab. Es funktionierte nicht so, wie es sollte. Als löse die ganze Sache um Ura, das Amulett und Alys eine Kette, von der er erst jetzt gewahrte, dass sie ihn zusammenhielt. Seine Seele, womöglich. Die Bruchstücke, die er dem Gebieter entriss. Und die sich nicht ausblenden ließen, gleich wie viel Kraft er darauf verwendete. *Ich bin ein Gestählter von Dasgar. Ich habe den*

Drill überlebt. Ich überstehe auch das. Ich finde einen Weg. Er sah Esther an und wiederholte es für sie. Oder für sich selbst. „Ich finde einen Weg."

Sie neigte den Kopf. „Gewiss, Meister."

Ein Stich.

Er schöpfte Kraft aus dem Schmerz und stärkte damit die Barrikaden. Auch den Willen. Dann trat er an die Tür und legte eine Hand an das Blatt. Er sandte einen Impuls. Das Holz vibrierte, aber vom Gang schall ihm kein Echo entgegen. Kein ungewöhnliches, jedenfalls. Er lehnte sich in den Rahmen, lauschte mit Gehör und Seelengabe und wartete auf Erles Rückkehr. Die Echos von Esther blendete er aus. Was auch immer sie bewegte, er wähnte Abscheu in ihrer Aura. Gegen ihn. Mehr noch gegen den Gebieter, und das war der einzige Grund, ihr zu trauen. So lange zumindest, wie ein gemeinsamer Feind bestand. Danach, nun ja. Sie konnte ihm schwerlich eine Gefahr sein. Fraglich ohnehin, ob derlei noch eine Bedeutung innewohnte.

Danach.

Vermutlich würde es keins geben.

Schritte auf dem Gang und Echos in einem Impuls kündigten Erles Rückkehr an, in Begleitung von Persch. Auch eine weniger vertraute Aura, vermutlich Janos. Kurz darauf klopfte es. Er trat von der Tür zurück und zog sie auf. Durch den Spalt schlüpften die drei Burschen herein. Jeder von ihnen trug ein Bündel bei sich. Solche unauffälligen, wie sie an Abfällen anfielen, an Lumpen und besudelter Wäsche sowie Küchenresten für das Vieh. Er ahnte, was sie darin verbargen. Er legte die Tür ins Schloss und deutete darauf. „Zeigt den Inhalt."

Erle warf ihm sein Bündel vor die Füße. „Seht selbst, Meister."

Mit einem Blick ob der Anrede brachte er den

Gescheiterten zum Schaudern. Dann bückte er sich nach dem Jutebeutel und fand wie erwartet darin eine Anzahl von Laken, welche in ihrer Mitte Izhir bargen. Der Anblick seiner Seelenklinge bescherte ihm Gänsehaut. Und innere Ruhe. Er atmete ein. Langsam und tief. Ging auf ein Knie und vollzog das Grußzeremoniell an den Stahl. Die Augen der Gescheiterten ruhten auf ihm, er fühlte es. Fühlte auch deren Auren, auf einmal voller Ehrfurcht ob der makellosen Klinge und ihres Gesangs, der an die Seele appellierte. An die ihrigen voller Grauen, vermutlich, an seine eigene mit Sehnsucht. Ein Empfinden, das den Burschen ihr Scheitern versagte, sie würden niemals eine Klinge wie Izhir an ihre Seele binden.

Womöglich besser so.

Er küsste die Finger und berührte die Stirn, ehe er sie um das Heft legte und ein Stück weit die Klinge aus der Fassung zog. Er murmelte ihr den Gruß zu. Wie er sie küsste, ging durch seinen Leib ein Peitschenhieb. Unter diesem band sich seine Energie an die der Klinge. Es verlieh ihm Stärke, zumindest ein Gefühl davon. Er schob Izhir zurück in seine Fassung und legte es auf einem Regalbrett ab. Dann widmete er sich den übrigen Bündeln. Darin sein Wams, sein Rüstzeug samt Klingengurt und Waffengürtel. Er legte alles an, ließ nichts aus. Zuletzt schlüpfte er in die Stiefel. Sie scheuerten auf seinen Brandblasen, aber er schnürte sie so fest wie stets und sperrte die Schmerzen zu den anderen. In eine Kammer seines Herzens, die er vor dem Bewusstsein verschloss. Er hängte Izhir an die Hüfte, richtete sich auf und wandte sich an die Burschen.

Erle nickte ihm zu. Auch Persch. Janos starrte den Boden an.

Vor diesen Jüngling trat er hin. „Janos. Sieh mich an.“

Das tat er. Die Augen sahen matt aus, aber ruhig. Und

beängstigend. Was in ihren Tiefen lag, gaben sie nicht preis.

„Nenn deine Gabe.“

Seine Zunge hetzte über die Lippen. Einmal. Dann noch einmal, als müsse er sich dazu anspornen, Worte zu bilden. „Ich bin … Ich war … Ich sollte Seher werden, Meister.“

„Du bist Seher.“

„Nein, Meister. Nicht mehr.“ Er wich seinem Blick aus.

„Sieh mich an.“ Die Augen des Burschen fangend, hielt er sie fest und verstärkte die eigene Aura mit einem Impuls. „Die Gabe verleiht dir deine Seele, nicht Dasgar. Du bist Seher. Du bleibst es bis zu deinem Tod. Was siehst du?“

„Nichts, Meister.“

„Du musst etwas sehen.“

„Nein, Meister. Ich …“

„Nenn mich nicht so. Was siehst du?“

„Nichts, Mei… Ich fühle keinen Bund zu Euch.“

„Dann knüpf einen. Sag, was du brauchst. Eine Erinnerung? Blut?“

„So funktioniert das nicht.“

„Dann hast du keinen Nutzen für mich.“

„Wenn Ihr es sagt, Meister.“ Janos machte sich von seinem Blick frei, senkte den Kopf und trat zurück.

„Persch. Was ist mit dir?“

Erstaunlich standfest, fast herausfordernd, trat Persch ihm entgegen. Die kürzlich am Tor leeren Augen zeigten wieder Leben. „Zu Diensten, Meister.“

„Wer mich noch einmal Meister nennt, verliert die Zunge.“ Er verlieh den Worten Nachdruck mit einem Impuls. Sah zu, wie die Burschen erschauerten. Stieß den Atem von sich, den geladenen, und schöpfte neuen, eine Hand um Izhirs Heft gelegt. „Woran bist du gescheitert?“

„Bannlösung.“

„Verstehe.“

„Ich könnte es schaffen. Ich bräuchte bloß mehr Zeit.“

„Persch. Wer das Bannnetz nicht löst. Wer den Geist nicht fokussiert, derweil der Körper leidet. Ansporn durch Qual. Wer versagt, der scheitert. Dasgar gewährt keine zweiten Chancen.“

Der Bursche knirschte mit den Zähnen. „Ich könnte es schaffen.“

„Du sprichst wie einer, der Dasgar ergeben ist. Wer Dasgar ergeben ist, dient dem Gräber. Was willst du von mir?“

„Eine Revanche.“

„Eine Revanche wofür?“

„Ihr habt mich geschlagen. Im Duell. Ich will eine Revanche.“

„Keine zweiten Chancen, Persch.“

„Ich fordere Euch …“

Er entfesselte einen Impuls. Einen, geformt aus seiner Rage ob des aufmüpfigen Jünglings. Es traf diesen gegen die Brust wie eine Druckwelle. Der Bursche hob ab, segelte rückwärts und krachte in die Regale. Tonkrüge zersprangen, es regnete Wein. Er trat dem Gescheiterten nach, packte ihn beim Kragen und verpasste ihm einen Fausthieb in den Magen. „Das war sie, deine Revanche.“

Persch keuchte und knurrte gleich darauf. „Das war ehrlos.“

„Willst du Ehre, dann verdien‘ sie dir. Und willst du sie in Dasgar, dann akzeptiere die eine Regel, dass es keine Regeln gibt. Schon gar nicht für einen Gescheiterten wie dich.“ Er stieß den Kerl zu Boden.

Inmitten von Scherben, übergossen von Wein, wälzte dieser sich herum und kam auf die Füße. Mit gebleckten Zähnen trat er rückwärts gegen die Wand. Er hielt den Kopf gesenkt und hielt sich die Schulter.

Ein Versager. Allein, auf ihn selbst traf es nicht weniger zu. Die Worte des Gebieters klangen mit der Schärfe von Messerstichen in seinem Schädel nach. *Du hast als Gestählter versagt. Du hast als Bruder versagt. Selbst als Handlanger einer Hexe hast du versagt.* Er war nicht ehrbarer als diese Gescheiterten, erst recht nicht besser. *Ein Versager an der Spitze von Versagern.* Er reichte Persch die Hand. „Das Schicksal eines Gescheiterten ist gnädiger als das eines Gestählten. Du kannst dich glücklich schätzen."

„Ich schäume über." Er sprach es aus wie ein Knurren, aber er ergriff die dargereichte Hand in einer Geste des Friedens. „Wie meint Ihr das, Rhaz, das mit der Regel? Ganz Dasgar besteht aus Regeln, Verboten und Schulden."

„Die alle nur so lange Gültigkeit besitzen, wie sie dem Gräber dienlich erscheinen." Es brachte ihn auf einen Gedanken. Einen irrsinnigen. Todesmutigen. Zugleich einen, der ein Ende schreiben würde. Perschs Hand hielt er fest und legte die andere dem Burschen an die Schulter. „Dasgar gewährt keine zweiten Chancen. Wenn wir eine wollen, müssen wir sie uns nehmen. Wenn ich meine bekomme, verschaffe ich dir deine."

„Wie meint Ihr das?"

„Wie ich es sage."

„Meis…", stammelte Janos und biss sich auf die Zunge. Er mischte sich ein, ausgerechnet, und ausgerechnet furchtsam. „Ihr sprecht von Schicksal. Das Schicksal ist eine Lüge. Es ist ungewiss. Ein Schicksal …"

„… ist nur ein Weg von vielen." Er machte sich von Persch frei und trat vor den gescheiterten Seher. „Das habe ich längst gelernt. Das Schicksal schreibt sich selbst neu, in jedem Augenblick."

„Ja. Bloß, ich habe für ihn nach dem Schicksal gesehen. Für den Gräber. Für Dasgar. Dasgar lebt weiter. Auf allen

Wegen.“

Eine Gänsehaut krabbelte seinen Rücken hinab. Er unterdrückte das Schaudern, hob die Schultern stattdessen und zwang die Stimme zu belanglosen Tönen. „Dasgars Schicksal geht mich nichts an. Ich kämpfe für mein eigenes.“

Ehe Janos oder jemand von den anderen noch etwas vorbrachte, wandte er sich um. Er hielt sich an Izhirs Heft fest, trat durch die Tür auf den Korridor und strebte, statt weiter in Richtung der Wohnkammern, nach den Ausgängen. Auf den Fersen folgte ihm der armselige Zug der Gescheiterten. Die Hoffnung in ihn setzten, ihrem Todesurteil zu entkommen. Eine zweite Chance zu erhalten. Die ihn als ihren Retter auserkoren hatten. *Warum auch immer.* Er wollte es nicht sein. Aber es spielte keine Rolle mehr, denn er sah kein Entkommen. Der einzige Weg führte hindurch. Durch das Verderben. Er musste ihn beschreiten, gleich zu welchem Preis. Für die Schulden, die es zu begleichen galt. Für Ura. Für Alys. Und für sich selbst.

Nahe dem Tunnel ins Freie hielt er inne und sah die Gescheiterten an. „Ihr solltet nicht mit mir gesehen werden. Verschwindet.“

Sie nickten. Einer hinter dem anderen machten sie sich davon.

„Erle.“ Er wartete, bis der Angesprochene sich ihm noch einmal zuwandte. „Sorg dafür, dass der Zwinger offen steht. Von meinen Hunden. Eska und Kay.“

„Zu Befehl.“ Erle setzte ein Grinsen auf. Ein wahnwitziges. Todesmutiges. Eines, das verriet, dass in der gescheiterten Seele eine stählerne gefangen saß, die sich wieder aufrichten wollte. „Meister.“

Diesmal versetzte es ihm keinen Stich, sondern ein Gefühl von Ruhe. Was ein Gescheiterter vermochte, vermochte auch er. Sich wieder aufrichten. Er straffte die

Schultern. Rückte den Klingengurt zurecht. Schnallte den Waffengürtel enger. Richtete das Rüstzeug. Packte Izhirs Heft fester und trat ins Freie.

WENN ES ENDET,
DANN ENDET ES FÜR IMMER.

Draußen fing ihn Wind. Scharfer Wind, fast ein Sturm, dem Brausen nach erst im Aufkommen begriffen. Und Dunkelheit. Allem Anschein nach brach die Nacht herein, aber die Wolken verliehen ihr bereits Tiefe. Das Tal von Dasgar zeigte sich verlassen. Nur hier und da huschten Gestalten von einem Tunnel zum nächsten, oder von einem Gebäude zum andern. Dienstgänge, vermutlich. Oder Kadetten in Eile auf dem Weg zu ihren Lehrstunden.

Den Drillplatz besetzte niemand.

Diesen ins Auge gefasst, stieg er den Pfad am Hang hinab. Rechter Hand sah er Erle abwärts streben, hin zu den Stallungen, hinter denen die Zwinger lagen. Zur linken Seite schaute er aufwärts, rauf zur Bergkrone, welche die Zitadelle in ihrem Innern barg. Von dort wehten auf dem Wind Kaskaden mentaler Schwere herab. Er wähnte den Gebieter dort oben. Womöglich im Begriff, Ungehorsam oder Unvermögen zu strafen. Oder seinen Blutdurst zu stillen. Vielleicht auch im Ersinnen eines Vorgehens für den Seelenentzug. Die Phantombereitung. Es schauderte ihn, gleich mehrfach. Er fürchtete den Tod nicht. Ein Fristen als Phantom sehr wohl. *Ich werde so nicht enden.* Er versprach es an sich selbst.

Unten angekommen, begab er sich zur Mitte des Drillplatzes. Dort senkte er die Lider. Entspannte alle Muskeln. Stählte die Seele. Fokussierte den Geist. Atmete. Er atmete tief, und atmete in den Bauch. Zugleich formte er seine Aura und sandte sie in Impulsen aus. In Wellen, als werfe er einen Stein in einen Teich. Er wiederholte das und wartete. Wiederholte es oft und wartete für eine ganze Weile. In den Echos fühlte er bald, wie er an Aufmerksamkeit gewann. Wie andere seinem Ruf folgten. Getrieben von Neugier auf die Hänge rund um den Drillplatz traten. Wie sie herabschauten. Niemand sprach ihn an. Niemand handelte. Alle warteten. So wie er. Er spürte die Macht der Berge, die Energie in den Feuergruben allen anderen Strömen voran. Nicht nutzbar für ihn, ohne das Amulett. *Ich finde einen Weg.* Er erinnerte sich selbst daran.

Schließlich spürte er, dass sein Warten Früchte trug. Er schlug die Augen auf.

Ein Stück den Hang hinauf stand auf einer Terrasse der Gebieter und schaute herab. Beide Hände ruhten auf dem Geländer. Das Gesicht zeigte keine Überraschung. Auch verriet es keine Regung. Die Stimme tat es wohl, obschon er mit keiner Silbe die Flucht aus der Feuergrube erwähnte. „Sklave. Du wagst es, mir unter die Augen zu treten?"

Seine Worte dröhnten tief wie ein Donner im Sturm und weit wie ein Pfeil von der Sehne. Dasgar erbebte. Jedenfalls kam es ihm so vor. Er stand mit beiden Stiefeln fest auf dem Grund und hielt der Erschütterung stand. „Ich wage es."

„Verräter." Spitz und bleich ragten die Knöchel von den um das Geländer geballten Fäusten hervor.

„Der Verräter seid Ihr. Ich habe Euch nicht hintergegangen. Nie. Ich hielt meine Treue. Immer. Ich beglich meine Schuld. Jede. Bis Ihr mir meinen Willen nehmen und meine Seele herausreißen wolltet." Er hob die Stimme. Fast so erhaben wie die des Gebieters, mischte sie sich in den Sturm und erklomm die Höhen Dasgars. Ganz anders als er es fühlte. Dass der Gräber ihn sprechen ließ, wunderte ihn, aber solange er ihn nicht untergrub, setzte er den Appell an die Gestählten fort. „Ich hielt an Euch fest und an den Geboten Eures Drills. Dennoch verratet Ihr eben diese. Statt als einen Gestählten wollt Ihr mich als Phantom." Er spuckte aus, auf den blanken Stein des Drillplatzes. „Ich verweigere Euch diesen Dienst."

Der Gebieter wirkte unbeeindruckt. Nicht verärgert, dafür beinahe amüsiert. „Dazu besitzt du kein Recht, Iksha."

„Ich nehme es mir." Izhirs Heft umklammert, trat er einen Schritt vor, auf den Gräber zu. Er brachte ihm das Kinn entgegen, obschon er deutlich unter ihm stand, und verpasste seiner Aura mehr Schwere, sodass sie, statt von unten aufzusteigen, von oben herabfiel. Manche von den Schaulustigen wichen in die Schatten der Nacht zurück. „Ich fordere Euch um die Herrschaft über Dasgar heraus."

Ein Lächeln trat in die Mundwinkel des Gebieters. Ein kaltes. Grausames. „Das kannst du nicht."

„Ich bin ein Gestählter von Dasgar. Ich halte Meistertitel in den Disziplinen des Drills. In allen. Ich habe jede Schuld an Euch beglichen. So verlangen es die Gebote. Ich kann. Und ich werde."

„Das wagst du nicht."

„Ich wage es." Er sah, wie es in dem Gräber zu brodeln begann. Wie er erfasste, was es bedeutete. Es bescherte ihm ein Lächeln. Ein nicht weniger kaltes, gleichsam grausames wie dem Feind. Zumindest fühlte es sich danach an.

Sein erster Triumph.

Wenn auch ein kleiner. *Du hast dich mit dem Falschen angelegt.* Er vergewisserte sich der Schaulustigen. Dass sie noch schauten. Und lauschten. Auch bezeugten, was er forderte. Was im Gegenzug der Gebieter anerkannte, hoffentlich. Wenn das Monster von Dasgar seine Würde halten, und wenn es nicht als Feigling vor seinen Gestählten stehen wollte, musste es akzeptieren.

Rhaz hielt dem Blick stand, auch der Aura. „Ich fordere Euch heraus. Um die Herrschaft über Dasgar. Ich trete das Duell an unter Aufwendung meiner Muskelkraft und meiner Seelengabe. Ich akzeptiere die einzige Regel, dass es keine Regeln gibt. Und gelobe, dass es nur auf eine Weise enden darf. Mit einem Tod. Eurem oder meinem."

Es bedeutete, dass er sterben musste. Gegen die Vielzahl an Seelengaben des Gebieters konnte er nicht ankommen. Nicht ohne das Amulett. Das Duell erzwang seinen Tod. Endgültig. Aber einen Toten konnte man nicht als Phantom missbrauchen, das vermochte noch nicht einmal er, der Gräber. Es wäre Nekromantie. Echte Magie, wie sie in Märchen vorkam. Echte Magie, wie sie nicht existierte, in der Realität. Nicht, seit die Alte Mutter sie versagte, wenn man der Legende trauen wollte. *Spielt keine Rolle.* Lieber tot als seelenlos. *Wenn es endet, dann endet es für immer.*

Der Gebieter stand am Geländer und schwieg. Seine Robe wogte im Sturm wie ein Zerrbild seines Gemüts. Er hielt das Kinn ruhig, er wandte nicht den Kopf. Die Augen aber schweiften über die Hänge von Dasgar. Über die Gestählten, die Kadetten und die Gescheiterten. Er zögerte. Es weckte fast den Eindruck von Angst. Als bange es ihn, die Herausforderung anzutreten. Sei es, weil er den Tod fürchtete. Sei es, weil er sein Phantom nicht schaffen konnte.

Für eine Weile hielt Dasgar den Atem an. Sogar der Sturm erstarrte. Die Luft lud sich auf. Am Himmel die Wolken jagten einander. Dann fegte der Wind herab und füllte das Tal der Bergkrone mit Orkanböen.

Der Gebieter hob die Schultern und die Hände. Nestelnd an der Schnürung seiner Robe, wirkte er jetzt gleichgültig. Nicht länger ängstlich, dafür erhaben. Und siegesgewiss. Er übergab die Robe dem Sturm. Dieser riss den Stoff an sich, fetzte ihn und trieb ihn in die Höhe. In der Dunkelheit entschwand er der Sicht. Nicht aber der Gebieter. Die fehlende Robe enthüllte einen drahtigen Leib. Aufrecht und groß.

Gestählt.

Im Vollbesitz seiner Kräfte, trotz des Alters. Eine Rüstung aus Lederschuppen, darunter gewiss von Stahlplaketten verstärkt. Und das Stilett, das er stets am Gürtel trug. Inzwischen heulte der Sturm wie ein Wolf in einer Vollmondnacht, aber der Gebieter übertönte ihn mit der Macht der Berge. „Rhaz Iksha Zar. Ich nehme die Herausforderung an. Ich trete das Duell an unter Aufwendung meiner Muskelkraft und meiner Seelengaben. Ich akzeptiere die einzige Regel, dass es keine Regeln gibt. Und gelobe, dass es nur auf eine Weise enden darf. Mit einem Tod. Deinem oder meinem.“

Damit löste er die Starre und schritt den Pfad herab. Gemächlich. Ohne Eile. Ohne Spannung.

Rhaz erwartete ihn. Ebenso gemächlich, ohne Spannung. Jedenfalls nach außen. Im Innern rang er die Wogen nieder und hielt die Fassung. Wie er es gelernt hatte. Er schottete jede Regung aus dem Bewusstsein ab. Setzte den Fokus auf die Aufgabe. Und funktionierte.

Der Gebieter langte auf dem Drillplatz an. In der verhangenen Nacht sah der Steingrund schwarz aus, die Gestalt darauf nur ein Schemen. Ein Kadett eilte heran und brachte dem Herrn die Waffe. Der Sklave hielt die Fassung, am Heft zog der Gebieter die Klinge heraus. Diese makellos. Schmal und gerade. Das Blatt so dünn geschliffen, von der Seite kaum zu sehen. Beinahe durchsichtig.

Die Scheide vom Waffengürtel lösend, zog Rhaz die eigene Seelenklinge. Unter dem Gesang seines Blutdurstes glitt Izhir aus der Fassung. Es funkelte, trotz der Dunkelheit. Die Klinge fing das Licht der Laternen und Feuer, so silbrig wie die Schuppen Lyrs. Er hängte die Fassung an einen Waffenständer. Begab sich zurück auf den Drillplatz. Ging in Stellung und richtete Izhir aus. In seinem Innern herrschte Ruhe. Fast Frieden. Sein Herz schlug langsam, dabei stark. Die Wunden fühlte er kaum. Sie taten nichts zur Sache. Nicht mehr. Sie noch einmal ausblenden. Sich noch einmal anstrengen. Die Seele in seinen Händen, den eigenen, nicht denen des Gebieters. Gestählt, die Impulskraft griffbereit. Er formierte sie zu einem Panzer. Und wartete.

Auch der Gebieter wartete.

Ganz Dasgar wartete.

Nur der Sturm tobte weiter, als wolle er die Schlacht vorwegnehmen. Über die Gipfel von Dargalash rollte Donner heran.

Der Grund vibrierte. Durch die Stiefel spürte er das Brodeln der Feuergruben, die Energie, welche die Gesteinsschichten durchströmte und nach oben sickerte, gezogen von seinem Feind. Er musste handeln.

Jetzt.

Auf einen Impuls verschwendete er keine Kraft. Der des Gebieters konnte er nicht gleichkommen, diese höchstens blocken. Wenn er sich zusammennahm. Fürs Erste setzte er vor. Izhir streichelte die Sturmböen, lechzend nach dem Blut des Gegners. Dieser parierte aus dem Handgelenk. Leicht, als gehe es gegen eine Feder. Mit einer Halbdrehung brachte Rhaz sich hinter den Feind und führte die Klinge ebenso leicht. Der Gebieter wehrte ab, erneut, und konterte mit einem Impuls. Die Druckwelle glitt an seinem Panzer ab, aber der Blick traf ihn. Die Augen. Sie blendeten ihn. Mit dem Verlangen, stehen zu bleiben. Auszuharren. Und zu sterben. Mit einer Klinge im Herzen. Er strauchelte. Blieb stehen. Aber er harrte nicht aus. Stattdessen lenkte er seine Kraft in die Barrikaden seiner Seele und sprengte die Kette des infiltrierenden Willens. Ehe der Gebieter nachsetzte, wich er zurück, außer Reichweite der Klinge. Er blieb in Bewegung, damit jene Augen ihn nicht so leicht trafen und blendeten.

Der Gräber lachte.

Dasgar schwieg.

Der Sturm heulte.

Der Donner gewann an Kraft.

Die Knie gebeugt, auf leichten Sohlen, tappte Rhaz rund um den Gebieter. Dieser streifte ihn mit Impulsen. Mit Blendproben. Mit harmlosen Fühlern, wie zum Spiel. Womöglich spielte er tatsächlich. Oder sann darüber nach, wie er trotz des Duells sein Phantom erlangen konnte. *Ich lasse das nicht zu. Ich finde einen Weg.* Er überwand den Stolz, ob dessen er nach einem Ausweg suchte, einem lebendigen. Stattdessen stürzte er sich dem Tod in die Arme, mit erhobener Klinge auf den Gebieter. Dieser empfing ihn mit Anmut, die Regungen flüssig wie bei einem Tänzer. Die Schwertstreiche impulsverstärkt. Die Augen blendeten ihn, aber er fühlte keine Demut mehr. Er musste sich nicht ergeben. Und er wusste inzwischen, wie er ansetzen musste. Er wehrte den Willen des Feindes ab. Erneut. Ein Impuls folgte zu rasch, es traf ihn in die Magengrube. Er verlor den Bodenkontakt, rücklings warf es ihn zugrunde. Flammender Schmerz durchbrach die Barriere seines Bewusstseins. Geschwind reparierte er den Bruch und sprang auf die Füße zugleich. Er warf einen Impuls, um die nächste Attacke abzuwehren, und brachte Distanz zwischen sich und ihn.

Er spürte in sein Inneres. Nach seinem Herzen. Es schlug schneller jetzt. Hektisch. Seine Lebenskraft gewann an Energie. Ein Aufflackern vor dem Erlöschen. Er stellte sie gegen die Aura des Gebieters. Sie genügte nicht, diesen niederzumachen, selbst nicht bei Hingabe seines Lebens.

Nicht ohne das Amulett. Noch nicht. Aber wenn er ihn erschöpfte. Wenn er ihn noch ein wenig verausgabte. Dann vielleicht.

Der Grund erzitterte.

Die Feuergruben kochten. Deren Macht, unermesslich. Ihre Energie, unerschöpflich. Der Gebieter zehrte davon. Er musste es spüren, sein Inneres, denn er lachte erneut. „Dagegen kannst du nicht ankommen, Sklave. Ergib dich und erspar dir das Leid."

Rhaz spuckte ihm vor die Füße. „Es darf nur auf eine Weise enden."

„Wie du willst."

Die nächste Attacke traf ihn mit ungeahnter Härte. Kein Impuls, sondern ein Blendstrahl. Dieser drang geradewegs in sein Inneres und grub sich in seine Seele. Als bestünde sein Panzer aus Papier. Als verfügten seine Barrikaden über nicht mehr Widerstand als ein Stück Butter. Es schlug ihm Izhir aus der Hand. Es zwang ihn in die Knie. Der Gebieter bohrte sich durch seine Eingeweide. Er brachte sein Herz zum Stottern. Lähmte seinen Willen. Rhaz lehnte sich dagegen auf, aber die Aura des Feindes hielt ihn nieder wie ein Barren aus Blei. Es quetschte den Atem aus seiner Lunge. Riss an seiner Seele. Noch hielt er sie zusammen. Nicht mehr lange, und es würde sie in Stücke fetzen. Ihm ging auf, dass der Gebieter sich nicht an das Gelöbnis zu halten gedachte. Dass er ihn nicht töten würde. Dass er ihm die Seele entreißen und die eigene in seinen Leib pflanzen wollte. Und dass niemand aus Dasgar sich dagegen auflehnen würde.

Kein Beistand.

Sie hatten akzeptiert, sie beide. Die einzige Regel, dass es keine Regeln gab. Er quälte die Kiefer auseinander. Presste Worte über die Lippen. „Ihr seid … ehrlos. Nur auf … eine Weise …"

Ein Lachen. Die Stimme ruhig, ohne Anstrengung darin, trotz der beachtlichen Leistung, sein Inneres zu durchgraben. „Auch der Tod einer Seele ist ein Tod. Er bedingt nicht den Tod des Leibes. Ich bin nicht ehrlos, Rhaz. Du hast die Regel akzeptiert. Die eine, dass es keine gibt."

Er brachte keine Erwiderung hervor. Blut füllte seinen Rachen. Die Wunden in seinem Innern rissen auf. Die Pein bahnte sich einen Weg in sein Bewusstsein. Ein Stöhnen kam ihm von den Lippen. Er fiel vornüber, hielt sich auf allen Vieren. Schnappte Atem. Formierte alles an Kraft, was ihm noch blieb, und entfesselte sie in einem Impuls. Es spülte den Gebieter aus seinem Geist und warf diesen zurück. Auch sich selbst. Er landete auf dem Rücken, wälzte sich herum und kämpfte sich auf die Füße.

Die Erde schwankte.

Die Berge wackelten.

Durch die Wolken bohrte sich ein Blitz.

Die Aura des Gebieters legte sich um seinen Leib wie eine Kette. Und zog an. Der Feind blendete ihn mit Hilflosigkeit, dessen Gabe verstärkt vom Pulsieren der Feuergruben. Seine eigene Energie stand dem mitnichten entgegen, und keine von der, die er im Umfeld fand. Er fokussierte seine Lebenskraft. Er musste sie entfesseln. Musste sterben. Jetzt, ehe der Gegner ihn zum Phantom machte. Ein letzter Impuls, geschöpft aus der Schlagkraft seines Herzens. Indem er es in Stücke riss. Er fühlte sich bereit dazu. Wie schon einmal. Er machte sich gefasst. Wie schon einmal. Er formte seinen Impuls. Den letzten, wie schon einmal.

Ein anderer schlug ihn nieder. Wie schon einmal.

Ein Impuls, so erschütternd, ganz Dasgar bebte. Die Schaulustigen schwankten. Ihn selbst fegte es von den Beinen, zugleich zerschlug es die geistige Kette des Feindes. Seitwärts landete er auf dem Steingrund und rollte auf den

Rücken. Donner sank auf ihn herab. Ein Astwerk von Energie durchzuckte die Wolken, schaurige Lichter fuhren nieder. Unter den Blitzen ein Blitz. Einer von Bestand. Der nicht verglühte. Der sich räkelte und wand. Vom Sturm nicht umhergeworfen, sondern tanzend mit den Böen, die Wolken dirigierend.

Lyr.

Die Blitze fuhren in dessen Leib. Die Schuppen erstrahlten in silberner Glut, er durchzog den Himmel wie ein fallender Stern. Allein, dass er nicht fiel.

An der Brust, wo unter den Platten des Rüstzeugs noch immer die Schuppe steckte, spürte Rhaz ein Pulsieren. Wie von Leben. Macht. Licht sickerte ihm ins Blut. Kein sichtbares, ein mentales.

Der Gebieter zwang seine Aufmerksamkeit von dem Flugwurm zurück auf den Drillplatz. Mit der Klinge in der Hand kam er heran. Wogen seiner Aura wallten ihm entgegen. Rhaz wehrte sie ab. Energie füllte seine Adern. Eine reine Energie. Eine zittrige, die er nicht halten und nicht beherrschen konnte. Die nur für einen Herzschlag in sein Inneres drang und sogleich entfesselt werden wollte. Sie wogte im Takt der Blitze unter den Wolken, verstärkt vom Donner über Dargalash. Eine Energie, nach welcher selbst der Gebieter nicht langte.

Die Blitze.

So widerwillig, diese Form der Kraft, niemand konnte sie beherrschen. Noch nicht einmal Uras Amulett. Lyr aber tat es. Er tanzte im Sturm, sang mit den Blitzen, bündelte ihre Kraft und sandte sie herab.

Unmöglich. Statt aber darüber nachzusinnen, langte er zu. Er härtete seinen Panzer damit, stählte die Barrikaden seines Innern und erneuerte die Barriere zwischen Leib und Bewusstsein. Er blendete die Schmerzen aus. Hielt die

Impulsattacken des Gebieters auf Abstand. Langte nach Izhir und kam auf die Füße. Gerade recht. Der Feind rückte an. Lyr glich die Fronten ihrer Impulskräfte aus, nicht aber ihre körperliche Nähe. Ein Schwertstreich sauste heran, die Klinge so dünn, beinahe unsichtbar. Rhaz sah sie schimmern dank der Blitze und erwiderte den Hieb. Izhir klang an. Hell und wohltönend, durstig nach Blut. Dem Blut des Feindes. Dieser gewandt, im Vollbesitz seiner Kräfte. Der Körper athletisch, gestählt und gesund. Alt zwar, aber von Impulskraft genährt.

Er selbst, zerwühlt im Innern. Durchgraben. Verletzt. Sein Leib blutete. Seine Seele nicht minder. Allein seine Gabe, unterstützt von Lyr, hielt ihn noch zusammen. Er sah die Klinge kommen, erneut, und wehrte sie ab. Danach schnitt sie in seine Schulter. Er sprang zurück ob der Glut des Schmerzes und parierte den nächsten Hieb.

Der Gebieter lachte. „Du kannst nicht gewinnen, Sklave. Du bist ein Versager. Ein Niemand.“

Es hallte durch seinen Schädel mit der Stimme des Feindes. Wie dieser es auch anstellte, er durchbrach selbst die von Lyr und den Blitzen gestärkte Barrikade. Der Gräber fand den Weg in sein Hirn und brachte seinen Verstand durcheinander. Rhaz verlor den Fokus. Sein Panzer bröckelte. Die Bewegungen lahmten, seine Muskeln kamen seinem Willen nicht nach. Er suchte Halt an Izhir. Die Klinge schrie auf vor Blutdurst. Sie wusste, was es zu tun galt. Federleicht, auf einmal, es kam ihm vor, als führe sie ihn und nicht er sie. Er attackierte. Gleich mehrmals. Unter seinen Hieben strauchelte der Gebieter und wich rückwärts. Die sonst ausdruckslose Miene eine Maske von Hass und Unverständnis. Seine Aura flackerte.

Jäh gewahrte Rhaz, dass die Blendung nicht länger bestand. Sein Geist, frei vom Eindringen des Feindes.

Zwischen den Attacken und Paraden spähte er um sich. Suchte die Ursache. Auf jener Terrasse, von der zuvor der Gebieter auf ihn herabgeschaut hatte, entdeckte er Alys. Sturmumtost. Wild ihr Haar, die blassen Züge fokussiert. Wie eine Erscheinung sah sie aus, wie ein Gespenst. Mit den Fäusten umklammerte sie das Geländer, auf ihren Schultern lagen Yoricks Hände, dieser nicht weniger konzentriert als sie. Anders als sie wirkte der Spürer verängstigt.

Der Gebieter folgte seinem Blick und bleckte die Zähne. „Du bist ehrlos, Sklave."

Ihm gelang ein Grinsen. „Ihr habt die Regel akzeptiert. Die eine, dass es keine gibt."

Ein Zischen. Der Feind zögerte.

Am Himmel tanzte Lyr und fing die Blitze ein. Auf der Empore stand Alys und blendete die Blendgabe des Gebieters. Der Flugwurm glich die Impulskräfte aus, die Schwester seine mangelnde Blendgabe. *Ebenbürtig.* Der Gedanke kam ihm mit Schärfe. *Eine Illusion.* Und zersprang in ebenso scharfe Splitter. Er war verwundet, der Gebieter nicht. Darauf konzentriert, die Attacken Lyrs und Alys' abzuwehren, konnte der Gräber zwar unmöglich so viel Energie wie zuvor in seine Seelengaben legen, seine Muskelkraft jedoch litt darunter nicht.

Jetzt oder nie. Rhaz stieß einen Pfiff aus. Einen schnellen, schrillen. Einen bekannten. *Attacke.* Er fasste den Feind ins Auge und brachte Izhir in Position. „Wenn es endet, dann endet es für immer."

„Dann endet es heute. Hier. Für dich." Damit stürzte der Gebieter heran, wendig, schnell und giftig. Wie eine Klapperschlange.

Die Klingen kreuzten sich, lösten sich und kreuzten sich erneut. Rhaz hechtete im Kreis, vor und zurück. Mehr darum bemüht, den Streichen zu entgehen als selbst welche zu führen. Seine verletzten Muskeln kamen seinem Willen kaum nach. Nicht schnell genug. Das Duell glich sich nicht aus, selbst ohne Seelengabe nicht. Er wollte den Pfiff wiederholen, brachte jedoch dafür nicht genug Atem auf. Ihm kam der Verdacht, Erle habe versäumt, den Zwinger aufzusperren, da preschten wie zwei Schatten die Hündinnen heran. Eska vorweg, Kay hinterher. Der ersten wich der Gebieter aus. Die zweite erwischte seinen Unterarm. Den linken. Die Klinge in der Rechten geriet ins Taumeln. Rhaz setzte vor. Izhir strebte nach dem Herzen. Ein Impuls. Kay segelte zu Boden. Die Klinge schnellte hoch und wehrte Izhir ab. Statt ins Herz schnitt es in die Seite des Feindes. Nur an der Oberfläche, die Rüstung schützte gut.

Eska sprang erneut heran. So hoch, so schnell, ihre Zähne schnappten nach der Kehle, verfehlten und gruben sich in die Schulter stattdessen. Der Kettenpanzer klirrte, Ringe stoben in die Luft. In Eskas Rippen landete der Ellenbogen. Es knackte. Mit einem Heulen ging die Hündin zu Boden. Der Gebieter richtete das Schwert aus. Ein Sprung, ein Schwung Izhirs, und Rhaz wehrte den Todesstoß nach der Hündin ab. Er geriet ins Stolpern bei der Wendung. Seine Seite, ungeschützt.

Kay deckte ihn.

Dafür verpasste der Gebieter ihr einen Schlag an den Schädel. Mit dem Heft, zum Glück, die Klinge war zu lang für die Kürze der Distanz. Dennoch warf es die Hündin von den Pfoten.

Rhaz erlangte sein Gleichgewicht zurück und erwiderte die folgende Attacke. Izhir, gekrümmt wie die Woge eines Ozeans, brachte das gerade Blatt des Feindes aus der Balance. Dieses glitt ab und taumelte gen Boden. Der Gebieter griff nach, er hielt das Heft fest. Geneigt, für einen Moment, gegen einen Angriff nicht gewappnet.

Nass von Schweiß, seine Hand, brachte Rhaz Izhir nicht rasch genug heran für einen Todesstreich. Ehe der Feind sich fasste, warf er sich ihm entgegen. Seine Schulter krachte gegen die Brust des Gebieters. Es riss sie beide zu Boden. Er verlor Izhirs Heft, der Feind auch das seinige. Fäuste flogen ihm entgegen. Mit den Unterarmen wehrte er ab und schlug zurück. Der Feind unter ihm krümmte sich. Vor Schmerz, glaubte er. Und erkannte den Irrtum zu spät. Ein Spannen der Muskeln. Eine Regung, von einem Impuls unterstützt. Das Knie des Gräbers schnellte heran und traf in die Wunden seines Unterleibes. Etwas riss, er spürte es. In seinem Hirn zerbarst die Sonne. Das Gleißen raubte ihm die Sicht. Und den Verstand.

Die ganze Welt versank in Finsternis.

„Rhaz!“ Alys, unverkennbar. Von oben herab und schrill. „Steh auf!“

Ich kann nicht. Er fand sein Bewusstsein nicht, nur Bruchstücke.

„Was tust du hier?“ Ura, erbost. „Bring es zu Ende.“

„Ich kann nicht.“

„Du musst. Finde einen Weg.“

Ich finde einen Weg. Ich finde immer einen Weg. Er nahm sich zusammen, schöpfte Atem und blinzelte gegen die Dunkelheit an. Vor dem Licht nahm Dargalash Gestalt an, in dessen Krone die von Blitzen durchzogene Nacht. Er lag auf dem Rücken. Auf bloßem Stein. Izhir funkelte, jedoch außer Reichweite. An seiner Seite der Gebieter richtete sich auf. Und ragte über ihm auf. In aller Ruhe langte er nach einer Klinge. Nach Izhir, weil es näher lag. Er brauchte sich nur danach bücken. Rhaz konnte ihn nicht hindern. Er konnte sich nicht regen. Der Feind bannte ihn, und er blendete ihn zugleich, damit er dagegen nicht aufbegehrte. Alys musste ihren Fokus verloren haben, womöglich vor

Schreck. Er spürte die Feuergruben brodeln, in den Eingeweiden der Berge direkt unter sich. Deren Macht bäumte sich auf. Buckelte. Formte einen Schild, der Lyrs Impulse auf Abstand brachte.

Der Gebieter lähmte ihn, die Hündinnen gleich mit. Und lachte.

Rhaz suchte einen Ansatz, sich zu wehren. Irgendeinen. Er fand keinen. Lyrs Kräfte drangen durch den Schild des Feindes nicht länger zu ihm vor. Alys brachte dessen Blendgabe nicht noch einmal aus der Ordnung. Der Gräber erlangte die Übermacht zurück, und die Kontrolle. Er packte ihn beim Klingengurt. Hob ihn an, seinen Oberleib, mit der Linken. In der Rechten hielt er Izhir. Funkelnd wie ein Diamant im Licht der Sterne, die Klinge. Gekrümmt wie die Woge eines Ozeans. Zweischneidig. Makellos. Die Spitze senkrecht nach unten. Der Gebieter richtete sie nach seiner Brust aus. Und stieß herab. Das Rüstzeug hinderte sie nicht. Sie ging hindurch. Glatt. Impulsverstärkt. Ohne zu stocken. Auch durch seinen Leib.

Blut.

Überall.

Blut.

Im Innern. Aus dem Innern strömend. Auf seiner Haut. Dem Gestein. In seinem Mund.

Ein Schrei. Vielleicht sein Name.

Izhir trank. Trank das Blut aus der eigenen Seele, an die sie geknüpft war. Rücksichtslos. Trank und zehrte ihm das Leben aus dem Leib.

Der Gebieter ließ den Gurt los. Wie ein Stein, so schwer, fiel er zurück auf den Grund. Die Klinge glitt aus seinem Leib. Ein Stöhnen im Rachen, es gluckerte bloß. Seine Zunge ertrank in Blut. Er selbst ertrank im Blut. Seinem eigenen Blut. Ihm zappelte das Herz. Es krampfte. Hielt stand.

Schlug. Und riss sich damit selbst in Stücke.

Vernehmlich stieß der Gebieter den Atem aus und richtete sich auf. Er löste die Blendung. Vielleicht aus Schwäche. Wahrscheinlicher, weil es nicht mehr Not tat. Dann spuckte er ihm ins Gesicht. „Dann endet es auf diese Weise, Sklave. Für immer. Stirb. Ich finde einen anderen."

Nicht viel nahm er mehr wahr. Deutlich jedoch, wie der Blick des Feindes im Anschluss an die Worte zur Terrasse fand. Zu Alys. *Nicht sie.* Vor seinen Augen verzehrte die Nacht das Licht. Die Sterne zuerst, dann den Fackelschein. Er kämpfte um den nächsten Atemzug. *Ich brauche mehr Zeit.* Sein Leben spielte keine Rolle mehr, aber er brauchte mehr Zeit. *Bring es zu Ende.* Er knüpfte ein Bannnetz. Knüpfte es flink und knüpfte es dicht. Webte es aus den Fasern seines eigenen Herzens, sponn es aus der Energie seines verglühenden Lebens. Der mächtigste Bann, den er je zustande gebracht hatte. Genährt von Verzweiflung. Gehalten von Hoffnung. Gestählt vom Tod. Er warf ihn über den Gebieter. Dessen Aura flackerte. Ausgelaugt vom Kampf gegen Lyr, besaß auch der Feind kaum mehr Kraft.

Der Bann überraschte. Er wirkte.

Das Monster von Dasgar erschlaffte. Es brach zusammen und stürzte über ihn. Schon begann es den Kampf gegen das Netz. Knoten lösten sich, Seile rissen. Rhaz hielt ihn zusammen, den Bann, und mühte die Muskeln zur Regung. *Ein letztes Mal.* Er fasste sein Stilett am Waffengürtel. Zog es heraus. Die Klinge zitterte, und sie wusste nicht, anders als Izhir, was es zu tun galt. Egal, er wusste es, und es brauchte keine Präzision. Er schob sie dem Feind in den Hals. Tief hinein. Ganz hindurch. Und löste sie wieder aus. Das Blut floss in Strömen. Es überspülte ihn wie eine Welle, mischte sich mit seinem eigenen und flutete den Drillplatz von Dasgar.

Auftrag abgeschlossen. Schuld beglichen. Ihm versagten die Muskeln. Das Stilett fiel zu Grunde, er vernahm das Scheppern kaum. Es sanken die Lider. Er sah die Blitze nicht mehr. Auch nicht die Krone von Dargalash. Die Aura des Gebieters zerschmolz im Glühen der Feuergruben.

Aus deren Fängen befreite sich die Bergseele.

Er spürte sie. Gewahrend, dass er noch nicht gesiegt hatte. Dass es noch nicht zu Ende war. Fadenscheinig wie ein Geist, die Seele. Zart wie ein Gespinst. Rastlos. Schon auf der Suche nach einem neuen Wirt. Und blutdurstig, bis in alle Ewigkeit. *Eine blutdurstige Seele ruht in Blut am tiefsten.* Geschwind richtete er das Bannnetz aus den Fetzen seines Bewusstseins. Er veränderte das Gewebe, verdichtete und verstärkte es. Fing die Seele ein und hielt sie fest, ehe sie einen Körper infiltrierte. Dann gestaltete er einen neuen Bann. Sein Instinkt wusste, was zu tun war. Ein Einfluss von Ura. Er fühlte ihre Aura im eigenen Geist und fühlte sich selbst als Brücke über die Schwelle in die Schleiergefilde. Auf einer körperlosen Ebene, in der Ura ohne die fleischliche Hülle der Bergseele an diese heranreichen konnte. Mit Hilfe der Hexe zwängte er sie ins Gestein. Er formte ein Gefängnis aus der Macht der Feuergruben, beerdigte sie im Herzen von Dargalash und besiegelte den Bann mit seinem eigenen Blut.

Ein guter Tod.

Er schloss die Augen. Stieß den Atem von sich. *Auftrag abgeschlossen. Schuld beglichen.* Diesmal wahrhaftig. Er hatte einen Weg gefunden, so wie immer. Und gesiegt.

So konnte es zu Ende gehen.

„Bruder“, raunte Alys. Sie ergriff seine Hand. Er spürte es, aber sah sie nicht. Ihre Stimme klang hoch und fern. So fern. „Er braucht einen Heiler.“

Ich brauche keinen Heiler. Ein Heiler konnte nichts verrichten. Selbst eine Heilhexe konnte keinen so zerfetzten

Leib mehr flicken. Gewiss auch nicht Lyr, und es machte nichts. Der Tod machte ihm nichts aus. Zu sterben fühlte sich friedlich an, denn es war ein guter Tod. Ein bedeutsamer. Er starb als der Bezwinger des Gräbers von Dasgar. Nicht als Niemand. Er starb als Sieger. Nicht als Versager.

Er ergab sich der Dunkelheit.

Ura hielt ihn fest, in den Schleiergefilden. Zwischen hier und dort, irgendwo zwischen Leben und Tod, kraft ihres Geistes, und sie nagelte ihn auf ihren Altar in jener Grotte. „Du willst sterben?"

Ob der Verletzungen konnte er unmöglich noch sprechen, aber hier, an diesem Ort, der kein Ort war, fand er seine Stimme. Erstaunlich leicht, wenn sie auch müde klang. Zu müde. „Ich fürchte den Tod nicht."

„Danach habe ich nicht gefragt."

„Ura ..."

„Willst du?" Sie trat heran und beugte sich über den Altar. Ihren Mantel sich von den Schultern streifend, legte sie beide Hände auf seine durchstoßene Brust.

Er wollte sie abwehren, aber sein Körper gehorchte kaum mehr. Weder konnte er die Arme heben noch einen Impuls senden. „Nicht."

Sie hob die Brauen. Ihre Augen formten eine Frage, auch wenn sie diese nicht aussprach.

„Lass mich gehen."

„Du bist undankbar, Rhaz Ikas sha'Zar."

„Ich will keine Schulden mehr begleichen. Lass mich sterben."

„Du hast deinen Dienst erbracht."

„Du hast geholfen. Das Unwetter. Lyr."

„Das Unwetter habe ich bewirkt, ja. Aber die Treue des Flugwurms hast du dir selbst verdient."

Egal. Auch das spielte keine Rolle. Er spornte die Stimme an. Nicht mehr gab sie her als ein armseliges Flüstern. „Wenn ich lebe, stehe ich in deiner Schuld. Ich will das nicht mehr. Lass mich sterben."

Sie nahm die Hände von seinem Leib. Für eine Weile betrachtete sie das Blut daran. Danach ihn. Und sagte nichts.

Schauer fuhren durch seine Adern, solche von Hitze, andere von Kälte. Beides zugleich. Ein Stöhnen glitt von seinen Lippen. Eines, das seine Schmerzen nicht verhüllte. Seine Zeit lief ab. *Nicht schlimm.* Er brauchte keine mehr. Jede Schuld war beglichen oder vergolten. Die letzten Rechnungen löste sein Tod aus. Jene an Frey, um die Hassel. Und an Alys, sie nicht im Stich zu lassen. *Ich habe sie nicht im Stich gelassen. Ich habe sie gerettet.* Der Gebieter, die Bergseele, konnte ihr nichts mehr anhaben.

Die Grotte verschwamm vor seinen Augen. Derweil das Umfeld verblasste, gewann sein Verstand noch einmal Klarheit. „Meine Seele. Ura?"

Sie lachte. Zuerst klang es, als mache sie sich lustig über ihn. Dann funkelten ihre Augen, und ihre Züge prägte Aufrichtigkeit. „Du musst nicht sterben. Du hast deine Schuld beglichen."

„Und meine Seele gehört dir. Wenn ich lebe, lebe ich als Phantom."

Ihr Lachen schwand. Sie schnaubte. „Ein Phantom warst du. Ein Narr bist du noch. Deine Seele lag in Dasgar in Ketten. Ich forderte sie als Preis, damit du sie befreist. Ich bin die Mutter aller Seelen, Rhaz. Ist deine Seele mein, ist sie dein."

„Ich verstehe nicht."

„Das musst du nicht."

Er schloss die Augen. Ohnehin sah er nichts mehr. Seine Sinne glitten in Schlaf, in den ewigen. Allein Ura hielt ihn noch zurück. Er fühlte ihre Hände auf seiner Brust. Schon wieder. Und die Wärme, die in Impulsen von ihren Fingern in seinen Leib wogte. „Ura. Lass es.“

Das tat sie nicht. Ihre Energie verstärkte sich. „Ich möchte, dass du lebst.“

„Ich will diese Schuld nicht begleichen.“

„Ein Leben ist eine Ehrensache, Rhaz.“

„Ich habe meins verwirkt. Schon oft. Ich bin bereit für mein Schicksal.“

„Schicksal.“ Sie schnaubte erneut, diesmal energischer. „Du hast es noch immer nicht begriffen.“

„Mein Schicksal ist der Tod.“

„Eines jeden Schicksal ist der Tod.“

Auf einmal dachte er an Asha. An ihre Sehnsucht nach dem Sterben zuletzt und den Frieden, den sie darin gefunden hatte. Hoffentlich. „Ura. Ich habe Unrecht getan. Eine Menge. Ich will nicht länger für mein Leben bürgen. Oder für meine Taten.“

„Ein Leben ist keine Bürgschaft, Rhaz, sondern ein Geschenk. Nimm es an.“

Ich will nicht. Er glaubte nicht, dass sie ihm die Wahl gewährte. „Ich bitte dich, Ura, lass mich sterben.“

„Nein.“

Er horchte in sein Inneres und fand nicht heraus, ob es ihn beruhigte oder ängstigte. Womöglich beides. „Warum?“

„Unser Pakt war nicht gerecht. Du hast gekämpft. Du hast gelitten. Für einen Fehler, den ich selbst beging. Für die Seele, die ich einst belebte und nicht bändigen konnte.“

„Du hast mich ausgenutzt.“

„Das habe ich.“

„Das Amulett … meine Schuld an dich …“

„… war nie gerecht, denn sie basierte auf meinem eigenen Versagen. Dennoch hast du bezahlt, Rhaz. Für dein Leben.

Mehr als vorgesehen. Ich schenke es dir. Ein letztes Mal."

„Ura ..."

„Schweig. Lebe, Rhaz. Und lebe wohl."

Sie stürzte ihn in einen Sumpf. In ihren Sumpf, jenen Pfuhl von Ruchlosigkeit, jene Höhle an Geheimnissen. In ihr Herz. Dieses gütig, obschon ihre Aura so finster wogte. Woher es rührte, ließ sie ihn nicht schauen. Stattdessen grub sie sich in sein Inneres. Er hörte sich stöhnen. Dann schreien. Seine Muskeln verkrampften sich. Jeder einzelne. Die Trümmer seiner Barrikaden zerfielen zu Staub unter ihrem Drängen. Sie durchforschte ihn in Gänze. Deckte alles auf und deckte alles zu. Was zerrissen war, fügte sie zusammen. Was offen klaffte, schloss sie zu. Was blutete, stillte sie. Was schmerzte, linderte sie. Er spürte sie wie einen Feuersturm in seinem Innern. Und fühlte sich selbst wie ein Puzzle unter ihren Händen.

Die Grotte bebte.

Die im Pentagramm den Altar umstehenden Lakaien schwankten.

Von der Decke rieselte Staub.

Ihm entglitt zuerst das Leben. Mit Gewalt hielt Ura es beisammen. Dann die Wahrnehmung. Diesmal gab sie sich keine Mühe, eine Illusion zu schaffen. Sie ließ ihn treiben, in der Dunkelheit. Allein. Allein mit dem quälenden Drängen ihres Willens. Sie flickte seinen Leib zusammen. Setzte sein Herz in Gang. Und stieß ihn von sich.

Sich auszuruhen, gaukelte sie ihm nicht vor. Diesmal nicht. Auch nicht, später durch eine Grotte in die Freiheit zu schreiten. Sie drängte ihn aus ihrem Sumpf und verschloss ihr Herz vor ihm. Auch ihre Höhle. Warf ihn hinaus, gröber als nötig. So heftig, es riss ihn aus der Dunkelheit.

Mit einem Schrei.

Er kam sich animalisch vor, wie es ihn vor Zittern

schüttelte. Wie er schwitzte. Und keuchte, mit jenem Schrei auf den Lippen. Rasch presste er sie zusammen und erstickte den Laut. Seine Finger langten an die Brust, ohne sein Zutun. Sein Instinkt begriff noch nicht, was sein Verstand von Ura bereits wusste. Dass er im Blut lag. Dem des Gebieters und seinem eigenen. Davon so viel. Alles, dessen es zum Leben bedurfte.

Auf dem Drillplatz von Dasgar.

Womit auch immer Ura es ersetzt hatte, es glühte in seinen Adern nach wie flüssiger Stahl. Und kühlte ab, mit jedem Atemzug. Das Zittern aber blieb. Es schüttelte ihn wie ein Fieber.

Gleichwohl zwang er sich zur Regung. Er schob die Leiche des Gebieters von sich herunter. Wälzte sich auf die Seite. Stützte sich auf die Ellenbogen und richtete den Rücken auf. Erst da gewahrte er die Schaulustigen. Die Meister von Dasgar, die Gestählten, und ihre Mienen in Unglauben erstarrt. Die Kadetten, scheinbar sprachlos. Unter ihnen die Gescheiterten, vorhin noch voller Hoffnung, jetzt in Furcht. *Vor mir.* Gleich an seiner Seite, Kay. Und Alys. Sie sah ihn an wie ein Phantom. Als wisse sie nicht, wen oder was sie beschaute. Als sei er nicht er selbst.

Kay aber wusste es. Sie tappte heran. Zaghaft wackelte die Spitze ihrer Rute. Sie schnüffelte, beschwichtigte und winselte. Dann leckte sie sein Gesicht. Sehr respektvoll und äußerst gründlich.

Ein Stück entfernt lag Eska auf dem Steingrund und schleckte sich die Lefzen. In ihren Augen standen Schmerzen, aber darüber Triumph.

Er schob Kay von sich und mühte sich um einen Impuls. Einen, der seine Aura trug. Der seine Seele offenbarte, und wandte sich an Alys. „Schwester.“

„Bruder.“ Sie atmete auf. Dann legte sie eine Hand an

seine Brust, auf das zerteilte Rüstzeug und das Blut daran, und schüttelte den Kopf. Sie schlang die Arme um seinen Hals. Schmiegte sich an ihn. Ihre Wange an seiner.

Er legte die Hände auf ihren Rücken. Starr, er merkte es selbst. Über ihre Schulter hinweg entdeckte er Yorick. Blass, mit ausdrucksloser Miene. *Auch meinetwegen.* Er ertrug die Stille nicht. Diese schwer, weil der Sturm schwieg, und weil Dargalash nicht länger bebte. „Wie seid ihr hierher gekommen?"

Alys in seinen Armen erschauerte. An ihrerstatt antwortete Yorick, jedoch mit tonloser Stimme. „Lyr führte uns her. Alys hat uns Zugang verschafft."

Weiterer Erklärungen bedurfte es nicht. Sie konnte sich nur auf eine Weise Zugang verschafft haben, vorbei an den Wächtern, unbemerkt von den Meistern. Er schob ihr Gesicht von seinem fort. Nur ein Stück, sodass er sie ansehen konnte, und hielt sie fest dabei. „Du hast ganz Dasgar geblendet."

Es zuckte in ihren Mundwinkeln.

Ihm fiel ein, was er von ihr gedacht hatte, zu Anfang. *Sie ist gefährlich.* Und das war sie. Wenn sie ihre Gabe nicht beherrschte. Vielleicht noch viel mehr, sollte sie es eines Tages lernen. Richtig lernen. *Bedenken für später.* „Hilf mir auf."

Das tat sie. Sie schob ihre Schulter unter seinen Arm und bot ihm Stütze.

Er langte nach Izhir. Am Heft nahm er die Klinge mit. Er kam auf die Füße und betrachtete das Funkeln des blutbesudelten Blattes. Sein eigenes Blut. Blut, welches sie schützen und nicht trinken sollte. Gleichwohl, die Seele der Klinge stellte es zufrieden. Unter dem Rot schimmerte sie im Mondlicht, welches durch die auseinanderziehenden Wolken drang. Er warf einen Blick hinauf und suchte nach Lyr, entdeckte ihn jedoch nirgends. Dessen Schuppe an seiner Brust aber pulsierte. Das Glühen darin wirkte noch nach, und über Dasgar schwebte sein Jho. Wie ein Zeichen. Wie ein Wegweiser. Bedeutsam wie eine neue Ära.

Durch die ringsum stehenden Gestählten schob sich Frenna. Sowie mit freier Sicht auf den Drillplatz, erstarrte sie. Sie musterte das Geschehene und nickte. Dann zeigte sie die Handflächen, die geöffneten, und verneigte sich vor ihm. „Gebieter."

Ein Stich.

Ein Funken.

Es stimmte. Der Tod des Gräbers durch seine Hand machte ihn zu dessen Nachfolger. Er spürte, wie die Aura der Erwartung an Schwere gewann. *Ich will dieses Los nicht.* Sodann ging ihm auf, dass er etwas bewirken konnte. Die Seelen der Gestählten mussten ihre Ketten verloren haben, mit dem Tod des Monsters von Dasgar, auch wenn sie es womöglich noch nicht spürten. Oder nicht begriffen. Er wandte sich im Kreis. Sah sie an. Sie alle, einen nach dem andern. Die Glut der Morgendämmerung fiel aus dem Himmel. Sie verlieh seinen Worten Bedeutung. „Dasgar beschreitet jetzt einen anderen Pfad. Einen von mehr Ehre."

Niemand erwiderte etwas.

Keiner sagte ein Wort.

Vielleicht, weil sie alle noch, genau wie er selbst, nicht wussten, welche Fragen es zu stellen, welche Veränderungen es zu meistern galt.

Jemand klatschte in die Hände, zu schleppend für einen Applaus. Im Takt von Hohn. Vor dem Klang lichtete sich die Reihe der Schaulustigen. Hindurch trat Frey in Begleitung ihrer Truppe.

Alys an seiner Seite verspannte sich. „Sie müssen uns gefolgt sein."

„Große Worte", höhnte Frey. Sie hörte zu klatschen auf und verneigte sich stattdessen. Es besaß mehr von einer Drohung denn von einer Geste des Respekts. „Gebieter."

„Verspotte mich nicht, Frey aus Idholt." Es klang erschöpft, selbst in den eigenen Ohren.

Ihr bescherte es Nachsicht. Jedenfalls dem Anschein nach. „Das habe ich nicht vor. Löse dein Versprechen ein, dann verschwinden wir. In Frieden."

Die Glut in seinen Adern kühlte ab. Noch immer blieb das Zittern seiner Muskeln, die Berge schwankten vor seinen Augen. Er blinzelte und hielt das Gleichgewicht, den Nachhall der Qual ertragend. Diesen auszublenden, gelang ihm nicht, als habe das Geschehene seine Seelengabe bis auf den letzten Funken ausgelaugt. Es brauchte Zeit, sie wieder aufzubauen. Zeit, die womöglich Ivera nicht gewährte. „Das kann ich nicht, Frey. Euer Gut fiel in die Feuergruben von Dargalash. Es existiert nicht länger."

Sie presste die Luft zwischen den Schneidezähnen hervor.

Einer ihrer Kameraden neigte sich ihr zu. Obschon gemurmelt, die Worte, machte die sonstige Stille sie verständlich. „Er sagt die Wahrheit."

Ein Spürer. Dieser musste ihn lesen wie ein Buch, da all seine Barrikaden in Trümmern lagen.

Frey wirkte weniger aufgebracht als vielmehr erschüttert. Sie hob die Schultern und ließ sie wieder fallen. Dann hob sie sie erneut. „Was soll ich meinem Fürsten sagen?"

„Ivera hat kein allmächtiges Artefakt mehr. Dasgar keinen allmächtigen Gebieter. Keine Stärke, keine Schwäche. Die Fronten sind ausgeglichen. Sag das deinem Fürsten."

„Es könnte mehr von solchen Dingen geben. Du lieferst uns denen aus. Willkürlich."

„Nicht willkürlich, Frey. Es gibt andere Wege, mit solcher Schwarzmacht fertigzuwerden. Du hast es gesehen."

Die Röte schwand von ihren Wangen. Sie schluckte. „Das habe ich."

„Dann haben wir keinen Streit?"

„Nein. Wir nicht, du und ich." Ihr Blick glitt an ihm herab, dann wieder hinauf. Unmöglich zu lesen, was in ihr vorging. Respekt vielleicht. Oder Ekel. Womöglich Furcht. „Ich überbringe deine Botschaft an meinen Fürsten. Es wird sich zeigen, ob es Streit gibt zwischen Ivera und Dargosh." Sie nickte ihm zu. „Gebieter." Und schwirrte ab.

Er sah ihr nach, bis sie und ihre Truppe in den Schatten der Tunnel verschwanden. Dann wandte er sich im Kreis. Erneut. Von den anderen stand noch jeder am gleichen Fleck wie vorher. Die Morgendämmerung überzog Dasgar mit derselben Glut, die in den Feuergruben herrschte. Unter seinen Stiefeln pulsierte der Stein. Kaum merklich. Geladen von einer Kraft, die jetzt im Herzen von Dargalash nicht länger hauste, sondern ruhte. Eine blutdurstige Seele, gebettet in Blut. Er dachte zurück an die Waldesseele des Eskelforstes und die Grabesstätte, welche die Dryaden hüteten, an all das Kupfer dort und die Weihemonumente.

Und das Blut, das sie gelegentlich dort vergossen.

Es galt, hier etwas Ähnliches zu schaffen. Die Bergseele lag gebannt, jetzt musste er sie festhalten. Mit Blut ihren Schlaf fördern. Der Drill von Dasgar erbot sich geradezu. Jedoch, ihn fortzuführen, stand außer Frage. Zumindest auf dieselbe Weise.

„Eine Schule für Seelenbegabte", raunte Yorick, indes er näher trat. Er musste es spüren, was in ihm vorging. Eine Menge. Zu viel. Alles. „Eine weniger grausame."

Die Vorstellung weckte Alys' Lebensgeist auf eine Weise, ob derer jeder Nachklang der Müdigkeit, die von ihren Träumen ihr anhing, aus ihrer Miene verschwand. Ihre Wangen wirkten weniger hohl. Ihn nach wie vor stützend, langte sie mit einer Hand nach Yorick und führte dessen Gedanken fort. „Eine Schule für jeden von uns Begabten. Die durch ihre Vielzahl an Seelengaben den Bann stärkt, damit es die Bergseele nicht aus dem Schlummer reißt.“

Rhaz betrachtete sie von der Seite. Dafür, dass sie ihre Seelengabe kaum verstand, begriff sie die Gesetze derselben erstaunlich gut. Es jagte eine Gänsehaut seinen Rücken hinab. Jedoch, eine wohlige.

„Bruder?“, fragte Alys und schaute zu ihm auf. Gewiss wollte sie seine Bestätigung hören.

Er konnte keine geben, also hob er die Schultern. Es mochte funktionieren. Vielleicht. Vielleicht auch nicht. Womöglich genügte es nicht, um den Blutdurst jener Seele zu stillen. Allein, das in Erfahrung zu bringen, vermochte nur die Zeit. *Ich finde einen Weg.* Er musste.

Später.

Fürs Erste, auch wenn es schwerfiel, es sich einzugestehen, brauchte er Ruhe. Er konnte nicht klar denken und kaum aufrecht stehen. Er gab den Kadetten einen Wink. „Räumt hier auf. Macht sauber. Keine Drillstunden heute. Keine Schaukämpfe. Frenna. Bring Eska auf die Beine.“

Nickende Gesichter.

Gemurmelte Worte. „Zu Befehl, Gebieter.“

Mit Alys' Stütze schon im Gehen begriffen, hielt er noch einmal inne. Er schaute in die Runde und verlieh den Worten Nachdruck mit einem mühselig zusammengeklaubten Impuls, der vermutlich mehr Schwäche denn Stärke bewies. „Keiner nennt mich Gebieter. Oder Meister. Ich will mit meinem Namen angesprochen werden.“

Verunsicherte Blicke.

Tuschelnde Stimmen, an Standnachbarn gerichtet. Er hörte nicht alles heraus, wiederholt aber seinen Namen. Den falschen. „Rhaz Iksha Zar."

Von Alys ging eine Woge aus, sie überspülte die Schaulustigen. Ins Kornblumenfeld ihrer Augen fiel ein Sonnenstrahl, der die Umstehenden blendete. Jeden einzelnen. Sie drückte es ihnen auf, förmlich wie ein Brandzeichen. „Rhaz Ikas sha'Zar."

Danach hörte er den falschen Namen nirgends mehr.

„Danke, Schwester." Zugleich wachte jener Gedanke auf. Erneut. *Sie ist eine Gefahr.* Er spürte Yoricks Blick auf sich ruhen und wich ihm aus. Gab sich selbst einen Ruck. Sie konnte mit ihrer Gabe ebenso viel Gutes bewirken wie Schlechtes. Wenn sie nicht den falschen Pfad beschritt, so wie er selbst einst. Wenn sie nicht ins Dunkel glitt, so wie er für lange Zeit. Er rief sich in Erinnerung, was er sich selbst für sie versprochen hatte. *Wenn wir hier lebend rauskommen, lasse ich dich nie mehr im Stich.* Und er lebte. Wegen Ura. Der Willkür der Alten Mutter. Vielleicht kein Geschenk, sondern ein Fluch.

Später. Er schob es alles von sich und legte Kay eine Hand zwischen die Ohren. Sie winselte und schleckte das Blut von seinen Fingern. Sie wusste es auch. Er musste ausruhen. Zu Kräften kommen. Die Barrikaden wieder aufrichten und seinen Geist fokussieren. Die Seele stählen. Alles andere musste warten. Bis später.

Später finde ich einen Weg.

So wie immer.